Sorcière des Ombres

Direction des publications : Stéphanie Baronchelli, Jérôme Bernez-Binder
Suivi éditorial et maquette : Caroline Merceron
Correction : Maud Placines Charier

Conception graphique : Tiphaine Rautureau
Illustration de couverture : Jessica Heran
Typographie du titre : Riesling – Bright Ideas

WWW.GULFSTREAM.FR

ISBN : 978-2-38349-124-8

Loi 49-956 du 16 juillet 1949 sur les publications destinées à la jeunesse

Gulf stream éditeur

Pascaline
NOLOT

Sorcière des Ombres

ÉCHOS

Les timides
Suivent l'ombre
L'ombre sombre de leur ombre
Jacques Brel[1]

Et si personne ne te voit, dit le monstre,
en pressant lui aussi le pas,
comment peux-tu être vraiment là ?
Patrick Ness[2]

---

1. Brel Jacques, *Les Timides,* 1964.

2. Ness Patrick, *Quelques minutes après minuit,* traduit de l'anglais par Krebs Bruno, éd. Gallimard jeunesse, 2012.

PROLOGUE

Juin 2019

— Cassiopée Winter ! Est-ce que vous pensez vraiment que vous allez vous en sortir dans la vie si vous persistez à avoir le charisme d'une amibe et la conversation d'une huître ?!

Les éclats de rire fusèrent. Cassiopée sentit ses joues s'enflammer.

Non, pitié, ne pas rougir, ne pas rougir…

Bien entendu, sa supplication muette ne fonctionna pas. Son corps – ce traître ! – ne lui obéit pas, s'empressant au contraire d'exposer sa timidité dans toute sa splendeur colorée. Elle s'efforça de dissimuler au moins les tremblements de ses mains en les croisant derrière son dos. Déjà qu'elle se couvrait de ridicule malgré elle, hors de question d'offrir le spectacle pitoyable d'une petite chose fragile et frissonnante. Ce n'était pas ce qu'elle était.

— Hé, Cass, passe au vert ! l'interpella Léo depuis le troisième rang.

La phrase n'eut pour effet que de lui embraser encore un peu plus les pommettes. Elle sentait à présent la chaleur dans tout son visage et éprouvait l'atroce sensation qu'il allait prendre feu si la torture continuait.

La torture continua.

— Mais, m'sieur… qu'est-ce que c'est… un amibe ? questionna soudain Nyran, pris d'une surprenante soif de connaissances entre deux gloussements mal contrôlés.

— Une amibe, rectifia machinalement leur professeur de français. Il s'agit d'un organisme unicellulaire qui…

— Nan mais, Nyran, si t'as besoin d'une définition, t'as qu'à regarder Cassiopée : une amibe, c'est un truc aussi sexy et dégourdi qu'elle ! assena Flora de son ton tranché de reine des pimbêches.

La classe entière se remit à s'esclaffer. Depuis l'estrade, l'humiliée, toujours coincée au tableau, chercha un peu de soutien dans le regard de son amie Lucile. Celle-ci détourna la tête, préférant fixer un point par la fenêtre. Pas étonnant, vu ce que Cassiopée lui avait fait…

Baissant les yeux sur ses baskets terreuses pour tenter de se soustraire à l'hilarité générale, la jeune fille ne put s'empêcher de s'interroger : les autres se moqueraient-ils autant de ses balbutiements et de sa figure empourprée s'ils connaissaient toute la vérité ? À l'exception d'une élève qui s'appliquait dorénavant à l'ignorer, ses chers petits camarades de quatrième E étaient loin de soupçonner ce qui pouvait se cacher sous sa personnalité effacée. Cassiopée elle-même en était effrayée…

CHAPITRE 1

Début juillet 2019

Parfois, Cassiopée se demandait si elle existait. Si elle était bien réelle, si elle faisait partie de ce monde. Ou si elle n'y était qu'une sorte de spectre, une entité invisible et quasi insignifiante. Elle aurait donné n'importe quoi pour acquérir un peu plus de consistance. Pour être écoutée, même d'une oreille. Pour que l'on fasse attention à elle, même trente secondes… Bref, elle aurait voulu obtenir ce droit à un minimum d'importance que semblaient posséder tous les autres.

Parfois – très souvent –, elle avait honte d'elle. De son manque d'assurance, de sa maladresse, de ses silences gênés, de son incapacité à communiquer de manière appropriée, « normale », avec les gens qui l'entouraient… Sa propre personne l'embarrassait. Dans ces innombrables moments, elle aurait aimé disparaître encore un peu plus aux yeux des autres. Ne plus vraiment se trouver là, parmi eux. N'être qu'une ombre.

Elle traversait la vie en funambule, tiraillée entre ces sentiments opposés, essayant de tenir en équilibre sur son fil fragile et de ne pas tomber. Elle savait qu'il n'y aurait personne pour l'aider à se relever, parce qu'il n'y aurait personne pour remarquer qu'elle avait chuté. Elle était trop discrète. Réservée. Effacée…

Elle était timide. Timide maladive, comme les gens disent.

« Vous devriez vous exercer à prendre la parole devant votre poisson rouge. »

Cassiopée soupira en songeant au « conseil » de monsieur Lebrun. Elle n'avait toujours pas décidé si elle devait en rire ou en pleurer. L'enseignant avait voulu bien faire, pourtant. Culpabilisant d'avoir déclenché une tempête de railleries à son encontre, il l'avait retenue à la fin du cours pour lui présenter des excuses : ses propos avaient largement dépassé ses pensées et n'étaient dus qu'à la frustration de voir une bonne élève toujours inapte à s'exprimer en fin d'année. Quelque part, cela signifiait qu'il avait échoué dans sa mission de professeur. À travers Cassiopée, c'était lui-même qu'il avait blâmé.

Embarrassée, la jeune fille n'avait pas répliqué. Cependant, cela ne l'avait pas vraiment aidée de s'entendre être étiquetée comme un raté, un accident de parcours sur le chemin de carrière de l'enseignant. Elle s'était tue, mais avait jugé ce discours encore plus offensant que la comparaison peu flatteuse avec une huître et une amibe. Il était faux d'affirmer qu'elle ne parvenait pas à s'exprimer, du reste. Stylo en main ou clavier sous les doigts, elle s'en sortait avec les honneurs.

Ses notes en attestaient. Ce qui lui posait souci, c'était l'oral. Ce n'était pas sa faute : les timides étaient autant faits pour les exposés que les vaches pour l'abattoir.

Souhaitant à tout prix se rattraper auprès d'elle, monsieur Lebrun avait ensuite tenu à lui prodiguer quelques recommandations afin de lui faciliter la suite de sa scolarité. Lui précisant que par « charisme », il entendait « capacité à retenir l'attention d'un auditoire et donc, en quelque sorte, à le captiver à la manière d'une charmeuse de serpents », il lui avait suggéré de s'entraîner durant les congés d'été : puisqu'elle aimait lire, pourquoi ne pas présenter des romans devant sa glace ? ou en discourant face à son animal domestique ? Avait-elle un chat ? un chien ?

Non, Cassiopée n'avait pour compagnons que Bulle le poisson… et le ridicule, qui n'était pas censé tuer mais qui s'apprêtait visiblement à l'achever !

Je suis la fille de l'ombre et du silence,
Les gens devinent à peine mon existence.
Je rase les murs et je parle tout bas,
Personne ne m'entend, personne ne me voit.
Je suis la fille de l'ombre et du silence,
Je suis prisonnière à l'intérieur de moi.

L'adolescente secoua la tête, laissant les paroles de son groupe préféré chasser ce mauvais souvenir. Sa tendance naturelle à ressasser les événements ne devait pas l'empêcher de profiter du début ensoleillé des vacances d'été. Écouteurs vissés aux oreilles, elle reprit son footing dans les allées fleuries du parc des Titans.

Si Cassiopée n'était pas une sportive extraordinaire (ni forte, ni mauvaise), en revanche elle adorait courir. Par un étrange paradoxe, la course et la lecture lui procuraient une sensation similaire : celle de se retrouver dans une bulle à l'abri du monde, et dans laquelle sa timidité ne comptait plus, ne la pénalisait pas.

— Aïe !

Cassiopée gémit de douleur. Un garçonnet à trottinette venait de la percuter de plein fouet. Tombé à terre, il se mit à hurler, cramponné à son genou écorché :

— MAMAAAAAAAAAAAAN ! J'ai maaaaaaaaaaal !

Éberluée, Cassiopée vit débouler une femme en furie, qui pointa sur elle un index accusateur.

— Vous n'avez pas honte, jeune fille ?!

— Mais…

— Ça vous amuse de faire tomber les enfants sans défense ? C'est comme ça que vos parents vous ont éduquée ?!

— Mais non… je…

— Je saiiiiiiigneuh ! pleurnicha le gamin, des flots de morve au nez et l'air ravi d'en remettre une couche.

Certes, quelques minutes auparavant, Cassiopée était perdue dans ses pensées. Néanmoins, elle était presque certaine que c'était le bambin qui avait surgi à toute allure de derrière un bosquet et qui s'était pratiquement jeté entre ses jambes avec son véhicule infernal. Malgré tout, ce ne furent pas ces mots-là qui sortirent tant bien que mal de sa bouche.

— Je suis désolée… murmura-t-elle.

— Quoi ? Plus fort ! s'irrita son interlocutrice.

L'adolescente se racla la gorge.

— Hum… Je… je ne l'ai pas fait exprès. Pardon… madame.

La mère de famille la jaugea de la tête aux pieds. Cassiopée aurait voulu pouvoir se cacher sous le sol. Après un temps interminable, la dame parut juger que la jeune fille ne valait pas la peine d'insister. Elle haussa les épaules, ramassa son fils et repartit avec son garçon sur un bras et la trottinette sous l'autre, persiflant entre ses dents :

— Ces jeunes !

La vue de Cassiopée se troubla. Elle lutta aussitôt pour ravaler ses larmes : elle se trouvait bien assez pathétique comme ça ! En vérité, ce n'était pas à cette femme qu'elle en voulait. C'était à elle-même. Pourquoi n'avait-elle pas expliqué ce qui s'était passé ? Cela n'avait rien de compliqué. Mais dès qu'elle devenait le centre de l'attention (elle avait bien distingué les badauds qui s'arrêtaient et les regards braqués sur elle), elle perdait tous ses moyens. Elle se sentait tellement mal de se faire remarquer pour de mauvaises raisons… Au final, monsieur Lebrun n'avait pas tort : une huître aurait eu plus de répartie, une amibe, plus de caractère. Cassiopée était bel et bien pitoyable, et cela la mettait en colère contre elle.

— Ça va ? Tu n'as rien ? Tu ne t'es pas fait mal, toi ?

La voix, grave et douce à la fois, la tira de ses réflexions amères. Surprise, elle pivota et se retrouva nez à nez avec… « lui ». Elle ne pouvait pas l'appeler d'une autre façon, car elle ne connaissait pas son nom.

C'était un garçon qui, à vue d'œil, avait à peu près son âge, et qu'elle avait déjà repéré car il fréquentait lui aussi ce parc de manière régulière. Il s'asseyait sur un banc – toujours le même, celui près de la fontaine –, et se plongeait dans un bouquin – à chaque fois différent. Au détour de ses foulées, elle l'observait du coin de l'œil, lorgnant sur les différents titres qui se succédaient. « Dis-moi ce que tu lis, je te dirai qui tu es. » Il appréciait les romans fantastiques et ceux d'épouvante, des classiques du genre aux œuvres plus récentes. Leurs goûts littéraires se rejoignaient sur ces points.

Et puis… il fallait reconnaître qu'il était plutôt mignon. Grand, brun, les yeux d'un marron foncé intense assez fascinant, presque aussi noirs que sa peau. Il lui plaisait bien. Naturellement, jamais elle n'avait envisagé une seconde de l'en informer. Quand on était timide, l'on ne draguait pas ; c'était comme ça. « Séduire » en bégayant, en tremblant comme une feuille dans le vent, et en étant tellement gêné que l'on n'était même plus foutu d'aligner une phrase cohérente sujet-verbe-complément, c'était juste mission impossible.

Oh, étonnamment, cela n'avait pas empêché l'adolescente d'avoir un petit copain peu après la rentrée de septembre. Cassiopée avait été la première surprise lorsque Romain était venu la trouver à la sortie de la salle d'arts plastiques pour l'inviter au cinéma. Il prétendait que son côté mystérieux lui plaisait. Le fait de découvrir qu'elle aimait les films d'horreur avait ajouté à son enthousiasme premier… qui était vite retombé. Lassé de sa timidité, il avait fini par la plaquer avant la Toussaint.

— Hé, tout va bien ? insista « lui ».

— Euh… oui, ça va, merci, parvint-elle enfin à répondre tout en remarquant que non, cela n'allait pas si bien, car une douleur sourde commençait à la lancer au niveau du mollet.

CHAPITRE 1

« Lui » sourit.

— Je n'ai pas entendu tout ce qu'elle te racontait, mais cette femme n'avait pas l'air aimable. Pourtant, j'ai levé la tête quand je tournais ma page et j'ai bien vu son gosse te foncer dessus !

— C'est clair. Un permis trottinette… euh… Il faudrait instaurer un permis… euh… trottinette, c'est clair, bafouilla Cassiopée en maudissant intérieurement les mots parfaitement limpides dans son esprit qui s'entrechoquaient quand elle les prononçait.

« Lui » émit un rire léger. Peut-être pour ne pas la vexer.

— Je m'appelle Thibaud, se présenta-t-il. Et toi ?

— Cassiopée.

— C'est joli.

— Oui… Enfin, merci ! rectifia la jeune fille, au comble du malaise.

Si cette conversation ne prenait pas fin très vite, elle allait se couvrir de honte avec les pires répliques de l'histoire du dialogue. Pour une fois qu'elle ne rougissait pas…

Imperturbable, Thibaud poursuivit :

— Tu es comme moi, tu viens souvent ici. Je te vois courir.

Il l'avait donc repérée entre les lignes d'encre noire de ses gros pavés. C'était plutôt flatteur.

Les prunelles sombres du jeune homme se déportèrent vers le lointain. Il esquissa un signe de la main en criant :

— J'arrive, Baptiste !

Il était attendu par un copain. Cassiopée ne laissa rien transparaître de sa déception. C'était l'un des rares avantages de la timidité : lorsque l'on était incapable d'exprimer ses émotions, l'on ne risquait pas de révéler ses sentiments profonds.

— À bientôt, réussit-elle à articuler au prix d'un effort quasi surhumain.

Thibaud acquiesça.

— À très vite ! C'était sympa de parler avec toi, lui jeta-t-il avant de se volatiliser à grandes enjambées.

« Sympa » n'était pas exactement le terme que Cassiopée aurait employé. « Parler » non plus, d'ailleurs… Pour une première discussion, celle-ci n'avait rien de mémorable. Et l'adolescente en était l'entière responsable. Elle se faisait l'effet d'être une véritable catastrophe ambulante.

Soudain, elle se rendit compte que depuis tout à l'heure, elle n'entendait plus GIRL. GIRL : un acronyme pour Ghost In Real Life. Quand elle avait découvert ce groupe au hasard d'une vidéo visionnée sur YouTube, cela avait été une révélation. C'était sans conteste devenu son groupe fétiche. Leurs morceaux, alternant mélancolie lancinante et rythmes trépidants, tournaient autour des thèmes de la timidité, de la différence, des complexes, du mal-être. Ils parlaient d'elle. Leur musique *était* elle. Elle s'était sentie tellement soulagée la première fois qu'elle l'avait écoutée… Comme si, enfin, elle n'était plus tout à fait seule.

Elle extirpa son téléphone de sa poche. *La fille de l'ombre et du silence* était sur pause. Sans doute le choc avec le gosse et la trottinette. Encore troublée par les bribes de phrases échangées avec Thibaud, elle réappuya sur *Play* et reprit ses foulées, accompagnée par l'ultime crescendo du morceau.

CHAPITRE 1

Je suis la fille de l'ombre et du silence,
Incapable d'entrer dans vos belles danses.
Pendant que vous vous occupez à vivre, à parler,
Moi, je discerne les monstres dans l'obscurité.
Je suis la fille de l'ombre et du silence,
Ne m'entendez-vous pas murmurer…

… Que bientôt vous allez tous crever ?

CHAPITRE 2

Leurs vies s'éteignirent en quelques secondes. Un souffle suffit à les balayer. Après avoir tremblé, tangué, vacillé, elles s'évanouirent à jamais, ne laissant derrière elles que volutes de fumée et fragrance de brûlé.

Les flammes des bougies persistèrent un instant sur la rétine de Cassiopée, petits points lumineux déjà spectres de l'événement joyeux.

— BON ANNIVERSAIRE, ma grande ! s'exclama son père d'une voix de stentor. Bientôt, tu seras une adulte.

Madame Winter leva les yeux au ciel.

— Chéri, ne raconte pas n'importe quoi. Elle a quatorze ans, là !

Lui lançant un clin d'œil taquin, son époux persista :

— J'exagère à peine, tu verras. Ça arrivera plus vite que tu ne le crois.

Leur fille se chargea de mettre fin au débat.

— Adulte ou pas, moi, il me fait envie, ce gâteau aux trois chocolats ! On attaque ?

— Mais quel bec-à-sucre, celle-là ! rit son père.

C'est ta mère qui a raison, finalement : tu n'es qu'une grande enfant.

Pour toute réplique, l'adolescente lui tira une langue rose et impertinente.

— Oh, belle maturité ! s'amusa monsieur Winter. Du coup, je ne sais pas si tu mérites les quelques présents achetés par tes chers parents…

— … et tes chers grands-parents, compléta madame Winter en tendant une enveloppe et un paquet enrubanné à sa fille. Ils ont participé avec nous, n'oublie pas de leur téléphoner tout à l'heure pour les remercier.

— Je pourrai le faire de vive voix, non ? Je croyais qu'on déjeunait chez eux demain midi ? s'étonna Cassiopée, pas vraiment déçue à la perspective d'un éventuel changement de programme, car elle n'était pas très adepte des interminables repas dominicaux en famille.

Ses parents lui parurent vaguement embarrassés.

— Euh… oui… non, bredouilla son père. C'est tombé à l'eau… Enfin, on ne pourra pas…

— Ouvre ! ordonna sa mère.

Il existait pire injonction que celle de se voir imposer de déballer ses cadeaux séance tenante. L'adolescente s'empressa donc de s'exécuter. Fébrile, elle extirpa de l'enveloppe trois rectangles bleu nuit ornés d'inscriptions en lettres argentées.

— Des places pour le concert de GIRL en décembre ! s'écria-t-elle d'un timbre coassant. Oh merci, vous êtes les meilleurs !

Afin de masquer sa propre montée d'émotion, son père crut bon de lui préciser :

CHAPITRE 2

— Il y en a une pour toi, évidemment. Une pour une copine…

— Ou un copain, le coupa sa femme.

— Moui… ou un copain, si tu y tiens, reprit-il avec une expression de dégoût plutôt comique. Quant à la troisième place…

Il poussa un profond soupir, volontairement exagéré.

— … elle est pour ton vieux paternel qui ne comprend rien à cette musique, mais qui va se sacrifier pour t'accompagner, parce qu'il est hors de question que tu te retrouves sans chaperon au milieu d'un Zénith et d'une bande de psychopathes dépressifs à ton âge !

— Je croyais que j'étais presque une adulte ? ironisa gentiment Cassiopée.

— Y a que les imbéciles qui ne changent pas d'avis, mademoiselle ! Ouvre donc ton paquet maintenant.

Elle ne se le fit pas dire deux fois, d'autant que la forme et la sensation au toucher indiquaient sans l'ombre d'un doute qu'il s'agissait d'un livre au volume de pages considérable ; elle était curieuse de découvrir lequel. Le titre se révéla sous le papier étoilé arraché : *La Saga des sorcières.*

— Anne Rice ! s'exclama-t-elle, aux anges.

Elle avait déjà adoré *Entretien avec un vampire*, de la même autrice. Elle sourit.

— Merci, merci, merci ! Vous avez super bien choisi, mais… on le mange cette fois-ci, le gâteau ? La vieillesse, ça creuse, je vous signale !

Sa mère toussota en… rougissant ? Incroyable ! Madame Winter ne rougissait JA-MAIS. Cassiopée ne se remémorait pas une seule occasion où elle aurait aperçu les joues maternelles se teinter ne serait-ce que d'une infime nuance rosée… La gêne, que l'adolescente portait elle-même si souvent chevillée à son corps, venait de s'asseoir lourdement à table. Que diable se tramait-il ?

— En fait… il y a encore un dernier… présent, annonça madame Winter comme elle aurait annoncé une distribution générale d'injections létales. Soulève ton assiette.

Cassiopée obéit avec circonspection. Vu le ton employé par sa mère, elle s'attendait presque à voir un flot de cafards répugnants s'éparpiller sur la nappe, escalader leurs couverts et leur sauter au visage lorsqu'elle aurait obtempéré. Elle fut donc soulagée de ne dénicher à la place qu'une nouvelle enveloppe. Pourtant, un certain malaise – voire un malaise certain – continuait de flotter dans l'air. Les doigts tremblants, elle décacheta ce mystérieux cadeau. À l'intérieur, une feuille pliée en quatre. Un mauvais pressentiment lui noua l'estomac, et la douleur sourde de son mollet se réveilla.

Nerveuse au possible, elle ouvrit le papier. L'en-tête lui sauta aux yeux.

Théâtre du Serpent Vert
Confirmation d'inscription stage d'été

Quoi ?! Qu'est-ce que cela signifiait ? Elle ne comprenait pas. Ou son esprit refusait de comprendre.

— Voilà, c'est… c'est un stage de théâtre, bafouilla monsieur Winter.

Oui, ça, Cassiopée savait lire. Pour autant, ce n'était pas plus clair. Elle fixa son père.

CHAPITRE 2

— Un stage de théâtre ? Tu veux dire… pour moi ?! Pour quoi faire ?

— Ma grande… Tu sais bien…

— NON ! Non, je ne sais pas, non !

L'adolescente sentait la moutarde lui monter au nez. À l'inverse de ce qu'elle venait de certifier, elle avait une idée plutôt précise du discours qui allait suivre.

Sa mère fit le tour de la table pour s'avancer jusqu'à elle, lui posant une main sur l'épaule.

— Ma petite Cassiopée…

La jeune fille se crispa encore plus. D'expérience, lorsque sa génitrice accolait un « ma petite » à son prénom, cela ne présageait rien de bon. Madame Winter poursuivit en effet avec une phrase fatidique :

— Si nous le faisons, c'est pour ton bien.

— Si vous faites quoi ?!

Au tour de son père de venir lui attraper une épaule. Cassiopée se retrouva prise en étau, sur le point de réaliser à quel point l'enfer était pavé de bonnes intentions et de charité parentale.

— Ça t'aidera à développer ta confiance en toi, à gagner en assurance, exposa monsieur Winter. Nous t'avons inscrite à ce stage, car le théâtre est recommandé pour les personnes timides.

Elle ne l'ignorait pas. Simplement, elle n'éprouvait aucune envie d'essayer. Parce qu'elle se connaissait. Parce qu'elle avait conscience, par tous les pores de sa peau, par les moindres fibres de son âme, de son *degré* de timidité. À ce stade, il n'y avait hélas plus rien à faire. Seul un miracle aurait pu l'aider. Puisque les gens comparaient le phénomène à une pathologie, la conclusion s'imposait :

le théâtre ne constituait un remède que pour les personnes moins atteintes qu'elle. Elle, elle était foutue. Elle aurait préféré qu'on évite de le lui rappeler le jour de ses quatorze ans.

Par malheur, son père avait décidé de continuer sur sa lancée :

— Avec ta mère, on sait bien que tu vas nous en vouloir. Et c'est normal, on l'accepte…

Eurk. Cette lucidité imprégnée de fausse indulgence était pire qu'un sermon dans les règles de l'art !

— … on l'accepte, cependant on ne te laisse pas le choix. Tu DOIS effectuer ce stage. Tu ne peux plus continuer comme ça ou tu en paieras de lourdes conséquences plus tard.

— Papa, tu n'as pas l'impression d'en faire trop, là ?

— Non. Aujourd'hui, on ne réussit pas dans ses études si on ne parvient pas à s'exprimer. Les gens ne verront jamais ta vraie valeur, ton potentiel, si tu gardes tout à l'intérieur. Et quand tu auras un métier ? Tout le monde te marchera sur les pieds !

Il n'avait sans doute pas tort, et c'était ce qui agaçait le plus l'adolescente. Sa mère prit le relais pour l'énerver.

— En tant que parents, c'est aussi une souffrance pour nous de te voir comme ça. On refuse de baisser les bras et de te laisser dans cet état.

— CET ÉTAT ?! explosa Cassiopée. Tu te rends compte des mots que tu emploies ? On dirait que tu parles d'une toxico ou je ne sais quoi ! On se calme : je suis timide. OK, ce n'est pas un avantage dans la société. Mais vous, vous êtes mes parents. Vous n'êtes pas censés m'aimer d'un amour inconditionnel, quelles que soient mes tares les plus « atroces » ?

— Et voilà, on ne peut jamais rien te dire… souffla sa mère.

— Ne nous fais pas passer pour des monstres ! protesta monsieur Winter. Tu nous prêtes des pensées que nous n'avons pas. Bien sûr que nous t'aimons telle que tu es, ma grande ! Mais personne n'est parfait, chacun doit travailler sur soi, c'est comme ça. Tu as vraiment envie de rester timide toute ta vie ?

Non. Cassiopée aurait tout donné pour enrayer cet immense fléau de son insignifiante existence. Sans hésiter, elle aurait signé un pacte en lettres de sang avec le diable en personne. Cependant, ce n'était pas la question en cet instant. Elle bouillait de rage contenue : pourquoi est-ce que ses propres parents ne l'acceptaient pas ? Comment pouvait-elle acquérir de la confiance en elle, perdre son complexe d'infériorité généralisé, alors que ses géniteurs la considéraient frappée d'un défaut de fabrication ? Eh oui, désolée, à la naissance, les fées avaient dû oublier de se pencher sur son berceau ! Si les magasins de descendance familiale existaient, ses parents l'y auraient rapportée pour l'échanger. Contre une fille sûre d'elle et extravertie. Une fille *normale.* Qui n'avait pas toutes les « chances » de rater sa vie.

— Ma petite Cassiopée…

Ce jeu étrange de vases communicants entre ses parents ne s'arrêterait donc jamais ? Ils n'avaient quand même pas répété entre eux avant de lui parler ? Le stage de théâtre aurait été plus approprié pour eux, en ce cas.

— … on voit bien ce qui se passe, larmoya sa mère. Ta timidité t'isole de plus en plus. Regarde, tu fêtes ton anniversaire avec nous ! Nous en sommes flattés, ça nous fait très plaisir, mais quatorze ans, en principe, c'est l'âge des sorties entre copines, des boums…

La fureur de Cassiopée était à présent telle qu'elle n'avait pas plus envie de rire que d'informer sa mère que ce terme datait de l'âge de pierre.

— C'est un peu cliché, non ? se contenta-t-elle d'interroger d'un ton froid. Je dois m'excuser de ne pas correspondre à votre vision des jeunes de quatorze ans ?

Madame Winter commença à perdre patience.

— Arrête un peu d'esquiver le sujet, tu veux ? Tu déplaces le cœur du problème par pure mauvaise foi. Nous ne sommes pas aveugles, tu sais. Avant, tu avais au moins Lucile. Là, ça fait plusieurs semaines qu'on ne l'a pas vue.

— On s'est disputées. Ça ne t'est jamais arrivé de t'embrouiller avec une amie ? Aucun rapport avec la timidité !

— Très bien. Et le fait que tu t'obstines à ne pas t'inscrire au club d'athlétisme parce que tu n'y connais personne, alors que tu pratiques quotidiennement la course à pied ?

— Leur truc, c'est la vitesse, la compétition. Moi, je préfère l'endurance. Tranquille dans mon coin.

— Admettons. Ne jamais oser téléphoner pour prendre toi-même un simple rendez-vous chez le médecin ou chez le coiffeur, par exemple ?

— Ça fait un moment que je ne t'ai pas demandé de le faire pour moi…

— Parce que tu avais Lucile pour appeler à ta place, ne me prends pas pour une idiote ! s'exaspéra sa génitrice.

CHAPITRE 2

— Je te signale qu'il y a des tas de mères de famille respectables qui s'occupent de prendre les différents rendez-vous pour leurs enfants, même quand ils sont ados. Ça s'appelle « s'occuper d'eux », c'est le principe de la parentalité.

— Ne prétends pas m'apprendre mon rôle de mère, je pense que tu n'as pas à te plaindre ! Cassiopée, j'ai des centaines, voire des milliers d'exemples comme ça… Et la fois où on a dû t'emmener aux urgences, car la prof de sport t'avait demandé de retirer ta barrette pour ne pas te faire mal durant un exercice ? Tu n'avais pas osé lui demander de te la garder ni d'aller la déposer sur le côté, tu te souviens ? Tu étais trop timide pour lui expliquer que tu n'avais pas de poche pour la ranger. Du coup, tu as préféré l'avaler !

— Maman ! C'était madame Nagot, l'intervenante qui terrorisait TOUS les élèves de l'école. Elle venait déjà de me passer un savon parce que j'étais en robe et en collants, cette fois-là. C'était pour faire une roulade pendant une séance de sport improvisée à la suite de l'annulation d'une autre activité… Et surtout, c'était en maternelle, et j'avais CINQ ANS !

— Même pour une gamine de cinq ans, c'était un comportement totalement irrationnel. Et dangereux pour toi. Non seulement ta timidité t'exclut, mais elle te conduit parfois à faire n'importe quoi. Tu aurais vu la tête du médecin quand il a compris… J'avais honte.

Cette fois, Cassiopée éclata :

— Ah bah, on y est ! La voilà, la vérité : vous avez honte de votre propre fille. Tu te rends compte à quel point c'est injuste de me sortir ça ? Vous croyez que je le fais exprès ? Vous croyez que ça me plaît ?

Elle se dégagea avec brusquerie de la tenaille parentale.

— Je vais dans ma chambre. Et votre stage à la con, vous pouvez vous le garder !

— Reste polie et reste ici, cette conversation n'est pas terminée…

Mais la jeune fille n'avait aucune intention d'obéir. Elle en avait entendu bien assez. Sans plus attendre, elle se précipita hors du salon, s'engouffra dans le vestibule et grimpa quatre à quatre les marches de l'escalier qui menait à l'étage. Tandis qu'elle achevait son ascension au pas de course, la voix maternelle lui cria d'en bas :

— Que tu le veuilles ou non, tu iras ! Mets ton réveil à sept heures et quart demain matin ; on doit partir tôt, on a de la route. Tu seras hébergée chez ton cousin cet été, le stage est à côté. Et ne t'en fais pas pour tes affaires : j'ai préparé ta valise tout à l'heure, elle est déjà chargée dans le coffre de la voiture !

La tirade fit à l'adolescente l'effet d'un uppercut en plein ventre. Par fierté, elle ne se retourna pas et fila s'enfermer dans sa chambre.

Une fois qu'elle fut assise au calme sur son lit, son cerveau traita véritablement les informations qu'il venait de recevoir. « Tu seras hébergée chez ton cousin cet été ». Elle défroissa la feuille serrée dans son poing. *Confirmation d'inscription stage d'été.* La brillante idée de ses parents allait donc lui pourrir la totalité de ses grandes vacances. Loin de la maison. Loin de Lucile et d'une possible réconciliation. Loin de Thibaud qu'elle ne pourrait pas recroiser avant deux mois…

CHAPITRE 2

Quant à son cousin, elle le connaissait à peine ! Ce n'était pas un vrai cousin, plutôt un genre d'arrière-cousin ou de petit-cousin – elle n'avait aucune idée de la façon généalogiquement correcte de le qualifier. Il avait un an et demi ou deux ans de plus qu'elle et vivait à l'autre bout de la France. Ils ne se voyaient qu'à l'occasion de grandes réunions familiales exceptionnelles telles que les mariages, autant dire quasiment jamais. Leurs dernières retrouvailles dataient des noces d'une parente éloignée, trois ans plus tôt. Cassiopée se souvenait mot pour mot de leur conversation :

— Salut !

— Salut…

Leur échange s'était arrêté là. Une nuée de gens de tous âges s'était vite massée autour de lui pour discuter. La jeune fille n'avait pas eu besoin de l'observer longtemps pour déduire qu'il était sociable à l'extrême, à l'aise avec tout le monde, trouvant toujours sans effort la bonne formule ou l'anecdote qui allait intéresser ses divers interlocuteurs. À un moment, il lui avait jeté un regard inquisiteur à travers la foule… Elle avait profité qu'il tourne la tête, alpagué par une énième personne, pour aller se terrer dans un coin avec un bouquin, trop mal à l'aise.

Son cousin et elle n'appartenaient pas au même monde, c'était une évidence. Cela signifiait qu'en plus de passer ses journées à se faire torturer sur les planches, elle ne trouverait personne le soir avec qui partager ses angoisses d'introvertie… En dépit des places offertes pour le prochain concert de GIRL, elle se demandait si ce n'était pas l'anniversaire le plus nullissime de toute sa vie.

Tout à coup, elle se redressa d'un bond et ouvrit grand les portes de son armoire. Beaucoup de ses habits manquaient à l'appel. Sa mère n'avait pas menti. Elle grimaça devant ses cintres vides et ses étagères pillées : il ne lui restait plus grand-chose de potable à se mettre pour le lendemain. Elle n'accordait pas d'importance disproportionnée à ses tenues vestimentaires, d'habitude. Néanmoins, si elle débarquait vêtue comme un sac à patates, elle doutait de faire bonne impression sur Mister popularité. Elle subissait déjà la situation, elle n'avait aucune envie d'essuyer en plus des moqueries sur son apparence… La poisse !

Parcourant à nouveau le papier annonciateur de sa condamnation, elle repéra en bas de la page, inscrite en minuscules caractères d'imprimerie, la mention d'une adresse internet :

www.theatreduserpentvert.com

Peut-être qu'elle en apprendrait plus en se connectant sur le site… Elle s'empara de la tablette posée sur son bureau (en vérité, celle-ci appartenait à son père mais il n'oserait pas la lui réclamer ce soir – pas après ce qui venait de se passer). Ses doigts pianotèrent sur l'écran. La manœuvre l'emmena sur une page d'accueil au fond noir, rédigée en lettres vert pâle. C'était une simple liste de représentations de différentes pièces, pour la plupart inconnues de Cassiopée. Sur le côté droit, un encadré :

Stages

CHAPITRE 2

Son index l'effleura. Un nouvel écran apparut. Avec, là aussi, une liste :

- *Stage de Toussaint*
- *Stage de Noël*
- *Stage d'hiver*
- *Stage de printemps*
- *Stage d'été*

Public : stages destinés aux adolescents (12-18 ans).
Niveaux : Avancé, Courant, Spécial Timides.

Le troisième niveau mentionné ne pouvait que retenir son attention. Elle posa son index dessus et obtint quelques maigres détails :

Atelier adapté aux personnes timides :
relaxation, exercices courts et bienveillance.

Hmm... Évidemment, c'était plus rassurant que de découvrir indiqué « stress, exercices interminables et hostilité ». Mais est-ce que l'annonce du site correspondait bien à la réalité ? Le seul point réconfortant qu'elle pouvait en tirer, c'était qu'en fin de compte, elle se retrouverait parmi d'autres timides qui comprendraient ses difficultés. Ses parents ne l'avaient pas inscrite là par hasard. Ils le lui auraient sans doute expliqué si leurs échanges n'étaient pas complètement partis en vrille.

À présent que sa colère commençait à retomber, la tristesse et l'amertume la remplaçaient. Comment son père et sa mère avaient-ils pu la trahir ainsi ? Peu lui importait la prétendue noblesse de leur objectif, car il s'agissait d'une utopie. Même avec des cours adaptés à sa personnalité, elle ne s'en sortirait pas. Le théâtre impliquait de se retrouver au centre de la scène, sous le feu des projecteurs. Elle, quand la lumière et le regard des autres se posaient sur sa personne, elle se métamorphosait toujours en une créature hésitante, rougissante, bafouillante ou mutique… bref, parfaitement grotesque. La perspective d'endurer cela en continu durant deux mois ne l'enchantait pas. Pas du tout.

Désespérée, elle saisit son téléphone portable et fit défiler son répertoire jusqu'au nom de Lucile. En dépit de sa tentative, son amie ne décrocha pas. Elle ne prenait plus ses appels… Cassiopée lui rédigea un SMS à toute vitesse.

HELP ! Les parents m'envoient tout l'été dans un bled paumé pr... un stage de théâtre !
Ma mère a dit qu'ils avaient honte de moi…
Réponds stp

Une fois le message envoyé, le mot « Lu » apparut très vite en dessous du texte. Hélas, aucune réponse ne vint. Après avoir patienté une bonne quinzaine de minutes – une éternité –, la jeune fille se décida à adresser un second SMS.

Encore pardon <3
Parle-moi stp

CHAPITRE 2

Pas de « Lu » ce coup-ci, mais un simple « Distribué ». Lucile ne s'intéressait plus à son téléphone ou la snobait en toute connaissance de cause. Dans les deux cas, Cassiopée n'obtiendrait d'elle que du silence. Elle abandonna son portable sur sa table de nuit en soupirant. Les semaines suivantes promettaient d'être très difficiles, sans même l'amitié à distance de sa précieuse Lucile pour l'aider à les supporter.

À cette pensée, une sorte de flash traversa son esprit. Elle revit le chaos. Le rouge vif. Le sang qui coulait… De simples excuses n'effaceraient pas ce qu'elle avait fait. Ce stage de théâtre forcé, à bien y réfléchir, constituait peut-être le châtiment qu'elle méritait. Sa juste peine capitale…

CHAPITRE 3

Cassiopée émergea en sursaut, ouvrant la bouche pour avaler une grande goulée d'air comme si elle remontait d'une longue apnée en mer onirique, d'un sommeil abyssal et sans respiration.

Elle avait pourtant tout fait pour ne pas s'endormir, trop inquiète des actes qu'elle pourrait commettre durant son assoupissement. Angoissée, elle regarda autour d'elle : elle se trouvait toujours dans sa chambre, installée à son bureau. Elle avait pris place sur sa chaise un peu bancale (il lui manquait une roulette), un bon livre pour compagnon nocturne, dans l'espoir couplé de se changer les idées et de ne pas céder aux bras de Morphée. De toute évidence, Stephen King avait échoué à la maintenir éveillée. Elle jeta un rapide coup d'œil à la couverture un peu cornée de *Misery*. Elle n'aurait peut-être pas dû opter pour un roman qu'elle connaissait par cœur. Mais l'intégrale des aventures des sorcières d'Anne Rice était restée sur la table du salon après son évasion, et Cassiopée n'avait pas eu le courage de redescendre... Hélas, le trop-plein d'émotions de la soirée l'avait épuisée. Elle n'avait pas su résister.

Elle examina encore la pièce, tâta son pyjama. Rien ne paraissait indiquer qu'elle soit sortie pendant la nuit. Afin de pousser plus loin ses vérifications, elle retroussa ses manches, remonta les jambes de son pantalon de coton. Pas d'égratignure. Rien. Seul un gros bleu violacé, trace de sa collision de la veille avec la trottinette, ornait désormais l'un de ses mollets. Le soulagement l'envahit. Au moins, elle ne s'était pas transformée en monstre des ténèbres !

Il ne s'agissait là que d'une façon de parler, bien sûr... Enfin, presque. La jeune fille s'était découverte somnambule depuis peu. Seuls ses parents – et Lucile, malheureusement – étaient au courant. Ce n'était pas le genre de choses qu'elle avait envie d'ébruiter ; elle passait déjà trop pour la bizarre de service en raison de sa timidité. La première fois qu'une « crise » s'était produite, sa mère l'avait trouvée arpentant le couloir de l'étage tel un zombie au cœur de la nuit, l'allure lente, le regard vide. La deuxième, son père l'avait découverte dans le jardin : pieds nus parmi les plates-bandes, elle cueillait les jonquilles une par une sous l'œil de la lune, avec des gestes mécaniques, comme un robot. Le phénomène était arrivé – officiellement – à deux reprises en neuf mois. Rien de bien inquiétant, ni de très fréquent, même si l'adolescente avait la vague intuition que le stress pouvait constituer un éventuel facteur déclencheur de son somnambulisme.

D'un autre côté, elle était *toujours* stressée en raison de sa timidité... Alors pourquoi ne devenait-elle pas somnambule chaque nuit ? Lorsqu'elle l'avait consulté pour une banale angine en cours d'année, elle n'avait pas osé aborder le sujet avec le médecin (d'autant plus qu'elle avait eu affaire à un remplaçant, un parfait inconnu). Elle s'était rassurée en se disant que ce n'était pas bien grave, plutôt amusant en fait... Et puis, il y avait eu la troisième fois. Celle qu'elle avait gardée secrète. Celle à propos de laquelle, en dépit de sa rancune, Lucile aussi avait conservé le silence. L'événement remontait à quelques semaines. Trois et demie, pour être précise.

Sans crier gare, l'image de la paire de ciseaux surgit dans son cerveau. Cette longue paire de ciseaux argentée, pointue à souhait, qui n'avait rien à faire dans sa propre main et qui, pourtant, s'y trouvait. Cette paire de ciseaux qui, telle une Parque trancheuse de destin, avait sectionné un lien de dix ans de complicité.

— SOLEIL SUR TOUT LE PAYS AUJOURD'HUI ! LES TEMPÉRA...

Cassiopée sursauta et se précipita vers sa table de nuit pour éteindre son réveil qui beuglait le bulletin météo de la radio. Cette histoire de stage de théâtre l'angoissait tellement qu'elle avait ouvert l'œil avant l'horaire décrété par sa mère. Cette dernière toqua à la porte de la chambre, sans l'ouvrir, à peine l'appareil redevenu muet.

— La salle de bains est libre ! Vas-y et ne traîne pas trop : dans l'idéal, ce serait bien qu'on décolle à huit heures.

Super. Pire que le service militaire. *Chef, oui, chef !* pensa l'adolescente.

— Cassiopée, tu m'as entendue ?

— Ouais, ouais, c'est bon, j'y vais, grommela-t-elle. Et bonjour, au fait !

— Bonjour, ma chérie.

« Ma chérie », maintenant ! Sa génitrice pouvait employer à son égard tous les termes affectueux qu'elle désirait, cela n'adoucirait pas la décision parentale de l'expédier à l'échafaud. La métaphore était peut-être un brin exagérée, mais il n'en demeurait pas moins certain qu'on lui avait d'ores et déjà gâché son été. Si seulement elle trouvait une excuse imparable pour esquiver…

Soudain, elle se rappela que son réveil n'aurait pas dû retentir car, la veille, dans une forme de rébellion illusoire, elle avait volontairement ignoré les instructions maternelles et omis de le programmer. Cela signifiait que l'un de ses deux parents s'était introduit dans la pièce, alors qu'elle dormait, pour vérifier si elle s'était exécutée et le paramétrer à sa place. Elle hallucinait ! Jamais elle ne les aurait crus capables de violer ainsi son espace d'intimité. C'était sa chambre. Son territoire. Ils n'avaient pas à s'y faufiler en douce !

— Cassiopée ! La salle de bains ! s'impatienta la voix de madame Winter.

— JE SAIS ! J'Y VAIS !

À huit heures cinq précises, l'adolescente apparut dans le salon où ses parents commençaient à tourner en rond, semblables à une paire de lions en cage. Douchée, vêtue d'une manière qu'elle jugeait à peu près correcte, et le cœur serré, elle récupéra sans un mot la saga d'Anne Rice qui traînait encore sur la table. Elle glissa l'imposant ouvrage dans son sac à dos, aux côtés de sa trousse de toilette et de son chargeur. Ensuite, elle tira son téléphone portable de la petite poche avant et contrôla pour la énième fois l'écran. Aucun message, aucun appel. Le désarroi lui rendit la parole :

— Vous tenez toujours à me faire partir là-bas ? Vous savez que rien ne vous oblige à persister dans l'erreur et à employer une méthode aussi radicale ?

— Radicale ? reprit monsieur Winter. C'est du théâtre, pas un stage commando où on va te demander de ramper dans la boue !

Ce qu'il ne comprenait pas, c'était que sa fille aurait mille fois préféré se traîner dans la fange plutôt que de devoir monter sur une scène qui la placerait au centre des regards et des railleries potentielles.

— Sois raisonnable, ma grande. De toute façon, c'est déjà payé. On ne va pas reculer.

Qui, « on » ? Il n'y avait qu'une seule personne dans cette maison qui allait être envoyée au casse-pipe. Même une formation adaptée aux timides ne provoquerait – au mieux – que des résultats minimes sur elle, elle en éprouvait la triste conviction.

— Tu veux un chocolat chaud ? tenta de la réconforter sa mère.

— On n'est pas déjà en retard sur votre super planning ? la rabroua Cassiopée. Non merci, je ne peux rien avaler. Et puis, je viens de me brosser les dents.

— Tu ne pourras pas rester l'estomac vide comme ça jusqu'au déjeuner ! intervint son père en lui fourrant un paquet de cookies dans les bras. Prends ça pour le trajet… et, par pitié, essaie de ne pas mettre trop de miettes sur la banquette.

Face à son rictus comique, elle se mordit la lèvre inférieure pour ne pas rire. Pourquoi ses parents lui rendaient-ils la tâche si difficile ? Elle leur en voulait, cependant elle ne parvenait pas à les détester. Ils n'étaient pas méchants. Au contraire, ils étaient persuadés de bien faire. Elle-même souhaitait par-dessus tout NE PLUS être timide. Si elle ne se laissait pas gagner par leur optimisme concernant le stage, c'était parce qu'un mauvais pressentiment lui tordait les boyaux. Tout événement impliquant trop d'interactions sociales finissait toujours mal avec la timidité. Comment pourrait-il en aller autrement cette fois-ci ? Elle aurait tant voulu partager avec quelqu'un la tempête de doutes et de sentiments contradictoires qui l'assaillait à ce sujet…

— ATTENDEZ ! s'écria-t-elle, alors qu'elle venait de s'installer avec ses parents dans le véhicule familial. On va passer devant chez Lucile, non ? Je veux lui parler, lui dire au revoir en face. Vous me devez bien ça, je ne la verrai pas pendant deux mois.

— Mais ça fait déjà plusieurs semaines que vous ne…

Le coup de coude peu discret administré par madame Winter fit taire son époux. Elle se tourna vers sa fille.

— D'accord, on fait un arrêt. Mais cinq minutes maxi !

L'adolescente acquiesça en silence. Elle n'avait aucune certitude que son amie accepterait de l'écouter. Mais puisque celle-ci refusait toute communication par téléphone, il ne restait à Cassiopée que cet ultime recours. Avant de quitter la ville, elle devait tenter le coup. Leurs discussions, leur entente, lui manquaient trop.

Un instant plus tard, beaucoup moins sûre d'elle, elle fixait la maison de sa camarade, plantée à la grille d'entrée. Elle tendit la main vers la sonnette. Hésita.

CHAPITRE 3

Contempla l'étiquette affichant le nom de famille franco-vietnamien : *TRAN-DULAC*. Appuya. À la seconde même où le carillon résonnait, la réalité la frappa de plein fouet : on était *dimanche*, c'étaient les *vacances*, et il n'était pas encore huit heures et demie. Elle allait se faire incendier.

Pas le temps de prendre ses jambes à son cou, la porte du petit pavillon s'ouvrit, dévoilant une dame déjà tout apprêtée et fraîche comme la rosée. La mère de Lucile, qui appartenait de toute évidence à ce groupe restreint de gens que l'on qualifiait de « personnes du matin », afficha un grand sourire et se hâta vers le portail.

— Cassiopée, ça faisait longtemps ! Je suis heureuse de te voir.

Elle marqua une légère pause avant de s'enquérir, le front plissé :

— Tout va bien ?

— Oui. Enfin, non... Si. Enfin, presque... Est-ce que Lucile est là ? Il faut absolument que je lui parle. Je suis désolée de débarquer aussi tôt, c'est juste que c'est... pressé. Mes parents m'attendent dans la voiture. On s'en va, là, je pars pour deux mois.

Madame Tran-Dulac perçut la détresse de l'adolescente, elle s'abstint donc de lui demander des détails. Lui ouvrant grand la grille, elle l'invita à la suivre.

— Viens avec moi. Allons lever notre marmotte !

Elles s'engouffrèrent ensemble dans la maison de plain-pied et se dirigèrent droit sur la chambre de Lucile. Madame Tran-Dulac frappa trois petits coups fermes à la porte tandis qu'elle entonnait d'une voix chantante :

— On se réveeeeiiiille ! On a de la visiiite.

Silence. Aucune réponse ne s'éleva, pas même le moindre grognement ni bruissement de couverture.

— Tant piiis, on entre ! prévint la mère de famille, d'un timbre toujours aussi guilleret.

Le stress le plus complet s'empara de Cassiopée. Elle en avait mal au ventre. Elle souhaitait de toutes ses forces arranger les choses avec sa meilleure amie avant son départ, et la perspective de ne pas y parvenir la rendait malade.

Dans la chambre, une montagne de draps froissés, dont émergeaient à peine quelques mèches brunes, reposait sur le lit. La mère de Lucile remonta le store du velux d'un geste décidé. Aussitôt, la lueur éclatante du soleil matinal envahit la pièce. Les draps gémirent :

— Mais arrête ça ! Laisse-moi dormir tranquille…

— Hors de questiooon, chantonna madame Tran-Dulac en attrapant un coin du textile, et en l'abaissant en un tour de main au niveau des chevilles de sa fille.

Furibonde, celle-ci se redressa d'un mouvement vif en position assise, prête à rabattre de nouveau les draps sur elle.

— Nan, mais ça va pas, maman, qu'est-ce qui te pr…

Elle s'interrompit en découvrant la présence de Cassiopée.

— C'est quoi, ce délire ?

— C'est ton amie qui a la gentillesse de passer te dire au revoir en personne avant de partir en voyage, répliqua sa mère sans perdre sa bonne humeur. Maintenant que tu es réveillée, je vous laisse bavarder toutes les deux. Moi, je vais aller saluer les parents de Cassiopée qui patientent dehors.

CHAPITRE 3

Dès qu'elle sortit de la pièce, un froid s'installa. Glacial. Polaire, même.

Sa longue chevelure soyeuse en bataille, les bretelles du top bleu qui lui servait de haut de pyjama entortillées sur ses épaules, Lucile toisait l'intruse, muette. Cassiopée n'osait pas se lancer, de peur de provoquer un orage. Toutefois, limitée par le temps, elle finit par se jeter à l'eau :

— Salut.

— …

— Euh… Désolée de te réveiller, mais c'est… euh… une urgence.

— Il y a le feu ? Quelqu'un est mort ? interrogea d'un ton peu amène son amie – ou du moins, celle qui l'était auparavant.

— Non, bien sûr que non ! Écoute, je sais que tu m'en veux pour ce que je t'ai fait. C'est normal. Je te le répète : je suis désolée. Si tu exiges que je te présente des excuses trois fois par jour, chaque jour jusqu'à la fin de notre vie, je le ferai. Mais s'il te plaît, pardonne-moi !

— …

— Tu me prends pour une personne horrible, mais je te jure que ce n'était pas intentionnel. Jamais je n'aurais fait exprès de te blesser !

Lucile poussa un soupir ostensible avant de prendre la parole d'une voix douce, qui laissait présager le pire.

— Évidemment que je sais que tu n'as pas fait exprès de m'entailler le bras… Encore heureux ! Je sais aussi qu'on dit qu'il ne faut jamais réveiller une personne somnambule. Mais sur l'instant, tirée du sommeil en sursaut, j'ai rallumé, je t'ai vue, je n'ai pas réfléchi.

Il fallait bien que je t'arrête : tu avais ouvert ma penderie et t'apprêtais à trucider mes fringues à grands coups de ciseaux ! J'ai très bien compris que si j'en ai reçu un, c'est parce que je me suis interposée. Je ne te prends pas pour un monstre. Tu étais encore endormie.

Cassiopée sentit un poids s'ôter de sa poitrine.

— C'est vrai ? Pourquoi tu m'évites, alors ?

La pitié dans le regard de sa camarade la fit frissonner.

— Ce n'est pas aussi simple, Cass. Bien sûr qu'au début, j'étais furieuse contre toi. Cette nuit-là, tu m'as fait très peur et très mal ! Sauf que tu dormais, ce n'est pas vraiment toi qui l'as fait. C'était… une autre toi. Avec le recul, ce n'est pas la fin du monde, tu n'as pas essayé de m'assassiner, mais tu devrais envisager de te soigner. Le somnambulisme, c'est connu, c'est presque banal, il n'y a pas de honte ! Il existe forcément des médicaments pour t'aider soit à le faire disparaître, soit à mieux vivre avec. Sans… incident.

— Sûrement.

L'expression sur le visage de Lucile se durcit. Sa voix aussi.

— « Sûrement », mais tu n'en sais rien parce que tu n'en as toujours pas parlé à un docteur, n'est-ce pas ? Même après ça…

— J'ai peur de passer pour une dingue.

— Tu préfères le devenir ? Cass, pour l'instant, ce n'est pas grave, mais tu n'as aucune idée de la façon dont ça peut évoluer… Peut-être qu'au fond, ça te plaît !

— Qu'est-ce que tu racontes ?

— Peut-être qu'inconsciemment, tu es contente de perdre le contrôle et de te lâcher, pour une fois. Toi qui n'oses jamais te bouger dans la vie !

CHAPITRE 3

— Tu te sens bien ?! s'indigna Cassiopée. Tu exagères totalement. Et ton analyse, là, ça s'appelle de la psychologie de comptoir.

— Ah oui, alors, tu attends quoi ? Que j'aille consulter un médecin à ta place ? Car, de toi-même, tu ne fais RIEN. Dès que tu es avec quelqu'un d'autre que moi, tes parents ou les miens, tu te tais, tu essayes de t'effacer, tu t'interdis presque de respirer. C'est comme si tu t'excusais d'exister… Une statue a plus de présence que toi !

Cassiopée recula d'un pas sous la violence de la réplique. Lucile était inarrêtable :

— Moi, je pense que tes parents ont raison pour ton stage cet été. Le théâtre, il paraît que ça fonctionne plutôt bien pour surmonter la timidité. Cass, tu dois AGIR pour CHANGER. Ce n'est plus possible. Tu as atteint la dernière limite.

Cassiopée se sentait au bord du malaise. Elle commençait à comprendre la véritable raison du silence de sa camarade durant tous ces jours précédents, et l'interrogea :

— Ce ne serait pas plutôt toi qui as atteint ta dernière limite ?

— Si. Je n'en peux plus ! Tu es une fille géniale, avec plein de qualités. Mais la vérité, c'est que ta timidité gâche tout. La seule chose que tu veux, c'est qu'on traîne toutes les deux, qu'on discute toutes les deux… Je suis enchaînée à toi depuis la maternelle.

— Mais…

— Arrête d'essayer de me faire culpabiliser avec ce regard du Chat Potté dans *Shrek* ! J'ai toujours été de ton côté, je t'ai toujours aidée au maximum. Pendant toutes ces années, j'ai fait plein de choses pour toi. J'ai parlé aux vendeuses, aux serveurs. J'ai même dû aller donner ta réponse à Romain à ta place quand il t'a demandé de sortir avec lui.

Pourquoi est-ce que Lucile lui rabâchait ces trucs ? Cassiopée avait conscience de son soutien indispensable.

— Où tu veux en venir ?

— Si je t'ai évitée ces derniers temps, c'est parce que j'avais besoin de prendre du recul. Et je me suis aperçue d'une chose : ça m'a soulagée. Parce que tu es devenue mon boulet… Enfin, pas vraiment toi : ta timidité. Elle est lourde à porter. Elle prend trop de place. Pour être honnête, elle m'emmerde !

Cassiopée voyait trouble à présent. Les larmes s'accumulaient dans ses yeux.

— Tu ne veux plus qu'on soit amies ? demanda-t-elle.

Lucile poussa un nouveau soupir. Long. Profond. Cruel.

— Je pense qu'on devrait prendre nos distances pendant un moment. Ne plus être en contact du tout.

— Donc tu balaies dix ans d'amitié ? Comme ça ? Je n'ai même pas eu droit à un SMS d'anniversaire.

— Pardon si ça t'a blessée. Ce n'était pas méchant. C'est juste que j'aurais trouvé ça hypocrite. Je ne voulais pas que tu croies que tout allait redevenir comme avant… Je ne balaie pas notre amitié, je ne l'oublierai jamais ! J'espère de tout cœur qu'on se retrouvera plus tard, quand tu iras mieux.

Traduction : quand tu ne seras plus timide.

Mission : impossible.

— Je me doute que c'est difficile à entendre, Cass, mais

tu dois régler ton problème. Même ton cerveau se met à vriller et te fait péter les plombs la nuit, tellement tu es bloquée la journée… Nous sommes arrivées au point de non-retour, celui où l'on s'empêche mutuellement d'avancer. Je t'ai trop assistée toutes ces années, ça ne t'a pas rendu service. J'en ai marre de te regarder t'interdire de vivre. Je n'ai pas envie d'oublier de vivre moi aussi. Il vaut mieux arrêter les frais. Pour notre bien à toutes les deux.

C'était donc cela, une rupture amicale ? « Pour notre bien à toutes les deux. » Décidément, le bien, ça faisait mal.

Un coup de klaxon vigoureux transperça l'atmosphère pesante qui s'était abattue dans la chambre.

— Ça, c'est mon père qui s'excite… Il faut que j'y aille, annonça Cassiopée en retenant ses sanglots.

Elle sortit en trombe de la pièce sans que Lucile esquisse un geste pour la retenir. Rejoignant la voiture au pas de course, elle n'accorda pas un regard à madame Tran-Dulac et se précipita à sa place sur la banquette arrière, claquant la portière.

*

Le véritable périple débuta. Un aller simple pour l'enfer. Mais l'adolescente n'en avait plus rien à faire. Elle avait le cœur en miettes, les paroles de Lucile l'avaient broyé. Sur le trajet, elle tenta plusieurs moyens pour noyer son chagrin : la nourriture (le paquet de cookies ne lui résista pas, le sandwich au pain viennois et le grand sachet de chips du midi non plus), la lecture (elle abandonna vite, incapable de se concentrer), la contemplation du paysage qui défilait (ennui mortel). Comme elle ne pouvait pas aller courir pour semer derrière elle tristesse et colère, elle se réfugia dans sa bulle de musique grâce à ses écouteurs. Les notes de GIRL s'élevèrent, vibrant jusque dans son âme et sa chair.

Pelotonnée sur son siège, Cassiopée laissa tourner en boucle les titres de leur dernier album, *La Fille cachée de la lune.* À l'avant, ses parents discutaient entre eux. Elle ne prêtait pas attention à leurs échanges, l'esprit parti bien trop loin, dans le sillage des mélodies lancinantes et obsédantes.

Après des heures de cet état quasi hypnotique, une phrase prononcée par sa mère perfora sa transe :

— Ça y est, on est presque arrivés.

Cassiopée tourna la tête vers la vitre tandis que la chanteuse de GIRL lui susurrait le premier couplet de *Lune de brume* :

Encore un jour de brume pour la lune,
Petit clou pâle dans le ciel diurne.
Qui pourrait distinguer la blême ronde
Cachée dans l'ombre du monde ?
Ghost and shy,
Lost in the sky.
Lorsqu'enfin vient la nuit,
D'un croissant, elle souligne son ennui.
Ghost and shy,
Lost in the sky.

CHAPITRE 3

— Oui, tiens, voilà le panneau d'entrée de la ville ! s'exclama monsieur Winter.

La jeune fille aperçut la pancarte au même moment. Quelqu'un y avait tagué la silhouette inquiétante d'une sorcière aux ongles démesurément longs et au nez crochu, coiffée du traditionnel chapeau pointu. Assise sur son balai, elle survolait le nom de l'agglomération :

AGONIE

Cassiopée songea alors que cela s'accordait parfaitement à son humeur…

CHAPITRE 4

Non, décidément, l'humeur de Cassiopée n'avait pas changé. Agonie. Une espèce de mort psychologique à petit feu, lente et douloureuse, voilà ce qu'elle ressentait.

Elle avait laissé les autres parler entre eux durant le dîner, ne participant à la discussion que par monosyllabes ou onomatopées lorsqu'on l'interpellait pour lui poser une question. Son cousin n'était même pas présent. Invité à une soirée, il dormait ensuite chez l'un de ses amis. Elle ignorait si elle devait en éprouver un vague soulagement ou se sentir vexée du peu de considération qu'il lui accordait. Au moins la mère de ce dernier paraissait plutôt sympathique. Elle avait tout de suite essayé de mettre Cassiopée à l'aise (en tout cas, moins mal à l'aise) en lui demandant de la tutoyer et de l'appeler par son prénom : Alice. Comme elles ne se connaissaient presque pas, c'était un peu bizarre, mais toujours mieux que de devoir la vouvoyer et lui donner du « tante Alice » pendant tout l'été.

Pas de mari dans le tableau de famille, Alice élevait seule ses deux enfants. Oui, *deux*... Interloquée, Cassiopée avait découvert l'existence de la volubile Zoé, sept ans et pas toutes ses dents (la visite de la petite souris devait remonter à peu de temps). La fillette était-elle présente trois ans plus tôt, au mariage de leur lointaine parente en commun ? Probablement. Il y avait tant d'invités ! Lors de l'événement, Cassiopée devait bien avouer qu'elle avait consacré beaucoup plus d'énergie à fuir la foule qu'à se concentrer sur la table des jeunes enfants… Elle aurait apprécié d'avoir la mémoire rafraîchie avant de débarquer à Agonie. D'autant plus que le clou de la soirée avait été d'apprendre qu'elle devrait partager une chambre avec la gamine !

Pas de tranquillité, zéro intimité… La perspective de ce binôme imposé ne la réjouissait pas des masses, même si Zoé semblait s'être entichée d'elle à la seconde où l'adolescente avait accepté de l'escorter, à la fin du repas, braver la pénombre de la grande cave en forme de L renversé, afin d'y récupérer – à la demande d'Alice – des oranges pour le petit déjeuner du lendemain. (*Sérieusement ?!* Qui stockait des oranges dans sa cave ? Ne pas se fier aux premières impressions : il y avait forcément un ou une psychopathe dans cette maison !)

— La… Za… Saga… des sorcières.

Cassiopée tressaillit sous l'effet de la voix flûtée qui déchiffrait avec application le titre du livre qu'elle venait de déposer sur le lit le plus rose bonbon qu'elle ait jamais vu (tout, du matelas à l'oreiller en passant par le bois de cette couchette de princesse, était d'une teinte guimauve à vous griller la rétine). Embarrassée, elle s'empressa de dissimuler l'ouvrage sous le traversin *Belle au bois dormant.*

CHAPITRE 4

— Attention, ça fait peur, c'est de la lecture pour les grands, expliqua-t-elle à la petite Zoé qu'elle n'avait pas entendue arriver et qui la fixait avec curiosité.

Elle tenta de détourner l'attention de la fillette.

— Tu es sûre que ça ne te dérange pas de me prêter ton beau lit pendant deux mois ?

— Ah non, ça veut dire que je vais pouvoir dormir tout l'été sur mon matelas gonflable *Reine des Neiges* ! s'enthousiasma l'enfant. C'est trop rigolo d'être par terre !

Cassiopée ne put s'empêcher de se laisser attendrir face à tant de candeur et de bonne humeur. Après tout, ce ne serait peut-être pas si terrible de cohabiter. De toute manière, à choisir, elle préférait se retrouver coincée avec cette juvénile demoiselle plutôt qu'en compagnie d'un garçon plus âgé et quasi inconnu, cela aurait été beaucoup trop gênant. C'étaient ses parents qui dormaient dans la chambre de son cousin ce soir *(grand bien leur fasse)* parce que *monsieur* possédait un énorme lit à deux places. Demain matin, ils la déposeraient au théâtre avant de prendre la route du retour, non sans quelques haltes romantiques au passage – ils avaient posé plusieurs jours de congé à cette intention. Bref, ils avaient tout prévu, y compris de s'offrir du bon temps en amoureux tandis qu'ils livraient leur enfant unique à la torture psychologique…

— Dis, il y a plein de sorcières dans ton gros livre ?

Zoé revenait à la charge, l'air plus intriguée qu'apeurée.

— Euh… balbutia l'adolescente, hésitant sur le bon moyen de désamorcer l'intérêt de la fillette afin que celle-ci n'éprouve pas l'envie de feuilleter l'ouvrage. C'est… c'est compliqué. Écoute, ce ne sont pas des histoires pour les enfants, tu comprends ?

— Pourquoi, « compliqué » ? Si ça ne parle pas vraiment de sorcières, pourquoi c'est écrit dessus, alors ? Madame Dorothée, ma maîtresse de cette année, elle nous a appris que le titre a toujours un rapport avec le contenu de l'histoire.

Cassiopée n'eut pas le loisir de réfléchir à une façon de contrer la fameuse madame Dorothée, car Zoé poursuivait son idée :

— Allez, tu peux me le dire… Je te promets que je n'essaierai pas de regarder les pages, je veux juste savoir.

Pressentant que la gamine obstinée ne lâcherait jamais le morceau, elle capitula :

— Bon, oui, il y a des sorcières ! Et ce sont des histoires d'horreur… Je suis désolée, je n'ai pas réfléchi, je ne voulais pas te faire peur.

Zoé la dévisagea, très sérieuse.

— Ne t'inquiète pas, tu peux continuer à lire ton histoire, et je n'ai pas peur de toi.

— De moi ? Mais…

— Oui, maman m'a raconté que ça pouvait t'arriver de te promener et de faire des trucs marrants en dormant.

QUOI ?! Non contents de la contraindre à ce maudit stage, ses parents avaient divulgué son secret à toute la maisonnée ?

— Ne fais pas cette tête, c'est pas grave. Enfin, c'est vrai que c'est bizarre, mais moi, je trouve ça chouette !

— Chouette ?

— Oui, c'est un peu magique. Comme une sorte de pouvoir !

— Hmm, c'est gentil de voir les choses comme ça, mais, pour être honnête, j'ai plutôt l'impression que c'est le sommeil qui a un pouvoir sur moi. Je ne maîtrise rien du tout.

Curieusement, Cassiopée se sentit soulagée de se laisser aller à cette confidence. Tant pis si son interlocutrice était une enfant de sept ans. Hochant la tête, celle-ci paraissait considérer le sujet avec gravité.

— C'est normal. Au début, les héroïnes ne savent pas qu'elles ont un don, et après elles doivent apprendre à s'en servir. C'est comme dans le dessin animé *Le Club des neuf fées.*

La jeune fille n'eut pas le cœur de lui exposer que, dans son cas, il s'agissait plus d'un trouble que d'une faculté géniale.

— Si tu es plus forte que le sommeil, tu peux devenir plus forte qu'une sorcière, non ? Je veux dire, si tu t'entraînes.

— M'entraîner pour battre une sorcière ? s'étonna Cassiopée. Zoé, elles n'existent que dans les romans d'épouvante ou les contes…

— La plupart des sorcières, peut-être, la coupa Zoé. Mais il y a *la* sorcière.

— Quelle sorcière ?

— La sorcière du Rével.

— Le Rével ? Pardon, mais je ne connais pas du tout cette histoire. C'est un dessin animé, encore ?

— Non, chuchota l'enfant, je te dis qu'elle existe vraiment. Des fois, j'ai la trouille qu'elle vienne me manger la nuit parce qu'elle vit ici.

— Ici ? Dans ta chambre ? Dans ta maison ?

— Non : ici, à Agonie. Personne ne sait où exactement, mais c'est derrière un mur d'ombre.

Soit la petite fille était dotée d'une imagination délirante qui la promettait, au choix, à une future carrière d'autrice ou à un internement à vie en hôpital psychiatrique, soit cette ville présentait une légende locale non dénuée d'intérêt. À moins que…

— Tu es certaine que ton frère ne s'est pas amusé à te raconter n'importe quoi ? Souvent, les grands frères adorent effrayer leurs petites sœurs.

— Non, lui, il n'y croit pas vraiment à tout ça. Il n'a pas peur.

— C'est bien, il est courageux…

— Ou idiot ! Et un idiot ne repère pas le danger donc il ne pourra pas me protéger.

L'adolescente éprouva toutes les peines du monde à ne pas s'esclaffer. Elle commençait à s'attacher à sa camarade de chambrée. La pauvre… Il lui incombait de la rassurer.

— Il n'est peut-être pas si bête. Il y a pas mal d'endroits où l'on rapporte ce genre de récits sans qu'ils soient vrais pour autant, tu sais. Ce sont des mythes… Tu l'as constaté avec mon livre : nous, les grands, on aime bien se faire peur avec de fausses histoires, de temps en temps.

Zoé tapa du pied.

— Non, c'est pas comme ça ! Moi, j'écoute les conversations quand les adultes pensent que je n'entends pas. C'est pas un jeu entre eux, je t'assure !

— Dans ce cas, explique-moi pourquoi ton frère n'y croit pas, lui ?

— Parce qu'il est trop rassio… rassio-truc, là.

— Rationnel ?

— C'est ça.

Comment tranquilliser la bambine ?

CHAPITRE 4

— Mais est-ce que quelqu'un a déjà pu fournir une preuve concrète de l'existence de cette sorcière ? Tu en as, toi ? Mis à part les propos qui te sont « revenus aux oreilles » ?

— Oui, j'ai une preuve : ici, il y a plein de gens qui cherchent la sorcière ! On ne peut pas chercher quelque chose qui n'existe pas, n'est-ce pas ?

Pas si simple… Cependant, il n'était pas l'heure de philosopher.

— Il y a quelque chose qui m'échappe, ma puce. Cette sorcière, elle est gentille ou méchante, selon toi ?

— Méchante, très méchante ! spécifia Zoé avec véhémence.

— Alors pourquoi est-ce que des gens voudraient la trouver ? Tu vois bien que ce n'est pas très logique. Une méchante sorcière, on s'en méfie, on la fuit !

La fillette leva les yeux au ciel.

— Fais un effort ! Ce que je voulais dire, puisqu'il faut *tout* t'expliquer, c'est que plein de gens cherchent le mur d'ombre. Sûrement pour le détruire…

— … et donc la tuer, d'après toi, c'est ça ?

Zoé acquiesça, la mine angoissée.

— C'est un très mauvais plan. Le mur d'ombre, c'est comme sa maison… Toi, est-ce que tu es toujours chez toi ? Bah non, là, tu es dans ma chambre ! Et quand tu rentreras chez toi à la fin des vacances, si jamais tu découvres que quelqu'un a détruit ta maison pendant ton absence, tu seras morte ? Non ! Par contre, tu seras très, TRÈS en colère. Alors imagine, une méchante sorcière…

Elle était d'une naïveté touchante, néanmoins elle en avait dans la caboche, personne ne pouvait le nier.

Quoique basé sur de probables affabulations plutôt insolites, son raisonnement se tenait. Désemparée, Cassiopée opta pour l'honnêteté.

— Je t'avoue que je ne sais pas trop quoi penser de tout ça. Ce qui m'embête, c'est que tu te fais du souci et que tu as l'impression de ne pas être en sécurité. Tu en as parlé avec ta mère ?

— Non, elle saurait que j'ai espionné des grands. Je me ferais gronder ! Je suis vraiment contente que tu dormes avec moi, du coup.

Devant les attentes fondées sur elle, l'adolescente se sentit obligée de clarifier :

— En ce qui me concerne, je peux te certifier que je n'ai pas de pouvoirs. Je ne connais aucune magie, tu as bien compris ? Ce qui m'est arrivé quelquefois, c'est plutôt une sorte de « dérèglement » de mon sommeil, même si ce n'est pas grave du tout.

Elle chassa vite de son esprit l'image du bras de Lucile. Le sang… *Stop !* Elle continua :

— Par contre, tu peux compter sur moi pour t'écouter. Quand tu as peur, n'hésite pas à me le dire. Je ne me moquerai jamais de toi et je ferai tout pour que tu te sentes mieux. D'accord ?

La frimousse enfantine s'illumina d'un grand sourire.

— D'accord. Pareil pour toi. Si tu as peur d'un truc, tu viens me voir !

Si elle savait. J'ai peur du stage, du théâtre, de la scène. J'ai peur des autres, de leur regard sur moi. J'ai peur de ne jamais me réconcilier avec celle qui était ma meilleure amie. Peur de l'avoir perdue, et peur d'être perdue sans elle. J'ai peur de ne jamais rencontrer de gens qui me comprennent vraiment. Peur de me retrouver seule avec ma timidité…

— Zoé, il est l'heure de te mettre au lit, ma chérie !

Les filles se retournèrent vers la porte de la chambre en un mouvement parfaitement synchronisé. Alice se tenait sur le seuil. Adressant à son invitée un clin d'œil bienveillant, elle ajouta :

— Évidemment, ce programme ne vaut pas pour tout le monde. Ne t'en fais pas, tu peux laisser allumé tant que tu ne te couches pas : Zoé sera plus que ravie d'avoir un éclairage supplémentaire à celui de sa veilleuse, et ça ne l'empêchera pas de partir au pays des rêves… Oh bien sûr, tu peux aussi nous rejoindre au salon si tu veux !

— Non merci, je vais rester avec Zoé. Je suis un peu fatiguée, déclina Cassiopée.

En réalité, elle voulait surtout esquiver ses parents qui ne pourraient sans doute pas se retenir de lui prodiguer leurs « sages » conseils et de théoriser encore sur sa personnalité problématique. Autant s'épargner un énième débat stérile.

Par chance, Alice eut la clairvoyance de ne pas insister. Tandis que la mère s'installait auprès de sa tendre progéniture pour lui lire son histoire du soir, Cassiopée s'assit sur son nouveau lit digne de Barbie. Elle attrapa son téléphone portable qui, pour changer, n'affichait aucun appel, aucun message. Pianotant à toute allure, elle en rédigea un qui exprimait à ses grands-parents – qu'elle avait omis de contacter, dans l'enchaînement infernal des événements – ses remerciements et sa joie de se retrouver l'heureuse détentrice de places pour le futur concert de GIRL. Survivrait-elle jusque-là, c'était une autre affaire…

Son pouce dévia sur le dossier photos. Une myriade de souvenirs complices aux côtés de Lucile l'assaillit : leurs virées en centre-ville, leurs séances ciné, leurs délires… La dernière série en date les montrait affublées d'oreilles de chat ou d'éléphant, de lunettes de soleil ultracolorées et démesurées, de crêtes punk ou encore de longues langues arc-en-ciel. Elles avaient beaucoup ri en testant ces différents filtres. C'était peu avant que le drame ne survienne. Voyant son amie très stressée par sa présentation orale notée du lendemain, Lucile l'avait invitée à passer la nuit chez elle, dans l'optique de lui changer les idées. Elles dormaient régulièrement l'une chez l'autre depuis de nombreuses années ; elles avaient même campé à l'époque dans leurs jardins respectifs (en primaire, elles pensaient que c'était le summum de l'aventure avec un grand A). Mais cette fois avait constitué la fois de trop, soldée par l'épisode des ciseaux. Après leur échange matinal qu'elle s'efforçait, non sans mal, de ne pas se remémorer trop en détail, Cassiopée doutait fort qu'il y ait jamais une fois suivante.

— Pssst ! Hé, pssst !

Se détachant de son écran, la jeune fille leva le nez. Elle dut se pencher sur le côté pour apercevoir la bouille de Zoé, blottie par terre dans son matelas gonflable avec drap léger intégré, orné d'une pluie de flocons pailletés. Trop absorbée, Cassiopée ne s'était pas rendu compte que l'histoire était finie et qu'Alice était déjà repartie.

— Tu n'es pas censée dormir, toi ? questionna-t-elle, faussement surprise.

— Ça y est ?

— Ça y est, quoi ?

CHAPITRE 4

— Ça y est, t'as eu le temps de réfléchir ? Tu me crois maintenant, pour la sorcière ?

Quelle tête de mule, celle-là ! D'un autre côté, elle comprenait très bien la fâcheuse tendance que l'on pouvait avoir à ruminer, sans relâche, au sujet des choses qui nous paniquaient. Elle était la première à tomber dans ce genre de travers.

— Je vais essayer d'en apprendre plus sur ta sorcière, ça te va ? répliqua-t-elle.

Zoé extirpa ses menottes de son drap et battit des mains à tout rompre.

— Trop bien ! On va mener l'enquête !

— *Je* vais mener l'enquête… rectifia Cassiopée.

Devant la mine déconfite de la fillette, elle ajouta :

— … et je te ferai un rapport complet.

Pour être honnête, elle se demandait comment elle allait s'y prendre pour « investiguer ». Coincée toute la journée au théâtre, elle ne pourrait guère interroger que les autres stagiaires, dont la majorité venait sûrement de la région. Sauf que tout cela n'était qu'un vœu pieux de sa part. Cet étrange mythe local avait beau éveiller son intérêt, elle ne voyait pas comment aborder la question avec de parfaits étrangers, elle qui éprouvait tant de difficultés à parler, à créer des liens avec les nouvelles personnes qu'elle rencontrait, surtout lorsque celles-ci étaient en groupe – un bloc humain qui lui donnait la sensation de se heurter à un mur qu'elle ne parvenait pas à percer alors que les autres en constituaient les briques cimentées entre elles, parfaitement à leur place. La perspective, après ce qu'elle avait lu sur le site internet, de se trouver uniquement entre timides ne changeait pas grand-chose au problème : chacun serait juste une brique isolée dans son coin. Seule cette drôle de gamine était arrivée à lui ôter toute gêne au bout de quelques minutes à la côtoyer. Le miracle ne se reproduirait pas de sitôt, il fallait être lucide.

— Tu vas faire quoi pendant que je vais dormir ? Tu vas lire ton livre de sorcières ?

De toute évidence, Zoé n'était pas du genre à perdre le fil de ses idées. Du reste, elle ne lui laissa pas le temps de répondre, enchaînant avec ce qui lui trottait à l'esprit :

— Si ça se trouve, dans ton bouquin, il y a une sorcière qui attaque les enfants. Ça pourrait nous aider à savoir comment vaincre la nôtre !

« La nôtre ». Dans la tête de la fillette, Cassiopée et elle formaient déjà un duo. Si seulement c'était toujours aussi facile de s'intégrer !

La jeune fille fit les gros yeux dans une mimique qu'elle espérait comique.

— OK, je vais lire ce très gros livre à la recherche de la moindre idée pour lutter contre une Méchante, imaginaire ou pas. Mais si tu ne fermes pas tes paupières et ne t'endors pas très vite, je vais t'assommer avec !

L'enfant rit aux éclats, à tel point que l'on aurait pu croire l'espace d'un instant qu'elle allait s'en étrangler. Elle était bon public. Peu à peu, ses gloussements retombèrent jusqu'à s'éteindre, pour laisser place à un doux silence rythmé par un souffle régulier… Morphée l'avait emportée. Cassiopée lui souhaita de tout cœur un merveilleux voyage onirique, sans nuage ni ensorceleuse à l'horizon. Elle croisait les doigts pour ne pas être à nouveau prise de somnambulisme et lui causer un réveil traumatisant. Bien qu'avertie de ses possibles fantaisies nocturnes, Zoé avait néanmoins assez d'étrangeté et de peurs à gérer sans lui en ajouter.

Afin d'essayer de dissiper ses propres inquiétudes, l'adolescente ressortit l'épais volume de sa cachette de fortune. Cela pouvait sembler contradictoire, mais lire des histoires terrifiantes l'apaisait, peut-être parce que les personnages fictifs y vivaient des sentiments d'angoisse qu'elle éprouvait dans sa vie de tous les jours. Peut-être aussi parce que cela la soulageait, quelque part, de baigner dans une frayeur autre que les complexes et phobies ridicules dont elle ne se dépêtrait pas au quotidien.

Écartant les pages de l'ouvrage, elle se plongea avec délice dans le début de la saga : *Le Lien maléfique.* Malgré tout, elle gardait à l'esprit la sorcière d'Agonie. Une envoûteuse malfaisante, un mur d'ombre, des gens à sa recherche, des habitants qui prenaient soin d'en discuter loin des enfants (du moins le pensaient-ils)... Zoé lui avait narré les éléments disparates d'un conte bien noir et complexe pour son âge. Se pouvait-il qu'il y ait dans tout cela un quelconque fond de vérité ?

Bien entendu, Cassiopée ne croyait pas réellement aux sorcières. Elle privilégiait l'hypothèse d'une légende locale, possiblement basée sur un fait historique ancien. C'était le scénario de base de nombre de bouquins d'épouvante. Ou alors... « Sorcière ». Et s'il s'agissait d'un genre de métaphore ? Après tout, la petite fille avait surpris des bribes de conversation, et sa crédulité enfantine avait complété les blancs de l'histoire. « Sorcière », était-ce en fait une image pour qualifier une personne véritable ? Une femme, tout aussi humaine que n'importe laquelle, qui aurait commis un acte répréhensible ou pire ? Cela expliquerait au moins les cachotteries et les recherches… À l'instar de la silhouette ténébreuse taguée sur son panneau d'entrée, le mal rôdait-il à Agonie ?

Cassiopée soupira, s'agaçant elle-même. Elle devait cesser ses élucubrations. Si son imagination s'emballait ainsi, c'était juste pour détourner son attention et la distraire de sa réelle hantise : ce qui l'attendait demain, et tous les jours suivants, à cause de son tempérament. Au fond, même si les pires créatures, surnaturelles ou non, peuplaient les ruelles et les demeures de cette ville, aucune ne pourrait s'avérer aussi nocive que sa timidité. Son monstre. Qu'elle portait en elle. Et qui l'empêchait d'être elle.

CHAPITRE 5

Une immense bête gardait la porte. Au bout de son corps gigantesque, enroulé sur lui-même en une spirale monumentale, se dressait une tête menaçante : un regard monstrueusement blanc, dépourvu de pupilles, comme possédé, et une langue fourchue tendue telle une double épée acérée vers le visiteur imprudent.

Le reptile qui étirait ses écailles de métal sur toute la hauteur du panneau mobile formait une sentinelle peu engageante. Cassiopée devait-elle y voir un mauvais présage ? Elle aurait bien tourné les talons, mais ses parents la surveillaient depuis la voiture. Cette nouvelle manie infantilisante commençait d'ailleurs à l'agacer au plus haut point. Fidèles à leur plan initial, ils avaient tenu à lui servir de chauffeurs pour la déposer au théâtre alors que celui-ci ne se trouvait qu'à deux stations de bus et qu'Alice lui avait déjà acheté une carte de transport. Ils devaient penser – pas vraiment à tort – que sans leur contrôle, elle en profiterait pour prendre la fuite… Se sentir déçue par son père et sa mère la déprimait tout autant que de savoir qu'elle-même les mécontentait par son attitude renfermée. Aussi leur avait-elle à peine jeté un au revoir du bout des lèvres en descendant du véhicule.

Maintenant qu'elle se trouvait au pied du mur, ou plutôt du théâtre, son mal de ventre et ses appréhensions ne l'empêchaient pas de constater un certain manque de logique dans la dénomination des lieux : Théâtre du Serpent *Vert*. Or, si la façade du bâtiment affichait bien une nuance émeraude foncé, les yeux du vigile animal se constituaient de deux pierres opalescentes tandis que tout le restant de sa solide carcasse, de la gueule féroce jusqu'à l'extrémité de la queue, arborait une couleur plus noire que la nuit.

La jeune fille hésita : devait-elle se saisir de la langue du reptile, en user comme d'un heurtoir et attendre qu'on vienne l'accueillir ? Ou bien fallait-il tirer vers elle le corps métallique afin d'ouvrir la porte et de pénétrer, sans autre forme de procès, en ces lieux qui s'annonçaient sinistres ?

— Il ne va pas te mordre, tu sais ! C'est un faux, ironisa une voix féminine.

— Oui… Oui, bien sûr… Je m'en suis rendu compte… Enfin, je veux dire, j'avais deviné… Euh, je le sais, bredouilla l'adolescente en se retournant.

Elle se retrouva face à une jeune fille aux très longs cheveux blonds qui étincelaient tant sous le soleil matinal qu'on l'aurait crue tout droit sortie d'une publicité pour shampooing.

— Moi, c'est Mathylde. Avec un t, un h, et surtout un y, déclara-t-elle. Et toi ?

CHAPITRE 5

— Moi ? Je… Cassiopée.

La nouvelle venue éclata de rire.

— Ce serpent a la langue bien plus pendue que toi, Cassiopée !

Super, voilà que Raiponce se fout de moi…

— Tu t'es perdue ou tu viens pour le stage ? s'enquit Sa Majestueuse Blondeur, d'un ton plus avenant.

— Le stage, parvint à articuler Cassiopée.

Mathylde lui sourit, cette fois avec une franche sympathie.

— Suis-moi alors ! Je vais te montrer l'entrée des artistes, c'est à l'arrière. C'est un petit privilège de stagiaire d'y avoir accès. Devant, c'est pour impressionner le grand public. J'ignore qui a eu l'idée du nom et de la déco, mais c'est un peu *too much*, tu ne trouves pas ?

Cassiopée acquiesça en silence. Elle sentit ses joues s'échauffer. Par chance, sa guide s'était déjà mise en route et, la précédant, ne la vit pas rougir. Derrière elle, Cassiopée entendit la voiture familiale redémarrer. Ses parents devaient s'imaginer, avec une grande satisfaction et beaucoup trop d'optimisme, qu'elle était en train de se faire une nouvelle amie. Elle angoissait en la suivant. Mille questions la tourmentaient : pourquoi Mathylde semblait-elle connaître l'endroit comme sa poche ? Était-elle la fille de quelqu'un qui y travaillait ? Suivait-elle le stage, elle aussi ? Si c'était le cas, elle était sûrement dans le groupe « Courant » ou « Avancé », car rien chez elle ne laissait supposer une once de timidité. Tant pis… Même si elles n'avaient échangé (bafouillé, en ce qui la concernait) que de minimes banalités, elle aurait aimé la savoir avec elle sur scène. Cela l'aurait quelque peu rassurée de connaître, même très vaguement et depuis une poignée secondes, l'une des personnes inscrites dans son module.

L'entrée des artistes ne s'encombrait, elle, d'aucune fioriture : une porte grise, toute simple (toute moche, aurait pu affirmer un esprit cynique mais avisé), que Mathylde poussa d'une main assurée, en invitant Cassiopée de l'autre. Dès qu'elles l'eurent toutes deux franchie, la jeune fille à la crinière dorée fonça, sans plus se préoccuper d'elle, sur un petit groupe d'adolescents qui bavardaient ensemble. Désemparée, Cassiopée n'osa pas s'avancer. En attendant que quelqu'un daigne se soucier de son arrivée, elle préféra observer. À force de discrétion, peut-être réussirait-elle à se fondre dans le décor et à se faire oublier totalement. Peut-être même pourrait-elle repartir sur la pointe des pieds.

Pour le moment, toutefois, ses jambes tremblantes refusaient d'effectuer un seul mouvement, dans un sens ou dans l'autre. Au sein de la bande agglutinée, elle repéra, outre l'irradiante Mathylde, deux garçons qui se ressemblaient comme des gouttes d'eau – des jumeaux –, une fille au teint mat et à la chevelure d'encre, ainsi qu'un autre garçon dont elle ne voyait que le dos. Malgré tout, elle l'aurait reconnu n'importe où. Il s'agissait de son cousin.

Même ainsi, il se dégageait de lui une espèce d'aura caractéristique. Il fallait avouer aussi qu'il possédait une allure unique, plus qu'identifiable. Les années lui avaient fait gagner en hauteur, pas en largeur, ce qui lui conférait une stature assez maigre. Il portait un pantalon cousu dans un mystérieux tissu et un genre de… redingote ?

CHAPITRE 5

À l'évidence, il avait acheté sa tenue au XIXe siècle. Cependant, contre toute attente, celle-ci lui octroyait une prestance indéniable. Ses cheveux mi-longs, d'un noir aile de corbeau, étaient rassemblés en chignon bas maintenu par un simple élastique de caoutchouc, seule touche peu élégante sur sa personne. Au point que l'on pouvait se demander si cette infime imperfection n'avait pas été savamment calculée…

Sans crier gare, il pivota en direction de Cassiopée et darda sur elle son regard scrutateur. Encore plus incommodée, elle éprouva alors la désagréable sensation de passer au scanner. Il était en train de l'analyser de la tête aux pieds, de lire en elle tout ce qu'il pouvait, de la disséquer en esprit… Elle frémit.

Penchant la tête de côté, il abandonna son groupe pour se rapprocher d'elle.

— Cassiopée ? C'est ça, c'est bien toi ?

Elle opina du chef. De près, les yeux de l'adolescent étaient encore plus perturbants, avec leurs iris d'un gris à la fois clair et intense. Sa physionomie évoquait les récits d'heroic fantasy – que Cassiopée appréciait également à ses heures – dans lesquels l'Élu(e) était parfois singularisé(e) par des traits atypiques, tels un regard violet ou des cheveux d'argent.

Or, la magie anthracite de cet « Élu »-ci tétanisait l'adolescente. Clouée sur place, elle ne réussissait qu'à le regarder sans parler. À première et étrange vue, il était impossible de définir s'il était beau ou non. Cependant, il émanait de tout son être un magnétisme si fort qu'il provoquait une attirance. Point une attirance amoureuse ou physique, plutôt une fascination. Cassiopée ne se souvenait pas avoir subi un tel effet lors du mariage. Si les ans passés n'avaient pas développé la carrure de son cousin, ils avaient exacerbé son charisme. Lui était à mille lieues d'appartenir au club très fermé des huîtres et des amibes ! Preuve en était sa petite cour d'amis qui, au bout de trois secondes, l'avait suivi, incapable de se détacher de lui.

— Vous vous connaissez ? interrogea la fille aux cheveux noirs d'un air soupçonneux.

— Nous sommes de la même famille, exposa-t-il. Cassiopée est ma… cousine par alliance ? petite-cousine ? arrière-cousine ? On fait partie du même arbre généalogique, en tout cas. On va dire que c'est ma cousine. Ce sera plus simple pour tout le monde, moi le premier, car je m'y perds !

— Qu'est-ce qu'elle fait là ? se renseigna l'un des jumeaux, comme si s'adresser directement à la concernée le répugnait.

— Tu peux peut-être lui poser la question, répliqua Mathylde au lieu de lui fournir la réponse qu'elle détenait déjà. Elle a une langue, je te signale. Enfin… C'est vrai que ça reste encore un peu à prouver.

Les pommettes de Cassiopée la brûlaient. Elle aurait voulu disparaître dans un trou de souris. Où étaient donc passées ses facultés d'invisibilité ? Jamais activées quand elle avait vraiment besoin d'elles ! Deux minutes plus tôt, elle était transparente, et, à présent, tout le monde lui prêtait une attention beaucoup trop appuyée. Plus qu'elle ne pouvait endurer. Il fallait que cela cesse. Plus longtemps elle intriguerait le clan, plus longtemps ils la jaugeraient et resteraient à la fixer en émettant des commentaires plus ou moins bienveillants. Tous ces regards pointés sur elle en même temps la transperçaient comme des flèches. Elle avait été très surprise de pouvoir soutenir celui de son cousin alors qu'à l'ordinaire, elle avait tendance à fuir, pour ou contre son gré, le contact visuel des gens qu'elle ne connaissait pas bien. À cet instant précis, cernée de toutes parts, Cassiopée sentait son naturel revenir au galop.

La gorge sèche, elle déglutit avec difficulté. Puis expliqua, avec le sentiment injuste et confus de devoir se justifier :

— Je suis inscrite au stage de théâtre. Mais je crois que je ne suis pas dans votre groupe.

— Pas dans notre groupe ? C'est-à-dire ?! l'agressa presque l'autre jumeau.

Pourquoi se montraient-ils d'emblée si hostiles sous prétexte qu'elle n'était pas comme eux ? Pourquoi n'exigeait-on jamais les efforts d'intégration de la part des gens sûrs d'eux ? Elle se concentra au maximum pour ne pas se laisser submerger par la colère, ni par une tristesse lasse.

— Pourquoi tu aboies comme ça sur elle parce que tu ne comprends pas ? Un peu de respect, c'est la moindre des choses, intervint posément son cousin.

— C'est bon, Clar, j'voulais pas m'énerver, s'écrasa l'autre.

« Clar »… Un diminutif tout aussi laid que Cass pour Cassiopée, si ce n'était qu'en entendant le premier, personne ne pouvait songer à « cassé » ou « destiné à la casse ». Clar, pour Clarence. Un prénom qui fleurait bon la naphtaline et les siècles dépassés, en accord avec les atours vestimentaires de son propriétaire. Un prénom qui suggérait la clarté, la lumière, tandis que Cassiopée évoquait une protagoniste de la mythologie grecque punie par les dieux et une constellation nocturne.

Clarence : l'éclat et le jour.

Cassiopée : la honte et la nuit.

Jusque dans leurs noms, tout les opposait. En dépit de quoi, il venait de se ranger de son côté… Cela allait-il durer ?

Son cousin ne lui laissa pas l'occasion de méditer plus avant sur le sujet.

— Cassiopée, j'ai l'impression qu'il y a un malentendu. Le groupe, c'est nous. Il n'y en a pas d'autre.

Elle crut défaillir… Elle prit pourtant conscience qu'au fond d'elle, elle avait eu l'intuition de cette nouvelle depuis qu'elle avait franchi le seuil de l'édifice. Qu'avaient donc fabriqué ses parents ? Non, ce n'était pas possible, il y avait forcément une erreur, une explication…

— Mais d'après le site internet, il y a plusieurs niveaux. Je suis…

L'adjectif « timide » bloqua contre la barrière de ses lèvres. Il se refusait à sortir. Sa langue l'échangea contre un terme plus neutre :

— … débutante. Je n'ai jamais fait de théâtre.

La brune ricana.

— Le site internet ? Cette antiquité ? On ne va jamais sur cette daube ! Si tu veux mon avis, il n'a pas dû être actualisé depuis sa mise en ligne. De toute façon, ça fait des lustres qu'on n'est pas assez nombreux pour se permettre de se diviser en plusieurs groupes, sinon on ne pourrait plus jouer grand-chose. Tels que tu nous vois là, on est au complet. Comme chaque été.

CHAPITRE 5

Cette fois, au lieu de devenir encore plus cramoisie, Cassiopée se sentit blêmir. « Comme chaque été ». Ils se connaissaient tous et montaient sur les planches ensemble depuis un bon moment. En gros, même si cette histoire de différents modules n'existait pas ou plus, elle était l'unique timide au milieu des « Avancés ». Autant la jeter dans une fosse aux lions ! Ce stage allait être un carnage.

Clarence perçut sa détresse.

— Pas de panique, on va expliquer ta situation à…

— Bonjour bonjour, la compagnie ! claironna, en entrant dans la salle, un homme d'une cinquantaine d'années, barbu, le crâne dégarni, affecté d'un léger embonpoint. J'espère que vous êtes en pleine forme et que vous êtes venus avec vos idées pour les Agoniales.

« Les Agoniales » ? Qu'est-ce que c'était que ce truc, encore ?

— Oh, mais je vois que nous avons une petite nouvelle, quel bonheur ! s'enthousiasma l'homme. Bienvenue à toi, ma chère. Je me présente : Antoine Martin, professeur de théâtre et metteur en scène. À qui ai-je l'honneur ?

— Cassiopée Winter…

— Stagiaire et comédienne débutante, compléta Clarence. C'est ma cousine.

— Ta cousine ? se récria le professeur, à la limite de l'extase. Merveille des merveilles, si nous en avons deux comme toi, nous allons accomplir de grandes choses cet été !

Il va avoir une sacrée désillusion, pensa la jeune fille.

Clarence, qui s'était autoproclamé son porte-parole, se chargea d'expliquer :

— Justement, il semble y avoir un petit souci. Cassiopée était persuadée de s'inscrire avec d'autres débutants, nous étions en train d'en discuter. Le site internet du théâtre mentionnerait plusieurs niveaux, ce qui est effectivement trompeur. Elle s'alarme à l'idée de se retrouver parmi une troupe plus expérimentée.

Si l'adolescent ne s'était pas révélé obligeant à son égard, Cassiopée l'aurait jugé très suffisant. Seul quelqu'un d'aussi captivant que lui pouvait se permettre de s'exprimer à sa manière mi-pédante mi-désuète sans déclencher une rafale de moqueries. Elle l'envia, avec un pincement au cœur. Monsieur Martin, lui, réagit avec emphase :

— Ah, ma pauvre enfant, ne te stresse pas inutilement ! Tu es là pour apprendre, pour vivre une expérience. Quant à nous, un peu de sang neuf nous fera du bien.

— Mais les niveaux…

— Les niveaux n'existent pas, réfuta-t-il, catégorique. Ils n'auraient jamais dû exister. Le théâtre, c'est la vie. Est-ce qu'il y a des niveaux dans la vie ? Est-ce qu'il y a des êtres supérieurs à d'autres ? Oh, certains le croient mais c'est un leurre, une chimère ! À la fin, nous ne serons tous que merde et poussière.

Bel optimisme… La conclusion du professeur provoqua quelques gloussements. Appuyant ses propos, monsieur Martin se lança dans une tirade passionnée :

— « La vie n'est qu'une ombre qui marche, un pauvre comédien qui se pavane et s'agite une heure en scène, puis qu'on cesse d'entendre ; c'est une histoire que conte un idiot, pleine de bruit et de fureur, et qui ne signifie rien. »

— Shakespeare, ponctua Clarence.

— Quelle pièce ?

— *Macbeth*, répondirent en chœur la cousine et le cousin, l'une d'une voix inaudible qui n'atteignit l'ouïe de personne, l'autre d'un timbre sonore et ferme.

— Excellent, Clarence ! approuva le professeur.

Affable, il ajouta à l'intention de Cassiopée :

— Écoute, cette offre de cours séparés en divers ateliers remonte à une éternité ! Nous devions être deux professeurs à dispenser ces stages. Malheureusement, le second poste n'a jamais été créé. Je n'ai pas pu protester, regarde combien nous sommes en tout aujourd'hui…

— Il ne reste que les vrais, les passionnés… et toi, commenta Jumeau numéro un.

— Au-delà de mes convictions personnelles sur l'intérêt de hiérarchiser les comédiens, reprit monsieur Martin, je ne peux te séparer du groupe, Cassiopée. Je n'ai pas le pouvoir de me dédoubler. En outre, il sera très intéressant pour toi d'interagir avec les autres et de te confronter à leur regard.

C'était bien pour cela que la jeune fille ne voulait PAS faire ce fichu stage !

— « Avancé », « Courant », « Spécial Timides », énonça Mathylde à voix haute, son portable à la main. Elle a raison : quand on passe par le Net pour s'inscrire, il faut choisir…

— Pas la peine d'être devin pour savoir à quel groupe elle correspondrait, t'as vu sa tête d'écrevisse ? se gaussa la brunette.

— Samia, tu n'es vraiment pas sympa ! s'insurgea sa camarade. Ce n'est pas facile d'être timide, tu sais.

J'ai déjà vu une nana qui témoignait là-dessus dans ses stories Instagram.

Cet échange surréaliste à son sujet entre les deux filles virait au cauchemar pour Cassiopée. D'abord parce que, comme toujours, quand quelqu'un faisait remarquer qu'elle rougissait, cela la faisait rougir davantage encore – à l'heure actuelle, elle devait donc être passée du teint d'une tomate trop mûre à celui d'un homard ébouillanté. Ensuite, parce que ce mélange de dédain et de pitié la plongeait dans un océan de malaise ultime. Le professeur la sauva du touché-coulé en coupant court au débat :

— Trêve de bavardages, vous dialoguerez sur scène ! Pour les récriminations concernant le site, il faut vous adresser à la même personne de la mairie par qui vous passez tous les ans pour vous inscrire en tant qu'Agoniens. Je suppose qu'elle est censée s'occuper de ça. Pas sûr que cela la passionne, vu que je reçois toujours la liste des participants après le début du stage. Enfin, ce n'est pas grave : je connais mon noyau d'habitués. Quant aux rares éventuels autres, c'est la surprise… et j'aime les surprises ! Sans elles, nos existences seraient bien fades. Cassiopée, je conçois tes réticences et ta peur. Mais je t'assure que timidité et théâtre ne sont pas incompatibles. Avec un peu de travail, tu verras que tu te libéreras petit à petit et te révéleras sur les planches, telle la chenille ordinaire qui se métamorphose un jour en splendide papillon.

Alors là, il se fourrait le doigt dans l'œil et se l'enfouissait jusqu'au fin fond du gosier !

Après son discours débité sans prendre une seule inspiration, monsieur Martin entraîna le groupe au pas de course vers la salle de spectacle. Avant d'y accéder,

CHAPITRE 5

Cassiopée eut à peine le temps d'apercevoir une loge assez vaste, des toilettes réservées au personnel et aux artistes ainsi que des portes mystérieuses sans indication. Elle eut un choc lorsqu'au détour d'un couloir tortueux, ils débouchèrent directement sur scène.

Le craquement du bois sous ses pieds, l'éclairage puissant, presque mordant, le parfait alignement des rangées de sièges vides en face d'elle... Pour la jeune novice, toutes ces perceptions étaient nouvelles. Bien que la salle ne soit pas immense, la découvrir sous cet angle l'impressionnait. Les battements de son cœur s'emballèrent. Sous sa poitrine, le muscle cardiaque pulsait à la vitesse du galop d'un cheval fou. La tête commença à lui tourner, sa respiration, à se hacher. La syncope la menaçait. *Pourvu que les autres ne remarquent rien,* fut la seule pensée qui lui vint.

Dans sa tête, elle se mit à compter afin de se focaliser sur quelque chose de simple et concret. Son moyen à elle de raccrocher sa conscience à la réalité pour lui interdire de s'évanouir. Lorsqu'elle fut arrivée à quinze, ce biais parut fonctionner : si son cœur tambourinait encore à tout va contre sa cage thoracique, son souffle, lui, se fit plus régulier. Sa vision, piquetée de minuscules points noirs comme autant d'étoiles obscures au fur et à mesure de la sensation de vertige qui l'avait prise, se stabilisa et redevint normale.

Problème, le groupe avait continué sans elle. Néanmoins, monsieur Martin et ses élèves comédiens n'étaient pas loin. Tandis qu'elle était demeurée bloquée au fond, ils avaient avancé de quelques mètres et se trouvaient sur le devant de la scène, au plus près des spectateurs fantômes, sous le feu intense des projecteurs. Le professeur parlait à sa troupe ; il semblait leur donner des instructions, effectuant de grands gestes avec les mains, mais Cassiopée n'entendait que des bourdonnements. Rivée à sa place, elle était incapable d'effectuer un pas supplémentaire pour se rapprocher d'eux. Les pieds collés au plancher, elle se sentait frêle insecte sur le point de se brûler les ailes s'il commettait l'imprudence de se laisser attirer trop près des ampoules. Ce qui permettait à ces bestioles de voleter avec insouciance jusqu'à se poser sur leur mort certaine, c'était le fait de ne pas avoir conscience qu'elles allaient finir grillées par la lumière électrique. À l'inverse de l'adolescente, qui se savait chétif papillon de nuit…

— … va, Cassiopée ?

La fin de la phrase de Mathylde percuta ses tympans. Depuis sa place, la fille aux cheveux de miel la dévisageait d'un air préoccupé.

— On dirait que tu n'es pas très bien…

Monsieur Martin se dirigea vers elle.

— C'est la toute première fois que tu montes sur une scène de théâtre ?

Mais bon sang, en quelle langue fallait-il le leur dire ?! Depuis le départ, c'était ce qu'elle s'était escrimée à leur expliquer.

— C'est fort, hein ? Ça fait quelque chose, interpréta le professeur avec une expression nostalgique sur sa face ronde. Ça passera, tu t'habitueras. Ne prends pas ce contact initial comme un mauvais signe. Ta réaction démontre ta sensibilité. C'est très utile pour jouer.

— Sa réaction ? Quelle réaction ? grommela l'un

des jumeaux. Elle parle à peine et elle ne bouge pas. Je n'appelle pas ça une réaction, moi.

— C'est parce que tu es dépourvu de subtilité que tu n'as rien vu, le moucha l'enseignant.

L'homme s'adressa de nouveau à Cassiopée :

— Toutes les émotions qui bouillonnent et sont coincées là… (il se posa une main sur le cœur) On va t'apprendre à ne plus les garder à l'intérieur de toi et à tout faire sortir ICI (il tapa du pied sur la scène).

Si seulement c'était aussi simple qu'il l'assurait… Son sens de la certitude n'avait d'égal que sa terrible naïveté.

— Étant donné ton état, poursuivit-il, je préconise que tu sois simple observatrice de ce premier cours. Mais entendons-nous bien, c'est juste pour cette fois. Demain, on attaquera.

Demain, peut-être qu'elle ne serait plus là. Si, tout à l'heure, elle appelait ses parents pour les prévenir que l'atelier à destination des timides relevait de la science-fiction, peut-être fléchiraient-ils enfin et accepteraient-ils son abandon du stage. Elle insisterait : pourquoi s'acharner alors que la formation ne lui était pas adaptée ? Monsieur Martin pouvait lui servir tous les boniments qu'il voulait, dans ces conditions, il lui serait impossible de progresser.

Ragaillardie par cette mince lueur d'espoir de libération, elle bégaya d'une voix éraillée :

— Je… Je vais… aller m'asseoir… alors.

— Très bien. Mathylde, sois gentille, aide donc ta camarade qui me paraît encore troublée ! ordonna monsieur Martin. Nous ne voulons pas qu'elle tombe dans les pommes.

En moins de temps qu'il n'en fallait pour bondir, l'interpellée se retrouva auprès de Cassiopée, posa ses mains sur ses épaules et la poussa devant elle afin de la guider. Descendant quelques marches dissimulées côté cour[1], elles évacuèrent la scène et gagnèrent « l'en-face », le versant des spectateurs. Cassiopée, qui avait désormais recouvré sa pleine mobilité, s'installa avec un soulagement incommensurable dans un fauteuil du troisième rang. Avant de repartir, Mathylde lui glissa à l'oreille :

— Prépare-toi à être éblouie ! Tu vas voir, on est bons.

S'agissait-il d'une boutade visant à la détendre ou la comédienne était-elle à ce point persuadée de leur talent et de leurs capacités ? La séance de la matinée allait permettre à Cassiopée de juger par elle-même des compétences de tous. Elle avait déjà vu quelques pièces de théâtre, dans le cadre des cours ou en compagnie de ses parents qui voulaient la cultiver, cependant elle n'avait jamais eu l'opportunité auparavant d'assister à une répétition. En l'occurrence, ici, ce n'était pas cela à proprement parler puisque le travail ne s'effectuait pas sur un texte précis. C'était plutôt comme une espèce d'entraînement ou d'échauffement.

Sous ses yeux attentifs et la houlette de monsieur Martin, les apprentis comédiens enchaînèrent les exercices. Elle qui s'imaginait qu'un professeur de théâtre dispensait des consignes loufoques, du style « devenez le vent dans les branches d'un arbre… Soyez la sève qui circule dans son tronc », constata, à peine la première minute écoulée, qu'elle ne s'était pas fourvoyée. D'abord, les membres de la petite troupe durent se croiser et marcher en tous sens sur la scène, de diverses

1. Côté droit de la scène, vue de la salle, dans le vocabulaire théâtral (par opposition au côté jardin, à gauche de la scène).

façons assez farfelues : en blessés, en personnes âgées, en touristes égarés, en pingouins ou encore tirés par le nez. Ensuite, il leur fallut se contenter d'inspirer et d'expirer, puis de faire passer des émotions successives simplement en modifiant leur souffle. Ils adoptèrent ainsi une respiration malade, une respiration méprisante, une respiration de colère, une respiration triste… Le comble étant qu'ils s'en sortaient haut la main. Après cela, ils exercèrent leurs voix en imitant toutes sortes de bruits, variant aussi niveaux sonores et débits.

Plus Cassiopée les contemplait, plus elle se réjouissait de ne pas être soumise au même traitement qu'eux. Jamais elle ne se serait débrouillée. Elle n'aurait pas su quoi faire de son corps, n'aurait pas eu l'audace de s'approprier l'espace, ni de moduler ses expressions et son timbre à l'envi comme à l'excès. Elle serait demeurée figée par sa pudeur, empotée, inhibée.

Pour terminer, le professeur distribua à l'ensemble de ses élèves des textes différents. Il rassembla les adolescents par deux ou trois, et chacun avait pour mission de lire à son tour une phrase de son propre texte pour répondre à l'autre. L'exercice exigeait le respect absolu des intonations liées à la ponctuation, ainsi qu'une réelle capacité d'écoute. Cela aboutissait à des résultats étonnants, comiques, absurdes, poétiques, parfois presque philosophiques. Ce fut de loin la partie préférée de Cassiopée. À la suite de plusieurs combinaisons consécutives brassant entre eux les comédiens, elle constata que le duo formé par Clarence et Samia, la jeune fille brune, dominait de très loin cette pratique. Aucun binôme ou trinôme n'était inintéressant mais, à ce jeu-là, les deux ensemble étaient brillants.

— Bravissimo, les enfants ! les congratula monsieur Martin.

— Les *jeunes*, à la rigueur. On n'est plus des gamins, monsieur, et vous n'êtes pas notre père, le corrigea la fougueuse interprète.

— J'en prends note, s'amusa-t-il sans lui en tenir rancune. Maintenant, si vous alliez tous goûter à un repos bien mérité en rejoignant Cassiopée ?

Le groupe ne se fit pas prier, et l'adolescente eut peur de se retrouver la cible d'un interrogatoire nourri concernant ses impressions de spectatrice. Il n'en fut rien. Les autres avaient des chats plus palpitants à fouetter.

— Alors… gémit le professeur en s'asseyant sur le rebord de la scène dans un effort visiblement douloureux. Parlons des Agoniales, à présent.

Clarence, qui s'était assis à la gauche de sa cousine, lui précisa à voix basse :

— Les Agoniales, c'est un festival d'arts local. Ça a toujours lieu le dernier week-end d'août. Il y a pas mal d'artistes de rue, des performances, de la danse et plusieurs pièces qui sont jouées. Nous aussi, à notre modeste échelle, on en monte une qu'on donne en général le dimanche après-midi.

Un spectacle de fin de stage, en gros. Clarence était en train d'évoquer une représentation *devant un public*. C'était pire que tout. L'apothéose du calvaire psychologique, le summum du supplice mental. En trois mots : le bouquet final. Quitter cette formation dramatique au plus vite devenait une question de vie ou de mort !

— Ne stresse pas, chuchota Clarence. Je dois admettre que ça n'attire pas les foules.

CHAPITRE 5

Mathylde, qui avait capté les commentaires du jeune homme, renchérit dans un murmure au lobe droit de Cassiopée :

— C'est clair ! Les Agoniales, question fréquentation, ce n'est pas vraiment le festival d'Avignon.

— Je vois vos lèvres qui remuent mais, bizarrement, je n'entends rien. C'est pourtant le moment de partager vos idées avec votre vieux croûton de professeur, *les jeunes*, les apostropha monsieur Martin avec une mine bonhomme qui contrecarrait l'acidité de ses paroles. Je vous écoute : qu'aimeriez-vous jouer cet été ?

— J'ai rédigé ma propre pièce pendant l'année, commença Jumeau Deux, on pourrait…

— NON ! se récrièrent ses compères tous en chœur.

— Si on faisait *Les Monologues du vagin* ? suggéra Samia.

— Tu te sens bien ? s'indigna Jumeau Un tandis que son frère mimait l'action de vomir. C'est pour les meufs. Pas question que je prononce ce mot une seule fois…

— C'est sûr que parti comme t'es, ce n'est pas quelque chose que tu vas prononcer ni rencontrer beaucoup dans ta vie, le tacla la jeune fille.

Clarence mit son grain de sel.

— Moi, ça me plairait bien. C'est devenu une référence, et d'utilité notoire, je pense.

Le professeur de théâtre se frotta la barbe, songeur.

— La proposition mérite réflexion…

— Non mais vous n'êtes pas sérieux, monsieur ? se révolta Jumeau Deux. Je veux bien être féministe mais il y a des limites. Si Clar tient à faire son original, c'est son problème. Vous imaginez si quelqu'un de ma famille ou du lycée me voit débiter ça ? Je vais passer pour quoi ?

— Pour un gars doté d'un minimum d'intelligence et d'ouverture d'esprit… Ce serait horrible, je te comprends ! rétorqua Samia du tac au tac. Si tu t'en fais tant pour ta réputation, pas de souci, on peut t'arranger ça avec la mise en scène : les filles se partageront le texte pendant que les garçons resteront assis sur le côté ou tout au fond… et la fermeront ! Tout compte fait, ce ne sera pas plus mal. Pour une fois, les mecs ne parleront pas de nous à notre place.

En guise de répartie, les deux frères lui tirèrent la langue. Cassiopée ne connaissait pas encore bien la bande, néanmoins il lui sembla qu'elle assistait, plus qu'à une véritable dispute, à un échange de piques plutôt commun entre ses membres. Ils ne paraissaient pas s'en vouloir outre mesure.

— Moi, j'ai une idée qui va mettre tout le monde d'accord, affirma tout à coup Mathylde. Et si on jouait la pièce interdite ?

Un silence accueillit sa proposition. Un masque indéchiffrable voila la figure de monsieur Martin pendant que ses élèves échangeaient des regards mystérieux. Une chape de plomb venait de s'abattre sur la salle de spectacle… Cassiopée détecta les légers spasmes qui agitaient la main droite du professeur de théâtre. Toujours assis en bordure de scène, il dissimula sa pogne tremblotante sous sa cuisse. S'épongeant le front de sa paume libre, il coassa :

— Est-ce que c'est ce que je crains ? Est-ce que tu viens de faire allusion ici à *La Sorcière du Rével* ?

CHAPITRE 5

Cassiopée étouffa une exclamation. Elle était arrivée si stressée qu'elle n'avait plus repensé à cette intrigante histoire de sorcière de toute la matinée. Et la voilà qui ressurgissait en plein sur les planches, nimbée d'effluves de censure. Tout cela n'était donc pas que le fruit de l'imaginaire trop débordant d'une enfant de sept ans ! Malgré elle, l'adolescente ressentit une pincée d'excitation. Sans sa timidité pour la brider, elle aurait posé mille et une questions. Pour l'heure, elle se borna à écouter.

— Attention, il y en a qui disent que ça porte malheur de jouer cette pièce, avertit Samia. Et de toute façon, on n'a pas le droit, non ?

— En fait, si. Rien ne nous en empêche en théorie, intercéda Clarence. Les représentations avaient été suspendues temporairement à l'époque. Elles n'ont pas repris, mais il n'y a jamais eu d'interdiction légale. Quant au fait de porter malheur, ça appartient aux racontars qui se sont développés au fil du temps. C'est de la pure superstition.

Mathylde s'exalta :

— Vous voyez bien ! Pour une fois, les gens d'ici s'intéresseraient à notre pièce, c'est sûr. Vous n'en avez pas marre, monsieur, de monter des spectacles devant des morveux qui braillent et des adultes qui cuvent leur bière ? Les trois quarts ne suivent rien. On peine parfois à s'entendre pour se donner la réplique, vous le savez bien ! Vous qui êtes un très bon professeur, un excellent metteur en scène, vous n'avez pas envie de mieux ? D'un peu de publicité ? Franchement, qu'est-ce qui nous retient ?

Elle maîtrisait l'art du passage de pommade à juste dose et savait plaider sa cause. Pourtant, monsieur Martin se releva en grimaçant. Dressé sur la scène, il commanda d'une voix blanche :

— Sortez. Tous.

— Pourquoi ? s'étonna Mathylde.

— Nous ne jouerons pas *La Sorcière du Rével*, point final. Maintenant, sortez de ce théâtre.

— Mais , monsieur, protesta à nouveau la jeune fille, je vous assure que ce n'était pas de la provocation…

— Non, c'est de l'inconscience, et c'est bien pire, riposta l'homme, livide.

Il braqua son index en direction de l'issue principale. Sa posture autoritaire et la raideur de son corps n'invitaient plus à aucune objection. Alors que les adolescents quittaient l'endroit, la proclamation du professeur résonna dans leur dos :

— Cette pièce pue la mort, gardez ça à l'esprit ! À cause de cette sorcière, les Agoniens auront toujours du sang sur les mains.

CHAPITRE 6

Un liquide rouge et poisseux gouttait sur ses doigts.

En son for intérieur, Cassiopée maudit sa maladresse. Elle avait manqué de renverser son verre de sirop de fraise et d'en épandre tout le contenu écarlate sur la table. Clarence lui tendit à la hâte une serviette en papier, en ayant le bon goût de ne pas émettre de remarque. Cependant, la sollicitude de son cousin la fit se sentir encore plus gauche.

Elle s'essuya la main sans un mot. Par un phénomène presque paranormal et ô combien désagréable, en public, elle se métamorphosait toujours en créature d'une inhabileté impériale. Non pas qu'elle effectuait des numéros de jonglage quand elle se trouvait seule, mais elle disposait d'un minimum de dextérité. Hélas, celle-ci s'évanouissait dès que des inconnus ou des « peu connus » l'entouraient. Là, les objets lui échappaient, elle se cognait dans les meubles, trébuchait, s'écorchait, se tachait… Un vrai boulet, en somme. Doté d'une sacrée dose de poisse.

Tenter d'anticiper les catastrophes n'y changeait rien, encore moins le fait de se flageller mentalement en se répétant qu'elle allait une fois de plus renvoyer l'image d'une pauvre fille. À tous les coups, il finissait par se produire un incident qui lui attirait sarcasmes ou silences atterrés.

La petite bande de théâtreux n'opta ici pour aucune de ces options, car elle était déjà en pleine discussion. Concernant tout autre chose que la sorcière du Rével – quoi que ce fameux Rével puisse bien être –, à la grande frustration de l'adolescente. Si elle avait accepté de se laisser entraîner dans la brasserie à proximité, c'était pourtant dans le but d'en apprendre plus à ce sujet (elle n'oubliait pas sa promesse à Zoé) et de comprendre enfin de quoi il retournait. Sauf qu'après quelques réflexions sur la réaction mélodramatique de leur professeur, quelqu'un avait lâché une bombe à propos de la soirée de la veille : Machin avait trompé Truc avec Bidule, qui l'avait répété à Chose qui sortait en fait aussi avec Machin. Depuis, les débats faisaient rage, et la pièce interdite-mais-pas-vraiment était tombée dans les oubliettes du bavardage.

Malgré la présence accommodante de Clarence à ses côtés et les sourires encourageants offerts par Mathylde entre deux bribes de ragots, Cassiopée ne parvenait pas à proférer le moindre commentaire pour tenter de s'intégrer. D'abord, parce qu'il aurait été malvenu de sa part de juger des gens (Machin, Truc et compagnie) qu'elle ne connaissait ni d'Ève ni d'Adam. Ensuite, parce qu'il lui était très difficile de s'immiscer dans une conversation. Si on lui adressait la parole, si on l'interrogeait, elle répondait. Avec plus ou moins d'embarras selon les cas.

CHAPITRE 6

En revanche, elle n'arrivait pas à engager ni à alimenter par elle-même les échanges. Elle avait sans cesse l'impression que si elle le faisait, elle passerait pour une idiote. Par conséquent, elle demeurait quasi muette… et passait pour une idiote… et s'en voulait, car elle savait qu'elle passait pour une idiote ! Le pire était d'avoir parfaitement conscience de ce cercle vicieux, entretenu par sa timidité qui la tenait en otage.

Du fait de sa propre névrose, elle s'en trouvait donc réduite à attendre la fin des commérages, en croisant les doigts pour que la sorcière revienne sur le tapis… En attendant, elle observait. Les autres, leurs gestuelles, leurs tics, leurs postures, leurs expressions faciales… Une habitude d'introvertie à laquelle elle était rompue depuis des années : s'asseoir au bord du monde et l'examiner. Pendant un moment, ne plus appartenir tout à fait aux vivants. Se contenter de les regarder. Pas pour les juger. Juste pour essayer de les connaître un peu mieux, à défaut d'avoir pu établir une vraie communication avec eux.

Par exemple, l'état des ongles de Samia lui apprenait que la jeune fille se les rongeait et qu'elle devait donc être sujette au stress, en dépit de l'assurance et de la morgue qu'elle affichait. Quant à Mathylde, dès qu'elle pensait que personne ne prêtait attention à ses actions, elle jetait des œillades furtives à tout objet susceptible de lui renvoyer son reflet (vitre, lunettes de soleil…), notamment pour vérifier que pas une de ses longues mèches n'était mal disposée. Ses cheveux paraissaient l'obséder. Il fallait reconnaître qu'ils ressemblaient à un précieux trésor, surtout sous l'éclat de l'astre du jour, quand on les voyait si beaux, si lumineux. C'était comme si elle portait de l'or sur la tête. Par comparaison, la blondeur des jumeaux apparaissait bien fade. Cassiopée savait enfin comment identifier et différencier les deux gaillards, aînés de la bande puisqu'ils avaient dix-sept ans alors que Mathylde comme Clarence étaient âgés de seize ans, et Samia de quinze ans (mais on lui en aurait plutôt donné dix-neuf ou vingt).

Pour en revenir à la paire de garçons, Jumeau Un, qui s'appelait Alex, présentait une infime cicatrice blanchâtre au-dessus du sourcil gauche tandis que des broussailles intactes surplombaient les yeux de Jumeau Deux, alias Axel. *(Vraiment ?!* En quoi leurs parents avaient-ils jugé pertinent de les prénommer de manière si similaire ?) Le duo jouait un brin les machos, néanmoins il s'agissait plus d'un jeu entre eux et la partie féminine de la troupe que d'une réelle conviction. Les deux frères se souciaient beaucoup de leur réputation. Quand ils avaient commandé leurs sodas tout à l'heure, ils avaient exposé au serveur – en long, en large, en travers et le plus fort possible – à quel point la législation s'appliquant aux mineurs dans les cafés-restaurants était ridicule (selon leur point de vue), et combien eux, bientôt majeurs de toute façon, tenaient parfaitement l'alcool, preuve en était leurs nombreuses soirées personnelles arrosées. De toute évidence, ils redoutaient d'être considérés comme des enfants par les rares clients présents.

Professionnel et inflexible, le serveur ne les avait autorisés à commander que des boissons inoffensives. Il était revenu quelques minutes après avec leurs deux cocas, des sirops pour les filles et… un jus de céleri pour Clarence, que Cassiopée soupçonnait de plus en plus, avec un début d'affection amusée, de débarquer d'une autre planète.

— Tu es dans la lune ? la taquina soudain son cousin. On ne t'entend pas.

En plein débat sur le comportement de Chose et Machin, il était parvenu à garder un œil sur elle. Même si cela lui remontait le moral de n'être pas transparente pour tout le monde, l'intervention de Clarence n'arrangeait pas l'adolescente renfermée. Rétorquer qu'elle n'avait que faire de leurs potins mondains n'allait pas l'aider à sympathiser. Elle attrapa en hâte sa boisson et but plusieurs nouvelles gorgées pour se donner une contenance, cherchant une réponse diplomate pendant que le liquide sucré glissait sur sa langue.

Samia haussa les épaules.

— C'est sûr que, par rapport à toi qui causes pour deux ou trois, Clar, ça fait un gros contraste.

— Ah, mon amie, tu m'offenses ! riposta-t-il aussitôt, d'un ton pourtant réjoui. Dois-je noter là un vil sous-entendu ? Insinuerais-tu que je suis un véritable moulin à paroles ? Que ma conversation t'étourdit jusqu'à l'ivresse ?

Le nez dans son verre, Cassiopée avait envie de rigoler. Clarence était dingue mais il l'assumait, et cela le rendait plutôt attachant. Samia se laissa entraîner par son grain de folie :

— Sous-entendu ! Sous-entendu ! Est-ce que j'ai une gueule de sous-entendu ? J'affirme et je clame que, régulièrement, ton verbiage nous assomme, tout simplement !

Il grimaça.

— Ta franchise t'honore, très chère. Je promets de me draper dans un digne silence…

— Tu ne tiendras pas deux minutes, gloussa Alex.

— … dans un digne silence, donc, si l'un d'entre vous se dévoue pour raconter à Cassiopée l'histoire pittoresque de notre sorcière. Cela la passionnera certainement beaucoup plus que de nous entendre médire sur de parfaits étrangers pour elle.

Adressant un clin d'œil appuyé à Mathylde, il ajouta :

— L'idée de monter cette pièce est audacieuse ! Ça change. C'est judicieux.

Le minois tout entier de sa camarade s'illumina jusqu'à devenir aussi radieux que sa chevelure incroyable.

— Ah, je suis contente de t'avoir de mon côté ! Il va falloir que tu m'aides à convaincre monsieur Martin, toi qui argumentes si bien.

— Et l'avis des autres, ça compte pour vous ? grommela Alex en frottant sa cicatrice. Peut-être que tout le monde n'est pas d'accord pour jouer ce truc.

— Quelqu'un aurait-il peur de la sorcière ? le défia Samia, qui semblait avoir déjà oublié qu'elle partageait cette crainte, au moins en partie, quelques instants plus tôt. Faut pas t'inquiéter, mon choupinou : qu'elle existe ou non, elle n'aura aucun sort à lancer pour te changer en vilain crapaud, c'est déjà ton état naturel.

— Haha, très drôle, mademoiselle ! J'ai la trouille de rien, moi. Je me méfie, c'est tout. Au théâtre, on n'est jamais trop prudent. Il y a des pièces qui sont maudites, je n'invente rien.

— Comme *Macbeth*, acquiesça Clarence. Saviez-vous qu'au Royaume-Uni et aux États-Unis, la pièce de

Shakespeare est réputée si maudite que les comédiens évitent d'en énoncer le titre ? On prétend qu'elle n'aurait jamais été mise en scène sans que survienne, parmi la troupe, un mort ou un blessé… Mais tout cela ne repose que sur des extrapolations à partir de malheureux incidents. Encore une fois, c'est de la superstition, du folklore théâtral en quelque sorte. Regardez, ici, c'est monsieur Martin lui-même qui nous a demandé quelle pièce il citait ; il n'a pas eu peur que l'on prononce son nom au Serpent Vert.

— Justement, plaida alors Axel en se rangeant à l'opinion de son frère, quand un type qui n'est pas effrayé par une malédiction, que tu prétends connue, se retrouve à deux doigts de se pisser dessus parce que quelqu'un lui a suggéré de mettre en scène *La Sorcière du Rével*, on ne devrait peut-être pas insister. Il faut juste lâcher l'affaire. Il n'acceptera jamais, de toute manière.

— Peut-être que si, objecta Mathylde. Surtout si Clarence m'aide à le faire changer d'avis. Si *vous tous,* vous m'aidez, si on est unis ! Il s'est braqué ce matin parce qu'il n'était pas préparé. Mais dans sa tête, l'idée va faire son chemin…

— Et il va lui montrer la sortie comme à nous, soupira Samia.

La négativité de la majorité de ses congénères n'entacha pas la motivation de la lumineuse jeune fille, enthousiasmée par son propre projet.

— Attendez, monsieur Martin, il est comme nous ! Il est humain. En réfléchissant, il va bien se rendre compte que c'est un avantage pour lui de monter cette pièce. Que ça va attirer l'attention et du monde, peu importe ce qu'on raconte ! Vous croyez qu'il n'a pas envie de spectateurs – autres que notre famille et les quidams qui atterrissent devant le spectacle par dépit ou erreur ? À son âge, vous ne pensez pas qu'il a besoin d'un minimum de reconnaissance ? Vous vous imaginez que c'était ça, son rêve de carrière, quand il avait notre âge : enseigner le théâtre à un groupe tout petit, finir sa vie à Agonie et dans l'oubli ?

— Heureusement qu'il n'est pas là pour t'entendre ! En écoutant mon existence analysée comme ça, j'aurais envie de me pendre, moi ! s'exclama Alex qui avait failli en recracher son soda.

Cassiopée n'en pouvait plus. Au contraire du jumeau au sourcil éraflé, l'argumentaire de Mathylde ne la surprenait pas outre mesure : il s'agissait d'une version plus étayée et rude du discours qu'elle avait déjà tenu au Serpent Vert face à l'enseignant. D'accord, on avait bien compris, mais on tournait en rond ! Comment faire pour recadrer la discussion ? Pour obtenir des informations concrètes sur le contenu de la pièce, sur les peurs qui l'escortaient… et à propos de cette histoire de sang sur les mains des Agoniens ?

Si sa timidité l'empêchait de le montrer (et pour une fois, c'était peut-être un bien), il n'en demeurait pas moins qu'elle commençait à perdre patience à essayer de rassembler les pièces d'un puzzle dont elle ignorait l'image originelle. Personne ne leur avait donc appris qu'on entamait un récit par son début, avant d'enchaîner sur la suite pour conclure par la fin ? Là, elle avait l'impression désagréable qu'on lui servait les morceaux réchauffés d'un épilogue brouillon alors que personne ne daignait partager avec elle les pages qui avaient précédé.

— C'est vrai que ce n'est pas très charitable envers monsieur Martin, concéda Clarence. Que savons-nous de ses rêves ? Il est peut-être très heureux ici… Par contre, Cassiopée doit être perdue. Et si on commençait depuis le début ?

Fallait-il rajouter la télépathie à la liste de ses innombrables particularités ? En tout cas, sa réflexion eut le mérite d'orienter enfin la conversation dans la bonne direction.

— Oh, c'est vrai, je suis désolée, Cassiopée ! s'excusa Mathylde sans se départir de son entrain. Je t'explique : il y a… pffff… longtemps… C'était en quelle année déjà ?

— Je ne sais plus exactement, mais ça s'est passé il y a environ trente ans, l'aida Samia.

— OK, reprit Mathylde, il y a trente ans, *La Sorcière du Rével* a été jouée ici, à Agonie.

— Ce fut la toute première, mais également la dernière représentation de cette pièce, indiqua Axel d'une voix d'outre-tombe.

— Exact, confirma-t-elle, brusquement solennelle. De plus, personne ne sait qui l'a écrite, car l'auteur a pris un pseudonyme. Elle est signée par un certain Silence.

— Un certain ou une certaine, rectifia Alex, laissant de côté son rôle de composition de macho de base.

— N'empêche que le mot *silence* est masculin, répliqua Samia. Ça pourrait être un indice…

— Ou alors un piège pour nous induire en erreur, surenchérit Axel.

Agacée, Mathylde tapota le bord de son verre avec ses ongles impeccables.

— Vous avez fini de m'interrompre ?! Bon, donc, en plein milieu du spectacle, voilà qu'un homme dans l'assistance s'est mis à pousser des hurlements si terribles que les comédiens ont dû s'arrêter de jouer. Les gens ont essayé de comprendre ce qui se passait, pourquoi il criait comme ça, mais il était complètement hystérique. Il s'est levé et est sorti de la salle en courant, sans jamais cesser de brailler. Sur le coup, les spectateurs et la troupe étaient si médusés qu'ils n'ont pas bougé. Quand, ensuite, plusieurs personnes sont allées vérifier partout dans le théâtre et à l'extérieur, l'homme avait disparu. Tout le monde a supposé qu'il était rentré chez lui… Passé ce long moment de malaise et de flottement, la pièce a repris. Elle a été jouée jusqu'au bout, sans nouveau problème. Malheureusement, le lendemain matin, on a retrouvé le cadavre de l'homme aux Trois-Sœurs.

— Les Trois-Sœurs ? Qu'est-ce que c'est ? se risqua à interroger Cassiopée, d'un filet de voix serré.

— Les Trois-Sœurs, c'est comme ça qu'on surnomme les trois collines à la sortie est de la ville, éclaircit Mathylde. On dit qu'elles en sont les gardiennes, qu'elles veillent sur Agonie.

— Sauf qu'elles ont oublié de veiller sur ce pauvre type effrayé, souligna Axel avec ironie.

Mathylde tapa de ses griffes manucurées sur la table.

— Laissez-moi terminer, c'est une manie de mettre votre grain de sel ! Le corps était dans un sale état, le visage piqueté par des becs d'oiseaux, les doigts rongés par des bêtes sauvages. Il y a eu une enquête qui a conclu à une mort accidentelle : l'homme est tombé – sûrement en courant partout comme un dératé – et sa tête a heurté une grosse pierre. Il avait aussi une plaie à la jambe, je crois. Il s'est vidé de son sang pendant la nuit, alors que les comédiens avaient tranquillement continué de jouer *La Sorcière du Rével.*

En dépit du soleil qui tapait de plus en plus fort, Cassiopée sentit la chair de poule envahir ses bras. Tout cela ne relevait probablement que du fait divers et du concours de circonstances malencontreuses. Cependant, elle saisissait à présent toute l'émotion sinistre enclenchée par la simple évocation de la pièce. En bonne amatrice d'histoires à tendance plus ou moins horrifique, celle-ci éveillait de plus en plus son intérêt. Elle sentait qu'elle était encore bien loin d'en connaître tous les tenants et aboutissants.

Mathylde contenta sa demande muette.

— À l'époque, il paraît que l'histoire a créé un vrai scandale ici. Il y a eu toute une polémique sur le fait que la troupe avait choisi de poursuivre la pièce, et les spectateurs, de rester dans la salle pour la suite du spectacle, alors qu'ils auraient dû s'inquiéter de ne pas avoir retrouvé cet homme qui s'était enfui complètement paniqué. La mairie a même fait interdire les représentations – enfin, suspendre, c'est Clar qui l'a dit – pour que l'indignation n'enfle pas.

— Ce qui a enflé, par contre, ce sont les rumeurs, rajouta Samia qui n'en pouvait visiblement plus d'écouter sa blonde complice sans interférer dans l'exposé. Parce que le « détail » super bizarre, c'est que l'histoire racontée dans la pièce se passe *à Agonie.* Ou plus précisément… aux Trois-Sœurs. Dans les collines où le spectateur terrorisé a été retrouvé mort.

Là, ça devenait passionnant. Au final, Cassiopée se dit qu'elle n'avait pas tout à fait perdu sa journée. Ce fut Alex, touchant machinalement sa minuscule cicatrice au sourcil, qui développa :

— Bon, pour être clair, *La Sorcière du Révell* n'est pas remplie d'action, ni de rebondissements. Le texte baigne dans une ambiance plutôt lente et étrange. Mais en substance, ça raconte l'histoire d'un petit garçon qui se retrouve, on ne sait pas trop comment, derrière un mur constitué uniquement d'ombre et situé au cœur des Trois-Sœurs. Là, il rencontre une mystérieuse sorcière qui lui explique qu'il n'est plus dans le Réel, mais qu'il est passé de l'autre côté : le Rével.

Cassiopée se rendit compte qu'elle retenait son souffle tant elle était prise par le récit de la pièce.

— Le personnage de la sorcière, continua Axel à la suite de son frère, est assez ambigu. Elle ne fait aucun mal à l'enfant, et pourtant, elle réussit à avoir un côté inquiétant. Elle veut convaincre le gosse de demeurer à jamais auprès d'elle alors qu'il ne souhaite qu'une chose : retrouver ses parents dans la réalité. Il est jeune, très innocent, on tremble pour lui tout le temps…

— … même s'il ne se passe quasiment rien, acheva Alex, jouant les relais avec son jumeau. Cette pièce, c'est beaucoup de blabla, sans véritable intrigue. Tout est concentré dans l'atmosphère.

— Ça finit comment ? le questionna Cassiopée, trop captivée sur l'instant pour se laisser museler par sa timidité.

— Bizarrement. L'enfant est aspiré brusquement de l'autre côté du mur d'ombre. Là encore, aucune explication n'est fournie. Il retrouve le monde réel, et son père et sa mère. Quand il passe à travers le mur, il est si surpris qu'il a la bouche grande ouverte. La sorcière tend un bras vers lui au même moment. On croit d'abord que c'est juste pour essayer de le retenir. Et puis, on le voit après, avec ses parents, et on finit par comprendre qu'il a perdu la capacité de parler. On en déduit que la sorcière a tendu le bras pour lui arracher volontairement sa voix, en guise de punition pour ne pas avoir voulu rester avec elle. Ou bien, que sa voix est la seule chose qu'elle a réussi à attraper et à retenir dans le Révél avant que le garçon ne traverse complètement le mur d'ombre. À moins encore, selon une troisième théorie, que l'enfant n'ait avalé de l'ombre, emprisonnant ainsi ses cordes vocales. Tout est laissé à la libre interprétation des spectateurs.

Une œuvre bien singulière. Cette fin faisait toutefois sens avec le pseudonyme de l'auteur ou de l'autrice : Silence. Cela signifiait-il qu'il s'agissait d'une sorte de projection d'un vécu personnel ? L'individu qui avait rédigé *La Sorcière du Rével* ne pouvait-il plus, à la suite d'un quelconque traumatisme, s'exprimer que par écrit ?

Mathylde reprit la main (superbement vernie) sur leur résumé.

— Après le drame qui s'est produit la nuit du spectacle, des personnes ont commencé à penser que le décès de l'homme n'était peut-être pas si accidentel que ça. Qu'il y avait un lien de cause à effet entre la pièce et sa mort. Que le texte joué ce soir-là avait agi comme une incantation, un mauvais sort qui avait apporté le malheur. D'autres sont allés plus loin, se disant que le mur d'ombre existait bel et bien quelque part aux Trois-Sœurs, tout comme la sorcière qui vivait derrière. Ils se sont mis à raconter que c'était sûrement elle qui avait tué l'homme pour pouvoir emporter son âme de l'autre côté, dans le Rével. Ainsi, elle aurait enfin brisé sa solitude, faisant de la victime son confident, son esclave ou son bras droit maléfique. D'autres encore ont soutenu que cet homme avait traversé le mur d'ombre sans s'en rendre compte, à l'image du petit garçon du texte. Dans la pièce, le personnage répète en boucle à l'envoûteuse qu'il veut retrouver ses parents, c'est son souhait le plus cher – et, à la fin, c'est ce qui arrive. Donc, selon eux, après avoir franchi le mur, l'homme affolé a dû formuler un vœu que la sorcière lui a accordé. Hélas, son retour à la réalité s'est mal passé, car le passage du mur d'ombre en sens inverse, pour regagner le vrai monde, n'est pas si facile. Il a un prix : la voix pour l'enfant, la mort pour l'homme.

— C'est regrettable que les gens ne mettent pas leur imagination délirante au service de choses plus constructives, releva alors Clarence.

Un cartésien. Sa petite sœur l'avait annoncé, il était « rassio-truc ». D'un ton instruit, il s'adressa à Cassiopée :

— Tu remarqueras que toutes ces suppositions ressemblent fort à des divagations paranoïaques, causées par l'émotion et par une certaine forme de crédulité collective confondant la réalité avec la fiction.

Avait-il conscience de la façon dont il s'exprimait ? Tout le monde dans ce groupuscule de théâtreux savait parler bien et avec assurance. Mais son niveau d'éloquence se situait un bon échelon au-dessus de celui des autres. Semblant dater de quelque époque ancienne, le jeune homme était en décalage, et pourtant parfaitement intégré… Comment parvenait-il à endosser avec autant d'aisance son étrangeté ? Quel était ce « petit truc en plus » indéniable qu'il possédait par rapport à sa cousine, incapable d'assumer sa différence et d'être elle sans se sentir jugée et dévalorisée ? Diverses réflexions qu'avait encaissées Cassiopée lui soufflèrent des réponses : « Ce n'est pas une statue, lui. Il a de la conversation, de la présence. Il est ouvert aux autres, il leur parle ; il expose et s'expose. Il n'est pas mou comme un mollusque. »

— Tu veux autre chose à boire, Cassiopée ? s'alarma Mathylde. Tu tires la même tête que tout à l'heure au Serpent Vert. Tu as trop chaud ? On dirait que tu vas faire un malaise.

— Euh… Non merci, ne t'inquiète pas, ça va, répondit-elle en portant son verre à sa bouche dans un réflexe imbécile.

Évidemment, il était vide. Sinon Mathylde ne lui aurait pas demandé si elle voulait commander une nouvelle boisson… Ce qu'elle devait avoir l'air cruche !

— Je… Zoé m'a parlé de la sorcière du Rével hier soir, lança-t-elle pour se sauvegarder des railleries qu'elle pressentait imminentes. Sur le moment, je n'ai pas tout compris. Mais elle a l'air d'en avoir très peur.

— Je sais bien, soupira Clarence. Elle est terrorisée, la pauvre. À son âge, elle prend tout pour argent comptant. En plus, cette année, dans sa classe, un petit crétin s'amusait à l'épouvanter avec ça, en lui racontant les pires horreurs à la récré. La maîtresse s'en est rendu compte et a mis un terme à ce vilain manège. Sauf que le mal était fait. Après, on ne peut pas vraiment blâmer le garçon. Dans le coin, c'est très courant que les parents, encore maintenant, se servent de la sorcière du Rével pour menacer les enfants pas sages. Elle est un peu l'équivalent local du croquemitaine ou du Père Fouettard. Ça n'arrange rien, surtout pas le cas de Zoé qui en fait souvent des cauchemars. Et comment la raisonner quand des plus grands, et des adultes eux-mêmes, continuent de monter des rumeurs en épingle ou de prendre des racontars au sérieux ?

Mathylde esquissa une charmante moue boudeuse.

— Tu es en train de me mettre dans le même panier ? Je croyais que tu étais de mon côté.

Il posa sur elle un regard anthracite empreint de douceur.

— Désolé si je t'ai blessée, ce n'était pas intentionnel. Je maintiens que je suis dans ton camp. Rejouer *La Sorcière du Rével* au théâtre, de manière « officielle », permettrait justement de démontrer qu'il n'y a rien de surnaturel. Beaucoup viendront, tu as raison. Et quand ils constateront qu'il n'arrive rien de particulier, ils admettront que tout ce qui s'est passé autrefois, et les quelques échos avec la pièce, n'étaient que de tristes coïncidences.

Cassiopée brûlait de le contredire. Il avait beau être intelligent, il était également très naïf. Il raisonnait à l'envers. Si le moindre incident, si minime soit-il, se produisait sur la scène ou en dehors (une porte qui claque, un comédien qui chancelle une seconde…), les plus superstitieux le mettraient d'emblée sur le compte du texte interdit. Pour le subir au quotidien, elle savait que les gens jaugeaient les événements, aussi bien qu'autrui, d'abord par le prisme de leurs préjugés.

— Tu n'es pas drôle, Clar, minauda Mathylde. Moi, je

voudrais bien qu'elle existe, cette sorcière, en fait.

— Pour finir en cadavre ? s'étonna-t-il, brusquement renfrogné.

Elle se redressa contre le dossier de sa chaise, mine fière et port altier.

— Tu vois que tu y crois un peu aussi, au fond !

Si Clarence ne répliqua rien, Cassiopée pouvait sentir l'agacement intérieur qui l'agitait soudain. Étonnant qu'il se retienne… laissant à son espiègle camarade tout le loisir de continuer :

— Soyez honnêtes, vous n'aimeriez pas qu'un être surnaturel soit capable d'exaucer le souhait qui vous tient le plus à cœur ?

Silence dans les rangs. La réponse était trop évidente : qui résisterait à la tentation de voir réalisé son désir le plus grand ?

Se piquant à son propre jeu, la jeune fille persista.

— Vous ne vous demandez jamais ce que vous lui réclameriez ? Attention, pas de droit à l'erreur ! Il faudrait vraiment que ce soit essentiel pour vous, que ça vaille le coup de braver les dangers du Révei et de risquer votre vie en essayant de retourner dans notre monde. Réfléchissez bien… Tiens, la nouvelle, par exemple, tu demanderais quoi, toi ?

Si elle en avait eu la force musculaire, Cassiopée aurait brisé le verre vide qu'elle tenait toujours en main, tellement ses doigts se crispèrent dessus. La question impromptue la prenait au dépourvu. Pourtant, elle n'avait pas besoin de cogiter le moindre millième de seconde pour savoir quoi dire. Le problème était : ne valait-il mieux pas mentir ? Inventer un vœu délirant, un truc « cool » ?

La vérité sans fard, c'était que si elle croisait la route d'une créature apte à l'exaucer, elle ne lui demanderait rien. Non, elle l'implorerait, au mépris de tout amour-propre. Elle la supplierait de la débarrasser de sa timidité, de lui permettre de ne plus avoir à lutter au quotidien, à batailler avec elle-même pour tenter, le plus souvent en vain, de s'intégrer aux autres et de s'affirmer face à eux. Cependant, « ne plus être timide » n'était pas la réponse que Mathylde attendait, elle le savait. Une extravertie trouverait ce vœu d'un ennui… Par-dessus tout, au moment où Cassiopée formulerait à voix haute cette aspiration intime, elle engendrerait incompréhension, moqueries et pitié. Peut-être les trois. On lui opposerait que pour résoudre son petit problème, le théâtre suffirait. On la considérerait encore comme une personne fragile et peureuse, dominée par son anxiété. Une faible.

Alors que des engrenages désespérés se mettaient en marche sous son crâne torturé pour créer de toutes pièces un souhait acceptable, un grain de sable vint gripper sa machine cérébrale : l'espace d'un furtif instant, l'adolescente se surprit à penser que ce qu'elle aimerait vraiment, c'était que l'ordre des choses s'inverse. Après tout, cela ne serait peut-être pas si mal, au final, si c'était les autres, au lieu d'éprouver de la mésestime ou de se moquer, qui se mettaient à avoir un peu peur d'elle…

CHAPITRE 7

Devil is calling, Hell is burning
Demon is calling, Hearts are freezing[1]

Les chuchotis rauques et saccadés figèrent le groupe entier. Il en oublia aussitôt que Cassiopée, soumise à la question, était en train de les faire languir avant d'exprimer son plus fort désir. L'étrange mélopée surgissait de sous la table, comme si les adolescents venaient de se livrer, sans le savoir, à une séance de spiritisme qui avait réveillé un esprit. Celui-ci devenait de plus en plus vindicatif dans ses murmures abrupts :

Hell is burning, Hearts are freezing,
Devil is calling, is calling, IS CALL…

Plus rubiconde que la honte, Cassiopée se jeta sur le sac à dos à ses pieds et attrapa son téléphone dans la poche avant. Son pouce sur l'écran mit un terme au refrain diabolique. Hélas, dans la précipitation, elle avait

1. Traduction de l'anglais : Le diable appelle. L'enfer brûle. Le démon appelle. Les cœurs gèlent.

commis une erreur de manipulation non négligeable : elle avait décroché. Les autres purent donc entendre une mélodie encore plus infernale que la précédente, la voix maternelle lui lançant un sonore « Comment ça va, ma chérie ? Tu as réussi à te faire des amis ? ».

Est-ce qu'un visage pouvait exploser si le sang y affluait en masse ? La jeune fille eut la terrible sensation que la totalité de son hémoglobine lui était brusquement montée à la face.

— Attends ! jeta-t-elle à sa mère d'un ton peu amène.

Elle éprouvait une grande envie de lui raccrocher au nez, cependant elle ignorait ce que la troupe en penserait. Et puis, pour être honnête, c'était elle, plus que sa génitrice, qui était à blâmer ici. Comment avait-elle pu oublier de remettre son portable en mode silencieux ? Elle se voyait pourtant le faire… mais quand exactement ? Au fond, elle n'était plus sûre de la chronologie, ni d'avoir agi. À croire qu'elle commençait à perdre la boule à cause du stress. Ou de cet endroit si particulier.

La seule chose certaine était que, la veille au soir, après sa lecture, et pour éviter de s'endormir avec un nœud d'angoisse à l'estomac, elle s'était amusée à attribuer des sonneries diverses aux contacts de son répertoire. Bien entendu, elle s'était acquittée de cette mission sous écouteurs afin de ne pas troubler les rêves de Zoé. Par rancune, Lucile avait hérité de la musique horrifique de *L'Exorciste*. Pour le même motif, elle avait associé ses deux parents à l'intro en anglais de ce morceau de GIRL au titre parfait *Betrayal*[1].

Tandis que Cassiopée se levait en quatrième vitesse de sa chaise, Mathylde lui offrit un regard compatissant.

1. Traduction de l'anglais : trahison.

CHAPITRE 7

— Ne t'en fais pas, on sait comment sont les parents.

— Super relous, approuvèrent à l'unisson les jumeaux.

Samia, qui semblait n'en penser pas moins, ne dit rien. Quant à Clarence, ses yeux gris pétillaient, ses prunelles parlaient pour lui : *« Devil is calling », hein ? Pour ta mère ? Tu es moins angélique que tu en as l'air.*

Toujours accablée par la gêne et la rougeur qui l'agrémentait, Cassiopée s'éloigna de plusieurs pas, téléphone en main. Elle ne savait trop où se placer : un peu à distance, pas non plus à des kilomètres ? Sans vraiment parvenir à se décider, elle se résolut à accepter de converser. Tout bien réfléchi, elle tenait là sa chance de stopper immédiatement son calvaire. C'était plus malin que d'attendre la fin du jour pour appeler au secours. Ses parents ne devaient pas encore être repartis trop loin d'Agonie, ils devaient avoir la possibilité d'effectuer un crochet pour la récupérer.

— Maman ?

— Oui, ma Cassiopée. Je me suis dit que c'était presque l'heure de déjeuner, que j'aurai moins de chances de te déranger. On est sur une aire de repos avec ton père, il est parti nous chercher des cafés… Dis-moi, j'ai entendu des voix jeunes autour de toi. Ce sont tes nouveaux camarades ? Ils sont gentils ?

Cassiopée était déjà trop cramoisie pour s'empourprer sous l'effet de l'exaspération. Sa mère s'adressait à elle comme si elle la questionnait sur son entrée à l'école maternelle ! Ignorant ses interrogations, elle fonça droit à son propre but :

— Venez me chercher, je n'ai rien à faire dans ce stage…

— Oh, ma coccinelle ! s'apitoya madame Winter sans écouter sa fille jusqu'au bout. Je comprends que les débuts soient difficiles. Ce n'est que le premier jour. Accroche-toi, tu vas progresser. C'est normal que ce ne soit pas évident pour quelqu'un d'aussi timide que toi de monter sur scène. Mais tu n'es pas toute seule.

— Justement, ça fait partie du problème de votre prétendue solution !

— Comment ça ? Je ne vois pas ce que tu entends par là. En plus, ton cousin va au même théâtre que toi, c'est sympa, non ?

— Vous le saviez ?

— Évidemment, réfléchis ! C'est aussi ce qui nous a en partie décidés à t'inscrire là-bas. Contrairement à ce dont tu sembles convaincue, notre but n'était pas de te chasser le plus loin possible de la maison. Il y avait une raison…

— Dont vous n'avez pas jugé bon de m'informer.

Le timbre maternel prit des accents agacés.

— Je te signale que c'est toi, ma petite, qui as écourté la discussion en t'enfuyant dans ta chambre, le soir de ton anniversaire. Et par la suite, tu t'es montrée plutôt fermée. Quel est le souci avec Clarence ? D'après ce que raconte Alice, il m'a pourtant l'air d'un jeune homme très bien.

— Comme quoi toutes les mères ne considèrent pas leur enfant comme un objet de déception !

— Tu veux bien stopper ton insolence inappropriée, s'il te plaît ?

— Si ça peut te faire plaisir. Bon, je n'ai absolument rien à reprocher à Clar, mais…

— « Clar » ? C'est comme ça que tu l'appelles,

maintenant ? Vous vous êtes déjà rapprochés en une matinée, c'est formidable !

— Tu peux arrêter de raconter n'importe quoi et prêter attention à ce que j'essaye de t'expliquer ? maugréa l'adolescente, à bout de patience. Clar, c'est juste le surnom que tout le monde lui donne. Tu te souviens de comment il était la dernière fois, quand on l'a vu au mariage ? Hyper sûr de lui, toujours un truc intéressant à dire, plein de gens en admiration devant lui comme des mouches autour d'un pot de miel ?

— Je crois que tu exagères un peu.

— Aujourd'hui, c'est mille fois pire. Il est… C'est Clarence, quoi. Tout le contraire de moi.

— Eh bien, c'est parfait ! Tu vas apprendre de lui, il va te tirer vers le haut.

Non mais elle se payait sa tête ou quoi ?!

— Maman, concentre-toi. Même si Clarence me paraît très gentil, il ne peut rien pour moi. La personnalité, ça ne s'apprend pas. Ou alors c'est du toc ! Et avant que tu oses me sortir que moi, je n'en ai aucune, laisse-moi t'assurer que si. Je suis juste beaucoup moins douée pour l'exprimer.

— C'est la finalité du stage, ma fille ! piaffa madame Winter à l'autre bout du fil. L'objectif est de te permettre de te libérer, d'oser.

— Sauf que non.

— Quoi, non ?

— C'est impossible avec moi parce que votre fameux stage est inadapté.

— Qu'est-ce que tu me chantes là ? Tu as décidé de me rendre chèvre ?

Cassiopée prit une profonde inspiration avant d'abattre sa dernière carte, celle de l'argument ultime.

— C'est impossible parce que le niveau « Spécial Timides » n'existe pas.

— …

— Il n'a jamais existé, d'ailleurs.

— …

— Tu m'entends ?! Je me retrouve en cours *avec* Clarence et sa petite bande. Ils font du théâtre ensemble tous les étés. Ils sont doués et au maximum de la confiance en eux ! Si les niveaux de stage avaient été mis en place un jour, ce serait le groupe « Avancé ». Et le prof a dit qu'il ne pouvait pas me mettre à part, ni s'occuper de moi toute seule. Alors, même si je suis toujours énervée contre vous, je sais que vous vouliez bien faire. Mais le site du Serpent Vert n'est pas à jour et… Tu comprends ? Allô ?!

Durant une seconde, la jeune fille crut avoir perdu le réseau. Elle insista :

— Allô ? Réponds-moi ! Vous êtes bien passés par internet pour m'inscrire ? Ou vous avez demandé directement à Alice ou à son fils ? C'est de là que vient l'erreur ?

Elle entendit un souffle dans le téléphone. Puis :

— Non, je te confirme qu'on l'a fait par le biais du site. Alice nous avait expliqué qu'il n'y avait pas d'autre moyen pour les non-Agoniens.

— Ça n'a pas l'air de beaucoup te chagriner quand je t'explique que vous m'avez offert un stage pour timides qui se révèle n'être PAS pour les timides. Et que donc vous avez dépensé votre argent pour rien.

Nouveau souffle de l'autre côté de la ligne.

CHAPITRE 7

— « Spécial Timides », c'est surtout une belle formule, si tu veux mon avis. Le théâtre, c'est pour tout le monde, point.

Avec une telle déclaration, monsieur Martin aurait été fier d'elle. Devinant à présent l'anguille monstrueuse sous la roche, l'adolescente creusa encore.

— Mais quand même, ça ne t'embête pas du tout ?

— Non.

— Pourquoi ? Dis-moi la vérité cette fois-ci, pas tes jolies théories !

Troisième souffle. Suivi de l'aveu dans lequel ne semblait point percer la moindre culpabilité :

— De toute manière, on t'avait inscrite au niveau « Avancé ».

Ce n'était pas possible, sa mère devait être restée trop longtemps exposée au soleil sur son aire d'autoroute ! Ses propos n'avaient plus aucune logique. Pourquoi, connaissant son inexpérience sur les planches et son caractère, vouloir la mettre avec des gens chevronnés, forcément très à l'aise ? À leurs côtés, elle ne pouvait que se sentir encore plus ridicule, encore plus nulle que d'habitude. Comment ne pas le prévoir ?

Bien sûr, puisqu'en réalité un seul groupe existait, la démarche volontaire de ses parents ne changeait rien dans les faits. Dans l'intention, en revanche… Cela signifiait qu'en toute conscience, ils s'étaient comportés à l'instar du maître-nageur qui, au lieu de mettre pas à pas ses élèves novices en confiance dans l'eau afin de leur enseigner les rudiments de la brasse, préférait les jeter directement dans le grand bain en leur ordonnant de se débrouiller pour regagner le bord. Ce genre de méthode brutale avait-il déjà donné des résultats autres que des phobies et des années de thérapie ? Voire des noyades ?

Malgré elle, Cassiopée s'emporta.

— Tu n'es pas sérieuse ?! Pourquoi vous avez voulu faire ça ? Pour me montrer à quel point je n'étais pas assez bien ?

— Arrête donc de prendre tout mal. Disons qu'on a pensé « Aux grands maux, les grands remèdes ». Tu viens d'avoir quatorze ans. On n'a plus vraiment le temps d'y aller progressivement.

La jeune fille laissa échapper un ricanement amer.

— Ah, parce qu'en plus, mon temps est compté ?

Le souffle dans le téléphone se mua en tempête.

— Avec un pareil sens de la tragédie, cesse de prétendre que le théâtre n'est pas pour toi ! Suis ce stage, et tu verras bien. Il est hors de question que ton père et moi fassions demi-tour. Oh, et je te préviens, Alice est chargée de surveiller ton assiduité, pas la peine de sécher ! Je vais te laisser…

— C'est ça, défile-toi.

— Cassiopée ! Avant de raccrocher, permets à ton ignoble mère de te donner un sage conseil : ESSAYE. Je veux dire, *réellement*. Fais un effort, sors de ta coquille. Et, par la même occasion, de ta négativité.

— Oh désolée, explosa l'adolescente, j'avais oublié qu'en plus, je devais me réjouir ! C'est vrai, de quoi je me plains ? Je n'ai qu'à sourire à la bonne fée Théâtre qui va tout effacer et me changer d'un coup de baguette magique en une nouvelle personne. Confiante, exubérante… La fille rêvée, celle que vous auriez aimé avoir.

Énième avis de grand vent sur la ligne, ce qui acheva

d'attiser le courroux de Cassiopée.

— Vous avez tout organisé dans mon dos. Vous avez gâché mon anniversaire et mon été. Vous voyez le stage comme une thérapie de la dernière chance pour moi. Vous me considérez comme un être humain à rectifier, à la limite du cas désespéré. Et tout ça, tu estimes que je suis censée le prendre bien ? ACHETEZ-VOUS DEUX GRAMMES D'EMPATHIE, PUTAIN !

De rage, elle raccrocha sans attendre les immanquables récriminations sur sa vulgarité. Elle dut se retenir pour ne pas balancer son portable contre le bitume du trottoir – un mouvement d'humeur qui l'aurait défoulée sur l'instant mais qui aurait ruiné un peu plus la suite de son séjour forcé si l'objet avait fini fracassé au sol. Il n'aurait pas fallu compter de sitôt sur le couple Winter pour lui en racheter un autre, surtout que le stage devait constituer un présent onéreux.

Puisqu'elle avait son téléphone en main, elle s'apprêtait à en profiter pour jeter un coup d'œil (rapide, promis) à l'Instagram de Lucile, quand une salve d'applaudissements retentit dans son dos. *Oh non…* Elle prit conscience *a posteriori* du volume de sa voix sur sa dernière tirade. Elle avait crié, perdu le contrôle. Elle était « montée dans les tours ». Et tout le monde en avait profité.

Telle l'antihéroïne d'un mauvais film, elle pivota au ralenti. Les autres étaient tous là à la fixer. En arrière-fond, elle apercevait leur table avec leurs sièges à l'abandon, et le serveur qui ramassait les verres et la monnaie. Quelqu'un avait payé pour elle. Clarence, sans doute. Ou peut-être Mathylde. Elle se nota mentalement de se renseigner afin de savoir qui rembourser. Les quelques clients installés en terrasse paraissaient la toiser derrière leurs lunettes noires, désapprobateurs. Contrariée, elle sentit ses joues s'aviver. Elle avait perdu le décompte de ses rougissements intempestifs depuis le début de la journée. *Trop. Beaucoup trop.*

— Pas mal pour une carpe effarouchée ! commenta Samia avec son ironie mordante habituelle. Belle perf'. Je te suggère quand même de limiter tes aigus, ça peut vite taper sur les nerfs.

Mathylde ajouta, ravie, presque fière :

— Il ne faut jamais se fier aux apparences, on le sait. Ce que nous venons de voir, ou plutôt d'entendre, je crois bien que c'est ce qui s'appelle : « le feu sous la glace ».

*

Brûlure.

Aux mollets. Sur la peau tartinée de crème solaire, rissolée par le soleil de l'après-midi. En principe, ils n'auraient pu jouir de cette liberté incandescente qu'à partir de seize heures. Cependant, monsieur Martin, encore troublé quoique redevenu un peu plus serein, leur avait donné quartier libre exceptionnel. Il avait besoin de réfléchir, leur avait-il déclaré. À cette annonce qui ne suggérait plus obligatoirement un rejet complet, Mathylde avait failli sauter de joie, risquant de crier victoire bien trop tôt. Un regard gris perçant de Clarence était parvenu à la modérer à temps.

D'un caractère beaucoup plus mesuré, le jeune homme s'était contenté de glisser au professeur, avec une voix douce et un air angélique, quelques phrases relatives à la capacité « purificatrice » d'une nouvelle mise en scène de la pièce, qui effacerait enfin la culpabilité latente pesant depuis plusieurs décennies sur Agonie. Il avait appelé ça « la catharsis ». Cassiopée n'avait pas tout compris, mais le terme avait allumé une étincelle dans le regard de l'enseignant. Comme à l'accoutumée, son cousin avait visé juste et précis. Malin, il n'avait pas plus insisté. Il avait salué monsieur Martin, avait tourné les talons et était parti profiter de cette pause post-méridienne inespérée.

À présent, il pédalait devant Cassiopée. Il n'avait pas jugé nécessaire de se changer. Les pans de sa redingote bizarroïde valsaient au gré de sa vitesse et de la légère brise qui s'était levée, sans soulager la lourdeur de l'atmosphère caniculaire. Contrariée, la jeune fille le suivait tandis qu'il la guidait vers les Trois-Sœurs. D'après ses dires, à vélo, ils rallieraient très vite les fameuses collines. Elle s'appliquait à retenir de son mieux l'itinéraire, somme toute assez simple, dans la perspective de pouvoir s'y rendre sans escorte par la suite. Il lui faudrait toutefois trouver le moyen d'échapper à la vigilance d'Alice qui, en l'écoutant formuler son désir de trouver un lieu pour courir, s'était inquiétée de laisser une adolescente de son âge partir seule en footing, que ce soit aux Trois-Sœurs ou ailleurs. Une agression était si vite arrivée...

Cassiopée avait l'habitude, chez elle, du parc des Titans, pas très grand, fréquenté par de nombreuses familles. Elle n'avait pas le réflexe de craindre pour sa sécurité. Cependant, au fond d'elle, elle savait que la mère de Clarence et de Zoé n'avait pas tort : l'on pouvait faire de sinistres rencontres, même en pleine journée. En outre, elle ignorait encore tout de la faune humaine qui peuplait ces collines. Attirés par les rumeurs à propos de la sorcière du Révtel et de son mur d'ombre, peut-être quelques individus peu équilibrés y vadrouillaient-ils.

Malgré tout, la timide adolescente aurait apprécié un moment de solitude. Elle aurait dû prétexter un mal de ventre ou un vague malaise dû à la chaleur, et se réfugier dans sa chambre d'adoption. S'évader dans un bon bouquin, ne plus penser à rien. Surtout pas au fait qu'elle s'était donnée en spectacle tout à l'heure. Ni au reproche adressé à sa mère, qui puait l'hypocrisie puisqu'elle-même était la première à se juger comme un cas sans espoir. Simplement, la critique faisait toujours plus mal lorsqu'elle émanait d'une autre personne, en particulier de celle qui vous avait mise au monde…

Anne Rice et ses sorcières auraient peut-être réussi à évacuer une part de son amertume. Hélas, il était trop tard pour changer ses plans, maintenant. Bien qu'appréciant contre toute attente ce cousin si particulier, Cassiopée n'éprouvait aucune envie de supporter sa présence et son affabilité. Là, tout de suite, elle ressentait le besoin quasi physique de se réfugier dans sa bulle. Sans cela, comment se ressourcer et recharger les batteries pour pouvoir de nouveau endurer ce monde extérieur auquel elle n'appartenait pas réellement ?

Clarence ne pouvait pas comprendre. Le pauvre se décarcassait à discourir sur son bicycle, en s'égosillant à s'en écorcher les cordes vocales pour s'assurer d'être entendu. Malheureusement pour lui, concentrée sur le trajet et le vélo prêté par Alice qu'elle apprivoisait encore, Cassiopée ne l'écoutait que d'une oreille. Son cerveau avait toutefois enregistré, parmi la logorrhée de son accompagnateur, quelques informations concernant les autres participants. Ainsi, Mathylde et les jumeaux venaient de familles aux moyens financiers limités. Clarence l'avait évoqué avec tact, mentionnant à demi-mot qu'ils ne partaient presque jamais en vacances pour cette raison. Cassiopée en avait déduit qu'ils devaient bénéficier de la gratuité du stage par un quelconque dispositif municipal ou une aide associative. Ou encore, au vu de leur talent, grâce à une bourse de théâtre si cela existait. Samia, elle, était la fille d'un gros entrepreneur de la région. Elle accueillait très souvent ses amis dans la villa parentale dotée d'une superbe piscine à débordement. Ce large confort suffisait à sa détente estivale, et c'était dans le théâtre qu'elle allait trouver son dépaysement. Quant à Clarence, il n'avait pas expliqué pourquoi il ne partait pas l'été. Peut-être par solidarité, pour ne pas abandonner ses camarades. Ou pour des raisons familiales. Ou encore pour l'amour de l'art (c'était bien son genre).

— Les voilà ! s'exclama-t-il au détour d'un virage.

Quelques secondes plus tard, la jeune fille les découvrit à son tour : deux majestueuses collines bordant la route, l'une sur sa gauche, l'autre sur sa droite. Elle devina que la troisième devait se trouver juste un peu plus loin derrière, encore cachée à sa vision. Elle s'engagea à la suite de Clarence sur un petit emplacement caillouteux situé en contrebas de la colline de droite, où stationnaient quelques voitures et pas mal de vélos. Ils attachèrent les leurs sous l'abri prévu à cet effet, puis l'adolescent se tourna vers elle, tout sourire.

— Il n'y a pas d'autre endroit pour garer nos vaillants destriers en sécurité, mais je te laisse le choix du lieu de torture : Émeraude, Brume ou Terreuse ? Sur laquelle des Trois-Sœurs veux-tu que nous allions fendre la fournaise en surchauffant des pieds ?

Elle ne répondit pas tout de suite, partagée entre l'admiration pour les noms poétiques des monticules et l'amusement de se représenter Clarence faire l'ascension à petites foulées, dans sa tenue excentrique. Au moins avait-il troqué ses étranges chaussures de ville à bout pointu contre une paire ordinaire de baskets. Mais courir par cette chaleur, était-ce une bonne idée ? Sachant qu'elle ne pourrait s'y créer sa bulle de solitude, l'activité lui paraissait apporter plus d'inconvénients que d'avantages, tout à coup. Elle déglutit.

— Euh… Émeraude ? Et… Et peut-être qu'on pourrait marcher, finalement ?

— Sage décision, approuva son compère avec un soulagement non dissimulé. Ça tombe bien, en plus : nous sommes juste au pied de la colline en question. Si tu traverses la route, tu as Brume, celle où a eu lieu le drame. Et un peu plus loin, dans l'amorce d'un nouveau virage, se dresse Terreuse.

Sans plus tergiverser, ils entamèrent leur montée. La colline n'était pas si haute, et le dénivelé du sentier qui la grimpait, pas si raide, mais le soleil tapant les ralentissait. En dépit de l'étuve, ils rencontrèrent un nombre non négligeable de promeneurs, cyclistes et joggeurs au fil de leur progression.

— Il y a toujours du monde aux Trois-Sœurs, souffla Clarence. Mais forcément, c'est sur Brume qu'on croise le plus de gens… dont quelques timbrés. Ceux-là, le lieu ne les attire pas que pour la beauté du paysage.

— Je suppose que tu parles de ceux qui cherchent le mur d'ombre ? le questionna Cassiopée.

Il se passa une main sur le front, soulevant au passage quelques mèches brunes collées par la sueur.

— Ici, tout le monde cherche plus ou moins le mur, sans obligatoirement croire vraiment à cette histoire. C'est un jeu pour certains. Pour d'autres, c'est aussi un prétexte bien commode. Tu dois savoir que dans l'une des scènes de la pièce, la sorcière explique à l'enfant que seuls « ceux qui voient le monde autrement » auraient la faculté de discerner le mur d'ombre et de le franchir pour atteindre le Rével. Donc des petits malins viennent se soûler dans les collines, consommer des champignons hallucinogènes ou d'autres substances pour essayer de se mettre dans un état ou une sorte de transe qui leur permettrait de voir le mur afin de trouver la sorcière. Pour beaucoup de jeunes, c'est juste un alibi pour une grosse beuverie. Du reste, les gendarmes sont régulièrement appelés pour une fête ou une « expérience » qui a mal tourné. En journée, ça peut aller. Par contre, le soir, il vaut mieux ne pas se rendre sur Brume. On ne sait jamais sur qui on peut tomber ! Ne cherche pas la logique à vouloir discerner un mur d'ombre en pleine nuit, car beaucoup interprètent l'expression comme désignant une espèce de portail de ténèbres tapi au cœur même de l'obscurité. Mais encore une fois, c'est surtout un prétexte. Selon moi, l'unique véritable danger des Trois-Sœurs, ce sont les humains qui y rôdent.

Un long frisson parcourut la colonne vertébrale de Cassiopée. Son cousin venait de lui ôter toute envie de courir en solo dans cet endroit. Tant pis pour la splendeur de la nature, elle se cantonnerait à cavaler sur les chaussées d'Agonie. Clarence, lui, ne s'arrêtait plus de parler.

— Parmi les habitants déjà présents à l'époque où la pièce a été jouée, tu en as qui croient de bonne foi à tout ça. Eux évitent de traîner par ici. À mon avis, la peur de l'ensorceleuse leur évite également de trop réfléchir aux enjeux de ce qui s'est vraiment passé.

Du menton, il désigna un coin ombragé à quelques mètres. Quittant le sentier exposé, sa camarade de randonnée l'y accompagna sans se faire prier. Même s'ils n'avaient pas encore atteint le sommet d'Émeraude, elle ne se sentait plus la volonté de refuser une halte sous les feuillages protecteurs d'un arbre. Après s'être désaltérés à grandes goulées dans leurs bouteilles d'eau respectives, les deux cousins s'assirent sur l'herbe. Clarence reprit alors ce que Samia aurait nommé son verbiage.

— Le récit que Mathylde t'a fait après le cours, c'est celui qui est resté dans la mémoire et la légende collectives. Quand on analyse un peu les choses, on s'aperçoit que la sorcière remplit de multiples fonctions : effrayer, distraire, créer une identité locale commune. Vendre du rêve aussi, avec l'aspect « souhait ». Qui n'aimerait pas changer quelque chose dans son existence ? L'envoûteuse terrifie autant qu'elle attire car, dans une certaine mesure, elle donne de l'espoir. En tous les cas, elle fascine. Moi y compris, alors que je suis un cartésien-né. On ne va pas se mentir non plus : posséder son entité surnaturelle attitrée, ça aide à faire marcher le commerce. Tu vas vite constater qu'on a des tas de boutiques ésotériques ici, des magasins de souvenirs et de bibelots dédiés à la sorcière, des chocolats à son effigie, des pâtisseries baptisées « ombre » ou « vœu »... C'est presque la victoire du Rével sur le réel ! Pratique pour se voiler la face...

Il marqua une pause. Cassiopée savait qu'il allait poursuivre. Il n'était pas du style à lâcher avant d'être arrivé au bout de sa réflexion. En cela, sa petite sœur lui ressemblait.

Une minute plus tard, la machine était repartie pour un tour :

— La version de l'incident dont on se complaît à se souvenir aujourd'hui est inexacte. Le temps et les petits arrangements des habitants avec leur conscience l'ont déformée.

— Je vais finir par penser qu'en plus d'une sorcière, il y a un vampire qui hante Agonie. Tu parles comme si tu étais déjà né au moment où c'est arrivé.

Il partit d'un rire franc.

— Je sais que j'ai l'air d'un énergumène qui se promène en permanence avec sa machine à remonter le temps, mais mon savoir est beaucoup plus basique : médiathèque, vieilles coupures de presse, anciens reportages vidéo. J'ai étudié *les faits*. La partie de l'histoire que tout le monde s'est appliqué à oublier, c'est que l'homme effrayé, celui qu'on a retrouvé mort par la suite, était un adulte qui présentait un léger retard mental. En vérité, la raison de sa peur et de sa fuite ensuite ne constitue pas un mystère. La mise en scène, avec la silhouette démesurée d'une sorcière qui apparaissait en ombre chinoise vers le début de la pièce, l'a terrorisé. Hélas, ni les comédiens ni les spectateurs ne se sont beaucoup foulés à le chercher.

À vrai dire, le départ du type qui les avait mis mal à l'aise dans la file (et dans la salle avant le lever du rideau), à cause de ses tics gestuels et de son comportement enfantin, les arrangeait bien. L'interruption du spectacle n'a pas duré longtemps. À cette époque, les collines n'étaient pas encore aussi fréquentées. On ne l'a retrouvé qu'au matin suivant, décédé des suites d'une hémorragie à la tête due à une mauvaise chute sur une pierre. Infiniment triste, mais rien de surnaturel. Les traces de becs d'oiseaux et les doigts rongés par des animaux ne sont que des détails macabres inventés, qui se sont greffés sur la vérité au fur et à mesure des années... Ça va, je ne t'assomme pas trop de mots ?

— Non. Enfin, si. Enfin, je veux dire, tu es très bavard mais ça m'intéresse.

Et ça m'arrange, moi qui ne suis pas loquace.

Le regard de Clarence prit une teinte malicieuse.

— Si en plus, tu m'encourages... Le vrai scandale, c'est l'égoïsme des Agoniens, qui se sont plus souciés de se divertir en paix que d'aider un individu en détresse. Tout cela parce qu'ils ne le considéraient pas vraiment comme l'un des leurs. Trop différent, trop gênant... Il s'appelait Paul Bugnon. Son nom est très peu cité dans les médias de l'époque. Dès la nouvelle de la découverte de son corps, les gens ont commencé à dire que quelqu'un comme lui n'aurait pas dû être autorisé à entrer au Serpent Vert, ce qui revenait, en clair, à renier le droit d'accès des personnes handicapées mentales à la culture et au divertissement. Les plus rétrogrades ont même parlé de mettre en place un contrôle de « salubrité mentale » à l'entrée des salles. Tu imagines ?! Le maire a très vite mis un terme à ces débats qui prenaient des relents de plus en plus nauséabonds, faisant suspendre en urgence les représentations de la pièce. L'arrêté était provisoire mais le spectacle n'a jamais repris, et la plupart des gens s'en souviennent à tort comme d'une mesure définitive.

Cassiopée songea brusquement que le texte de *La Sorcière du Révél* devait bien exister quelque part et être accessible. Même si les habitants étaient convaincus qu'on n'avait plus droit de jouer la pièce au sein de leur théâtre, elle ne pouvait croire que personne n'avait jamais organisé de « représentation sauvage » pour le plaisir de braver ce prétendu interdit.

Clarence lut dans son esprit.

— On trouve la pièce à la bibliothèque municipale, et le texte a été numérisé. Alors, bien sûr, il y en a qui déclament des extraits durant leurs folles soirées sur Brume, en espérant que ça va faire magiquement surgir le mur d'ombre devant eux. Enfin, tu vois le genre de délire…

— Et ce ou cette Silence ? On ignore vraiment son identité ?

— Oui. En fait, à l'origine, l'auteur ou l'autrice a utilisé ce pseudonyme pour envoyer son texte à une revue littéraire qui n'existe plus aujourd'hui et qui organisait un concours d'écriture théâtrale. Sa pièce a gagné le premier prix, qui consistait tout simplement à être publié dans le magazine. Un exemplaire a été envoyé à la bibliothèque de la ville, un deuxième au Serpent Vert, le troisième au maire de l'époque, grand féru d'arts et de culture. Par qui ? On l'ignore. Silence, probablement. Pourquoi ? Pas d'explication, pas de lettre d'accompagnement.

Toujours est-il que le Serpent Vert a décidé de monter la pièce. La suite, tu la connais. Vu le scandale, on peut comprendre que Silence n'ait pas eu envie de se révéler au grand jour. Aujourd'hui, il ou elle en profiterait tristement pour faire le buzz partout. Mais autres temps, autres mœurs.

Ou alors, ce n'était pas Silence qui avait envoyé la revue. Silence avait continué son existence ailleurs, loin d'Agonie, sans savoir qu'on y avait joué son texte, que sa sorcière y avait pris vie et qu'on lui avait collé une mort sur le dos… Mais dans ce cas, qui avait posté le magazine littéraire ? Et pourquoi l'action de la pièce se déroulait-elle dans les collines qui bordaient la ville ?

— Les exemplaires de la revue n'étaient pas sous enveloppe, ils sont arrivés tels quels dans les trois boîtes aux lettres, précisa Clarence.

— Je commence à avoir mal au crâne, gémit Cassiopée.

Il rit gentiment.

— C'est la chaleur… ou ma conversation. Ça va aller ?

Elle acquiesça, silencieuse. Tout se bousculait dans sa tête. Les versions de Mathylde et de Clarence s'y télescopaient, s'assemblant, se complétant, se contredisant… Le laïus détaillé de son cousin la poussait à conclure que, malgré le mystère et la tragédie, le seul élément relevant du paranormal dans cette affaire avait été l'égoïsme et les réflexions des habitants trente ans en arrière. Pas étonnant qu'ils aient préféré rejeter leurs préjugés puants, ainsi que leur responsabilité, sur une bien pratique sorcière. Comme dans ses lectures horrifiques, le véritable monstre ne se dissimulait pas là où l'on croyait. Pourtant, malgré ou à cause de cette déduction finale, elle ne parvenait pas à lutter contre l'intuition angoissante qu'il aurait mieux valu éviter de ressusciter le passé et la sorcière sur la scène du Serpent Vert.

Avec pudeur, elle tenta de l'exprimer.

— Tu es sûr que c'est bien, pour votre spectacle de fin d'année ?

— *Notre* spectacle, la reprit-il. Ne t'exclus pas comme ça, tu fais aussi partie de la troupe.

Sympathique, mais c'était bien là la remarque de quelqu'un qui n'éprouvait jamais aucune difficulté à s'intégrer dans un groupe. Pour sa part, elle était loin d'être convaincue d'appartenir à leur bande. Cela sonnait étrangement trop facile.

Après avoir bu une nouvelle rasade d'eau, Clarence balaya les doutes de sa cousine.

— Ça va ramener du monde au théâtre, vers la culture. C'est une superbe idée ! Peut-être pas pour les bonnes raisons à la base, je te l'accorde, mais peu importe. Je ferai tout mon possible pour rallier monsieur Martin à cette cause.

— Tu l'aimes beaucoup, Mathylde, non ?

Mortifiée, Cassiopée se mordit les lèvres. Elle qui ramait toujours pour verbaliser le plus banal, voilà qu'avait jailli de sa bouche une énorme indiscrétion. Trop tard pour la rattraper.

Clarence la fixa, interloqué, avant de demander :

— Ça se voit tant que ça ?

— Non. Je… Je ne sais pas. C'est plutôt quelque chose qui se ressent. Mais je peux me tromper. Et puis, ça ne me regarde pas. Désolée.

— Ne t'excuse pas de m'avoir démasqué. Tu as raison,

je suis un incurable romantique dont le cœur piqueté de fleurs bleues palpite depuis des années pour sa camarade de théâtre.

Depuis des années ? Pourquoi ne lui avait-il pas avoué ses sentiments, lui qui devait être capable sans effort de lui faire une déclaration d'anthologie ?

— Je sais ce que tu te dis, tu dois me prendre pour un abruti. En fait, nous sommes sortis chacun de notre côté avec quelqu'un d'autre. Successivement. Nous n'avons pas été célibataires en même temps. Et puis, au début, je ne me trouvais pas assez bien pour elle.

Il était fou ! Dans un film américain, on les aurait proclamés couple parfait, âmes sœurs prédestinées ou reine et roi du bal de promo. Les trois !

— Et là, elle a un copain ? hasarda Cassiopée.

— Non, elle est seule. Moi aussi.

Au tour de l'adolescente de dévisager son cousin, déconcertée.

— Quel est le problème, alors ? Je ne comprends pas. Pourquoi tu ne lui parles pas ?

Les yeux gris se perdirent dans le vague.

— Ce n'est pas si facile…

Impensable mais vrai : il n'osait pas. D'une certaine manière, Mathylde le rendait timide. Cassiopée se tut. Elle ne voulait pas l'embêter davantage. Elle avait été persuadée dès le début qu'ils ne possédaient rien en commun. Qu'il était le brillant, elle, la terne. Point. En réalité, elle se rendait compte qu'il n'était peut-être pas aussi confiant et sûr de lui qu'il voulait bien l'afficher. Au fond, tout au fond, peut-être tous deux se ressemblaient-ils un peu.

Cette perspective la réconforta, la rassurant vaguement quant à la suite des événements. Dans un élan d'optimisme débridé, elle commença à espérer que son séjour ne virerait pas au cataclysme total qu'elle avait imaginé de prime abord. Et sur l'Émeraude ensoleillée, elle se mit à rêver de bonnes surprises…

CHAPITRE 8

Obscurité.

L'air tiède comme une caresse sur la peau.

Cassiopée manqua de perdre l'équilibre en voulant se retourner sur son matelas… et en se rendant compte en une fraction de seconde vertigineuse qu'elle ne se trouvait pas allongée dans son lit, mais se tenait au contraire debout.

Dehors.

En pleine nuit.

En pyjashort.

Merde. Merde, merde, merde, merde !

Évidemment, elle avait eu un nouvel épisode somnambule. C'était déjà trop beau qu'elle n'ait pas fait une crise dès le soir de son arrivée. Mais avec la découverte du cours de théâtre, du petit groupe soudé des autres ados et de toutes ces vraies-fausses histoires bizarres autour de la sorcière, son niveau de stress interne avait dû atteindre un paroxysme jamais égalé. Il n'en avait pas fallu plus à son esprit perturbé pour vriller à nouveau. Excepté que, cette fois-ci, Cassiopée n'avait aucune idée de l'endroit où elle se réveillait. Pas dans le jardin de la maison de son cousin, c'était certain. Pas dans un jardin du tout (bien que le manteau bleu foncé de la nuit ne l'aide pas à se repérer, le terrain qui la cernait lui semblait bien plus vaste).

Soudain, elle avisa ses pieds. Ils n'étaient pas nus, elle se les serait sans doute écorchés. Non, c'était pire. Se courbant en deux, elle tâta la matière qui les recouvrait. Ses doigts reconnurent la forme, confirmant son pressentiment : elle n'avait rien trouvé de mieux à faire que de chausser les ballerines « magiques » étirables petits lapins de Zoé. Au moins, quand les gens normaux commettaient des actes grotesques en rêve, pour eux le ridicule s'arrêtait lorsqu'ils se réveillaient. Pour elle, c'était double peine.

Elle s'efforça de ne pas laisser la panique l'envahir. Avant tout, elle devait répondre à une question essentielle : où était-elle ? Elle fouilla sans espoir les poches de son short, n'y rencontrant que du tissu. Aucun téléphone portable qui lui aurait permis d'appeler Alice ou Clarence à la rescousse, bien entendu (les deux lui avaient communiqué leur numéro la veille).

Des éclats de voix résonnèrent à quelques mètres. Elle aperçut des lueurs vives qui se rapprochaient d'elle. Finalement, c'était peut-être le bon moment pour s'affoler. Qui allait surgir face à elle ? Elle repensa aux avertissements de l'après-midi proférés par Clarence : « Selon moi, l'unique véritable danger des Trois-Sœurs, ce sont les humains qui y rôdent. » Se pouvait-il ?… Comment n'avait-elle pas remarqué jusqu'ici que le paysage n'était pas plat ? Même si elle ne distinguait pas grand-chose, elle ressentait le dénivelé. Elle en acquit aussitôt la certitude, elle avait quitté sa chambre pour rejoindre les collines. Foutu inconscient ! Qu'est-ce qu'il cherchait à lui dire, au juste ?

CHAPITRE 8

Freud ne répondit jamais à cette question, car la silhouette d'un jeune homme apparut, armée d'une lampe de poche. Le faisceau éblouissant balaya Cassiopée de haut en bas tandis que l'inconnu émettait un sifflement qui la mit mal à l'aise.

— Oh, mais qu'est-ce que nous avons là ? Regardez-moi ça…

Courir. Il fallait courir. Son cerveau le lui hurlait.

— Hé les gars, venez voir un peu ce que j'ai dégoté !

La lumière violente de la torche la frappa en plein visage, l'aveuglant momentanément, pendant que le nouveau venu beuglait ses commentaires :

— Faut aimer les taches de rousseur, hein, mais sinon, le petit lot n'est pas mal ! Pas dégueulasse.

OK, ça sentait vraiment mauvais. Mobilisant toute sa volonté, la jeune fille parvint à faire volte-face sur ses jambes flageolantes. Sans plus réfléchir, elle s'élança à toute vitesse dans la nuit… et heurta un corps quelques foulées plus loin. Des bras la retinrent.

— Où tu détales comme ça ? demanda un autre garçon. Dans le noir, tu vas te casser un truc. Tu pourrais même te tuer.

Il avait raison. Cependant, elle n'était pas assez naïve pour le prendre pour un chevalier servant. S'il l'empêchait de fuir, ce n'était pas par altruisme.

— Sympa, la dégaine ! T'es une originale, toi, s'esclaffa une troisième voix masculine.

Ce n'était pas possible, combien étaient-ils ?

— « Une peureuse, sur Terreuse / Une charmeuse, sur Terreuse / Une délicieuse, sur Terreuse »… chantonna une nouvelle voix.

Ils étaient quatre. Quatre contre une. Son cœur battait si fort qu'elle en avait mal à la poitrine. Ils l'entouraient. Elle n'avait plus d'échappatoire. Pourtant, elle devait se sortir de là. Maintenant qu'ils se trouvaient tout près d'elle avec leurs lampes torches qu'ils ne lui braquaient plus droit dans les yeux, elle les voyait mieux. Ils devaient avoir la vingtaine. Elle détestait leur façon de la détailler comme un vulgaire morceau de viande.

L'un d'eux se rapprocha tandis que son copain la tenait toujours.

— Qu'est-ce que tu fais toute seule ici en pleine nuit ?

— Elle doit chercher ses fringues. Tu ne vois pas qu'elle en a perdu la moitié ? ricana le troisième.

Le dernier s'avança à son tour, son téléphone portable brandi devant lui.

— Elle me fait trop rire. Il faut que je balance une vidéo sur TikTok.

— Lâchez-moi, articula Cassiopée sur un ton qu'elle espérait encore empreint d'un semblant de dignité.

Le premier découvrit toutes ses dents dans un sourire carnassier.

— Attends, on est à peine en train de faire connaissance ! Tu ne nous as même pas dit ton petit prén…

— *MANU !*

— Aïe, t'es dingue !

— Qu'est-ce que vous foutez, bande de dégénérés ? Lâchez-la tout de suite ! Ça va ? Oh merde… Cassiopée ?! Qu'est-ce que tu fais là ? Tu vas bien ?

Mathylde ! Cassiopée faillit pleurer de soulagement en la reconnaissant. L'étreinte qui la retenait prisonnière se relâcha aussitôt.

CHAPITRE 8

— Si l'un de vous l'a touchée… commença à fulminer sa providentielle comparse de théâtre.

— Mais t'es pas bien ? s'indigna celui qui répondait au surnom de Manu. Tu nous prends pour qui ? On s'amusait juste un peu.

— J'ai de sérieux doutes sur ta façon de t'amuser, frangin. Je te signale qu'elle est mineure, elle a quatorze ans. Et elle en aurait dix de plus, vos prétendus jeux seraient tout aussi déplacés.

Il s'emporta :

— Tu veux bien arrêter de nous faire la morale comme si on s'apprêtait à la violer ? Tu ne crois pas réellement qu'on allait l'agresser ? En plus, on savait que tu étais à deux mètres derrière.

— Justement, c'est ce qui m'inquiète. Je me demande comment tu te comportes avec les filles en mon absence. Recommence une seule fois ce genre de choses, et je te dénonce aux flics. Ou pire, aux parents !

Il se frotta l'arrière du crâne, pâlit en éclairant ensuite l'intérieur de sa paume.

— Mais je saigne ! C'est moi qui devrais te dénoncer pour atteinte à ma personne. Avec quoi tu m'as frappé, tarée ?

— Avec ce que j'avais sous la main, répliqua-t-elle en agitant sa lampe électrique. Tu ne vas pas nous en faire tout un plat pour une égratignure. Je parie que tu n'as même pas besoin de points de suture. Navrée mais c'était une intervention d'urgence.

— Une intervention d'urgence ? On ne faisait rien de mal. T'as pas d'humour.

— T'as pas de cerveau.

Aucun doute, vu le niveau des dialogues, ils étaient bien frère et sœur.

L'un des trois hurluberlus restants coupa court à leur échange d'amabilités en questionnant Mathylde :

— Tu connais cette meuf ?

— Bien sûr que je connais cette *fille*. Elle fait du théâtre avec moi cet été. C'est la cousine de Clarence, en plus.

— Il ne nous a jamais parlé d'une cousine.

L'adolescente s'agaça encore un peu plus.

— Oui, bon, je le connais beaucoup mieux que vous. C'est une cousine éloignée ou un truc dans le genre. Qu'est-ce que ça change ? Si vous lui avez fait du mal, Clar vous étripera.

— Laisse-moi rire, se gaussa son grand frère. Tu ne nous avais pas expliqué que c'était un non-violent, ton pote avec ses grands principes ? En plus, il n'est pas franchement taillé comme une armoire à glace. Bonjour la menace…

— Si tu venais avec nous de temps en temps à la piscine de Samia, tu saurais qu'il n'est pas si maigre. Il est… musclé sec.

Les quatre garçons pouffèrent à l'unisson. Manu singea sa cadette.

— « Tu saurais qu'il n'est pas si maigre. Il est musclé sec… » Tu nous juges, mais tu m'as l'air de profiter de la piscine de ta copine pour bien mater, toi. Il le sait que tu le reluques en maillot, l'autre grande asperge ?

Mathylde resserra sa prise autour du manche de sa lampe torche.

— Tu en reveux un coup ? Je t'interdis de manquer de respect à mes amis, déclara-t-elle d'une voix froide.

CHAPITRE 8

Que ce soit Clarence ou Cassiopée.

Le jeune homme interpella la dernière nommée :

— Et toi, là ? Tu ne peux pas lui dire, à mon hystérique de frangine, qu'on ne t'a pas attaquée ? On n'a fait que discuter, pas vrai ?

Cassiopée le fixa sans répondre. Avec Mathylde à ses côtés, elle se sentait rassérénée. Elle se demandait toutefois comment aurait évolué la situation si cette dernière n'avait pas fait irruption. Cette bande d'imbéciles ne lui avait pas paru animée des meilleures intentions. À la rigueur, elle voulait bien leur accorder le bénéfice du doute : peut-être qu'ils l'auraient laissée repartir, peut-être que leur unique motivation consistait à la tourner en dérision (ce qui ne respirait déjà pas la gentillesse, même si elle admettait que tomber nez à nez avec une fille en vadrouille en pyjashort et chaussons lapins avait de quoi prêter à se moquer). N'empêche qu'ils avaient entravé ses mouvements, qu'ils avaient voulu la filmer contre son gré… Non, tout cela n'avait rien eu de drôle, ni de plaisant. Elle n'éprouvait aucune envie de les dédouaner en minimisant leurs agissements !

Face à leur attente, elle opta donc pour l'attitude qu'elle maîtrisait le mieux en tant que « timide professionnelle » : se taire. Bon, d'accord, au quotidien, c'était plus souvent le silence qui la dominait, plutôt qu'elle qui le contrôlait à sa guise. Alors, pour une fois qu'en user permettait de ne pas concéder une victoire à autrui, elle n'allait pas s'en priver. Dans l'absolu, elle aurait aimé être capable d'improviser une réplique bien sentie, drôle et intelligente. Hélas, elle était du genre à trouver ses reparties avec vingt-quatre à quarante-huit heures de décalage, après avoir ressassé dans sa tête la joute verbale qui avait invariablement viré en sa défaveur, entre deux rougissements et trois balbutiements. Cette nuit, aux Trois-Sœurs, devant ces garçons qui avaient ri à ses dépens et provoqué sa peur, elle avait le pouvoir de se draper dans un mutisme crâne. Elle le saisit, ne desserrant pas les dents.

Mathylde comprit parfaitement le message. Elle houspilla de plus belle son aîné (qui, il fallait le reconnaître, prenait un peu beaucoup pour tout le monde).

— Tu vois, triple idiot, elle n'a pas du tout apprécié votre « conversation ».

— OK, OK, comme vous voulez, les filles, abandonna-t-il. Mais ton amie pourrait peut-être nous expliquer pourquoi elle se trimbale toute seule dans les collines à moitié à poil.

— Elle n'est pas à moitié à poil ! le tança vertement sa sœur. Elle est… en tenue nocturne estivale. Et elle a gagné.

— Gagné ? Gagné quoi ? La lune t'a tapé sur la tête ?

Mathylde ne releva même pas.

— On lui avait lancé un défi. C'était son bizutage de premier jour de théâtre.

— Attends, c'est pour ça que tu as pleurniché pour t'incruster avec nous ce soir ? Pour vérifier que ta copine avait bien accompli sa mission ? Tu aurais pu le dire franchement, ça aurait été plus simple, espèce de nouille demeurée !

Manu reporta son attention et sa lumière sur Cassiopée, s'attardant sur ses charmantes ballerines lapins.

— Toi, tu ne fais pas les choses à moitié !

Fait étonnant, il y avait du respect dans sa voix. Le mensonge improvisé avec un aplomb extraordinaire par sa cadette avait produit son effet. Bien qu'elle ait du mal à concevoir comment l'on pouvait nourrir une once d'admiration pour une étrangère censée s'être jetée tête baissée et petites bêtes aux pieds dans un pari stupide, Cassiopée comprit que Mathylde venait en quelque sorte de lui sauver la face. Décidément, les gens « normaux » ne l'étaient pas…

Auréolée de sa gloire toute relative et usurpée, elle s'attira un minimum de serviabilité de la part du quatuor masculin qui proposa de la raccompagner en voiture jusque chez Alice. Rassurée de ne pas se retrouver la seule fille parmi eux, elle accepta. Elle n'oubliait rien et ne portait pas leur compagnie dans son cœur. Cependant, elle se voyait mal errer à pied sur le bas-côté de la route, dans la nuit qui avait troqué son paletot bleu sombre contre une couverture noire, cloutée de quelques étoiles. Mathylde lui attrapa le bras pour la guider, et ils redescendirent Terreuse tous ensemble.

Tandis qu'ils progressaient vers le petit parc de stationnement en contrebas d'Émeraude, sa complice ralentit l'allure afin de laisser les garçons les devancer. Elle en profita pour chuchoter :

— Entre nous, sérieusement, qu'est-ce que tu faisais là en pyjama ?

— Je… Je ne sais pas trop, balbutia Cassiopée, gênée.

— Comment ça, tu ne sais pas ? Tu as des ennuis ? Tu penses que tu as été droguée, peut-être ?

— Non, non, ce n'est pas du tout ça. Je crois… Je suis… Clarence ne t'a rien dit ?

— J'ignore à quoi tu fais référence, mais Clarence n'est pas du genre à trahir la confiance de qui que ce soit.

C'est quelqu'un de droit.

Elle avait l'air de le tenir en haute estime. Soit cette opinion constituait un excellent signe pour l'amoureux éperdu, soit elle sentait la terrible *friend zone* à plein nez. Cassiopée avait néanmoins d'autres préoccupations, à cet instant, que celle de jouer les entremetteuses en faveur de son cousin. Après avoir inspiré un grand coup, elle vida son sac dans une déferlante de murmures, confiant le crescendo de son somnambulisme jusqu'à l'apothéose de cette nuit. Peu de crises, mais leur escalade d'intensité l'alarmait. Au fond, Lucile avait raison : elle aurait dû consulter. Un rendez-vous avec le médecin de famille, quelques cachets adaptés, et tout serait rentré dans l'ordre. À présent, livrée à elle-même dans cette ville si singulière, elle ne se sentait pas le courage de devoir tout relater à un docteur jamais vu auparavant, qui ne manquerait pas de la sermonner d'avoir tant tardé à demander de l'aide. Comme toute timide digne de son qualificatif, elle avait honte par anticipation… et préférait s'éviter l'humiliation, quitte à doubler sa souffrance de l'autre côté.

Heureusement, Mathylde n'émit aucun commentaire désobligeant. Elle se livra à son tour. Les autres membres de leur petite troupe n'étant pas disponibles (les jumeaux aidaient à l'épicerie familiale, Samia n'avait pas réussi à échapper à un cocktail guindé donné par son père et Clarence, toujours aussi demandé, passait la soirée avec un autre groupe de sa connaissance), elle avait décidé d'accompagner son frère et ses amis en sortie, car elle s'ennuyait seule. Cassiopée s'abstint de lui faire remarquer qu'elle aurait aussi pu tenter de la contacter (après tout, elle aurait pu demander ses coordonnées à Clarence ou à Alice).

CHAPITRE 8

Les extravertis la zappaient sans même s'en rendre compte, elle en avait l'âcre habitude.

Agrippée à elle, son acolyte ne perçut pas le moins du monde la pointe de tristesse qui la piquait, et continua ses messes basses. Cela faisait un moment que Mathylde n'avait pas mis les pieds aux Trois-Sœurs, alors elle avait songé qu'un tour sur Brume lui permettrait de s'imprégner de nouveau de l'atmosphère si particulière du lieu, afin de mieux convaincre monsieur Martin le lendemain. Son raisonnement provoqua ses propres gloussements. Elle n'était plus si assurée de sa logique, d'autant qu'elle avait eu la frousse de sa vie devant le spectacle dément d'un individu qui arrachait des touffes d'herbes et les mangeait jusqu'à l'indigestion, hurlant pour appeler la sorcière entre deux immondes bouchées verdâtres. Contre l'avis des garçons qui le trouvaient hilarant, elle avait insisté pour changer de colline avant d'assister à des coulées de vomi façon *L'Exorciste*.

— Tu ne raconteras pas ça aux autres, hein ? s'angoissa-t-elle. Ceux du Serpent Vert. Je ne veux pas qu'ils me prennent pour une trouillarde, ni que cette anecdote idiote puisse servir d'argument contre mon idée de spectacle de fin d'année.

Les deux jeunes filles promirent chacune solennellement de garder le secret de l'autre, scellant – Cassiopée l'espérait – l'amorce d'une amitié véritable. Si Mathylde ne pouvait combler l'immense trou au cœur que lui avait causé le rejet de Lucile, peut-être pourrait-elle au moins panser un peu la douleur.

— Salut, Roberte ! s'écria Manu quand ils atteignirent le parking d'Émeraude. On ne t'a pas trop manqué, ma belle ?

Cassiopée mit quelques secondes à saisir qu'il s'adressait à sa voiture. Il avait affublé le véhicule d'un prénom. Pourquoi cela n'étonnait-il pas vraiment la jeune fille ? Elle l'imaginait bien avoir davantage de considération pour l'automobile que pour l'espèce humaine, en particulier la gent féminine.

Le petit groupe s'apprêtait à monter à bord de... Roberte, quand Cassiopée poussa un léger cri de surprise. Passant au bras de Mathylde devant l'abri à vélos, elle venait d'y apercevoir celui d'Alice. Cela signifiait qu'elle l'avait subtilisé en dormant et qu'elle s'était rendue jusqu'ici en pédalant ! Dans son état second, elle avait reproduit son expédition de l'après-midi, puis avait poussé l'exploration plus loin, jusqu'à Terreuse.

Elle se sentit soulagée de ne pas avoir été victime d'un accident sur la route. Peut-être avait-elle pédalé n'importe comment, en zigzag, à contresens... Peut-être ne devait-elle son salut qu'à quelques automobilistes prudents qui l'avaient contournée sans la percuter. Elle se rappelait s'être couchée tôt, en même temps que Zoé (tout comme Alice qui devait se lever aux aurores le lendemain pour un rendez-vous professionnel). Elle s'était endormie dans la foulée, harassée par la foule d'émotions et de découvertes de la journée. La noirceur tombait tard en été. Si elle avait roulé vers les collines sous la lueur d'un soleil faiblissant, cela avait dû la rendre un peu plus visible et facile à éviter pour les autres conducteurs... Malgré quoi, elle ne put s'empêcher de se demander jusqu'où son trouble du sommeil l'entraînerait. Un coup de ciseaux une nuit, une randonnée en solitaire une autre... Elle doutait que la majorité des somnambules soit dans une situation similaire à la sienne. Tout le monde ne devait pas s'évader de sa chambre pour partir entamer le Tour de France ! Même dans un trouble du sommeil commun, connu, elle n'était pas fichue de ne PAS être un cas à part…

Très vite, son désarroi céda la place à l'énervement, car il lui fallut supporter avec stoïcité les blagues douteuses des garçons qui, après avoir attaché le vélo à l'arrière de la voiture, n'en finissaient plus de plaisanter sur sa prétendue consommation d'alcool ou de stupéfiants. Selon eux, c'était là l'explication de son amnésie concernant la monture qui l'avait menée jusqu'aux collines. Elle n'en montra rien mais, à l'intérieur, elle était fumasse. Ils s'entassèrent à six dans la guimbarde dont elle aurait été bien incapable de citer la marque. Toujours était-il que l'engin présentait un espace limité, ce qui la contraignit à s'installer sur les genoux de Mathylde. Elles firent bloc, au sens premier du terme, contre les rires gras. Ceux-ci s'apaisèrent une fois Roberte démarrée et la radio allumée.

En conséquence, le trajet se passa mieux et plus vite que prévu. Le taxi improvisé les déposa sans encombre, elle et « son » vélo, devant chez Alice. En chemin, Cassiopée avait craint un accueil par des gyrophares et des agents de police. Il n'en fut rien. Le calme plat régnait dans la rue. Personne n'avait remarqué sa disparition. Un souci de moins… Elle enjamba le portail en bois blanc si ridiculement bas qu'il en était purement décoratif, faisant passer le vélo par-dessus. Elle l'abandonna ensuite dans le coin du jardin qui lui était attribué.

Restait le plus difficile : regagner ses pénates sans réveiller la maisonnée. *A priori,* Clarence avait derechef élu domicile ailleurs pour la nuit. Cependant, il demeurait deux difficultés non négligeables : Alice et Zoé. Cassiopée croisait les doigts pour ne tirer des rêves ni la mère, ni la fille. Le cœur battant, elle abaissa avec un maximum de délicatesse la poignée de la porte d'entrée et la poussa vers l'avant. Ouf, aucune résistance ! C'était logique. Alice laissait les clés dans la serrure mais, dans sa crise, Cassiopée avait forcément déverrouillé pour sortir. Comme personne n'avait dû se lever et passer devant l'entrée depuis son départ, personne ne s'était rendu compte de rien. Et surtout, personne n'avait redonné le tour de clé fatidique qui l'aurait enfermée à l'extérieur.

Constatant que la jeune fille pouvait ouvrir, Roberte lui lança un appel de phares en guise d'au revoir avant de disparaître dans la nuit. Seule, Cassiopée pénétra dans la demeure avec la sensation étrange d'être une cambrioleuse. Après avoir refermé la porte derrière elle, elle hésita une seconde puis se décida, afin d'effacer toute trace de son escapade involontaire, à tourner la clé dans la serrure. En dépit de l'ampleur des précautions avec lesquelles elle s'y employa, le claquement du pêne retentit à ses oreilles tel un coup de tonnerre métallique. Par miracle, rien ne bougea dans la maison. Cassiopée s'y infiltra à pas de loup, bénissant en pensée les très silencieuses ballerines lapins.

Parvenue devant la porte de chambre béante, elle s'y engouffra sur la pointe des pieds. La lueur de la veilleuse nimbait la pièce d'un doux halo. Assoupie sur son matelas gonflable, Zoé ressemblait à une jolie poupée aux paupières closes. Le stress quitta enfin l'adolescente. La pression retombée, la fatigue fondit sur elle, plus véloce qu'un oiseau de proie. Cassiopée se glissa avec reconnaissance dans son lit d'adoption, absoute de toute crainte. Les membres déjà ankylosés, elle savait qu'un sommeil de plomb, que rien ne viendrait plus perturber, l'emporterait sans tarder. Elle s'y laissa sombrer.

Au même instant, Zoé sourit, ravie. Devenue maîtresse dans l'art de faire semblant de dormir, elle avait fermé les yeux pile quand Cassiopée lui avait jeté un coup d'œil rapide, et celle-ci n'y avait vu que du feu. En réalité, le mouvement au seuil de la chambre avait brusquement tiré la fillette des bras de Morphée. Elle n'avait pas trop eu le temps de comprendre ce que son aînée fabriquait debout – sans doute ses trucs de nuit bizarres dont elles avaient discuté le soir de son arrivée.

Discrètement, elle avait observé à la dérobée sa camarade de chambrée qui se dirigeait vers le lit. Elle avait bien failli sursauter, mais était parvenue de justesse à se contenir. Passé cette première réaction, et malgré un pincement au cœur, la contempler ainsi l'avait fascinée. Puis Cassiopée s'était recouchée, et tout avait cessé. La nuit avait repris son cours normal, avec sa banalité et les flots d'angoisse fantasmés qu'elle charriait parfois jusque dans les cauchemars enfantins…

Peu importait. Zoé en était sûre, désormais : la sorcière du Révél ne l'enlèverait pas, ne la mangerait jamais. Si la méchante magicienne venait s'en prendre à elle, elle ne risquerait plus rien. Elle serait protégée.

Car Cassiopée n'était pas une personne comme les autres. Loin de là.

LA SORCIÈRE DU RÉVEL

ACTE I, SCÈNE 1

L'ENFANT.

Où... où suis-je ?

LA SORCIÈRE.

Tu es passé de l'autre côté.

L'ENFANT.

De l'autre côté ? Qu'est-ce que vous voulez dire ? Est-ce que je suis mort ?

LA SORCIÈRE.

Peut-être. Ou peut-être pas. Je ne sais pas si les morts peuvent arriver jusque-là. Ceux qui voient le monde autrement, et ceux qui ont assez d'imagination, possèdent cette capacité. Quant aux morts, je l'ignore... Tout ce que je puis affirmer, c'est que tu as franchi le Mur d'ombre.

L'ENFANT.

Un mur d'ombre ? Comment ?

LA SORCIÈRE.

À toi de me le dire. Tu n'en as pas souvenir ?

L'ENFANT.

Je crois que je m'étais endormi. Et puis, il y a eu un gros bruit. J'ai eu peur, j'ai eu mal.

LA SORCIÈRE.

Avec moi, tu n'auras plus peur, tu n'auras plus mal. Plus jamais.

L'ENFANT.

J'ai frissonné. J'étais si fatigué… C'était la nuit, je crois.

LA SORCIÈRE.

Reste avec moi. La nuit n'existe pas ici.

L'ENFANT.

C'est pour ça, toute cette lumière ? Je suis ébloui…

LA SORCIÈRE.

Partout, l'obscurité déploie ses ténèbres une fois le jour tombé. Partout, sauf ici.

L'ENFANT.

Alors, vous ne dormez jamais ?

LA SORCIÈRE.

Bien sûr que si. Mais il n'y a pas de noir, pas de cauchemar ici.

L'ENFANT.

Et les rêves ?

LA SORCIÈRE *se tait.*

L'ENFANT.
S'il fait tout le temps jour, vous ne pouvez pas voir les étoiles.

LA SORCIÈRE.
De quoi parles-tu ? Quelle est cette chose, une étoile ?

L'ENFANT.
Et la lune ? Vous connaissez la lune ?

LA SORCIÈRE.
Je connais ce rond terne qui orne inutilement le ciel à proximité de notre flamboyant soleil.

L'ENFANT *(il soupire).*
Donc vous ne savez pas qu'elle peut briller.

LA SORCIÈRE.
Briller ? À quoi bon ? Ici, le jour est toujours allumé ! Pourquoi pleures-tu ?

L'ENFANT *(il renifle).*
Je veux mes parents. Où sont mes parents ?

LA SORCIÈRE.
À l'envers de cette réalité, probablement.

L'ENFANT *(après un temps de réflexion).*
Je ne comprends pas. Qui n'est pas dans le vrai monde ? Nous ? Ou maman et papa ?

LA SORCIÈRE.

Je te le répète, tu es de l'autre côté du Mur d'ombre. Toi et moi nous trouvons dans le Rével.

L'ENFANT.

Le Réveil ?

LA SORCIÈRE.

Non, le Rével. Ce n'est pas pareil. Quoique…

CHAPITRE 9

— Le mur murant Agonie rend Agonie murmurante.

— Axel, c'est un exercice de diction, je te rappelle ! Si tu prononces ta phrase aussi lentement, il n'y a plus aucune difficulté d'élocution et, le temps que tu termines, c'est nous qui agonisons, plaisanta monsieur Martin.

— Tu triches, escroc ! renchérit Samia. Le but d'un virelangue, c'est de le dire le plus vite possible sans buter sur les mots.

— Ça va, je sais. Pas la peine d'étaler ta science, bougonna le jeune homme.

Il reprit en accélérant son débit :

— Le mur murant Agonie rend Agonie murmurante.

— Bien, approuva le professeur de théâtre. Au suivant !

Mathylde effectua un pas en avant sur la scène et parcourut la phrase inscrite sur la feuille remise par son enseignant :

— Un généreux déjeuner régénérait…

— Non, articule ! la corrigea-t-il aussitôt.

— Un généreux déjeuner régénérerait des généraux dégénérés.

— Bravo. Suivant !

— Seize chaises sèchent, lâcha Samia à une allure prodigieuse, à la limite du surnaturel.

— Impeccable, une vraie mitraillette verbale, se réjouit monsieur Martin. À qui le tour ?

Alex s'avança.

— Un dragon gradé dégrade un gradé dragon. Pfff, mais qu'est-ce que ça veut dire ? C'est n'importe quoi, ces phrases sans queue ni tête.

— Sans cette remarque, ton exercice aurait été parfaitement réussi, soupira le professeur. On reste concentré. Suivant !

C'était le tour de Clarence. Il lut sa feuille en silence, puis releva la tête, regardant droit devant lui. Un peu en retrait, Cassiopée ne pouvait apercevoir son regard qu'elle devina toutefois illuminé d'espièglerie. Sa posture se modifia pour devenir plus droite, plus ancrée dans le sol, plus fière. Royale. Il tonna à la vitesse de l'éclair :

— Je veux et j'exige un paroxysme spasmodique et d'exquises excuses !

Monsieur Martin exécuta une révérence en guise d'assentiment. Tant d'assurance, si bien articulée, n'appelait qu'à s'incliner.

— Au suivant !

L'injonction provoqua chez Cassiopée des palpitations. Il ne restait plus qu'elle. Le rôle confortable d'observatrice de la veille ne lui était plus dévolu.

— Ça va aller, lui souffla Clarence qui avait reculé, reprenant place à ses côtés dans la rangée formée sur scène par la petite troupe. Ce n'est pas compliqué, tu vas y arriver.

Il cherchait à l'encourager, mais elle commençait à saturer de son paternalisme permanent à son égard. Que comprenait-il de ses difficultés ? Pour lui, tout était facile. Il avait le monde à ses pieds avant même d'ouvrir la bouche. *Le charisme d'un charmeur de serpents,* aurait jugé monsieur Lebrun avec approbation. *Pas besoin de répétition devant les poissons.* À part Mathylde, rien ne pouvait l'arrêter.

— On se fait désirer, jeune demoiselle ? l'apostropha son professeur estival.

— C'est le propre des stars, gloussa Alex.

— Oh, fous-lui un peu la paix ! le rabroua aussitôt Samia. C'est nouveau pour elle.

Entendre la plus sarcastique de toute la bande prendre sa défense mit un peu de baume au cœur de Cassiopée. Il lui fallait prendre son courage à deux mains. Faire un pas en avant, se placer davantage dans la lumière sous le feu agressif des projecteurs, lui coûtait. Cependant, il ne s'agissait pas de jouer la comédie (pas encore). Pour le moment, on n'exigeait d'elle qu'une très brève lecture. Elle se savait capable de bafouiller à l'extrême, rien qu'en déclinant ses nom et prénom devant une seule paire d'yeux braquée sur elle. Mais, pour cet exercice, s'avancer signifiait ne plus affronter le regard de ses camarades demeurés en arrière. Quant à celui de monsieur Martin, il lui suffisait pour l'éviter de se comporter à l'inverse de son cousin, de garder ses yeux rivés à la feuille qu'elle pinçait entre ses doigts.

— Vas-y, Miss ! lança Mathylde, mi-bienveillante, mi-impatiente.

Après avoir pris une grande inspiration, Cassiopée obtempéra. Elle effectua un pas vers l'avant, haussa le papier au niveau de son visage pour ne plus avoir que les mots, le noir sur le blanc, à examiner. Puis elle énonça de la façon la plus distincte possible :

— Tu t'entêtes à tout tenter, tu t'uses et tu te tues à tant t'entêter.

Elle n'avait pas vacillé, sa langue n'avait pas fourché. Soulagée, elle recula en se demandant si cette phrase lui avait été attribuée à dessein. « Tu t'entêtes à tout tenter, tu t'uses et tu te tues »… y avait-il un message caché ? L'univers, par la main de monsieur Martin, lui parlait-il de sa timidité ? Ce mal contre lequel il était si épuisant pour elle de lutter au quotidien parce qu'elle bataillait contre sa propre personnalité ? En pure perte.

— Bravo, tu t'es bien débrouillée, lui chuchota Clarence.

Elle le sentit sincère, comme à son habitude, et regretta sa précédente bouffée d'agacement envers lui. Au fond, c'était plutôt de la jalousie. Elle n'était pas fière d'éprouver ce genre de sentiment envers quelqu'un d'aussi gentil. Cela ne servait à rien de l'envier, à part à la rendre dangereusement aigrie.

Le professeur de théâtre lui sourit.

— Eh bien, qui l'eût cru ? Notre petite novice a la voix qui porte quand elle lit ! Bien plus que quand elle parle, d'ailleurs. Il va falloir apprendre à ne plus te cramponner à ton texte comme une moule à son rocher, mais tu as passé ce premier exercice haut la main. C'est bien, Cassiopée.

Après les huîtres, les moules… Quelle était donc cette affection étrange du corps enseignant pour les métaphores et comparaisons à base de mollusques ? En dépit des compliments qui l'accompagnaient, elle peinait à passer outre cette nouvelle image peu flatteuse. Se focaliser sur l'unique point négatif des remarques qu'on lui adressait alimentait son manque de confiance en elle. Hélas, la conscience de ce mécanisme de pensée néfaste ne l'empêchait en rien de s'y perdre. Elle cogitait trop, et jamais en sa faveur.

La demande de Mathylde, qui formula à voix haute la question que tout le monde se posait depuis le début du cours, la détourna de ses ruminations intérieures :

— Monsieur, pour *La Sorcière du Rével,* vous avez pris une décision ?

L'enseignant se frotta la barbe. Le geste était doux, pas nerveux. Cassiopée eut l'intuition d'y déceler une certaine forme d'acceptation. La nuit avait-elle porté conseil au professeur ? Sa colère de la veille paraissait être retombée comme un soufflé.

— Nous aborderons le sujet du choix de la pièce pour le spectacle de fin de stage tout à l'heure, se contenta-t-il de déclarer, à la déception générale. En attendant, je vous prie de bien vouloir vous focaliser sur nos exercices. Idem quand Andrea va faire du bruit durant quelques minutes : je lui ai demandé de passer me refixer une étagère dans le bureau, il faudra élever le ton.

Il ajouta à l'intention de sa nouvelle élève :

— Andrea est le chargé d'entretien du Serpent Vert. Il s'occupe du ménage et des réparations. Sans son savoir-faire, tout s'écroulerait ici.

Le chargé d'entretien. Andrea. Sans doute un prénom d'origine italienne.

— C'est lui qui insiste pour que nous l'appelions par son prénom, se sentit contraint de justifier monsieur Martin. Nous écorchions beaucoup trop son nom de famille à son goût… À présent, reprenons la pratique !

Grimpant à son tour sur les planches afin de rejoindre les adolescents, il leur ordonna de former un cercle au centre duquel il vint se placer. Il se massa le creux des reins et expliqua :

— Nous allons faire une petite chose très rapide. Je vais vous désigner au hasard, dans un ordre aléatoire. Dès que je vous pointerai du doigt, je prononcerai votre prénom et je dirai « Tu es… ». Exemple : si je désigne Clarence, je dirai « Clarence, tu es… ». La personne citée devra répondre du tac au tac « Je suis… » et ajouter impérativement un adjectif. Sans réfléchir. Attention, j'insiste sur votre honnêteté. Il ne s'agit pas ici de raconter n'importe quoi. Si vous lâchez prise, si vous ne vous cachez pas derrière un masque, alors la spontanéité paiera. Le mot qui vous viendra vous correspondra.

Si Cassiopée avait osé ricaner, elle ne s'en serait pas privée. Autant elle comprenait l'intérêt d'entraîner sa diction, autant là… On versait plus dans la psychothérapie de groupe ou la secte.

À peine ses instructions achevées, le professeur démarra.

— Samia, tu es…

— Je suis corrosive, rétorqua-t-elle illico.

Monsieur Martin pivotait sur lui-même, orientant son index tendu tel un carreau d'arbalète vers ses victimes successives. Les répliques s'enchaînaient à en donner le tournis :

CHAPITRE 9

— Alex, tu es…
— Je suis combatif.
— Axel, tu es…
— Je suis astucieux.
— Mathylde, tu es…
— Je suis déterminée.
— Clarence, tu es…
— Je suis vrai.
— Cassiopée, tu es…
Gros blanc. Vide. Trou noir.

Son cerveau avait planté. Elle ne trouvait rien à dire sur elle.

— Vite, il ne faut pas réfléchir ! la pressa l'enseignant.

Comme si elle en était encore capable alors que ses synapses venaient de griller… Elle aurait aimé s'en tirer par une banalité. Par exemple, « je suis châtain » (ou « je suis châtaigne » tel qu'elle le clamait quand elle était gamine). Néanmoins, personne avant elle n'avait utilisé une caractéristique physique. Elle ne voulait pas passer pour superficielle auprès des autres.

Mis à part sa nuance de chevelure, l'unique terme qui lui venait à l'esprit était le fatidique « timide ». Or, la couleur avait déjà été annoncée lors du cours de la veille. Inutile d'en rajouter une couche, ses piètres performances l'enfonceraient suffisamment. Par-dessus tout, elle détestait n'être considérée que par le prisme de sa timidité, sans que quiconque ou presque se donne la peine de gratter un minimum la surface pour atteindre la réelle personnalité retenue derrière cette muraille fade. Et voilà qu'elle-même ne parvenait plus à se qualifier que par ce biais. Elle se serait collé des gifles… Peut-être que

Lucile n'avait pas tort (encore !), peut-être que sa timidité était en train de la dévorer. De la ronger de l'intérieur, de grignoter petit à petit tout ce qui faisait qu'elle était Cassiopée.

— TU ES… la relança monsieur Martin d'un timbre tonitruant.

— Je… Je suis un fantôme, bégaya-t-elle, affolée.

— Le fantôme de qui ? de quoi ? la questionna-t-il d'un air sévère.

Le fantôme de moi-même. Il savait. Elle savait qu'il savait. Il souhaitait si fort l'amener à l'exprimer qu'il en omettait de lui rappeler la règle de l'adjectif obligatoire. Hors de question d'apporter à voix haute la précision qu'elle estimait trop pathétique. Et puis, merde, c'était un cours de théâtre, pas la psychanalyse personnelle de Cassiopée Winter !

— Je suis fantomatique, rectifia-t-elle sans répondre à la dernière interrogation.

Sa phrase était déjà bien assez triste, pourquoi remuer le couteau dans la plaie à vif ? Monsieur Martin, mécontent de la pirouette de son élève, ne s'en satisfit pas.

— Ah non, jeune fille, c'est trop facile, et beaucoup trop tard pour dévier de fantôme à fantomatique ! Puisque tu choisis de revenir aux adjectifs, tu dois en trouver un nouveau, à présent. SANS le méditer des heures durant.

Il claqua l'une contre l'autre ses paumes imposantes.

— Comme ça ! Tout de suite. Je veux de l'instantané. Allez, on y va : Cassiopée, tu es…

— Je suis évanescente.

Le mot s'était libéré du fin fond de ses entrailles. Elle se l'était arraché des tripes. *Évanescente.* La fille qui s'effaçait par instants, qui disparaissait peu à peu derrière sa timidité, insaisissable pour les gens. Éphémère, fuyante. À la fois présente et absente. Celle qui n'était presque personne. Presque rien.

L'enseignant siffla avec admiration.

— « Évanescente ». Joli, Cassiopée, très joli ! Maintenant qu'on a sorti quelque chose d'authentique de toi, on ne va pas s'arrêter en si bon chemin. Nouvel exercice rapide : on va travailler les intentions et les intonations, par petits groupes de deux. Cassiopée et Axel, vous démarrez. Vous devez vous regarder droit dans les yeux et vous adresser, à tour de rôle, une phrase d'amour sur le ton de la colère ou de la haine, puis une phrase haineuse, méprisante, sur un ton amoureux. Attention, ce n'est pas si facile ! Axel, à toi. Ensuite, Cassiopée te répondra. N'oubliez pas : d'abord l'amour, sur un ton contraire, puis l'inverse.

Fixer Axel dans le blanc des yeux ? Lui faire une déclaration pendant que tout le monde les observait ? C'était un cauchemar… Pas pour lui, cependant. Très à l'aise, il accrocha son regard à celui de son binôme et vociféra :

— MA DOUCE, TON AURA SECRÈTE ET TON SILENCE M'ENIVRENT LES SENS !

Gloussements plus ou moins discrets parmi le groupe. Le décalage entre le ton et le sens de la phrase produisait un effet assez insolite. Cassiopée, elle, ne riait pas du tout. Les autres guettaient sa tirade. Sauf que cette fois elle séchait, et elle subodorait qu'aucune illumination ne la sauverait *in extremis*. Il n'y avait plus rien à tirer d'elle. Elle avait déjà atteint sa limite, le maximum de ses capacités plus que médiocres, lors du précédent exercice. Dans celui-ci, il fallait interagir avec quelqu'un. C'était la fin…

— Qu'est-ce qui lui arrive, à *la signorina* ? Elle est toute coincée ! On dirait qu'elle est sur pause.

La petite bande ne pouvait plus se retenir, les rires explosèrent. Même Clarence et Mathylde étaient hilares. Sans quitter les planches, monsieur Martin pirouetta vers le nouvel arrivant, plutôt svelte, brun, les cheveux courts mais bouclés, qui se dressait bras croisés dans la salle.

— Merci pour vos constatations, Andrea, mais vous ne nous aidez pas, là. Vous voulez bien aller vous occuper de cette étagère, s'il vous plaît ? Désolé de vous avoir dérangé pour si peu. Vous me connaissez : un ours empoté comme moi est susceptible de causer des dégâts irréversibles en tentant lamentablement de s'en occuper.

— Aucun souci, l'ami, c'est comme si c'était fait.

Andrea s'éloigna d'un pas alerte mais, avant de sortir, il se tourna derechef vers la scène.

— Quand même, vous devriez faire quelque chose pour elle. Appeler un docteur, peut-être ? Elle a l'air complètement bloquée, ce n'est pas normal.

Nouveaux gloussements en série pendant que sa silhouette s'évanouissait dans les méandres du Serpent Vert. Décidément, pourquoi le ridicule ne tuait-il pas ? Cassiopée aurait souhaité être foudroyée sur place…

Elle s'aperçut que le prof de théâtre réprimait avec difficulté son propre fou rire. Cette vision provoqua en elle une irrépressible montée de colère. Paralysée sur scène, des coquelicots épanouis sur ses pommettes, elle ne semblait qu'un reflet de honte et de fragilité. Pourtant, de l'autre côté du miroir de son âme, se cachait autre chose de bien plus grand, plus dévastateur. La rage. La tempête. Une fureur inextinguible. Son sang n'était plus que lave en fusion. Son esprit, volcan en éruption. Les autres ne riaient pas avec elle, mais à ses dépens. Elle ne constituait pour eux qu'un sujet de pitié, un objet d'amusement. Elle en avait assez. Plus qu'assez ! Elle avait envie de hurler, de les insulter. De les étrangler pour les faire taire. De quoi auraient-ils l'air, ces imbéciles dénués d'empathie, lorsque la peur changerait de camp, quand se déchaînerait sa furie ?

— Bon, on va… se calmer un peu, ânonna monsieur Martin, les larmes aux yeux et quasi plié en deux. Cassiopée, nous sommes désolés.

Il méritait un prix pour les excuses les moins honnêtes du monde.

— Pour nous remettre de nos émotions, je propose une petite interruption. Qu'en diriez-vous si je vous annonçais sans plus attendre le titre de la pièce que nous travaillerons cet été pour les Agoniales ?

— Haaaaaaaa ! Enfin !

Espoir et fébrilité remplacèrent séance tenante l'allégresse moqueuse. Mathylde lança un clin d'œil à Cassiopée en croisant les doigts. Ainsi, l'incident était clos ? Peu importait que l'introvertie en ressorte blessée, meurtrie… N'était-ce point son lot journalier ?

— Tout d'abord, articula l'enseignant en faisant taire l'agitation ambiante, je vous dois à tous le même mot : pardon. Ma réaction d'hier était totalement disproportionnée. Je n'aurais jamais dû vous mettre à la porte de mon cours sous prétexte que je ne parvenais pas à garder mon sang-froid. J'espère que vous ne m'en tiendrez pas rigueur.

— Ça dépend, le défia Mathylde avec une expression mutine. On joue quoi ?

Il se gratta les poils du menton en riant de bon cœur.

— Ah, les jeunes, vous finirez par avoir ma peau... Comment as-tu dit tout à l'heure ? « Je suis déterminée » ? Oui, cela te représente bien, tu n'as pas triché.

— Monsieur, c'est de la torture, gémit Axel. Arrêtez de vous amuser avec nos nerfs et crachez-nous le titre de la pièce.

— *La Sorcière du...*

Le brouhaha et les explosions de joie couvrirent la fin de la réponse. Seule Cassiopée, qui tentait envers et contre tout de faire bonne figure, résistait à l'euphorie générale. Elle avait du mal à oublier qu'une minute auparavant, c'était elle la cause de la jubilation unanime... À présent que monsieur Martin lui avait donné son aval, l'ensemble de la troupe adhérait au projet de Mathylde. Les vingt-quatre heures écoulées avaient effacé les doutes émis par certains ainsi que leur frilosité. Cassiopée supposa qu'ils en avaient rediscuté entre eux, par téléphone ou *via* leurs réseaux sociaux. Débat dont elle avait – ô surprise – été exclue. Pouvait-elle leur donner tort d'avoir agi ainsi ? Pas vraiment, car elle n'était pas d'accord. Ou, pour être exacte, son instinct lui martelait avec insistance que réveiller le Rével n'était pas un si bon plan.

— À vos réactions, j'en déduis que tout le monde approuve ? s'enquit leur débonnaire metteur en scène.

Elle ne descella pas les lèvres. Aucun argument rationnel ne justifiait son pressentiment. Sans se montrer aussi cartésienne que son cousin, elle était, par nature, peu encline à discerner le paranormal partout (bien que friande de ce type de récits pour le plaisir du frisson et de la fiction). Elle avait cependant lu trop de romans fantastiques, visionné trop de films d'horreur, pour ne pas avoir appris que l'on ne jouait pas impunément avec la peur et le sang. Monter à nouveau la pièce ne ferait certainement pas apparaître une sorcière, mais qui pouvait prédire le futur comportement des spectateurs et des habitants ? Par le passé, il n'avait pas été des plus exemplaires. Elle ne croyait pas à la théorie de Clarence sur la…

— La catharsis, exposa monsieur Martin face à l'absence d'objection, c'est ce qui a fait pencher la balance. Cette « purification » morale devant une représentation dramatique. Une des fonctions premières, presque psychanalytique, de la tragédie. Aristote m'a tourné dans la tête toute la nuit.

— Sans vouloir vous manquer de respect, l'interrompit Samia, si vous pouviez abréger la partie « speech assommant », on vous en serait tous très reconnaissants.

— Petite effrontée, siffla-t-il entre ses dents, pourtant pas rancunier pour deux sous. Pour la peine, je m'en vais vous conter ma vie et je vous prierais de m'écouter dans un silence monacal. Si je me suis de prime abord si violemment opposé à l'idée de votre camarade, c'est que je me suis trouvé dépassé par mes souvenirs et par les émotions qui y sont liées. En effet, vous devez savoir que je me suis installé dans cette ville peu de temps après que la pièce y a été jouée et que les choses se sont… mal terminées.

Alex ne put se résoudre au mutisme.

— Attendez, vous voulez dire que vous n'êtes pas agonien d'origine ? Vous êtes venu *volontairement* vous enterrer dans ce trou à rats ?

Pas besoin d'avoir un master en psychologie pour comprendre que lui aurait voulu s'en enfuir pour une autre vie.

— J'avais dit « monacal », signala l'enseignant, toujours patient. Il n'y a qu'une seule personne parmi vous qui sache vraiment se taire, vous devriez lui réclamer un coaching.

Ouille, Cassiopée reçut la réflexion comme un coup qu'elle n'avait pas vu venir. Un camouflet gratuit, précis, calibré pour frapper pile poil là où cela faisait mal. Lancé sans doute avec les meilleures intentions du monde, ce qui était pire que tout.

— En outre, objecta monsieur Martin, fort heureusement sans la viser plus longtemps, inutile de verser dans le mélodrame sous prétexte que le Serpent Vert s'y prête. Agonie manque peut-être un peu d'action pour la jeunesse, je veux bien l'admettre. Cela étant dit, elle a une forte identité locale, elle porte quelques initiatives culturelles intéressantes et elle nous offre un paysage magnifique avec ses trois collines.

— Ce n'est pas la splendeur du décor qui fait la richesse de la pièce, releva Mathylde en mode soleil amer, ce qui ne manqua pas de surprendre Cassiopée.

— Ouais, et puis quand même, l'appuya Samia, les gens qui ont baptisé ce bled nous ont refilé un sacré indice sur l'intérêt de l'existence qui nous y attend. On vit dans un lieu qui a carrément le nom d'une lente descente vers la mort. On ne peut pas dire que ça respire le bon délire…

— Certes, reconnut leur mentor. Libre à vous de voir le verre à moitié vide. Vous m'accusez de vous assommer mais, en attendant, c'est vous qui digressez. Ce que je m'efforce de vous dépeindre, c'est un passé trouble, pesant. Quand j'ai emménagé ici, croyez-moi, le nom de la ville a été le cadet de mes soucis. Le vrai problème, c'était l'atmosphère d'angoisse, de suspicion et de culpabilité mêlées qui l'enveloppait tel un brouillard vénéneux, et qui empoisonnait les relations humaines. L'unique représentation de la pièce sur la scène où nous nous tenons avait laissé Agonie à feu (métaphoriquement parlant) et à sang – au sens premier, avec le décès de ce malheureux spectateur. En dépit de mon statut de nouveau venu, cela m'a beaucoup affecté à l'époque.

— Je n'avais pas réalisé, se désola Mathylde.

Il secoua la tête.

— Mais non, mais non, voyons ! Personne ne te demande de te flageller. Vous n'étiez pas nés. Vous êtes dans l'incapacité de mesurer à quel point la ville était perturbée. L'avoir entendu raconter *a posteriori*, c'est une chose, mais le vivre… Par bonheur, si le temps ne guérit pas toutes les blessures, il sait les atténuer peu à peu. De l'eau a coulé sous les ponts et, aujourd'hui, tout est différent. La sorcière du Rével fait partie intégrante de l'histoire d'Agonie. La ville et elle sont devenues indissociables. Autant les réconcilier définitivement. Hier encore, je pensais qu'une nouvelle représentation dans ce théâtre reviendrait à triturer une plaie purulente. Ce matin, au saut du lit, j'ai compris que je n'étais qu'un vieux pleutre… Hum, c'est le moment où, vous qui n'éprouvez aucun scrupule à me couper, vous vous lancez dans un chœur déchirant de protestations : « Non, monsieur, vous n'êtes pas pleutre ; votre courage n'a d'égal que votre dévouement au noble art dramatique… » Personne ? On va donc prétendre que vous ignoriez le sens du terme pleutre… Bref, j'ai fini par saisir que rejouer la pièce était en fait une opportunité pour notre commune.

Du bout des doigts, il brossa sa barbe.

— Tous ensemble, comédiens, spectateurs, citoyens, nous pouvons faire table rase du passé, et soulager les âmes torturées. Il est temps pour Agonie. Temps de la résilience, de la sérénité retrouvée.

Un immense fracas retentit à cet instant précis.

— *DIO MIO ! À L'AIIIDE !*

CHAPITRE 10

Cassiopée ne réfléchit pas. Ses jambes partirent avant elle. Ses mouvements avaient devancé la conscience même de son action, et elle se rendit compte qu'elle courait en direction des cris alors qu'elle avait déjà sauté de scène.

Derrière elle, elle perçut le choc d'autres paires de pieds sur le sol. Le restant de la troupe l'imitait et s'élançait à sa suite. Elle fut d'abord rattrapée par Alex qui lui désigna une discrète porte sur le côté gauche de la salle de spectacle.

— Ça venait de par là !

Sans se concerter, ils cavalèrent parmi les fauteuils pour atteindre l'issue en question, talonnés par leurs camarades. Alex ouvrit l'accès qui débouchait sur un couloir, et bifurqua aussitôt à droite, en trombe, en direction de la porte entrebâillée la plus proche d'eux. Un nouvel appel s'en échappa :

— AU SECOURS !

— Tenez bon, on arrive ! s'époumona l'adolescent en

se précipitant si vite dans la pièce que le panneau mobile claqua pour se refermer derrière lui.

Cassiopée se pressa à grandes foulées à sa suite. Hélas, au moment même où elle tendait la main pour rouvrir cette porte derrière laquelle semblait régner le danger, Samia surgit dans son dos avec la délicatesse d'un boulet de canon, l'envoyant valser à moitié contre le mur.

— AAAAAAH ! Elle est où ?! Il fait noir ! *Dio mio !* Elle va me…

Un atroce bruit de perceuse éclipsa les braillements affolés. Que pouvait-il bien se passer là-dedans ? Cassiopée n'eut pas le temps de se forger la moindre hypothèse, copieusement morigénée par la responsable de son incident de parcours :

— Cassiopée, putain, qu'est-ce que tu fous ?! Tu leur as éteint la lumière !

— Vous jouez à quoi, les gars ? protesta la voix d'Alex depuis l'intérieur. On n'y voit plus rien.

D'un geste agacé, Samia écarta sa camarade hébétée afin de réappuyer sur l'interrupteur extérieur fiché dans le mur. Cassiopée comprit qu'elle avait dû cogner dedans en manquant de se faire encastrer. Frottant son coude endolori, elle reçut un regard assassin de la part de la véritable fautive. Penaude malgré elle, elle s'engagea à ses côtés dans la salle. Mathylde, Clarence et Axel, qui les avaient rejointes, leur emboîtèrent le pas.

— Par ici ! appela Alex.

Ils l'entendirent s'adresser à quelqu'un d'autre.

— Vous voulez bien poser ça ?

Pour toute réponse, le son de la perceuse vrombit de plus belle durant quelques secondes. Les jeunes se hâtèrent en direction du vacarme, se frayant un chemin rapide entre les divers meubles à étagères de cette petite pièce sans fenêtre. Pots de peinture, outils et autres ustensiles s'y trouvaient entreposés. Au fond du local, ils découvrirent Alex, mains en l'air face à Andrea. L'air terrorisé, l'homme d'entretien pointait sur lui sa perceuse sans fil comme s'il s'agissait d'une mitraillette. Il paraissait cependant plus épouvanté que menaçant. Cassiopée ne réfléchit pas : elle se posta entre l'armé et le visé. Son cousin vint se placer auprès d'elle sans délai. Il prit la parole d'un ton posé.

— Andrea, calmez-vous, s'il vous plaît. Vous devriez faire attention, vous pourriez vous blesser ou blesser l'un d'entre nous.

Pas de réaction. L'homme demeurait les deux mains crispées sur sa perceuse. Il ne la fit pas rugir de nouveau, ce qui marquait peut-être un infime progrès. Toujours aussi calme, Clarence poursuivit :

— Nous sommes venus vous aider. Que se passe-t-il ?

Andrea regarda partout autour de lui. Ses prunelles affolées cherchaient quelque chose. Ou quelqu'un.

— Elle était là, marmonna-t-il. Je n'ai pas rêvé, j'en suis certain.

À ses pieds gisait une caisse à outils renversée, qu'il avait dû lâcher sous le coup de la frayeur. Sa maladresse ne semblait pas l'avoir égratigné ni contusionné. Il n'exprimait d'ailleurs aucune douleur. En revanche, tout son être respirait la peur.

— Andrea, reprit Clarence avec douceur, vous devriez vraiment ranger cette perceuse. Ce serait plus facile pour discuter. Vous n'avez rien à craindre, nous sommes tous ensemble maintenant… Quelqu'un a-t-il tenté de voler quelque chose ou de vous agresser ? Qui était là ?

Silence. Grosses perles au front de l'agent d'entretien. Tremblement de la perceuse entre ses doigts. Alors que Cassiopée se demandait si elle devait se rapprocher de lui à pas très prudents pour tenter de lui reprendre l'outil – en faisant montre de l'infinie délicatesse de rigueur –, elle entendit quelqu'un chuchoter :

— Qu'est-ce que tu fabriques ? Tu crois que c'est le moment ?!

Tournant légèrement la tête, elle repéra du coin de l'œil Axel, le jumeau sans cicatrice au sourcil, en train de filmer la scène avec son téléphone portable. Il s'avança en déclarant d'une voix forte :

— Pas de connerie, Andrea ! J'enregistre tout. Jusqu'ici, je vous aimais bien. Mais si vous touchez à un seul cheveu de quelqu'un, j'aurai la preuve en vidéo et je n'hésiterai pas à l'utiliser contre vous.

La diatribe mit fin à l'état de choc du bricoleur. D'une paume mal assurée, il posa enfin la perceuse sur l'une des étagères à proximité, pour le plus grand soulagement de tous.

— *Stupido !* Je le protégeais, ton frère. C'est *elle*, le danger.

— Qu'est-ce… qui… se passe… ici ? interrogea monsieur Martin, à bout de souffle.

Arrivé sur place après ses élèves, le pauvre suait des litres et respirait comme Dark Vador.

— D'après ce qu'on a compris pour l'instant, le renseigna Clarence, il y avait un intrus. Ou plutôt, une intruse.

CHAPITRE 10

Se tenant la hanche et grimaçant tout son soûl, le professeur, hors d'haleine, interpella son collègue.

— C'est… vrai… cette his… toire ?

Andrea confirma, solennel :

— C'est vrai. Elle était là.

— Qui… ça… « elle » ?

— *La strega.*

« La sorcière ». Même si Cassiopée n'étudiait que l'anglais et l'espagnol au collège, son cerveau avait traduit. Au vu de sa mine interloquée, monsieur Martin aussi avait compris. Sur un rythme d'inspirations et d'expirations revenant petit à petit à la normale, il demanda des éclaircissements.

— Comment ça, il y avait une *strega*… euh, une sorcière ? Vous avez vu une femme *déguisée* en sorcière ? Une personne qui, selon vous, *ressemblait* à une sorcière ?

— Vous savez très bien de qui je veux parler. La sorcière. La sorcière du Rével.

L'agent d'entretien effectua trois signes de croix d'affilée. Clarence, lui, soupira. Son esprit pragmatique devait souffrir le martyre.

— Oh non, se lamenta Mathylde dans une avalanche de chuchotis, il va le faire encore changer d'avis ! On ne pourra pas monter la pièce.

Ni une, ni deux, son chevalier servant s'imposa dans la discussion.

— Excusez-moi, Andrea, mais ce que vous affirmez ne semble pas très réaliste. Vous voulez bien nous expliquer, concrètement, ce qui vous est arrivé ?

— Ce n'est pas toi qui es censé être le plus intelligent de la bande ? ironisa l'homme. Il n'y a rien à comprendre.

La sorcière du Rével était dans cette pièce avec moi.

— Mais elle n'est plus là. Comment est-elle partie ?

— Sorcellerie…

Si logique que, sur ce point, la dialectique de Clarence ne pouvait contester. L'adolescent revint toutefois à la charge.

— Et avant cela, que faisait-elle, selon vous, dans cette réserve ? Que voulait-elle ?

— Ce que veut toujours *la strega :* faire le mal. Elle s'apprêtait à m'attaquer par surprise, mais je me suis rendu compte de sa présence à temps.

— De quelle façon ? Vous avez entendu un bruit suspect ? Vous…

— Son ombre. C'est son ombre qui l'a trahie. J'étais penché sur les rayonnages du bas à chercher cette satanée perceuse que je ne retrouvais plus… et quand j'ai enfin mis la main dessus, en me relevant, j'ai aperçu sa silhouette qui se découpait sur le mur. Elle était en train de s'approcher de moi par-derrière. Je me suis retourné aussi sec avec la perceuse pour me défendre !

— Vous pensez donc qu'une perceuse est efficace contre la magie noire ?

— Bien sûr que *no*, monsieur l'intello ! Mais moi, je ne sais pas lancer de sorts, j'ai juste fait avec les moyens du bord. En tout cas, je ne sais pas si c'est le son de la perceuse ou le boucan qu'a fait ma caisse en tombant, mais elle a préféré se planquer *illico presto.* Depuis que vous êtes entrés, elle s'est évaporée.

Monsieur Martin, à présent remis de sa course et de ses émotions, reprit les rênes de la conversation.

— Je crois que vous avez été victime d'une mauvaise

blague, mon cher. Ou, plus vraisemblablement, puisqu'il n'y a que nous au Serpent Vert, d'une illusion d'optique.

— C'est ça, j'ai tout imaginé et je suis fou, tant que vous y êtes ! Les jeunes, qu'ils ne me croient pas, qu'ils me prennent pour un vieux schnock qui délire, je comprends. Ça m'agace, mais je comprends. Mais vous et moi, on est de la même génération. On sait, non ? *La strega* aime semer la peur et le malheur.

— Bah, elle ne vous a rien fait au final, constata Samia, caustique. Elle n'a pas l'air si féroce que ça.

D'un geste, l'enseignant lui intima l'ordre de se taire. Ses provocations rajoutaient de l'huile sur le feu de la phobie.

— Écoutez, Andrea, vous avez dû nous entendre dire que nous allons rejouer *La Sorcière du Rével* cet été, et je comprends, je puis vous l'assurer, que cela vous ait perturbé mais…

— Vous allez quoi ?!

L'agent d'entretien se signa derechef.

— Vous êtes fous ! Alors, c'est pour ça qu'elle rôde… Vous l'avez fait revenir. Vous devez tout stopper ! S'il n'est pas déjà trop tard… Qu'est-ce que vous voulez ? Détruire Agonie ? Un drame ne vous suffit pas ? Si vous recommencez, la ville ne s'en relèvera pas, cette fois. La sorcière nous anéantira.

Il n'aurait pas dû se charger du ménage et des travaux, plutôt monter sur scène avec eux. C'était un excellent tragédien. Décidément, qu'on y croie un peu, beaucoup ou pas du tout, la sorcière du Rével déclenchait des réactions épidermiques. Peu assuré, monsieur Martin tenta la diplomatie.

— Vous vous trompez. Nous aspirons à tout le

contraire. Ne pensez-vous pas qu'Agonie doit faire la paix avec son passé pour pouvoir avancer ?

— Comment ? En remuant *la merda* ?

Très remonté, Andrea saisit la perceuse et se dirigea vers la sortie du local d'un pas furibond.

— Laissez-moi passer, je vais m'occuper de l'étagère du bureau. Apparemment, je ne suis bon qu'à ça !

Avant d'évacuer les lieux, il se retourna, perceuse au poing, et pointa une mèche accusatrice sur l'assemblée.

— Si *la strega* a déjà tué une fois, elle recommencera… Ne pleurnichez pas quand elle viendra pour vous. Elle se moque bien de vos marottes d'idéalistes et de vos petites théories niaiseuses. Si elle veut votre vie, elle la prendra. N'oubliez pas : *la strada dell'inferno è lastricata di buone intenzioni*[1].

*

« … N'oubliez pas : *la strada dell'inferno è lastricata di buone intenzioni.* »

— Je suis un putain de génie, affirma Axel en toute modestie. C'est pas la meilleure promo de l'année, les copains ? 783 vues sur YouTube, déjà !

Il colla son téléphone si près du nez de Cassiopée qu'elle faillit en loucher. Pour s'épargner un strabisme à vie, elle approuva en lui faisant l'aumône d'un faiblard :

— Super.

Contenté, il éloigna d'elle l'appareil. Il paraissait très satisfait de son idée. Pourtant, même si elle n'appréciait pas beaucoup Andrea à cause de ses réflexions

1. Traduction de l'italien : La route de l'enfer est pavée de bonnes intentions.

intempestives pendant qu'elle se trouvait en grande difficulté sur scène, elle jugeait déplacé de larguer sur la Toile la crise de panique de l'employé. Il passait pour un doux dingue en place publique virtuelle. On le sacrifiait au nom d'une « opération publicitaire » improvisée et plus que douteuse. Le pire, c'était que cela fonctionnait. Alors, qui blâmer ? L'adolescent qui postait une vidéo entre deux minutes d'ennui dans sa vie ou les voyeurs et voyeuses qui, derrière leur écran, se repaissaient de la détresse mentale d'un homme ?

La balance aurait sans conteste penché du second côté, si Cassiopée n'en avait pas tant voulu aux jumeaux. Deux jours que l'incident s'était produit, et Alex ne lui avait toujours pas manifesté la moindre reconnaissance – pas plus que son frère, qui avait pourtant appréhendé aussi une mauvaise réaction d'Andrea – pour ses services en tant que bouclier humain face au péril de la perceuse. Peut-être Alex estimait-il qu'il ne lui avait rien demandé. Elle ignorait pourquoi elle avait agi ainsi, surtout qu'il s'était bien moqué d'elle et de son incapacité à accomplir un simple exercice lors de la franche rigolade générale qui avait précédé le pétage de plombs d'Andrea. Elle devait être dotée d'un instinct protecteur irrépressible. Un instinct stupide…

— 783 vues, ce n'est pas assez, arbitra Mathylde.

Assise dans la grande loge commune, devant le miroir de la coiffeuse, elle apportait une dernière touche à son maquillage d'une main experte, juste avant leur répétition de l'après-midi. Dorénavant, les journées de stage se déroulaient de la manière suivante : exercices le matin, lecture et jeu des scènes de la pièce après le déjeuner.

Supplice à temps plein.

Cassiopée n'en menait pas plus large qu'en début de semaine. Il n'y avait guère que lors des lectures, bien à l'abri derrière ses feuilles noircies, qu'elle parvenait à peu près à s'en sortir. Elle ne serait jamais au point pour les Agoniales. Même Clarence ne lui pardonnerait pas si elle coulait le spectacle. Hélas, elle pressentait le naufrage complet. Elle les décevrait tous, monsieur Martin le premier. Il ne ménageait cependant pas ses efforts pour la tranquilliser, lui répétant en boucle qu'il ne lui attribuerait aucun des deux rôles les plus importants et bavards. Le problème, c'était que seul un rôle muet lui aurait convenu. Et encore… s'imaginer disséquée par le regard impitoyable des spectateurs lui donnait déjà la nausée.

Dans les faits, la pièce présentait quatre personnages : la sorcière, l'enfant, et les deux parents qui n'apparaissaient que vers la fin. Puisque la troupe comptait cinq membres, ou six si vraiment Cassiopée était tenue de s'y inclure, plusieurs d'entre eux joueraient la sorcière ou l'enfant en alternance selon les scènes. Rien n'était fixé de façon précise pour le moment, c'était la phase de rodage. On testait, on expérimentait, on ajustait. On essayait de décoincer la nouvelle recrue, ce boulet des planches…

Leur professeur songeait à lui distribuer le rôle du père, peu présent sur scène et peu bavard. L'adolescente ne se sentait pas à l'aise à la perspective d'interpréter un adulte de l'âge de son père environ. Quant à l'enfant, s'il perdait la parole à son retour au réel, il se montrait beaucoup plus volubile durant les trois premiers quarts du spectacle. La solution d'amener Cassiopée à l'incarner seulement au terme de la représentation, alors que son rôle parlant se diviserait auparavant entre deux des autres comédiens, risquait de perdre un peu trop les spectateurs… En outre, la partie silencieuse nécessitait de savoir communiquer des émotions uniquement par son corps, performance au moins aussi exigeante. Autant dire que dans tous les cas, elle était mal barrée. Très, très mal barrée.

— Bon, OK, ce n'est pas si mal pour un début, concéda Mathylde, revenant sur sa position à propos du nombre de visionnages. Mais on doit persévérer et faire beaucoup mieux.

Vexé, Axel se mit à râler.

— Tu peux parler ! Avant que je balance la mienne, combien de vues avait ta vidéo à toi ?

— C'est parce que c'était une intro, une présentation de notre projet et…

— Et c'était plus mortel que la mort ! Il fallait bien que quelqu'un se charge de réveiller les personnes que tu avais endormies.

— En attendant, on avait l'accord de monsieur Martin pour poster des interviews de la troupe et des reportages sur la conception du spectacle, pas pour… *ça*. Si ton initiative lui revient aux oreilles, on est mal. En plus, Andrea pourrait nous attaquer en justice. Ce n'est pas de l'atteinte à son droit à l'image, par hasard ?

Axel haussa les épaules. Face à son manque de réaction, sa comparse conclut d'une voix ferme :

— En tout cas, maintenant, on s'en tient au plan et on arrête de verser dans le sensationnel.

Son ton se fit plus enjôleur :

— Soyons malins. Détournons la curiosité malsaine du public pour l'amener à s'intéresser au théâtre, à nous, à l'art !

— Tu as de l'espoir, grimaça-t-il.

— Oui ! rétorqua-t-elle sans se démonter. De toute manière, à présent que la crise d'Andrea est en ligne, les gens s'intéresseront forcément à toutes les vidéos qu'on publiera, et on a une vraie chance de faire salle comble aux Agoniales.

— Donc tu me peux me remercier ! triompha le jeune homme.

Mathylde préféra l'ignorer et scruta Cassiopée dans la glace.

— On doit tous unir nos efforts et partager au maximum les reportages qu'on fera. Je compte sur toi aussi, Miss.

— Si ça se trouve, elle ne va jamais sur les réseaux, lâcha Axel, peu amène. Elle est tellement… tellement…

Elle t'emmerde tellement. Cassiopée serra les dents, à défaut de pouvoir lui casser la mâchoire. Elle n'était pas une brute, mais en rêver l'espace d'une demi-seconde la soulageait.

— Ne dis pas n'importe quoi, le sermonna Mathylde. Les personnes réservées maîtrisent à la perfection les réseaux sociaux, c'est connu. C'est le terrain où elles s'expriment le mieux et parviennent à être elles-mêmes.

Tout bien réfléchi, c'était peut-être elle la plus vexante des deux extravertis en présence. Bientôt, elle leur expliquerait qu'elle tirait sa science d'un documentaire sur les animaux de compagnie : *Nos Mystérieux Amis Les Timides – Comment mieux les comprendre, ne pas les effaroucher, les domestiquer.* Ce qu'elle racontait n'était pas faux, mais sa façon de l'exposer puait quelque peu la condescendance. Comme le fond de son argumentaire n'était pas méchant et visait à la défendre, Cassiopée choisit de ne pas lui en tenir rigueur. Ce n'était pas comme si elle débordait d'alliés par ici… ou ailleurs. Honnêtement, sa sociabilité dans l'univers virtuel n'était pas si étendue non plus. Elle y possédait certes plus d'« amis » que dans la vraie vie (en même temps, il ne s'agissait pas d'un record difficile à pulvériser), néanmoins ni son compte Facebook, ni son compte Instagram n'atteignaient la centaine de contacts ou d'abonnés. De plus, Twitter, Snapchat et compagnie fonctionnaient sans elle. Ses partages ne changeraient clairement pas la face du monde ni du théâtre…

— Tiens, tu sais quoi, Axel ? Prochain reportage en route : tu vas me filmer en train de terminer de me préparer, ordonna Mathylde en refermant son tube de rouge à lèvres noir *Midnight in Paris.*

— Parce que tu crois que ça va passionner les foules de te regarder te métamorphoser en mocheté ?

Fidèle à sa personnalité, l'adolescente demeura positive et résolue.

— Parfaitement. Ce sera l'occasion d'expliquer que monsieur Martin nous implique activement dans le choix des maquillages, des costumes, de la mise en scène… et qu'on participe à certaines des répétitions avec nos propositions, soumises à l'avis de tous.

— Génial, les gens vont découvrir la démocratie grâce à nous, plaisanta le réalisateur désigné volontaire.

— Bon, Axel, tu me fatigues avec ton mauvais esprit ! Soit tu collabores, soit tu vas rejoindre les autres à l'atelier décor.

— D'accord, d'accord, c'est toi la chef, céda-t-il, visiblement encore moins motivé par la seconde option citée.

Il activa aussitôt la caméra de son portable.

— Quand tu veux, je suis prêt !

Un sourire victorieux s'afficha sur le visage fardé de nuit.

— Tu verras, cette vidéo-là fera plein de vues. Les gens adorent regarder une jolie fille s'enlaidir sous leurs yeux, c'est prouvé. Pour eux, c'est psychologiquement satisfaisant.

« Psychologiquement satisfaisant » ? Cassiopée se demandait vraiment sur quelles études bizarroïdes leur camarade pouvait bien baser ses affirmations péremptoires. Si celle-ci ne les inventait pas, les experts qui les avaient menées devaient être à moitié bourrés. Ou alors, ils avaient voulu blaguer et, sur un malentendu, tout le monde y avait cru.

— C'est parti ! lança Mathylde tout en désignant du menton à Cassiopée un carton de perruques posé par terre un peu plus loin, et en articulant un « s'il te plaît » muet du bout de ses lèvres d'encre.

Prenant le soin de tourner le dos au téléphone d'Axel, Cassiopée attrapa la boîte, la déposa sur la tablette de la coiffeuse, puis se hâta de reculer hors champ. Une fois en zone de sécurité, elle contempla le reflet de la star du reportage en cours qui discourait, très à l'aise, face caméra de portable, tandis qu'elle caressait d'une main distraite la mare de perruques brunes en surface du carton. Pressentie pour une partie du rôle de la sorcière, Mathylde tenait à dissimuler sa chevelure naturelle afin de mieux se glisser dans la peau de l'enchanteresse. Non pas qu'une vile ensorceleuse ne puisse être blonde, cependant les longues et épaisses mèches d'or de l'adolescente resplendissaient tant que l'on songeait irrémédiablement à de la féerie en les admirant. Il lui fallait donc s'assombrir de la racine aux pointes pour basculer du côté obscur de la magie.

Machinalement, Cassiopée effleura ses propres cheveux. Les siens aussi étaient longs – ils atteignaient le milieu de son dos –, mais beaucoup trop fins. Elle n'aurait jamais dû les laisser pousser à ce point, car le résultat n'était pas à la hauteur de ses espérances. Lucile lui avait seriné qu'elle gagnerait en volume et en style à les porter au niveau des épaules. Elle n'avait jamais osé l'écouter, par peur du changement ou d'un raté. Pourtant, de ce qu'elle en apercevait, la plupart des perruques qui émergeaient de la boîte arboraient une chevelure factice de meilleure qualité que la sienne.

Alors que Cassiopée se perdait de son côté en tristes constatations capillaires, Mathylde, elle, avait fait preuve d'efficacité : cessant de palper les perruques, elle avait ramassé sa crinière ensoleillée en queue-de-cheval pour ensuite la relever en une sorte de chignon aplati, maintenu par un régiment de fines épingles. Ce faisant, elle n'avait pas cessé de parler, le regard toujours accroché au téléphone d'Axel grâce au miroir de la coiffeuse. Absorbée par son monologue filmé, elle agrippa à tâtons une grande houppe noire aux reflets bleuâtres qui dépassait d'un coin du carton et qui, même de loin, paraissait très soyeuse. La perruque concernée s'extirpa du carton, crâne à l'envers, suspendue aux doigts de la jeune comédienne. Cette dernière, monologuant toujours, la saisit alors par ses bords et la renversa à deux mains sur sa tête afin d'en recouvrir son crâne blond. Cassiopée s'attendait à la voir ensuite ajuster le postiche dans le but d'une meilleure tenue, d'une illusion parfaite.

À l'inverse, à peine auréolée de brun, la jeune fille se figea. Ses lèvres arrêtèrent de remuer. Il se passait quelque chose, mais quoi ? Mathylde semblait tétanisée. Son sourire s'était évanoui derrière un masque indéchiffrable.

— Euh... Il t'arrive quoi, là ? C'est une performance artistique ? hasarda Axel.

Pas de réaction. La caméra du portable enregistrait, mais l'actrice principale était sur pause. Cassiopée perçut la détresse qui émanait d'elle.

— Mathylde ? appela-t-elle. Ça va ? On peut faire quelque chose pour toi ?

Un hurlement atroce lui répondit. Un cri de bête blessée qui distordait les cordes vocales de la jeune sorcière et blessait les tympans de ses deux amis abasourdis. Brusquement, elle arracha la perruque de sa tête et la jeta à travers la pièce. Hystérique, elle secoua la tête en tous sens, enfonçant ses ongles dans son cuir chevelu, déterrant les épingles, braillant à pleins poumons :

— Aidez-moi ! J'en ai plein les cheveux ! Aidez-moi ! MAIS AIDEZ-MOI, BORDEL !

Cassiopée distingua quelque chose de blanc qui giclait du crâne blond en direction d'Axel. Il l'esquiva d'un mouvement habile.

— Oh merde, c'est dégueulasse, ma pauvre, commenta-t-il sans perdre son calme.

CHAPITRE 10

Toutefois, la compassion ne devait pas l'étouffer, car il continuait de filmer.

— Coupe la vidéo ! Tout de suite ! rugit-elle, à demi suppliante. Mes cheveux, mes cheveux…

Cassiopée fonça à sa rescousse. Arrivée près de sa camarade échevelée, elle faillit marcher sur un amas d'asticots blafards qui se tortillaient au pied de la coiffeuse. *Quelle horreur…* Mathylde lui saisit le bras et pencha sa tête vers elle.

— Il y en a encore, dis ? Il y en a encore ?!

Hélas, oui. Les bestioles d'aspect livide et gluant, petites mais bien visibles, infestaient son crâne hirsute. Sans un mot, Axel, qui s'était enfin décidé à interrompre l'enregistrement après un dernier gros plan sur les vers qui rampaient par terre, vint leur tendre une paire de ciseaux.

— Tu trouves ça drôle ? vociféra Mathylde. N'y pense même pas, je t'interdis d'approcher ça de moi !

N'appréciant pas plus la vision de l'objet en question, Cassiopée s'empressa de l'ôter de la paume d'Axel et de le faire disparaître dans un tiroir de la coiffeuse.

— Je m'en occupe, déclara-t-elle d'une voix moins posée qu'elle ne l'aurait souhaité.

Elle essaya de raffermir son ton pour apaiser sa malheureuse comparse parasitée :

— Rassieds-toi. Je vais bien regarder et je vais tous te les enlever, promis.

— C'est vrai ? renifla Mathylde. Et après, tu m'aideras à faire un shampooing dans les lavabos des toilettes ? Ou deux shampooings ? Ou trois ? Juste histoire d'être bien sûres qu'il ne restera plus aucune de ces… choses ?

— Tout ce que tu voudras.

Tremblotante mais un peu moins nerveuse, Mathylde se réinstalla face à la coiffeuse. Paupières baissées, elle n'osait plus affronter son image dans la glace. Cassiopée, ne sachant trop comment l'exprimer par la parole, lui pressa l'épaule avec délicatesse afin de lui montrer sa solidarité. Elles étaient toutes deux dans le même bateau répugnant, à présent. La perspective de tripoter et d'extraire des asticots ne l'enchantait pas, cependant Cassiopée n'avait plus le choix. Sa camarade, elle, l'avait sortie des griffes de créatures tout aussi déplaisantes lors de son errance nocturne sur Terreuse. Les deux situations n'étaient peut-être pas comparables, néanmoins Cassiopée avait besoin de se persuader que si, pour surmonter son dégoût.

Axel apporta sa modeste contribution à l'opération de sauvetage capillaire en lui donnant un contenant métallique vide, une boîte de sablés bretons qui allait se reconvertir en charmant collecteur de vers blancs. Des gants médicaux auraient également été les bienvenus. Malheureusement, il n'y en avait pas à disposition et si Cassiopée envoyait Axel en quête parmi les réserves de costume dans l'espoir de s'en procurer, Mathylde tomberait en syncope avant son retour.

Tu préfères… devoir adresser la parole à une vendeuse pour lui réclamer ta pointure de chaussures car celle-ci n'est pas en rayon, être obligée de demander à un serveur où se trouvent les toilettes du restaurant parce que tu n'as pas réussi à repérer leur emplacement malgré tes vingt minutes d'observation depuis ta table avec la vessie frôlant le débordement… ou bien trifouiller la tignasse d'une autre fille pour y repêcher des asticots à mains nues ?

Il n'y avait pas photo. Sa petite voix intérieure, d'ordinaire si prompte à la dénigrer, à la paralyser encore plus qu'elle ne l'était déjà, venait de lui fournir le bon argument pour l'encourager. Les deux premières propositions présentaient en effet beaucoup plus de difficultés pour elle (oui, elle n'était pas très équilibrée, elle le savait, merci bien). Elle prit donc une profonde inspiration, puis se lança dans l'exercice de « cueillette biologique » en s'efforçant d'oublier la sensation de fourmillement visqueux au bout de ses doigts.

— La timide a plus de cran que toi, apprécia Axel.

— C'est quand même plus facile quand on n'a pas ces horreurs directement sur sa tête, lui répondit vertement Mathylde. Au passage, heureusement qu'elle est là pour me soutenir. Parce que toi, tu n'as RIEN fait pour me sortir de cette galère immonde… Je te préviens, si je découvre que c'est toi qui as tout manigancé juste pour faire plus de vues…

— Quoi, tu m'accuses ?! Je te ferai remarquer que j'ai arrêté de filmer alors que le spectacle n'est pas terminé. Si j'avais voulu, j'aurais pu avoir de quoi montrer à tout le monde ta nouvelle copine en train de t'épouiller comme un chimpanzé !

Génial, une nouvelle comparaison animalière à ajouter sur la liste de la honte…

— Tu en parles comme d'une blague à ton goût, en tout cas, lui reprocha Mathylde qui jetait maintenant des coups d'œil inquiets à son propre reflet tandis que Cassiopée continuait d'opérer.

Leur jeune compère s'offusqua.

— Je n'y suis pour rien si tu as choisi une perruque moisie. Je n'ai même pas touché au carton, c'est Clarence qui l'avait apporté… Ah là, bien sûr, tu ne dis plus rien ! Monsieur perfection, lui, est au-dessus de tout soupçon. Au lieu de me rendre responsable, assume tes torts : c'est un peu ta faute aussi.

— PARDON ?

— Si tu avais fait les choses correctement en enfilant un bonnet de perruque, il y aurait eu un truc pour faire barrière entre tes cheveux et tes amis les asticots.

— Par cette chaleur, un bonnet de perruque ? Je n'allais pas m'ajouter une épaisseur supplémentaire. En plus, c'était juste un essai. Ce n'est pas comme si c'était le jour de la représentation.

— N'empêche que tu n'aurais peut-être rien senti si tu en avais mis un. Tu aurais pu passer tout l'après-midi peinarde avec des asticots qui se promenaient sur ta tête, tu imagines ?

Écœurée, elle tressaillit sous les doigts de Cassiopée. Voulant lui éviter de se perdre en conjectures, celle-ci se dépêcha d'annoncer :

— Voilà, j'ai terminé. Tu n'as plus une bête dans les cheveux, je te le promets.

Le reflet de Mathylde leva vers sa sauveuse un regard plein de reconnaissance.

— Merci. Tu… Tu peux éloigner ça de moi ? l'adjura la rescapée en montrant la boîte de sablés emplie de matière vivante.

Cassiopée s'en empara et la remit à Axel.

— Est-ce que tu veux bien aller les libérer dans la

nature ? S'il te plaît ? De préférence, pas juste à l'entrée du Serpent Vert.

Il pouffa.

— Je m'en occupe, *no problem.*

Alors qu'il s'éloignait, elle se risqua à le rattraper à l'orée de la loge pour chuchoter :

— Ce n'était vraiment pas une blague de ta part ? Je veux dire, je ne lui répéterai pas, mais…

— Cassiopée, l'interrompit-il en la fixant droit dans les yeux, jamais je n'aurais fait quelque chose qui touche de près ou de loin aux cheveux de Mathylde. Le coup des ciseaux, c'était juste une tentative très maladroite pour la faire rire. Mais sa chevelure, si tu savais, pour elle, c'est…

Il baissa d'un ton, devenant à peine audible.

— Elle pense qu'elle ne vaut presque rien sans elle. Parce que sa mère ne l'aime que pour son physique et les concours de beauté qu'elle gagnait petite. Elle ne peut plus y participer maintenant parce que ça leur revenait trop cher en déplacements, robes et tout le tralala. Mais si tu veux mon avis, elle a gardé des séquelles…

La confession cruelle bouleversa Cassiopée. Elle ne commit cependant pas l'indiscrétion de s'étendre davantage sur le sujet douloureux.

— Ce genre de soucis vous est déjà arrivé ? préféra-t-elle interroger. Des accessoires infestés comme ça ?

— Jamais. C'est la première fois. C'est flippant qu'elle n'ait rien senti avant, alors qu'elle a caressé machinalement les perruques comme des chats pendant un bon moment. C'est comme si ces foutues larves étaient apparues brusquement dans le postiche…

— Elle ne touchait que les perruques qui se trouvaient sur le haut du carton. Celle qu'elle a attrapée, elle l'a extirpée par une mèche, rappelle-toi. Elle devait se trouver un peu plus en dessous, enfouie sous les autres… avec les vers bien nichés dans le fond intérieur.

— Tu as raison, je m'emballe à la Andrea ! À mon retour, j'inspecterai tout le contenu, ça nous évitera d'autres mauvaises surprises éventuelles… et une seconde crise de nerfs.

Ils pivotèrent ensemble vers leur acolyte blonde, encore à sa place, alors qu'elle éclatait d'un rire démoniaque.

— Haha, je t'ai repérée, sale vermine ! Tu croyais pouvoir m'échapper ?

Sous leurs regards médusés, elle saisit une épingle à cheveux et en poignarda la tablette de la coiffeuse. Cassiopée discerna un éclat blanc qui gigotait au bout de l'aiguille capillaire lorsque Mathylde la brandit tel un glaive face au miroir. Elle venait d'embrocher un asticot réchappé qui essayait de se faire la malle. Jubilant, la fausse sorcière examina dans la glace les sursauts de la bête empalée.

— Grouilleras, grouilleras plus, tu ne grouilleras plus jamais, ricana-t-elle.

Elle avait l'air d'une patiente d'hôpital psychiatrique dans un mauvais film d'épouvante. Axel l'observa avec inquiétude avant de murmurer, sans doute plus pour lui-même que pour l'oreille de Cassiopée :

— Je crois qu'il y a quelque chose de pourri au royaume d'Agonie[1].

---

1. Référence à une très célèbre réplique écrite par Shakespeare (*Hamlet*, Acte I, scène 4) : « Il y a quelque chose de pourri au royaume du Danemark » (ce qui sous-entend, dans le langage courant, qu'il y a un problème sous-jacent).

CHAPITRE 11

— Affligeant. Lamentable… Pourri. Voilà ce que ça donnait ! Je ne vais jamais progresser, déclara Cassiopée à son cousin qui venait de la rejoindre à l'extérieur du Serpent Vert.

Elle s'était enfuie de scène après une nouvelle humiliation. Infligée par elle-même et sa nullité crasse. Jouer la plaçait en tachycardie. Se représenter par avance le public la tétanisait. Elle n'y arrivait pas, n'était à la hauteur d'aucun exercice basique, encore moins d'un véritable rôle. Le théâtre ne lui convenait pas. Il ne la changerait pas, elle le savait. Elle l'avait toujours su. Plutôt que de la livrer encore et encore au supplice des planches, ne pouvait-on au moins la laisser en paix dans son coin ?

Cette dernière journée de stage de la semaine avait été paisible pour tous, excepté pour elle. Pas de psychose, aucun incident à signaler. La tension et l'étrangeté semblaient retombées. La petite troupe n'avait pas eu l'occasion de recroiser Andrea ; Clarence s'était porté volontaire pour vérifier avec monsieur Martin l'état des costumes et accessoires en stock (rien d'anormal, pas une moisissure, plus un seul asticot) ; Axel avait posté la vidéo de la perruque infestée, s'était disputé puis réconcilié avec Mathylde à ce sujet ; Samia, dont le père avait fait jouer ses relations, était arrivée le matin même avec la gazette régionale sous le bras, et leur avait montré un article d'une demi-page consacré à la pièce et à leur future représentation (papier « sérieux », bien que jouant sur une touche de mystère avec un court rappel du fait divers). Bref, après les émotions intenses des jours précédents, tout paraissait se mettre en place petit à petit. Chacun trouvait ses marques… excepté Cassiopée.

Assis à côté d'elle sur le rebord brûlant d'un gros bac à fleurs planté dans le bitume du trottoir, Clarence se pencha légèrement pour lui donner un coup d'épaule amical.

— Tu te dévalorises tout le temps. Je ne suis pas sûr que ça t'aide.

— Je suis juste lucide, répliqua-t-elle sans tourner la tête vers lui, les yeux fixés sur ses doigts de pied enserrés dans des sandalettes beiges. Vous êtes tous très doués, hyper à l'aise, et moi…

— Toi, tu n'avais jamais fait de théâtre auparavant. Tu te mets beaucoup trop de pression sur les épaules.

— Tu m'expliques comment faire autrement ? rétorqua-t-elle, chagrinée. Vous n'avez pas choisi n'importe quelle pièce ! Les gens d'ici vont avoir beaucoup d'attentes. Ce sera ma faute si on se plante.

— Tu m'as l'air d'une grande optimiste, chère cousine. Si on se plante, on se plante *ensemble*. On sera tous responsables.

— Une plus que les autres.

— Tu es coriace ! rigola-t-il. Écoute, l'avantage, si le spectacle se passe mal, c'est qu'on pourra toujours jouer la carte de la superstition et blâmer la sorcière pour notre bide.

— J'apprécie qu'un cartésien dans ton genre essaie de m'amuser mais, après ma non-prestation catastrophique de tout à l'heure, j'avoue que je ne suis pas d'humeur.

Il rajusta son élastique en caoutchouc miteux qui commençait à glisser sur ses cheveux, menaçant de défaire son traditionnel chignon.

— Il te reste encore plein de semaines pour t'améliorer. Je suis prêt à t'aider… En tout cas, je n'aime pas te voir comme ça. Pourquoi tu broies du noir à ce point ?

Relevant la tête, elle orienta son regard dans les prunelles grises.

— Ma timidité gâche tout, lâcha-t-elle du bout des lèvres. Vraiment tout.

Il la considéra une seconde sans répondre avant de lui livrer le fond de sa pensée :

— Tu sais, d'après ce que j'ai pu constater, les timides sont souvent les personnes les plus intéressantes à découvrir. En raison de leur richesse intérieure, je veux dire.

— Ça, je suis si timide qu'intérieurement, je dois être milliardaire !

Il explosa de rire et elle ne put s'empêcher de sourire.

— Tu vois, tu es drôle, en plus !

Elle se demanda si, au lieu de se sentir flattée par le compliment, elle n'aurait pas dû se vexer de son ton un chouïa étonné. Mais elle appréciait tant, pour une fois, de faire rire *intentionnellement*. Hélas, l'instant de grâce comique ne dura pas. Dès qu'ils aperçurent leurs camarades qui sortaient à leur tour du bâtiment, les deux cousins se relevèrent d'un bel élan commun, l'une par embarras, le second par simple joie.

— Soyez gentils avec elle, bande de brêles ! recommanda Samia, avec son tact légendaire, quand ses complices et elle se furent rapprochés du binôme.

L'adolescente au caractère bien trempé et à la langue tout aussi pendue cherchait-elle à se racheter ? Elle avait émis plusieurs piques acérées tout à l'heure à l'encontre de Cassiopée, lorsque cette dernière avait encore perdu tous ses moyens sur scène. Oui, elle devait culpabiliser, car elle alla jusqu'à lui proposer :

— Mathylde doit faire le tour des magasins de fringues mais les jum's viennent chez moi, on va se poser au bord de la piscine. Et dedans, évidemment ! Je t'invite, si ça te dit.

Cassiopée en demeura muette de surprise. Cela ne perturba pas Samia qui poursuivit :

— Ce n'est pas grave si tu n'as pas de maillot. Je suis trop grande par rapport à toi mais je pourrai t'en prêter un de la collection de ma mère, elle doit faire à peu près ton gabarit. Ne t'inquiète pas, elle a des tas de modèles sympas.

Sans attendre la réponse, elle enchaîna :

— Et toi, Clar, ça t'intéresse ?

— Ça aurait été avec grand plaisir, mais j'ai un petit truc à faire.

Ni Mathylde ni Clarence… Les deux de la bande avec lesquels Cassiopée s'entendait le mieux, les deux seuls qui tentaient de la mettre un peu en confiance. S'ils manquaient à l'appel, elle craignait de ne pas passer un bon moment avec les autres. Pourtant, elle aurait tout donné pour se détendre et se glisser dans une eau à la fraîcheur délicieuse.

— Euh, merci mais je ne vais pas pouvoir vous accompagner non plus, jugea-t-elle préférable de refuser. Je suis fatiguée.

Excuse la plus nulle de tous les temps. Comme si lézarder près d'une piscine ou barboter dedans était harassant... Elle se consola en songeant à la gêne qu'elle aurait éprouvée de se retrouver en maillot de bain face à ce trio aux fâcheuses tendances moqueuses. Sous couvert du plaisir de plaisanter, ils n'auraient pas manqué de relever la couleur cachet d'aspirine de son corps tout entier (elle ne bronzait jamais), à l'exception des fines taches de rousseur qui constellaient ses pommettes et ses bras, et des quelques grains de beauté isolés qui ponctuaient son dos, ses jambes ainsi que son ventre. Comment auraient-ils réagi en observant de plus près ses mollets musclés par la course, que Lucile qualifiait toujours, sous prétexte de faire de l'humour, de « mollets de bonhomme » ? Ils possédaient sans doute leurs propres complexes physiques. Cependant, elle s'imaginait forcément beaucoup plus imparfaite qu'eux.

— Tu devrais y aller, insista Clarence, désireux de la voir s'intégrer. Samia a des chaises longues, tu pourras te reposer.

La gentillesse de son cousin n'arrangeait pas les affaires de Cassiopée. Surtout qu'Alex s'y mit lui aussi.

— Il a raison. Même si tu ne te baignes pas, on partagera des bières les pieds dans l'eau. Après tout, je t'en dois une depuis que tu as protégé ma vie !

Sa dernière phrase puait l'ironie.

— Tu as déjà bu de l'alcool, au moins ? se renseigna Axel en écho.

Pas vraiment, non. Une fois, en l'absence de sa mère, Lucile leur avait concocté des mojitos maison. Cassiopée avait trouvé le sien délectable… Ensuite, elle avait passé toute la soirée malade. L'alcool pour se désinhiber, elle pouvait oublier. Sans parler du fait qu'il s'agissait, pour des raisons évidentes, d'une méthode fort peu recommandable, vomir sur les gens était tout à fait contre-indiqué pour tenter de se sociabiliser.

— Calmez-vous, elle n'a que quatorze ans, rappela Clarence à ses amis.

— Et toi, tu n'en as que deux de plus qu'elle, rétorqua Alex. Garde ta morale pour quand tu auras quarante ans et que tu seras devenu chiant. En attendant, quand tu traînes avec nous, tu n'es pas le dernier sur les bières…

— Oui, bon, ce n'est pas la question, éluda l'adolescent, jetant un coup d'œil penaud à sa cousine comme un gamin pris en faute. Laissez-la tranquille. On ne peut pas se joindre à vous, de toute façon.

Enfin, plus personne ne s'obstina. Le groupe se sépara donc, Mathylde s'éloignant à pied dans une direction, Samia et les jumeaux dans l'autre.

— Tu vas par où, Clar ? demanda Cassiopée quand il ne resta plus qu'eux. Avec cette chaleur, j'aurais bien pris le bus pour rentrer, mais d'après les horaires que m'a donnés ta mère…

— Je ne prends pas le bus. Je dois… Je vais tourner un peu dans le coin.

CHAPITRE 11

Ce n'était pas très clair. Son attitude était soudain devenue bizarre. Elle lui trouva beaucoup moins d'assurance qu'à l'ordinaire. De toute évidence, il n'éprouvait aucune envie de détailler ce qu'il allait faire.

Une vibration sourde s'éleva depuis la poche de son espèce de redingote (différente de celle qu'il portait lors du premier jour de stage – apparemment, il avait un fournisseur attitré au XIXe siècle et devait en posséder toute une collection, qu'il endossait y compris par temps de fournaise). Cassiopée s'attendait presque à le voir en extirper une montre à gousset, mais il se contenta d'en sortir son téléphone (tellement banal de sa part, tellement XXIe siècle !). Ses doigts galopèrent sur l'écran, puis il rangea le portable.

— À plus tard ! lança-t-il en lui adressant un signe de la main et en tournant les talons.

Il venait de la planter là. *Très agréable…* Poussée par un intérêt inexplicable, elle attendit sa disparition au coin de l'édifice vert pour s'élancer en catimini à sa suite. En dépit du port de ses sandalettes peu propices à un marathon, elle ne le perdrait pas de vue. Que pouvait-il bien cacher ? Sa fameuse machine à remonter le temps qui, prétendument, n'existait pas ? En son for intérieur, la jeune fille se désola de ses idées délirantes. Le soleil lui avait fait bouillir trop longtemps les neurones ! Peut-être l'ambiance d'Agonie, cette ville si particulière qui mélangeait sans trêve réel et imaginaire, qui enchevêtrait rumeurs fantasques et faits avérés, déteignait-elle sur elle.

Son désir de découvrir de quoi il relevait fut vite comblé, et sa curiosité, déçue. Il ne lui fallut que quelques foulées pour s'apercevoir que son cousin se rendait dans le jardin de l'arrière-cour extérieure du théâtre. Elle réussit à se dissimuler derrière un arbre à proximité de l'emplacement où il s'était arrêté. Pour être franche, elle n'avait rien d'une espionne experte : s'il n'avait pas été si préoccupé, il l'aurait repérée. Il avait l'air de répéter la pièce ou un autre texte pour lui-même, car il effectuait les cent pas en marmottant des choses inintelligibles. À force d'observer son manège, Cassiopée en avait le tournis. *Qu'il cesse ou il va me provoquer des haut-le-cœur !*

En parlant de cœur… Qui finit par arriver pour le retrouver ? Mathylde, bien sûr. Elle ne transportait aucun sac d'emplettes, son shopping n'était qu'un prétexte. Elle avait feint de partir faire ses achats vestimentaires, avait menti pour mieux rejoindre Clarence dans le dos des autres. Il ne s'agissait donc que de cela ? Un rendez-vous secret ? Visiblement, ils ne sortaient pas ensemble en cachette (pas encore ?), car ils ne s'embrassèrent pas, n'esquissèrent aucun geste tendre. Ils demeuraient face à face, assez proches l'un de l'autre, à se manger des yeux, chacun dans une pose plus gauche que celle de son vis-à-vis. Un spectacle à la fois mignon et très embarrassant à contempler !

Subitement, Clarence replia le bras et se posa la main droite sur le torse. Il se tint ainsi, paume sur le muscle cardiaque, tel un officiel avant un discours. Derrière son arbre, Cassiopée leva les yeux au ciel. *N'en fais pas trop, cousin,* pensa-t-elle, craignant de le voir mettre carrément un genou à terre. Par bonheur, il s'arrêta là et se décida à se confier à sa belle, qui buvait ses paroles. Tout dans leur attitude démontrait qu'il était en train de déclarer sa flamme.

CHAPITRE 11

Malgré elle, par instinct, l'indiscrète se décala un peu sur le côté du tronc afin de mieux tendre l'oreille. C'était ridicule. Elle avait pour habitude de respecter la vie privée des gens. Pourquoi continuait-elle à les épier ? Alors qu'elle se posait la question avec une pointe de culpabilité mâtinée de honte, elle se rendit compte que son changement de position, par rapport à l'arbre et au soleil dans le ciel, avait longuement étiré son ombre devant elle, presque jusqu'aux pieds du duo qu'elle surveillait. Elle allait finir par se faire remarquer ; comment se justifierait-elle alors ? Vite ! Se replacer plus à l'abri, et après…

Il n'y eut pas d'après. Car avant que la jeune fille n'ait amorcé le *moindre* mouvement pour reprendre sa place initiale, à sa stupéfaction totale, son ombre… rétrécit ?! Était-ce possible ?

Elle était certaine de n'avoir pas encore bougé d'un pouce. Sous son regard ébahi, son ombre s'était tassée, ratatinée en un éclair, et ne mesurait plus dorénavant que quelques centimètres. Frôlant l'apoplexie, Cassiopée se plaqua de nouveau à l'abri. Dos collé au tronc, elle ne se préoccupait plus de la scène romantique en cours. Que venait-il de se passer ? Elle scruta le sol. Son ombre minuscule y avait disparu, mangée par celle, beaucoup plus large, de son refuge végétal. Perturbée, elle s'efforça de se raisonner : elle avait dû être victime d'une légère hallucination, causée par un début d'insolation. Ou, plus probable encore, il s'agissait d'un effet d'optique ne comportant rien d'anormal. Entre le théâtre forcé et cette cité de fous, elle était trop à cran. Elle n'allait tout de même pas prendre la suite d'Andrea qui, persuadé d'apercevoir la silhouette de la sorcière du Rével prête à l'attaquer, avait certainement eu peur de sa propre ombre, en réalité. Il lui fallait à tout prix éviter de sombrer dans une paranoïa similaire, sans quoi elle serait bonne à enfermer !

Ne restait qu'un comportement sensé à adopter : quitter ce jardin. À pas de loup, elle s'éloigna avec toute la promptitude et le minimum de bruit possibles. Prenant conscience qu'elle progressait désormais à découvert, elle tourna la tête, sans s'arrêter, pour une rapide inspection en arrière. Mathylde et Clarence ne risquaient pas de déceler sa présence, bien trop occupés à se rouler une pelle magistrale. Surprendre cet échange de salives appliqué acheva de la convaincre de se sauver, loin du duo de sangsues transies, loin de ce lieu aux ombres dénaturées.

Les heures qui suivirent s'écoulèrent très lentement. Les aiguilles de sa montre s'étaient muées en limaces. Le Temps la narguait et prônait le sur-place. Sur le chemin du retour, Cassiopée avait pris soin de ne pas s'attarder à sonder les ombres qu'elle croisait. Elle avait méticuleusement évité d'examiner la sienne lorsque le soleil insistait pour la lui montrer. Elle avait regagné en bus le domicile de sa tante, GIRL à fond dans les oreilles pour ne plus penser à ce qui l'avait tant troublée : sa folie latente, le couple naissant de son cousin avec la seule potentielle vraie amie qu'elle aurait pu avoir ici… Se réjouir de leur bonheur ne la dispensait pas de s'inquiéter de perdre, non pas une, mais deux personnes qu'elle estimait et qui, jusqu'ici, ne le lui rendaient pas trop mal. Ce, alors qu'elle était loin d'avoir digéré l'abandon de Lucile. Elle se faisait l'impression pathétique d'un chiot oublié volontairement sur une aire d'autoroute avant le départ en vacances de sa « famille ». D'accord, elle dramatisait. D'accord, elle anticipait. Cependant, qui n'aurait pas deviné que Mathylde et Clarence, en dépit de toute leur sympathie, passeraient à présent leurs journées ainsi que leurs soirées aimantés l'un à l'autre ? Tenir la chandelle, très peu pour elle…

De l'aurore au couchant, en vain elle guette la lumière / Qui embrasera son pauvre cœur criblé de cratères, lui avait susurré la chanteuse de GIRL à la descente du bus. Le couplet lui revenait, maintenant que sa tête reposait sur l'oreiller. Elle ne dormait pas, mais se sentait enfin apaisée par la douce mélodie du souffle de Zoé.

Depuis quelques soirs, la petite la dévisageait à la dérobée avec un air à la fois étrange et entendu. L'adolescente s'était évertuée à la convaincre, dès le premier jour du stage et à la suite de l'exposé historique détaillé de Clarence, que la sorcière du Révել n'existait qu'au théâtre ou dans l'imagination de certaines personnes, petites et grandes, qui s'étaient monté la tête avec cette histoire. Afin de ne laisser aucune prise aux angoisses de la fillette, elle avait passé sous silence le moindre élément dérangeant, omis de mentionner les incidents fortuits au Serpent Vert.

Contre toute attente, sa technique semblait avoir fonctionné. Cassiopée n'en avait pourtant pas eu la sensation au départ, cependant l'enfant avait gagné en sérénité, cessant de la harceler sans relâche à propos de la méchante ensorceleuse et des moyens à trouver pour la combattre. Peut-être le fait de lui tenir le même discours que son grand frère avait-il finalement porté ses fruits… Un subtil doute planait néanmoins dans l'esprit de l'adolescente. Plus rusée qu'une renarde, plus entêtée qu'un mulet, la gamine laissait tomber ? C'était suspect. Croyait-elle toujours que le somnambulisme occasionnel de son aînée pouvait la protéger ?

Cassiopée soupira en fixant le plafond. L'essentiel, au fond, était que l'une d'entre elles soit rassérénée, confiante. Quant à l'autre… Si déjà un sommeil réparateur acceptait de l'accueillir pour la nuit, cela représenterait un point positif plutôt appréciable. Le souci était qu'entre la lueur diffuse, persistante, de la veilleuse, le stress lié au stage de théâtre, son appréhension par rapport à une éventuelle nouvelle crise nocturne et son sentiment prégnant de solitude, cela s'annonçait compliqué. Comment se relaxer ? Songer à quelque chose d'agréable…

Ses pensées dérivèrent naturellement vers Thibaud, le garçon du parc des Titans. S'il ne lui réadressait pas la parole, jamais plus elle n'oserait l'aborder. Pour lui dire quoi, de toute façon ? « On ne se connaît pas, mais j'ai quand même un gros faible pour toi » ? *Débile, débile, débile. Totalement débile.* Plaisant physiquement et lecteur assidu résumaient tout ce qu'elle savait de lui. Si ces deux faits constituaient un bon départ, qui pouvait en conclure que le reste suivrait ? Certes, il s'était montré prévenant durant leur échange de deux ou trois minutes. Qu'en déduire ? Pas grand-chose. Cela ne représentait pas un délai suffisant pour apprécier la personnalité de quelqu'un.

Cassiopée se méfiait des premières impressions.

Parce qu'elle en était très souvent victime. « Coincée. Bizarre. Ennuyeuse. » Voilà comment la majorité des gens la jugeait au premier abord. Elle surnommait ça *« la trilogie ultime »*. Une triple étiquette bien difficile à décoller. Certains la grattaient, la plupart passaient leur chemin… sauf si on leur imposait sa présence comme au Serpent Vert. Cassiopée détestait les préjugés à son encontre, elle s'efforçait donc (avec plus ou moins de succès) de ne pas adopter d'opinion préconçue vis-à-vis des autres. Mais concernant Thibaud, elle n'arrivait pas à appliquer ses sages principes. « Le cœur a ses raisons que la raison ignore. » Impossible de chasser l'image du garçon de son cerveau. Impossible de ne pas ressentir des milliers de papillons dans le ventre.

Telle une parfaite imbécile amourachée pour un rien, elle leva les mains au-dessus de sa tête et les fit se rejoindre en un cœur, dont elle admira l'ombre projetée au plafond grâce à la veilleuse de Zoé. L'ombre… La première depuis des heures qu'elle affrontait sans peur. Une ombre parfaitement normale, excepté qu'elle provenait de sa consternante niaiserie affective. Quitte à partir dans le sentimentalo-stupide, pourquoi ne pas rajouter de jolies ailes à ce cœur en ombre chinoise ?

Elle tendit chacun de ses auriculaires en l'air. Hmm, pas terrible. Cela formait un cœur avec des petites cornes. Et si… *Oh non !* Ça n'allait pas recommencer ! Est-ce qu'elle s'était assoupie et rêvait ou est-ce qu'elle devenait vraiment dingue ? Les appendices ratés de la forme au plafond venaient de se métamorphoser sans qu'elle bouge derechef les petits doigts, formant dorénavant un cœur ailé parfait. Choquée, elle laissa ses mains retomber sur son buste, sans lâcher le plafond du regard. Le cœur dans sa poitrine s'emballa tandis que celui d'ombre la contemplait toujours depuis le ciel de la pièce.

Ne. Pas. Paniquer.

C'était juste un cœur. Un cœur avec des ailes, suspendu au-dessus d'elle. Rien d'effrayant, en vérité. Pas du tout digne d'un cauchemar ni d'un film d'horreur. À l'inverse, c'était même ridiculement mignon. Et puis, c'était elle qui l'avait créé. Possédait-elle… la faculté de le contrôler ? Elle pouvait tenter. Peut-être qu'elle se trouvait dans une sorte de rêve lucide. Elle s'en tint à cette hypothèse pour ne pas se sentir trop crétine pendant qu'elle se concentrait en ne quittant pas la charmante ombre des yeux. *Bouge !* lui ordonna-t-elle en silence. *Remue, danse !* Réfractaire à son autorité, la forme ténébreuse demeura fixe. L'adolescente s'aventura alors à visualiser le déplacement qu'elle désirait que l'ombre adopte. Elle était en train de s'imaginer le trajet… quand, d'un frémissement d'ailes, le cœur obtempéra.

— Waouh !

Cassiopée sursauta, se redressant d'un bond dans son lit.

— Tu ne dors pas, toi ? s'indigna-t-elle tandis qu'elle se penchait pour s'adresser à un minois joliment édenté qui dépassait du drap tapissant le matelas gonflable au sol.

— Pas vraiment, réagit Zoé d'une voix espiègle. J'ai vu ta magie !

— Que… Quelle magie ? Tu as dû rêver juste avant de te réveiller, et ton cerveau confond avec la réalité. Ça peut arriver.

La fillette émergea du drap, s'asseyant à son tour.

CHAPITRE 11

— Tu te moques de moi ? Tu t'es emmêlé les neurones ou quoi ?

Elle avait de ces expressions ! Pour la petite épieuse, hors de question de s'en laisser conter.

— Pourquoi tu mens ? désapprouva-t-elle. J'ai très bien vu ce que tu as fait. Ton sort est accroché au plafond.

Cassiopée releva le nez vers la voûte de la pièce. Le cœur ailé y toisait les deux filles, à l'endroit exact où l'adolescente l'avait expédié par la pensée. *Qu'est-ce que tu fais encore là, toi ? Tu ne me facilites pas la tâche !* Sitôt le reproche formulé dans sa tête, sitôt elles observèrent l'ombre s'estomper.

— Tu vois bien, il n'y a rien, affirma-t-elle avec mauvaise foi lorsque sa création se fut effacée.

Mécontente, Zoé croisa les bras dans une posture offusquée et ne se gêna pas pour la contrer :

— Il n'y a plus rien. AVANT, il y avait un cœur. Tu lui as fait pousser des ailes et tu l'as fait bouger.

— C'est le principe des ombres chinoi…

— Sans les mains.

Cassiopée se tut. Elle ignorait comment s'en sortir. En outre, elle n'aimait pas mentir. Elle devait en priorité cesser de se voiler la face. Si sa jeune cohabitante de chambre lui décrivait le même spectacle que celui auquel elle avait assisté, il s'agissait bel et bien de la réalité. Un rêve lucide n'était pas si fréquent, alors un rêve lucide partagé… Non, il lui fallait se rendre à l'évidence : elle était aussi éveillée que Zoé, et subitement dotée d'une certaine capacité à agir sur les ombres. En tout cas, sur celles qu'elle projetait. *Ou sur la mienne,* complétat-elle mentalement en se remémorant sa brève session d'espionnage derrière le théâtre.

— J'avais raison depuis le début ! s'enthousiasma la cadette. T'as des pouvoirs. Tu te rends compte que tu peux battre la sorcière du Rével ?

— Chut ! Baisse d'un ton, tu vas finir par réveiller ta mère et ton frère.

La jeune fille se retint d'ajouter que la magicienne n'existait que dans la fiction. Le commentaire de l'enfant prouvait que celle-ci ne s'était jamais laissé convaincre par cette explication. Blasée, elle avait simplement dû la ranger auprès de Clarence dans la méprisable catégorie « trop rassio-truc ». Par-dessus tout, il devenait très ardu de continuer à lui soutenir que rien de surnaturel ne se produisait, quand on venait soi-même d'exécuter sous ses yeux une démonstration involontaire de… magie des ombres. En son for intérieur, Cassiopée se plut à baptiser ainsi sa nouvelle faculté. Puis elle changea de tactique.

— Bon, j'admets, on dirait que j'ai une sorte de pouvoir, même si cela me paraît un bien grand mot. Mais tu dois me jurer de ne rien raconter ! C'est notre secret, désormais.

Levant sa main gauche, la bambine consentit de manière solennelle :

— Je ne répéterai rien à personne. Croix de bois, croix de caramel, si je mens, je vais dans le Rével !

Ensuite, très sérieuse, elle ajouta :

— Il faut que tu t'entraînes.

— À quoi ?

— Bah, à manipuler les ombres ! Pour te préparer au combat.

CHAPITRE 11

L'adolescente retint ses protestations. Cette façon de la considérer comme une championne de boxe prête à affronter sur le ring l'ennemie suprême la dérangeait. D'un autre côté, l'estime de la fillette la flattait. Et puis, surtout, celle-ci avait raison : à quoi bon disposer d'une aptitude exceptionnelle si elle ne l'apprivoisait pas par la pratique ? Elle devait s'exercer, s'améliorer, connaître ses limites, les repousser… Faire ses gammes d'ombre, en quelque sorte. Pour quelle utilité ? Elle aviserait après.

Face à une Zoé qui peinait à contenir son entrain, elle se lança donc dans la confection mentale d'une nouvelle ombre. Encore peu aguerrie, elle ne parvint pas à en générer une à partir de rien. Il lui fallut de nouveau user de ses mains, qu'elle rassembla pour composer un oiseau qui planait. Puisant dans son énergie psychique, elle réussit à maintenir au plafond la forme animale aux ailes étendues, une fois ses paumes déliées et posées sur ses cuisses. Sous l'unique effet de sa concentration, le volatile battit doucement des ailes, puis effectua des rondes au-dessus d'elles. Zoé réfréna un petit cri ébahi.

Enhardie par cette réaction, l'apprentie ensorcelombre accomplit l'exploit de démultiplier sa création : sous une seconde impulsion de sa pensée, il n'y eut plus un unique oiseau qui s'ébattait aux cieux de la chambre, mais deux puis trois. Un trio magique engagé dans une danse aérienne hypnotique…

— C'est magnifique, murmura la jeune spectatrice.

Cassiopée se tut, fascinée elle aussi par son œuvre. Nonobstant cet instant d'absolu enchantement, elle ne pouvait se retenir d'éprouver un soupçon d'inquiétude : pourquoi ne pas croire à cette fantasque histoire de sorcière emprisonnée derrière son mur d'obscurité aux Trois-Sœurs, si elle-même disposait à présent d'indéniables pouvoirs ? Devait-elle en avoir peur ? Car, justement, d'où provenaient-ils, ses nouveaux pouvoirs ? D'où, ou DE QUI ?…

CHAPITRE 12

QUI avait écrit cette horreur ? Quel individu bas de plafond avait osé pondre ce torchon, cette abomination ?

Cassiopée faillit en broyer son téléphone sous ses pouces. Aucune personne assistant à la scène n'aurait pourtant deviné son énervement. « Le feu sous la glace », ainsi Mathylde l'avait-elle définie. C'était ça. Exactement cela. Un bloc de givre à l'extérieur (à part quand une rougeur malvenue le faisait fondre) tandis qu'en dessous bouillonnait un torrent d'émotions.

Du coin de l'œil, elle observa la porte ornée d'un reptile, pendant que ses doigts couraient sur l'écran, en quête de l'identité de celle ou celui qui avait rédigé l'article insultant. On avait beau être samedi, la petite troupe s'était donné rendez-vous devant le théâtre pour réaliser des interviews de ses membres et quelques plans pour ses reportages. Sur YouTube, La Chaîne du Rével comptait désormais plusieurs milliers d'abonnés.

— Quelle ponctualité, ma belle ! s'exclama Mathylde, aux anges, en arrivant.

Elle se désintéressa cependant aussitôt d'elle pour se jeter dans les bras de Clarence qui venait d'apparaître à son tour. Cassiopée comprit pourquoi il avait refusé (avec son habituelle politesse maniérée) de faire le chemin en sa compagnie lorsqu'il exhiba un sac marqué de l'inscription *Chocolaterie Brume* en lettres dorées. Heureusement que le soleil tapait un peu moins fort en ce début de week-end sinon le présent sucré aurait fondu dès la sortie de la boutique, avant même d'être offert à sa nouvelle chérie. Celle-ci se greffa aux lèvres du jeune homme, et Cassiopée reporta pudiquement toute son attention sur son portable…

Ah ! Ça y était ! Elle l'avait débusqué : Kevin Pommereaux. Un bel idiot ! Son nom s'étalait en toutes lettres au bas du texte. Donc il assumait ? Il était fier de lui ? Il devait détester les gens comme elle. Elle ne voyait pas d'autre explication. Parce qu'il fallait quand même éprouver un certain mépris envers sa « catégorie » pour se permettre de s'adresser à elle ainsi : *Vous êtes timide ? – Apprenez à devenir intéressant en 7 étapes.* Elle avait failli s'étrangler en lisant le titre. Bien sûr, elle connaissait par cœur les *a priori* des gens quant à cet aspect de son caractère. Elle ne les ressentait que trop, dès qu'ils posaient le regard sur elle. Mais là, lire noir sur blanc l'équation « timide = pas intéressant », on grimpait d'un cran !

Timidité ne rimait pas avec absence de personnalité, était-ce si difficile à concevoir pour le restant de l'humanité ? La timidité, c'était ce qui *éclipsait* votre personnalité aux yeux des gens, ce qui l'*étouffait* sous ses tentacules en vous enserrant lentement, en vous paralysant. Mais vous, sous les bras visqueux de cette pieuvre psychologique, vous étiez *là*. Avec vos goûts, vos envies, vos rêves… Votre problème n'était point de ne pas en posséder, mais de parvenir à les exposer. Parce que, pour vous libérer de la bête qui vous en empêchait, vous ne disposiez que d'une lime à ongles ridicule qui lui chatouillait à peine les ventouses, alors qu'il vous aurait fallu une tronçonneuse ou une hache pour lui trancher la carcasse… Et ça, ce n'était pas le genre de subtilités à la portée de Kevin Pommereaux.

Du pouce, elle effleura rapidement l'écran pour remonter en haut de l'article qu'elle parcourut en diagonale, non dans le but d'y dénicher un « conseil », plutôt dans celui d'évaluer l'étendue des dégâts. Ce qu'elle lut la consterna : ce texte ne contenait que du vent. En effet, selon ce cher Kevin, pour devenir intéressant, il suffisait, entre autres, de mener une vie intéressante, de pratiquer des activités intéressantes, de s'entourer de gens intéressants (donc, selon sa logique, pas timides). Brillant… d'imbécillité. Un océan de néant… Quelque part, cela la rassérénait. Comment se sentir insultée, diminuée, par une telle vacuité ? *Pauvre Kevin, tu me fais pitié.*

A contrario, ce qui la blessait au plus profond de son être, c'était d'avoir reçu cette prose délirante de la part de Lucile. Cette dernière lui avait envoyé le lien internet *via* la messagerie privée d'Instagram, sans aucun petit mot d'accompagnement. Pas même un banal émoji. Elle ignorait de quelle façon interpréter cette missive virtuelle. Son ancienne meilleure amie était-elle animée de bonnes intentions en la lui adressant ou souhaitait-elle lui faire encore plus mal ?

— Cassiopée, tu pourrais y mettre un peu de bonne volonté !

Confuse, l'adolescente rangea son téléphone en quatrième vitesse et releva la tête. Mathylde, déscotchée de son amoureux, la dévisageait en arborant la moue boudeuse d'une gamine capricieuse.

— Écoute, je sais que c'est difficile pour toi de participer mais si tu t'es pointée, c'est que tu as accepté de jouer le jeu. Tu te lamentes toujours de rabaisser le niveau du spectacle. Là, tu as une chance de te rattraper en contribuant à maintenir la curiosité des gens jusqu'aux Agoniales.

— Doucement, pondéra Clarence. Elle était seulement absorbée par autre chose.

Par autre chose que quoi ? Cassiopée ne comprenait pas.

— Ça fait trois fois qu'on te dit que tout est prêt pour ton portrait, et que tu ne réponds pas, la gronda Mathylde.

— Désolée, je n'avais pas entendu. Je… Comment ça se passe ? Je me mets où ?

L'interrogation coûta à Cassiopée, qui paniquait déjà à l'idée d'être filmée. Elle éprouvait la certitude absolue qu'elle perdrait ses moyens face caméra. Cependant, le groupe n'en démordait pas : pour attirer le plus grand nombre possible d'habitants à leur future représentation, ceux-ci devaient pouvoir mettre un nom, un physique et une personnalité sur les jeunes acteurs (à l'instar de Mathylde qui rencontrait son petit succès sur les réseaux sociaux en tant que « belle sorcière aux asticots »). Avant même de jouer la pièce, ils devaient l'incarner.

Jolie théorie… comme toujours, élaborée par des extravertis. Elle, elle savait de quoi elle parlait : rougeurs, bégaiements, tremblements… La timidité, ça passait très, très mal à l'écran ! Vraiment, il y avait des incarnations qu'il valait mieux éviter. Sauf que la petite amie de son cousin ne paraissait point disposée à voir ses exigences discutées. Cassiopée était venue par peur de décliner et d'augmenter ainsi son impopularité. Maintenant, à elle de sauter le pas. Ou la bande ne lui pardonnerait pas.

— Tu vas faire ton portrait avec Alex, décréta Mathylde.

Oh non ! Elle aurait mille fois préféré sa blonde camarade ou le chéri de celle-ci. Avec l'un d'entre eux, au moins, elle aurait eu une faible chance de s'en tirer. Les trois autres la mettaient si mal à l'aise…

Percevant sans doute sa détresse, Clarence la rassura du mieux qu'il le put.

— Ne t'inquiète pas, les questions sont les mêmes pour nous tous. Mathylde a préparé une petite liste. C'est court, général, bon enfant. Et, à toi, on ne demandera pas de jouer la moindre réplique du texte. Promis, c'est adapté.

Adapté à ma nullité, pensa-t-elle, l'ego froissé. Cependant, elle ne pouvait passer son temps à râler intérieurement contre les personnes sociables qui ne mesuraient pas ses multiples difficultés, et puis se vexer ensuite parce qu'elles essayaient de les prendre en compte. Elle esquissa un vague sourire de remerciement. Mathylde, qui menait son monde à la baguette avec sa joyeuse énergie solaire, répartit les tâches : pendant qu'Alex s'occuperait de l'interview de Cassiopée, Samia se chargerait de celle d'Axel, et Clarence, de la sienne, chaque binôme s'installant à un emplacement différent. Ce serait tout pour ce jour.

Résignée, obéissante (et terrorisée), Cassiopée suivit son questionneur attitré à l'intérieur du théâtre – on leur avait prêté une clé pour quelques heures, après moult négociations et recommandations. Ils étaient le seul duo à tourner dans l'édifice puisque Samia filmerait devant l'entrée des artistes, tandis que Clarence enregistrerait ses images devant la porte principale.

— Dans la salle ou sur scène ? l'interrogea Alex à brûle-pourpoint.

La logique aurait exigé la scène. Pourtant, elle ne se sentait pas autorisée à y monter. L'occuper le temps du reportage, n'aurait-ce pas été faire insulte au groupe ? Elle était sans conteste la moins comédienne de tous. En outre, cela lui épargnerait la violence de l'éclairage des projecteurs, que son binôme ne manquerait pas de vouloir allumer. Dès que leur lumière surpuissante se posait sur elle, elle éprouvait la sensation de se transformer en vampire subissant la morsure du soleil. Cela ne l'aurait pas étonnée de finir un jour en cendres sur les planches…

— La salle, choisit-elle en désignant les rangées de fauteuils vides couverts d'un textile grenat.

Son acolyte imposé accueillit sa préférence avec un rictus en coin. Il la fit s'asseoir dans un siège au premier rang et se positionna face à elle, petite caméra en main (du matériel emprunté aux parents de Samia, si elle avait bien suivi).

— Alors, peux-tu te présenter à notre communauté ?

Quoi ?! Il filmait déjà ? Il aurait pu l'avertir ! « Notre communauté », qu'évoquait-il en ces termes ? Les Agoniens ? Les gens qui suivaient leurs vidéos ? *Oh, tais-toi, mon cerveau, tu pédales dans la choucroute !* Cela n'avait aucune espèce d'importance. On s'en moquait de la nature exacte de la communauté, elle devait juste expliquer qui elle était. Mais c'était pareil dans le cadre de n'importe quelle activité : les présentations et divers tours de table provoquaient chez elle une montée d'angoisse effroyable.

La gorge serrée, elle se lança avec une voix de crécelle.

— Je m'appelle Cassiopée. J'ai quatorze ans. Je suis nouvelle, je n'avais jamais fait de théâtre avant.

— Eh oui, c'est le bébé de la troupe alors soyez indulgents, reprit Alex sur un ton qui ne l'était pas. Dis-moi, Cassiopée : peux-tu te décrire pour nous en un mot ?

Encore ?! C'était du plagiat des cours de monsieur Martin.

— Éva…

— Attention, on ne reprend pas bêtement ce qui a déjà été formulé en stage !

C'était vraiment l'hôpital qui se foutait de la charité.

— Je réfléchis, balbutia-t-elle.

Un seul mot pour résumer un être humain relevait de l'absurde. Elle se refusait encore et toujours à répondre « timide », cela aurait été donner raison à tous les Kevin Pommereaux de l'univers. Elle était tellement plus que cela… Mais quel mot pouvait-elle articuler sans paraître prétentieuse ? À l'écoute, observatrice ? Ces mots lui correspondaient, néanmoins il lui semblait que sitôt prononcés à voix haute, ils prendraient une ampleur présomptueuse. « Tu te soucies beaucoup trop du regard des autres », lui ressassait Lucile à l'époque regrettée où elle lui adressait la parole. « Ils ne cogitent pas autant que tu l'imagines à ton sujet. Ils n'ont pas que ça à faire, qu'est-ce que tu crois ? En craignant en permanence l'image que tu risques de leur renvoyer, c'est à ta petite personne que tu accordes beaucoup trop d'importance ! »

Elles avaient maintes fois débattu ce point sans jamais tomber d'accord. Cassiopée ne se reconnaissait pas dans ce portrait d'une jeune fille involontairement égocentrique, à tendance narcissique, alors qu'elle se sentait si souvent inférieure aux gens qui l'entouraient. Bien sûr qu'elle avait conscience de ne pas constituer le centre du monde et de se préoccuper plus que de raison du jugement d'autrui… Mais n'était-ce pas aussi parce que ce jugement, précisément, l'avait d'abord clouée au pilori ? En résumé, cela revenait à essayer de déterminer ce qui était apparu en premier : l'œuf ou la poule ? Sa peur du regard des autres ou leur regard cruel à son égard ? Vaste sujet, plus qu'épineux, et qui ne l'aidait en rien à progresser.

— On va attendre jusqu'à la tombée de la nuit ou quoi ? piaffa Alex. Heureusement qu'on ne t'a pas demandé une phrase ! Ta description en un mot ?

— Euh…

— « Euh », très bien, merci, Cassiopée. Effectivement, je confirme que ça te résume parfaitement.

Il ne lui laissa pas le temps de se remettre de sa rosserie, passant à la suite :

— Que penses-tu du théâtre ?

— Je…

— Pas grand-chose, ça se conçoit. Je suis censé te demander également quelle pièce ou quel personnage de théâtre te représente le mieux mais, du coup, on va zapper. Personne ne s'attend à ce que tu sois spécialement cultivée en la matière, de toute manière.

Pour qui se prenait-il ? Il venait de largement dépasser l'ami Kevin sur l'échelle de « l'enfoirattitude ». Son comportement envers elle était si grossier qu'elle en demeurait sidérée.

— Quel acte courageux as-tu accompli récemment ?

Te supporter ! La colère montait en elle, tous ses nerfs se crispaient. Évidemment, ce crétin ne remarquait rien.

— Ton silence signifie aucun, décréta-t-il, narquois. Nous ne t'en tenons pas rigueur, c'est tout à fait normal quand on est un peu timorée.

Il cherchait de toute évidence à la provoquer. Sans le barrage de sa timidité, elle n'aurait pu se contenir et l'aurait rembarré. Au lieu de quoi, elle subissait tout, avec l'air d'accepter. L'humiliation de ce moment ne s'effacerait pas avant longtemps.

— Si la sorcière du Rével pouvait t'accorder un superpouvoir, lequel lui réclamerais-tu ?

J'en ai déjà un : je contrôle les ombres, et tu mériterais de t'étouffer dans la tienne.

— La télékinésie, rétorqua-t-elle au hasard, d'un timbre que faisait trembler l'énervement.

— Tiens, c'est marrant, j'aurais dit l'invisibilité, pour que plus personne ne te voie rougir.

Était-il censé commenter ses réponses ? En tous les cas, il se le permettait dans les grandes largeurs et sans aucun respect.

— Ah, le retour de mademoiselle tomate !

En effet, une chaleur perfide se diffusait dans les pommettes de Cassiopée. Cela s'expliquait : Alex avait mentionné ses rougissements, elle s'était sans délai ordonné mentalement de ne pas devenir écarlate… et avait donc en toute logique viré au cramoisi ardent. Merci à son corps désobéissant ainsi qu'à son intervieweur de pacotille qui l'avait fait exprès, elle l'aurait parié.

— Bon, une dernière pour la route. Essaie de répondre un truc, même si ça risque d'être compliqué pour quelqu'un dans ton genre.

Pourquoi la rabaissait-il à tout bout de champ, lui qui, la veille, parlait avec ses amis de l'inviter au bord de la piscine et de lui offrir à boire ? Elle était quasi certaine qu'il voulait la voir fondre en larmes. Elle serra simultanément les poings et les dents. Elle ne lui concéderait pas ce plaisir sadique. Il ne percevait rien de son courroux, cependant elle brûlait à présent de tant de rage intérieure qu'il lui semblait que ses propres narines fumaient comme celles d'un dragon prêt à lancer ses flammes… Qu'Alex aille se faire voir, avec sa communauté, ses *like* et ses vues !

— Quel est le truc le plus fou que tu aies…

Il écarquilla les yeux sans terminer sa phrase.

— D'où ça sort, ce machin ? s'étonna-t-il en fixant sa pseudo-camarade. Il y a une drôle d'ombre qui fait comme un mini nuage sombre au-dessus de ta tête, c'est génial !

À ces mots, la mâchoire de Cassiopée faillit se décrocher. Car, à peine un millième de seconde avant l'observation d'Alex, un flash, la vision fugace d'un cumulus obscur, écho de son humeur de plus en plus ténébreuse, lui avait traversé l'esprit. Du reste, elle se rendait maintenant compte qu'elle ne baignait plus autant dans la clarté diurne que précédemment. Elle voulut lever les yeux pour apercevoir par elle-même le phénomène, mais son binôme la stoppa.

— Attends, surtout, ne bouge pas ! Et continue à te taire, tu sais faire. Je n'arrive pas à dire ce qui crée cette ombre qui a presque l'air de flotter au-dessus de toi, mais on va te filmer comme ça, c'est impeccable. Enfin du contenu qui n'est pas à jeter, l'image rend trop bien ! Elle pourrait à la fois symboliser la matière de l'enceinte du Révet et le côté hyper-terne de la timidité.

« Le côté hyper-terne de la timidité » ? Est-ce qu'il avait décidé de l'offenser un maximum de fois en un minimum de temps ?

— C'est dans la boîte, mon petit nuage gris ! ne tarda-t-il pas à lui annoncer avec un clin d'œil appuyé.

Son « petit nuage gris » ? Il se gaussait ouvertement d'elle. Si seulement elle avait possédé une once de sens de la répartie !

— On y retourne pour la dernière question, l'informa-t-il sans prendre conscience de l'écœurement panaché de fureur que ses piques incessantes attisaient. Il faut que tu nous sortes l'acte le plus dingue que tu aies fait, même si j'imagine que dans ta vie…

— Dans ma vie, quoi ? interrogea Cassiopée, aussi stoïque en apparence qu'elle tempêtait en vérité.

— Bah… tu n'es pas trop dans le délire, quoi, tu ne te lâches pas. Tu n'oses rien faire, ça se voit.

Par contre, les cons, ça osait tout, et il le prouvait ! Ras-le-bol de sa condescendance. « Mon petit nuage gris »… Elle allait le lui faire bouffer, oui !

— Tiens, elle est passée où ?

La jeune fille sut d'emblée que son tourmenteur arrogant parlait de l'ombre-nuage. La luminosité qui l'entourait était redevenue plus vive. Elle regarda vers le haut plafond de la salle. Rien. Se retourna. Rien non plus.

Le bruit d'un objet qui tombait la fit bondir. Elle effectua une nouvelle volte-face vers Alex. Il ne tenait plus la petite caméra. Celle-ci reposait à ses pieds, en un seul morceau qui attestait d'une certaine qualité de résistance. Instinctivement, l'adolescente releva le nez. Elle découvrit alors une sorte de cumulus miniature noir en suspension dans les airs, environ cinquante ou soixante centimètres au-dessus de son comparse qui grimaça.

— Je me sens bizarre. Ça me fait comme des fourmillements dans le crâne… Ça doit être parce que je n'ai pas pris de petit déjeuner.

Elle n'eut pas le loisir de l'aviser qu'elle ne voyait pas bien le rapport entre ses symptômes plus qu'étranges et son absence de collation matinale. L'ombre s'étira et se mit à descendre pour « couler » le long de la joue d'Alex, puis vint doucement s'enrouler autour de son cou.

Incapable de réagir, Cassiopée observait, à la fois fascinée et tétanisée. Plus aucun doute ne subsistait : le nuage, transformé désormais en collier, n'avait rien de naturel. Selon toute vraisemblance (si l'on pouvait parler de vraisemblance en pareille situation), c'était elle qui l'avait créé par la pensée. Sans y réfléchir auparavant, et sans utiliser ses mains en premier support… Elle avait « progressé ». Plus exactement, son insolite pouvoir semblait avoir augmenté de façon naturelle. Ou était-ce sa colère, près de déborder, qui avait débloqué quelque chose en elle et provoqué cette amplification ?

— J'ai… mal à la gorge, déclara Alex d'une voix rauque accompagnée d'un air quelque peu absent.

Il ne se rendait pas compte de ce qui se passait… Et que se passait-il, au juste ? Cassiopée n'en était pas certaine. Un bout de l'ombre-collier s'élongea vers le haut du cou du garçon, remontant en ondulant sur sa gorge tel un ophidien. Avec une lenteur terrible, l'obscur reptile se dirigeait vers sa bouche. L'inquiétude remplaça le courroux chez l'apprentie magicienne fortuite. Qu'avait-elle fait ? Alex courait-il un danger ? Comment endiguer ce maléfice de ténèbres ? Si ce dernier était né de ses émotions négatives, elle ne pouvait écarter la possibilité qu'à l'inverse des oiseaux projetés au plafond de la chambre de Zoé, il n'ait, lui, rien d'inoffensif.

L'extrémité du serpent d'ombre - sa tête, en quelque sorte - ondoyait à présent face aux lèvres de sa proie, comme s'il cherchait à en forcer l'entrée. Toujours inconscient de ce qui lui arrivait réellement, Alex ouvrit la bouche pour dire encore quelque chose. Horrifiée, Cassiopée observa la gueule sombre du reptile commencer à s'engouffrer dans cette cavité buccale. Subitement très pâle, le jeune homme porta la main au niveau de sa pomme d'Adam. L'ombre s'apprêtait-elle à l'étouffer en se glissant à l'intérieur de sa gorge ?

— Nooooooooooooooooooonnnnnnnnnnnnnn ! hurla l'adolescente, aussi fort qu'elle le put.

— Qu'est-ce qui te prend ? pesta son comparse. T'es vraiment pas nette, parfois. C'est ça, ton truc le plus fou ? Je ne filmais même pas, en plus ! J'ai lâché la caméra.

Il se baissa pour la ramasser tandis que Cassiopée détaillait ses faits et gestes, abasourdie de la vitesse à laquelle tout était revenu à la normale. Elle n'avait pas fini de crier que l'ombre avait disparu dans le néant et que son binôme avait instantanément repris son comportement.

— J'espère que ça fonctionne encore, marmonna-t-il en manipulant le précieux objet. Sinon, Samia va m'arracher les yeux et se les faire frire au déjeuner.

Il avait peut-être frôlé un sort tout aussi funeste. Cassiopée se sentait catastrophée. S'il s'était produit un malheur, dans quelle mesure aurait-elle été responsable ? L'attitude de sa création d'ombre ne venait-elle pas de prouver qu'enterrée sous des couches et des couches de timidité, il existait une part mauvaise enfouie en elle ? Une part qui aspirait à s'émanciper… De quelle façon allait-elle s'y prendre pour la contrôler ?

— Ça fonctionne ! clama Alex, très satisfait. On s'y remet ? Si vraiment tu ne trouves pas d'inspiration, refais-moi ton cri de dingo. Ça peut faire des vues et une bonne conclusion de ton portrait. Les gens se diront que la timidité, ça atteint le ciboulot. Pas besoin d'asticots, haha !

Quelle morgue… Elle ne goûtait guère son humour. Il la ramenait beaucoup moins lorsque l'ombre était en train de se frotter à lui. Est-ce qu'au fond, elle n'avait pas un tout petit peu aimé ça ? Même si elle avait refusé de laisser la scène basculer dans un potentiel péril pour lui, elle ne pouvait nier que, quelque part, à cet instant précis, elle avait *apprécié* de reprendre le pouvoir.

— Alors ? Maintenant que tu nous as vraiment fait entendre le son de ta voix une fois, tu as usé tes cordes vocales pour la journée ?

Bon sang, il ne pouvait pas la fermer ?! Il n'avait aucune idée de ce dont il avait été sauvé. Grâce à *elle*, en dépit de son comportement de parfait goujat. Cassiopée soupira. Bien sûr, Alex ne concevait aucune puissance émanant d'elle. Il la réduisait à la craintive, la réservée, l'inhibée de service. Un suc acide attaquant son estomac, elle ravala sa rancœur pour lui fournir une réponse à peu près satisfaisante. Du contenu utile, selon les termes d'Alex. L'utile n'étant pas toujours le vrai…

Tandis qu'elle s'attribuait, en butant sur une syllabe tous les deux ou trois mots, un exploit de Lucile relativement « soft » (il lui fallait rester crédible), elle songea qu'un jour, elle ne serait plus la simple innocente qu'on prenait systématiquement de haut.

Un jour, à tous, elle leur montrerait qui elle était.

FORTERESSE DE VERRE

GIRL, GHOST IN REAL LIFE

Il y a les princesses dans leur tour de cristal,
Moi, je suis la discrète dans sa forteresse de verre.
Quelle est la cage la plus fatale ?
Quelle prison est la plus amère ?

Derrière ma vitre, je crie.
De l'autre côté, tu ris.
Contre la vitre, je cogne,
Et toi, tu me lorgnes.

Ne va pas si vite en besogne :
Ne me juge pas, tu ne me connais pas.
Tu ignores contre quoi je me bats.
Cesse de me jauger sans vergogne.

Je veux te dire qui je suis,
Mais la cloison filtre mes mots.
Je veux te raconter ma vie,
Mais le silence me glace les os.

La paroi a piégé mon caractère,
Et je suis ma propre adversaire.
Comment libérer ma personnalité
Quand l'invisible veut l'asphyxier ?

Il y a les princesses dans leur tour de cristal,
Moi, je suis la discrète dans sa forteresse de verre.
Quelle est la cage la plus fatale ?
Quelle prison est la plus amère ?

Derrière ma vitre, je crie.
De l'autre côté, tu ris.
Contre la vitre, je cogne,
Et toi, tu me lorgnes.

Forteresse de verre…
Forteresse amère…

CHAPITRE 13

Isilde Dubois détestait le chocolat, ce qui lui valait moult plaisanteries de la part de son directeur. Bien sûr, le bonhomme niait toute lourdeur là-dedans, c'était elle qui était trop sensible et n'avait pas d'humour. Lui s'imaginait fort drôle et avenant.

Elle réfréna un ricanement agacé, chassant de son esprit ces railleries… Bon, passons, elle n'allait pas se mettre la rate au court-bouillon pour cet imbécile ! Pas maintenant. Elle en avait fini pour aujourd'hui avec les petits tracas de la vie et le boulot. Il était enfin l'heure bienheureuse de quitter son poste. *Goodbye* monsieur Mienski et cette maudite chocolaterie. Jusqu'à demain.

Pressée de pouvoir enfin ôter ses gants, sa blouse, son masque et sa charlotte, elle partit d'une démarche décidée, empruntant la passerelle qui surplombait plusieurs cuves de chocolat fondu. Dans ces réservoirs de deux mètres cinquante de profondeur, on broyait l'aliment sous sa forme solide pour le réduire à l'état liquide, en le faisant chauffer et en l'y mélangeant en continu. Le breuvage brun dégageait une odeur qui insupportait Isilde. Elle ne s'y accoutumerait jamais. Dès que les effluves venaient lui chatouiller les narines à travers son masque, elle en éprouvait la nausée. Autant dire qu'elle passait ses journées avec l'estomac au bord des lèvres.

— Dubois, tu t'en vas déjà ?

Pas besoin de regarder la salle en contrebas, ses tympans irrités reconnurent la voix nasillarde du chef. Se sachant dans son bon droit, elle continua de fixer le bout de la passerelle et leva la main en guise d'au revoir.

— Je plaisante, tu peux y aller. À demain, beauté ! Tu vas nous manquer.

Elle ne répliqua rien, habituée à ses réflexions débiles, vaguement en colère contre sa propre résignation. Au quotidien, entre deux blagues sur son aversion alimentaire, son supérieur hiérarchique enfilait les sobriquets comme des perles (aussi familières que gênantes) lorsqu'il s'adressait à elle : « bijou », « cocotte », « chaton »...

Elle se figea subitement, reléguant le sexisme de son patron au rang de préoccupation secondaire. La peur venait de la clouer au beau milieu du ponton métallique. Elle n'était pas seule sur cette passerelle. Il y avait quelque chose avec elle. Elle voulut appeler à l'aide. Aucun son ne s'échappa de ses lèvres. Ses collègues affairés en dessous se rendraient-ils compte de son état, de cette présence ?

Brusquement, elle perçut – plus qu'elle ne vit – qu'une entité fonçait sur elle. Quand une main (ou ce qu'elle supposa être une main) agrippa son mollet, il était déjà trop tard. Elle tomba à la renverse, traînée à toute vitesse sur une partie de la plate-forme. Le brouhaha ordinaire de l'usine couvrit le son des vibrations du ponton. Sa glissade involontaire prit fin soudain. On l'avait lâchée. La tête lui tournait, son dos meurtri la lançait. Il lui fallait rassembler ses forces de toute urgence pour se relever… et pour fuir.

Sonnée, effrayée, elle s'apprêtait à prendre appui sur ses membres endoloris lorsqu'elle se sentit de nouveau saisie, sous les aisselles. Manipulée avec autant d'aisance que si elle n'avait été qu'un vulgaire pantin, elle fut soulevée d'un coup, puis retournée et disposée en appui sur la rambarde de la passerelle, le haut de son corps légèrement penché vers l'avant comme si elle profitait de la hauteur pour admirer le paysage cacaoté du rez-de-chaussée. Elle ne parvenait pas à résister, ne discernant cependant qu'une forme ombreuse derrière elle. Qui la traitait en marionnette ? Un esprit ? Non, elle ne croyait pas aux fantômes. Elle le devinait, ce qui se tenait à sa proximité était pire.

En dessous, personne ne s'affolait, chacun vaquant à ses tâches. Même son chef n'avait plus le nez en l'air. Il avait cessé de la reluquer pour se lancer dans une discussion animée avec un autre de ses salariés. Isilde tenta sans succès de se détacher du garde-fou. Elle devait reculer, se soustraire à l'emprise ténébreuse qui s'exerçait sur elle.

Elle encaissa une poussée puissante.

— Au secours !

Cette fois, sa voix était sortie. Tout le monde leva la tête dans sa direction alors qu'elle se cramponnait à la balustrade.

— Isilde, qu'est-ce que tu fais ?!

— Dubois, arrête ça, c'est dangereux !

Les cris affolés fusaient d'en bas. Ils ne comprenaient pas.

— Pitié ! Aidez-moi ! s'égosilla la jeune femme.

Dans son dos, un nouvel élan. Encore plus violent. Elle fut propulsée par-dessus bord.

— Faites quelque chose !

— Quelle horreur !

Elle n'eut pas le temps de revoir le film de sa vie, plongeant en piqué désordonné dans l'une des grandes cuves. Son visage toucha en premier le chocolat. Aussitôt, le breuvage brûlant s'insinua dans ses yeux, ses oreilles, sa gorge, faisant fi des barrières textiles dérisoires de sa charlotte et de son masque. Le liquide tant détesté s'insinuait en elle, l'ébouillantait, l'étouffait. Elle se débattit avec l'énergie du désespoir tandis qu'elle commençait déjà à asphyxier et que le mouvement rotatoire du fluide brassé l'entraînait dans sa ronde infernale. Elle refusait de périr dans cet ignoble océan brunâtre.

— Éteignez la turbine ! Vite !

Dans la confusion qui régnait en dehors du réservoir, personne ne sut qui mugit cet ordre. À l'intérieur de la citerne, Isilde ne l'entendit pas. Cependant, elle songea à la même chose que l'individu qui avait bramé cette injonction : l'hélice. L'hélice qui fouettait en continu ce marécage de chocolat chaud dans la cuve. La terreur lui fit avaler une grande goulée de l'onde chaude qui l'engloutissait, incendiant sa trachée, son œsophage et ses poumons, épuisant ses ultimes réserves physiques et mentales. Personne n'allait donc la secourir ? Encore lucides, ses pensées revinrent à l'hélice. L'hélice qu'elle devait à tout prix esquiver. L'hélice dont les pales pouvaient lui tranch...

— C'est coupé ! hurla celui que tout le monde ici, pour une raison dont plus aucun ne se souvenait, surnommait Bibo.

En dépit de son âge assez avancé (« bientôt la retraite, le rebut, la pauvreté et le cimetière » se plaisait-il à répéter sans vraiment plaisanter), il avait slalomé entre ses collègues sidérés afin de foncer à toutes jambes sur le panneau des commandes permettant d'actionner l'arrêt d'urgence des cuves. Les autres employés se mirent à caqueter en tous sens, tels des volatiles effarés.

— Pauvre Isilde ! Qu'est-ce qui lui a pris ?

— C'est atroce ! Tu savais, toi, qu'elle allait si mal ?

— Ne dis pas n'importe quoi ! Elle n'a pas voulu se suicider. Tu as entendu : elle a appelé à l'aide. On l'a poussée, je parie.

— Comment ? Il n'y avait personne sur la passerelle.

— Pas sûr : on est toujours à moitié aveuglé par la lumière qui vient des lucarnes du haut plafond, quand on regarde en l'air vers le ponton.

— Et si c'était la sorcière ? Vous pouvez ricaner, mais moi, je crois qu'avec leur maudite pièce de théâtre, ils l'ont fait revenir !

Bibo s'emporta :

— Bon sang, vous croyez que c'est le moment pour la causerie ?! On n'est pas là pour tenir salon. Il faut sortir Isilde du cylindre, et fissa !

La tirade secoua jusqu'à leur chef. L'effervescence se mit en marche. Tous s'affairèrent à installer le matériel permettant de grimper à hauteur du sommet de la cuve, pendant que leur patron courait jusqu'à la passerelle la dominant.

— Dubois ! Dubois ! beuglait-il à tue-tête, sans obtenir le moindre gémissement en réponse.

Parvenu au-dessus de la citerne concernée, il se pencha pour essayer d'évaluer la situation. En bas, des glapissements écœurés retentirent de toutes parts : Daniel Mienski, directeur de la chocolaterie Brume, venait de déverser un infect jet de vomi verdâtre depuis la plate-forme où il se tenait désormais plié en deux.

Il tomba à genoux, le souffle coupé, un filet de bave et de bile mêlées pendu à la commissure de ses lèvres.

— ... Jam... Jambes, ânonna-t-il si bas qu'on ne l'entendit pas.

Les siennes ne le portaient plus. Il ne parvenait pas à se remettre debout, terrassé par le spectacle morbide qui venait de s'offrir à lui. Une scène aussi incongrue qu'horrible, qui le pourchasserait dorénavant nuit et jour sans relâche.

Tout à coup, une plainte presque inhumaine résonna dans la vaste pièce. Un feulement puissant, entrecoupé de sanglots. *Ça y est, quelqu'un est monté et l'a vue,* en déduisit le patron, incapable de superviser encore ce qui se passait à des mètres sous lui. Pris d'un léger vertige, il se corrigea mentalement : *les a vues.*

Les jambes. Les jambes d'Isilde, recrachées en surface par la cuve à l'arrêt. Deux morceaux de cadavre frais au milieu de la mélasse encore chaude. Voilà tout ce qui restait de Dubois. Une employée sérieuse, ponctuelle, appliquée. Pourquoi ne le lui avait-il jamais dit ? Il devait appeler la police, maintenant. En plus, l'inspection du travail allait contrôler ses installations, ce qui le fit grimacer d'inquiétude. Combien de temps toutes ces investigations allaient-elles stopper la production ? Il se demanda ce qu'il était advenu du reste du corps : coincé d'un bloc entre les pales de l'hélice ou déjà haché menu ?

En tous les cas, le chocolat était foutu…

CHAPITRE 14

— Voilà mon visage. Ce visage… Ce visage… est mon visage.

— Vas-y franchement, Cassiopée ! Ne t'accroche pas aux yeux de Samia. Ose te regarder, recommanda monsieur Martin d'un ton encourageant.

Malgré la bienveillance du professeur, l'adolescente se trouvait une fois encore en difficulté lors de ce dernier exercice matinal. Vendredi, troisième semaine de stage ; elle n'en était pourtant plus à ses débuts… À travailler ensemble tous les jours, elle connaissait bien la troupe, ce qui diminuait (un peu) sa gêne. Toutefois, en parallèle, son appréhension de la représentation grandissait au fur et à mesure que la date se rapprochait.

Elle savait néanmoins qu'elle avait parfaitement mémorisé ce texte « d'entraînement » qu'on lui avait donné à apprendre. Elle l'avait tant relu la veille qu'il avait tourné en boucle dans sa tête une bonne partie de la nuit. Résultat : le stress avait dû lui provoquer un nouvel épisode somnambule puisqu'elle s'était réveillée à côté de Zoé, étendue par terre près de son matelas gonflable. Au moins, elle ne paraissait pas avoir été se balader en dehors de la chambre. Cependant, ses interrogations quant à ce qu'elle avait pu faire exactement lors de sa précédente crise ne cessaient de la hanter, revenant polluer sa concentration à l'instant le moins opportun.

En outre, pour cet exercice, elle devait se fixer dans un miroir, par-dessus l'épaule de Samia (qui n'avait aucune parole à prononcer, la chanceuse). En raison de leur différence de taille, Cassiopée devait se tenir sur la pointe des pieds derrière sa camarade pour s'apercevoir, ce qui ne l'aidait pas à maintenir le peu d'assurance dont elle disposait. Et dire que monsieur Martin passait le plus clair de son temps à leur rabâcher qu'il fallait s'ancrer dans le sol… Mais le plus difficile pour la jeune fille était de devoir affronter son reflet. Car si la plupart du temps le regard des autres sur elle n'était pas tendre, le sien, quant à lui, notait la moindre de ses failles.

« Courage », lut-elle sur les lèvres de Samia dans la glace.

Ce simple mot habillé de silence lui délivra de la force. Elle ne pouvait pas toujours se fuir, après tout… Elle arracha ses prunelles à celles du double de sa comparse, pour les reporter sur sa propre jumelle à la surface du verre. Ravalant une grimace face à son physique qu'elle jugeait si commun, elle se raccrocha à la maigre satisfaction de constater que la coloration de ses joues s'était limitée à une nuance rosée.

Le plus discrètement possible, elle expira. Inspira. Puis se lança de nouveau sur les rails de son monologue :

— « Ce visage est mon visage. Mais je m'esquive derrière Susan pour le cacher, car je ne suis pas là. Je n'ai pas de visage. Certaines personnes ont un visage. Susan et Jinny ont un visage. Elles sont là. Leur monde est le monde réel. Les choses qu'elles soulèvent ont un poids. Elles disent Oui. Elles disent Non. Mais moi, je change, et je varie constamment, et il suffit d'un coup d'œil pour me percer à jour. Quand une femme de chambre les voit, elle ne se met pas à rire. Mais la bonne me rit au nez. Elles savent ce qu'elles doivent dire quand on leur parle. Elles rient vraiment. Elles se mettent vraiment en colère. Alors que moi, j'observe d'abord les réactions des gens, et je les reproduis. »

Elle avait récité ses phrases la gorge serrée, les unes après les autres, dans un effort qui lui avait coûté pour repartir après chaque virgule, chaque point, avec l'impression de gravir une montagne par paliers. Cependant, elle s'en rendait compte, sa voix tremblotante servait, amplifiait, la teneur des mots qu'elle prononçait. Il lui semblait n'en saisir la véritable signification, l'essence derrière le sens, qu'à présent qu'elle les vivait véritablement en parlant à son alter ego prisonnier du miroir.

Elle ne scrutait plus que ses propres iris marron voilés de mélancolie, mais perçut l'approbation des autres autour d'elle. Il lui restait une ultime étape à franchir. Le monologue original du personnage de Rhoda était beaucoup plus long, cependant le professeur de théâtre avait effectué une large coupe dans l'extrait, tiré du roman *Les Vagues* de Virginia Woolf. Si Cassiopée se sentait soulagée de ce retranchement littéraire (moins de temps de torture pour elle), elle n'en devait pas moins s'armer de tout son courage afin de déclamer à sa gémelle de glace l'apothéose finale, le constat brutal.

Ne cherchant plus à contrôler le léger vibrato qui animait chacune de ses paroles, ne quittant pas son sosie de verre des yeux, elle se jeta à l'eau.

— Voilà pourquoi je déteste les miroirs, ils me montrent mon vrai visage. Quand je suis seule, je plonge souvent dans le néant. Je me tiens au bord du gouffre, à la frontière du monde, je pousse discrètement sur mon talon, de peur de tomber dans le néant. Je dois me cogner la tête contre une grosse porte pour arriver à regagner mon corps.

Fini, j'ai tout dit, songea la jeune fille, délestée de sa tirade. Elle se sentait tout l'inverse de Rhoda : elle, elle aurait voulu pouvoir s'échapper de son corps, basculer dans le néant pour laisser son enveloppe charnelle en plan, seule confrontée à l'épreuve lors des situations gênantes. Peut-être devait-elle envisager de se taper le crâne contre une porte afin d'y parvenir ?

Une salve de claquements retentissants interrompit son vagabondage en absurdie mentale. Dans le miroir, la réplique de Samia battait des mains en lui souriant. Étonnée, Cassiopée se retourna. Toute la bande la dévisageait avec satisfaction et l'applaudissait. Son cousin lui adressa un clin d'œil complice ; Mathylde leva les pouces en guise de félicitations.

— Bravo, mademoiselle ! la complimenta monsieur Martin. C'était vraiment bien.

Il rit devant l'air incrédule de son élève.

— Tu sembles penser que nous nous moquons de toi, mais ce n'est pas le cas. Apprends, jeune fille, que pour progresser, il est nécessaire de savoir recevoir la critique autant que les louanges. Ce matin, tu as bien mérité les tiennes !

CHAPITRE 14

— Merci, murmura-t-elle alors qu'une chaleur perfide se diffusait en haut de ses pommettes.

Pendant qu'en son for intérieur, elle suppliait tous les dieux et démons de la planète de l'empêcher de tourner (encore) au rouge cerise burlat, l'enseignant lui précisa son avis.

— Ton timbre était vacillant. Ta voix, parfois étranglée. Mais n'était-ce pas là l'une des meilleures façons d'incarner Rhoda dans cette scène ? Tu as su utiliser ta sensibilité pour en faire un atout, une force ! Et plus important encore, tu as réussi à soutenir tout du long ton propre regard. Tu t'es observée sans concession, tu as sondé jusqu'aux tréfonds de ton âme apeurée. Crois-moi, c'est bien plus difficile que de se cantonner à deviner dans la pénombre une multitude de paires d'yeux posée sur toi. Fais-moi le plaisir de t'en souvenir, la prochaine fois que tu angoisseras à l'idée de jouer bientôt en public.

Malgré elle, bien que moyennement convaincue par le raisonnement de monsieur Martin, entendre ce discours stimulant, positif, lui mit du baume au cœur. Pour un peu, elle se serait senti pousser des ailes… OK, des ailettes.

— Trop génial ! Je n'ai pas tout compris, mais c'était super bien quand même. C'est toi la meilleure de tout l'univers entier ! s'enthousiasma, depuis son fauteuil dans la salle, une lutine guillerette.

L'euphorie de Zoé acheva de détendre Cassiopée. La fillette passait sa journée au Serpent Vert, sous la responsabilité de son grand frère. En effet, le centre aéré était exceptionnellement fermé et, trop débordée,

Alice avait dû renoncer à réclamer un jour de congé que son employeur lui aurait de toute façon refusé. N'ayant trouvé personne pour la dépanner, la mère de famille avait dû se rabattre, avec la bénédiction du metteur en scène compréhensif, sur la solution du théâtre. Elle avait toutefois tergiversé quelque peu, compte tenu des controverses croissantes autour de la future représentation. Aucune crainte particulière de la sorcière ne l'animait personnellement, néanmoins elle redoutait autant de raviver la phobie de son enfant, miraculeusement atténuée ces derniers temps, que la présence d'éventuels mécontents qui viendraient manifester devant le bâtiment. Cassiopée avait surpris une conversation à ce sujet entre la mère et le fils. Il lui avait fait le serment solennel de surveiller sa petite sœur comme le lait sur le feu.

La fillette ne participait pas aux activités, mais elle observait tout avec une curiosité débordante, sans se priver de commenter les moindres faits et gestes des jeunes comédiens.

— Prière de ne pas faire peur aujourd'hui à notre petite spectatrice privilégiée, préconisa monsieur Martin à la cantonade. Après le déjeuner, nous ne travaillerons que des scènes avec les parents et l'enfant.

À dessein, il ne prêta aucune attention aux quelques murmures de protestation provoqués par son annonce.

— En attendant, je vous laisse un moment entre vous pour débattre du morceau que l'on pourrait utiliser en ouverture de la pièce. Je ne vous cache pas que je n'y connais rien à vos musiques de jeunes, vous aurez donc certainement plus d'idées modernes que moi. *A priori,* je pensais lancer une musique, lumières éteintes, avant le lever du rideau. Qu'en dites-vous ?

— Très bonne idée, approuvèrent en chœur les jumeaux au nom de la troupe.

— Oh oui, moi aussi, je trouve ça chouette même si j'ai peur du noir ! renchérit Zoé à toute vitesse, provoquant l'amusement général.

— Bien, j'attends vos propositions quand je reviens d'ici un quart d'heure, conclut le professeur.

Il prit une mine de conspirateur :

— Je vais préparer un petit quelque chose de mon côté. Tu veux venir avec moi, la sauterelle ?

— J'aime mieux les kangourous. Ça saute plus haut et c'est plus mignon, lui indiqua d'un air supérieur ladite sauterelle.

Puis elle ajouta, le plus sérieusement du monde :

— Merci pour votre proposition, mais je préfère rester avec Cassiopée.

— C'est surtout avec moi que tu restes, la reprit son aîné. J'ai promis à maman de garder un œil sur toi.

— Pfff, un œil, ça ne suffit pas ! lui assena la gamine, clairvoyante. De toute manière, quand tu ne joues pas tes trucs, tu es bien trop occupé à faire des papouilles à ta nouvelle amoureuse.

Le fou rire s'empara de l'ensemble de la bande, à l'exception de Clarence. Cassiopée ne l'avait jamais vu ainsi : en une seconde, le sang lui monta au visage (à croire qu'elle déteignait sur lui). Cramoisi du bas des joues à la racine des cheveux, il bégaya :

— Des… Des… « Faire des papouilles », où as-tu appris cette expression ?!

Sa cadette effrontée se contenta de lui tirer la langue, plus que satisfaite du succès de sa réplique. Il fallait avouer que, dans le fond, elle n'avait pas tort…

Une fois l'hilarité retombée et l'enseignant sorti de la salle, la discussion se recentra sur le morceau à choisir. Samia suggéra une chanson inconnue de Cassiopée. Comme d'habitude, elle se chamailla aussitôt avec Axel et Alex. Étonnamment, ce dernier se montrait désormais plutôt sympathique envers Cassiopée, en ne se moquant pas d'elle et en ne la brusquant pas. De sa part, cela constituait un effort remarquable. Il ne lui présenterait jamais d'excuses claires pour la façon dont il l'avait traitée lors du portrait filmé, cependant l'adolescente devinait que c'était un biais indirect pour lui demander pardon… ou pour effacer la précédente situation. Il n'agissait pas par peur, car il n'avait, de toute évidence, jamais réalisé qu'une ombre issue du cerveau de la moquée avait failli l'attaquer. Les autres lui avaient peut-être reproché d'avoir poussé le bouchon trop loin dans ses réflexions. La jeune fille imaginait assez bien Mathylde lui remonter les bretelles telle une reine outragée, Clarence entamer un interminable sermon sur l'importance des valeurs morales ou Samia envoyer une rafale d'offensives verbales.

Après avoir analysé à froid son comportement et passé la scène de l'interview dans sa tête environ trois milliards de fois au fil des jours, elle en avait conclu que le jumeau aux sourcils dissemblables avait agi dans un seul but : rendre l'entretien plus vivant. De fait, c'était surtout par manque de subtilité et de délicatesse qu'il s'était comporté en vrai goujat. S'inventait-elle des films ou avait-elle manqué de le blesser, voire de le tuer, rien que pour ça ? Depuis cet épisode inquiétant, elle n'avait usé de ses pouvoirs que pour continuer à rassurer et à émerveiller Zoé par ses « spectacles du soir », sans oser tester davantage leur étendue. Au final, même vis-à-vis de ses propres facultés, elle manifestait une certaine timidité.

— Et toi, tu ne proposes rien ? questionna une voix flûtée. Le jazz de Clarence, c'est nul !

— Tu ne sais même pas ce que c'est, rétorqua ce dernier à sa cadette, en affichant malgré tout un sourire bon enfant.

Redescendue sur terre, Cassiopée put enfin remarquer le minois plein d'attentes de Zoé. Envers et contre tout, celle-ci avait fait d'elle sa championne. Elle était bien la seule à la considérer avec admiration, et cela datait d'avant même l'acquisition inopinée de son étrange pouvoir. La timide adolescente ne pouvait pas la décevoir. Elle se fit donc violence pour se soumettre au jugement des autres au lieu de l'esquiver par son silence coutumier.

— Est-ce que… vous connaissez le groupe GIRL ? Ils ont une chanson qui s'appelle *Sorcière discrète* et…

Samia ricana, ce qui lui attira les gros yeux de leur juvénile invitée de marque.

— … et je pense que l'intro du morceau pourrait convenir. Il n'y a pas encore d'instruments, la chanteuse chuchote dans son micro. C'est à la fois mystérieux et inquiétant.

— Vas-y, ça donne quoi ? l'interrogea Axel.

Elle aurait dû se douter que personne ne connaîtrait son groupe fétiche (pas même son cousin qui savait toujours tout sur tout) et qu'on lui demanderait une démonstration. Monsieur Martin leur ayant confisqué à tous leurs téléphones portables en début de cours, agacé par les jumeaux qui avaient posté de nouveaux portraits et vérifiaient le nombre d'abonnés à La Chaîne du Rével sans se concentrer sur ses instructions, elle ne disposait d'aucun moyen de se dérober en leur diffusant le titre en question.

— Allez, la discrète *bis* ! Lance-toi, on est tout ouïe ! l'adjura la délicate en chef, alias Samia.

La bouille trop mignonne de Zoé s'éclaira, ce qui transmit une nouvelle bouffée de courage à Cassiopée. Au moins, elle n'avait pas à véritablement chanter. À la base, sans être une sirène, elle possédait un brin de voix plutôt correct. Hélas, dès que quelqu'un l'écoutait, il déraillait pour prendre un timbre atroce de chat étranglé.

Fermant les yeux pour se placer autant que possible dans sa bulle et s'imprégner des paroles, elle chuchota :

— « Mes sages murmures sont des caresses
À ton oreille où je susurre sans cesse.
Je suis sorcière du silence
Et mes sujets m'encensent.
Entends-tu mon sang sourdre depuis jadis
Jusqu'au présent où je serpente et je m'immisce ?
Il serait grand temps que tu saisisses,
C'est la salissante saison du sacrifice. »

Lorsqu'elle rouvrit les paupières, Mathylde eut un mouvement de recul.

— Oh là là, tes yeux lancent des éclairs, c'est impressionnant ! Ressors du texte ou on va finir par croire que tu veux tous nous massacrer.

CHAPITRE 14

— Sssssss… Jolies, ces allitérations en *s*, commenta Clarence. Plutôt efficaces.

— N'empêche que le prof nous a indiqué qu'il souhaitait passer une musique, objecta Axel. Or, Cassiopée nous a expliqué que sur ce passage, il n'y avait pas d'accompagnement, juste la voix.

Samia le renvoya séance tenante dans les cordes.

— Depuis quand tu obéis au prof sans esprit critique, ni sens de l'initiative, toi ?

C'était reparti… pour un bon moment. Comprendre que leurs chamailleries incessantes ne constituaient qu'une expression tordue d'affection entre les deux frères et leur complice féminine n'aidait pas à supporter leurs querelles. Au contraire, cela finissait par devenir lassant. Zoé en poussa un soupir d'agacement que ne releva pas Clarence, en pâmoison devant sa belle blottie contre lui, aussi indifférente que son chéri à la fausse dispute en cours. Cassiopée retint une grimace et loucha sur sa montre. Qu'est-ce qui retenait monsieur Martin ? Il n'était pas encore de retour alors que le quart d'heure annoncé venait d'être dépassé.

Son ventre se noua. Il n'y avait aucune raison de s'inquiéter, pourtant. Leur metteur en scène allait réapparaître d'un instant à l'autre, constater leur absence totale de consensus et se plaindre (pour la forme) de ces jeunes à qui l'on ne pouvait attribuer aucune mission de confiance… Mais elle avait beau se raisonner en guettant les issues, un mauvais pressentiment ne la quittait plus.

Entre trois volées de piques, nouveau coup d'œil à sa montre. Vingt-deux minutes, à présent. Rien de très alarmant. Une angoisse inexplicable montait cependant en elle à chaque laps de soixante secondes supplémentaires écoulées.

— Vous ne trouvez pas ça bizarre…

Elle ne termina pas. Personne ne lui demanda quelle était la fin de sa question. Aucun membre du groupe n'avait observé ses lèvres remuer. Cela lui arrivait tout le temps ; elle en était presque blasée, d'ordinaire. Néanmoins, commencer à pratiquer le théâtre l'avait sans doute habituée – même si cela ne la mettait pas du tout à l'aise – à obtenir *finalement* un minimum d'écoute. Écoute qui se volatilisait dès qu'elle redevenait elle-même, sans exister à travers les monologues de quelqu'un d'autre. La bande lui avait accordé beaucoup plus d'attention quand elle s'était glissée dans la peau de la chanteuse de GIRL, l'espace de quelques chuchotis, que quand elle parlait sur un volume normal en tant que Cassiopée Winter. « Chasser le naturel, il revient au galop. »

Vingt-cinq minutes.

Le trio infernal se chicanait toujours pendant que Zoé s'appliquait désormais à embêter le couple d'amoureux en se glissant entre eux… Personne ne s'apercevrait de son absence. Un autre jour, elle n'aurait sûrement pas osé les abandonner. Ce matin, c'était différent. Quasiment trois semaines entières vécues à Agonie lui avaient appris qu'il s'y déroulait des événements qui ne se produiraient pas ailleurs. Si elle choisissait en toute conscience de faire la sourde oreille alors que son instinct la poussait à vérifier que son professeur allait bien, elle ne vaudrait pas mieux que les spectateurs de l'époque. *Timide, mais pas égoïste,* se secoua-t-elle. Pour une fois qu'elle s'effaçait du paysage d'autrui au moment approprié, elle aurait eu tous les torts de ne pas en profiter.

À pas de loup, elle laissa donc la troupe à ses occupations futiles, s'éclipsant vite par la porte empruntée un peu plus tôt par monsieur Martin. Sa douleur diffuse à l'abdomen augmenta. Marchant d'un pas rapide dans le dédale du Serpent Vert, elle s'employa à passer la tête dans les salles ouvertes et à ouvrir avec précaution les pièces fermées devant lesquelles elle passait. Nulle trace du professeur.

— Monsieur Martin ? héla-t-elle d'une voix qui ne portait probablement pas assez.

Parvenue au bout d'un premier couloir, elle serra dans sa paume une nouvelle poignée de porte avant d'entrebâiller celle-ci en douceur. Stoppa net son geste, aux aguets. Là, à droite, sur le mur, s'étirait l'ombre de deux bras tendus en avant, terminés par deux mains aux longs ongles griffus. La sorcière – ou quelqu'un qui souhaitait se faire passer pour elle – se tenait réellement tapie quelque part ici !

Andrea ne délirait pas quand il avait raconté sa tentative d'agression. Fallait-il courir chercher les autres ou s'aventurer seule plus avant, sans rien pour se défendre ? *N'oublie pas ton pouvoir,* lui souffla la voix de sa mauvaise conscience. *Que tu le veuilles ou non, il constitue une arme, tu as déjà failli t'en apercevoir.* Son poing se crispa sur la poignée. En esprit, elle chassa le souvenir de la forme sombre enroulée autour du cou d'Alex commençant à suffoquer. Pas de temps pour la culpabilité, elle devait demeurer concentrée. Avec ou sans ses nouvelles facultés, le moment était venu de débusquer l'intruse, de protéger les siens même si elle n'était pas vraiment des leurs.

Avec une lenteur extrême afin d'éviter le moindre couinement, elle lâcha la porte et, sans l'entrouvrir davantage, se coula en silence dans les lieux, sa respiration réduite à un simple filet, tous les sens en alerte.

— Mon Dieu, Cassiopée, je ne t'avais pas entendue entrer ! Décidément, tu es plus discrète qu'une petite souris.

La jeune fille tressaillit de surprise sous la voix de son professeur. Quant à l'ombre sur le mur, elle disparut en une fraction de seconde pour réapparaître aussitôt au même emplacement.

— Eh bien, qu'attends-tu ? poursuivit monsieur Martin. Maintenant que tu es venue me chercher... Oh oui, je n'ai pas assez surveillé l'heure, j'ai traîné !... Entre, et donne-moi donc ton avis. C'est tout simple mais ça fait son petit effet, n'est-ce pas ?

Perplexe, elle s'avança encore d'un pas et tourna la tête sur sa gauche. L'homme s'y trouvait. Il tenait, devant un genre de spot allumé, une paire de bras découpée dans du carton. Quelle triple idiote ! Sans remarquer son trouble, il lui expliqua :

— Je me refuse à projeter l'ombre d'une sorcière géante comme dans la mise en scène originale, cela me paraît malsain d'utiliser une référence trop appuyée à la première représentation. Du coup, j'ai songé à cette option pour un clin d'œil plus léger, car les spectateurs en attendront un.

Pas encore tout à fait remise de ses émotions ni de sa crédulité, Cassiopée se borna à acquiescer, incapable d'émettre un avis.

— Comme ça, vous aurez malgré tout droit à un petit bout de sorcière aujourd'hui ; vous ne pourrez plus râler !

C'est vraiment du bricolage, je te l'accorde… J'ai aussi préparé une silhouette de chat pour éviter d'effrayer la gamine : je vais lui montrer le principe avant de vous faire la démonstration avec les bras crochus, si elle l'accepte. Je ne veux pas la rendre toute perturbée à sa mère, ce soir ! Elle va trouver ça rigolo, tu penses ?

— Euh, oui, oui, sûrement, balbutia l'adolescente, qui ne se voyait pas expliquer pourquoi Zoé était déjà experte en ombres chinoises.

— Ma parole, mais c'est toi qui as eu peur ! s'étonna l'enseignant, soudain frappé par le malaise de son élève.

Loin de se moquer d'elle, il déposa son carton, éteignit son projecteur et se rapprocha. Il arborait une expression sincèrement désolée, préoccupée.

— Alors, toi aussi, ça t'affecte ?

Elle crut un bref instant qu'il évoquait l'accentuation de son somnambulisme et la naissance de ses capacités ténébreuses, puis elle se ressaisit. Il ne pouvait rien en savoir. Brusquement, il lui parut avoir cent ans. Comme s'il tombait le masque, son visage afficha une immense fatigue.

Il attrapa deux chaises et, l'invitant à l'imiter, s'assit près d'elle.

— Toi qui n'es pas d'ici, toi qui ne connaissais pas notre sorcière avant de mettre les pieds à Agonie, qu'est-ce que tu en penses ? Sincèrement.

Qu'attendait-il d'elle ? Qu'espérait-il ? Elle percevait dans sa requête une expectative si grande qu'elle les dépassait tous les deux.

— Je ne sais pas trop, éluda-t-elle, embarrassée. C'est… intéressant… et compliqué.

C'était surtout une réponse bateau, pour ne pas changer. Mais elle ne pouvait pas, ne voulait pas se mouiller. Que dire d'autre que ce que son professeur et la troupe ne lui avaient déjà eux-mêmes exposé ? Elle n'allait pas leur refaire le film de leur ville ni de leur vie. Quant au reste, elle préférait le taire, sous peine de passer pour folle. C'était peut-être ce qu'elle était en train de devenir en ce lieu, d'ailleurs : une folle avec des pouvoirs, potentiellement dangereuse.

— « Intéressant et compliqué », répéta monsieur Martin dans un rire amer. C'est parfaitement résumé.

Il se frotta les joues.

— J'ai un aveu à faire, je n'en peux plus… Mais tu dois d'abord me promettre de le garder pour toi seule.

Au moins, ce serait lui qui parlerait au lieu d'essayer d'extirper d'elle ses impressions et ses secrets. Elle se sentit à la fois curieuse et soulagée pendant qu'il se relevait un bref instant pour aller refermer complètement la porte. Offrir une oreille bienveillante, enfin une activité qu'elle maîtrisait ! Les gens de tous âges se confiaient souvent aux timides. C'était en tout cas ce qu'elle déduisait de sa propre expérience. Ils devaient penser qu'une personne si peu expansive ne répéterait pas à tout-va leurs confidences. Ou alors, ils déversaient sur elle leurs confessions pour remplir le vide. Certains ne supportaient pas l'installation d'un silence dans une conversation et auraient tout raconté, y compris leurs pires vices, pour ne pas avoir à l'affronter.

— C'est lourd à porter au quotidien, mais à toi, je peux le dire car tu vas repartir, déclara l'enseignant. Tu es extérieure à cet endroit, tu vas vite t'arracher à son influence.

CHAPITRE 14

Cassiopée était presque certaine qu'il se méprenait. Par ailleurs, elle commençait à bouillir d'impatience. Il allait la cracher, sa pastille Valda ? Il avait tué quelqu'un ou quoi ?

— Silence ! proféra-t-il.

Déstabilisée, elle tendit l'oreille, guettant un bruit suspect.

— Silence, réitéra-t-il, le regard humide.

Subitement, elle comprit.

— Silence, c'est vous ! C'est vous qui avez écrit *La Sorcière du Rével.*

CHAPITRE 15

Ils se fixèrent dans un mutisme absolu. Cassiopée finit par le briser.

— Je ne comprends pas tout.

— Moi non plus, lui rétorqua le professeur d'un ton empreint de lassitude. Cependant, tu as deviné correctement. Silence, c'est moi. C'est le pseudonyme que je m'étais choisi pour signer ma pièce. Compte tenu du drame que celle-ci a engendré, je n'ai jamais révélé que c'était moi qui me cachais derrière.

— Mais, monsieur, vous n'y étiez pour rien dans ce qui s'est passé le jour de la représentation, n'est-ce pas ? lui opposa la jeune fille.

Il haussa les épaules. Une trentaine d'années plus tard, pourquoi continuait-il de se torturer ainsi ?

— Tout cela a pris des proportions inimaginables, soupira-t-il. C'est comme si ma création m'avait échappé et qu'elle avait imprégné le lieu où elle a été jouée.

Il se tritura les mains.

— Sauf que ma création existait déjà avant que je ne la

reproduise. Et que c'est moi, en réalité, qui lui ai échappé. Ironie du sort, j'ai consacré ensuite le restant de mon existence à tenter de la retrouver, sans jamais y arriver.

Ouh là, ses propos devenaient aussi mystérieux que nébuleux ! Cassiopée y reconnaissait le style sibyllin du texte de la pièce. Aucun doute, il en était bien l'auteur. Fort heureusement, il abandonna les énigmes pour se livrer vraiment.

— Lorsque j'étais enfant, mes parents et moi avons été victimes d'un accident de voiture sur le trajet du retour de nos vacances. Il s'est produit sur la route qui passe entre les collines des Trois-Sœurs.

L'adolescente s'en mordit la langue. « La route des Trois-Sœurs ». Celle qu'elle avait empruntée seule à vélo dans son sommeil pour en revenir… différente.

— C'est à ce moment-là que je me suis retrouvé dans le Rével, enchaîna monsieur Martin.

— Vous voulez dire que c'est vous, l'enfant de la pièce ?!

Il approuva.

— Cette pièce relate mon histoire. Je sais que cela paraît improbable, pour ne pas dire absurde, mais elle est autobiographique. Oh, je ne nie pas avoir plus ou moins brodé certains passages, car mes souvenirs demeurent hélas assez flous ! Alors, les poser par écrit, c'était une manière de fixer ceux qui me restaient encore en mémoire.

— Et la sorcière ? Est-ce qu'elle fait partie des éléments que vous avez inventés ?

— Au contraire, elle constitue l'essentiel de mon souvenir même si je ne me rappelle pas en détail son aspect, juste sa grande silhouette et sa très très longue chevelure. En fait, je n'arrivais pas bien à la distinguer, car j'étais ébloui par une lumière extrêmement vive, comme quand on a le soleil en plein dans l'œil… J'ai appris plus tard que j'étais tombé dans le coma à la suite de l'accident. À l'époque, les quelques professionnels de santé à qui j'ai confié mes souvenirs du Révél les ont rapprochés des expériences de mort imminente.

Cassiopée avait déjà lu des témoignages sur le sujet des EMI : des personnes sorties du coma rapportaient s'être senties aspirées dans une sorte de long tunnel avec une lueur très puissante au bout.

— Moi, je pense que c'était différent, développa l'enseignant. Car il n'y a eu aucun tunnel. J'étais *dans* la lumière, et j'y ai rencontré un être que je ne connaissais pas… Ou alors, cela signifierait que je suis allé beaucoup plus loin que tous ceux qui sont jamais revenus à la vie par la suite.

Impressionnant. Terrifiant. Complètement délirant. Totalement débile ?

Cassiopée avait du mal à digérer tout ce qu'elle apprenait en cet instant. Plus elle creusait autour de la sorcière du Révél, plus elle éprouvait la sensation vertigineuse de perdre pied avec la réalité et de découvrir que celle-ci n'était pas une, mais multiple.

— Je ne pense pas m'être rendu dans l'au-delà ou comme tu voudras l'appeler, avança monsieur Martin. J'étais… ailleurs. La première scène de ma pièce est tout à fait exacte : j'y répète ce que la sorcière m'a dit. C'est elle qui a baptisé l'endroit où nous nous trouvions « le Révél », elle aussi qui m'a parlé du Mur d'ombre. Du fait que seuls les gens dotés d'assez d'imagination et ceux qui voient le monde autrement peuvent le trouver (soyons clairs : moi, je ne l'ai pas aperçu ou je ne m'en souviens plus). J'ai simplement transposé ses explications dans mon texte. Il est vrai également qu'elle ne voulait pas que je reparte. Je me rappelle parfaitement cette sensation : elle voulait me garder pour elle. Pour toujours.

— C'est là que vous avez fait le vœu de retrouver vos parents et que vous pensez avoir été aspiré de nouveau dans la réalité ?

Il écarta les mains en signe d'ignorance.

— Ce truc de la sorcière du Rével qui exaucerait notre souhait le plus cher si on parvient à la rencontrer, pour être honnête, c'est de l'extrapolation. Ce sont les spectateurs initiaux qui l'ont déduit, et la rumeur a grandi ainsi. Oui, j'ai réclamé mes parents à la sorcière. Mais je ne les ai pas retrouvés tout de suite pour autant… Au départ, en dépit de ma peur, je ressentais aussi beaucoup de curiosité – peut-être une certaine fascination – pour cet emplacement nouveau ainsi que pour cette femme qui se vantait de posséder d'immenses savoirs, d'extraordinaires facultés. Et puis, l'envie qu'elle avait de me garder auprès d'elle est devenue de plus en plus oppressante. Ça me transperçait les tripes. Alors, comme dans ma pièce, j'ai fini par répéter en boucle que je voulais quitter le Rével afin de rejoindre mes parents. Je l'ai répété à voix haute, je l'ai répété dans ma tête. Répété, répété, répété, jusqu'à ce que je ne *sois* plus que ce vœu absolu.

Plongé dans son récit, il ferma les yeux une seconde.

— C'est à ce moment-là qu'une sorte de souffle très

puissant m'a aspiré en arrière. Trou noir... Quand j'ai repris conscience, j'étais sur un lit d'hôpital. Dans la continuité de leur hypothèse d'une expérience de mort imminente, tu te doutes de la théorie des blouses blanches à qui j'ai confié mon histoire.

Il se tut, attendant visiblement une réaction de la part de son auditrice attentive. Avec la désagréable impression de subir une interrogation orale improvisée, elle humecta ses lèvres sèches et se lança :

— Je suppose que les docteurs en ont conclu que le Révcel et sa sorcière étaient une création de votre esprit, une sorte de réalité alternée générée par votre cerveau lors de votre phase de coma. La sensation d'être aspiré hors du Révcel correspondrait, elle, à l'instant où vous avez repris connaissance.

Tirant sur ses poils de barbe, le metteur en scène acquiesça.

— Petit, je les ai écoutés sans trop discuter. Mais plus j'avançais en âge, plus cet épisode étrange de mon passé m'obsédait. Il revenait me hanter sans relâche, me distrayait de mes études, peuplait mes insomnies... J'ai acquis l'intime conviction d'être bel et bien allé physiquement dans le Révcel. D'ailleurs, il faut savoir que lorsque les secours sont arrivés sur les lieux de notre accident, ils ne m'ont pas trouvé dans la voiture avec mes parents.

— Comment ça ?

— Ils m'ont découvert plus loin, j'ignore à quelle distance exactement. Pour eux, j'avais été éjecté du véhicule lors d'un tonneau.

La jeune fille comprit où il voulait en venir.

— Vous croyez qu'en fait, vous aviez déjà été éjecté du Rével à ce moment-là. Ils vous ont trouvé après votre rencontre avec la sorcière, là où vous avez atterri après avoir été soufflé à travers le mur d'ombre. C'est ce que vous pensez, n'est-ce pas ?

— Exact. Je suis persuadé que mon aller dans le Rével ET mon retour se situent tous deux dans l'espace de temps compris entre l'accident et l'arrivée des secours. Malheureusement, je ne dispose d'autre preuve que mon intuition tenace.

Cassiopée réfléchit.

— À l'hôpital ou plus tard, vos parents et les médecins ont bien dû vous parler de ce qui s'était passé sur la route ce jour-là, non ? Il n'y a pas eu de témoin, de second véhicule impliqué ?

— Non, réfuta aussitôt monsieur Martin. Rien, aucun témoin. C'est pour cela que les secours ne sont pas arrivés tout de suite : il a fallu attendre qu'une autre voiture emprunte le même itinéraire, constate l'accident et donne l'alerte. La version officielle, c'est que mon père, qui avait très peu dormi la nuit précédente, a dû s'assoupir au volant. Sans s'en apercevoir, il a trop accéléré et notre voiture a brutalement quitté la route.

— C'est presque un miracle que votre famille s'en soit sortie vivante, constata l'adolescente.

— Oui, nous avons eu beaucoup de chance de nous en tirer tous les trois. D'après le rapport des autorités, ma mère a déclaré qu'elle s'était elle-même endormie durant le trajet et qu'elle ne s'était donc rendu compte de rien, jusqu'au moment où elle a été réveillée par le crissement des pneus. Il était trop tard…

CHAPITRE 15

Cassiopée tiqua. L'enseignant ne lui exposait-il pas cet accident d'une manière très particulière ? Elle voulait bien admettre qu'en raison de sa jeunesse à l'époque et du choc post-traumatique, il en eut lui-même tout oublié. Mais pourquoi usait-il d'expressions telles que « la version officielle » ou « d'après le rapport des autorités », comme s'il mettait en doute le récit de ses parents ?

Il ne lui laissa pas l'opportunité de s'appesantir sur ce point de réflexion.

— Une fois sorti de l'hôpital, j'ai mené une enfance heureuse. On pourrait même dire plus heureuse qu'antérieurement, car nous étions devenus un petit noyau soudé par l'accident. Je n'ai conservé aucune séquelle, à l'exception de mes souvenirs du Révél. Ma mère s'est complètement rétablie de ses contusions et fractures. Quant à mon père, il ne pouvait plus marcher. Il s'est retrouvé en fauteuil roulant. Cependant, il m'a toujours paru plutôt bien l'accepter.

Une brève quinte de toux interrompit le metteur en scène. Il reprit vite :

— J'étais heureux MAIS, à partir de l'adolescence, obsédé par le Rével en permanence. Même si j'ai fini par comprendre qu'il valait mieux arrêter de ressasser le sujet face aux médecins… Ils auraient commencé à contester ma santé mentale. Comment leur en vouloir ? Je me suis moi-même souvent posé la question de savoir si je n'étais pas fou. Et puis, je suis tombé un jour sur *Eurydice*, une obscure revue littéraire qui lançait un concours d'écriture de pièces de théâtre.

Il esquissa dans sa barbe un rictus qui ressemblait à une moue d'excuse.

— J'avais la vingtaine, je me suis lancé dans le projet tête baissée. Avant ça, j'avais déjà rédigé des nouvelles et un court manuscrit traitant du Rével, mais aucun éditeur ne les avait acceptés. J'étais convaincu que si je parvenais à être publié, mes écrits rencontreraient peut-être un jour un lecteur qui avait lui aussi connu la sorcière et son monde, et qui prendrait contact avec moi. J'en ai conscience, je me raccrochais à des espoirs illusoires… Contre toute attente, j'ai remporté le concours. Tu veux savoir ce qui est arrivé une fois mon texte imprimé dans la revue ?

Elle se pressa d'acquiescer, flattée de sa confiance, fascinée par ses confidences.

— Rien. Absolument rien. Le temps a continué de s'écouler, lent et indifférent. Aucune révélation n'a eu lieu, aucun miracle ne s'est produit, juste la banalité quotidienne de la vie. Le morne Réel.

Bonjour le scoop… Cassiopée ne put cacher sa déception.

— Eh oui, reprit-il en l'observant, moi aussi, j'étais dépité. Qu'est-ce que je m'étais imaginé ? Un magazine littéraire, aussi spécialisé, il ne devait pas y avoir grand monde pour le feuilleter ! J'ai commencé à déprimer, à me dire que j'avais abattu pour rien toutes ces heures de travail – crois-moi, même si on la porte en soi depuis toujours, construire une pièce réplique après réplique, scène après scène, cela exige un investissement personnel démesuré. Ce n'est pas comme griffonner un Post-it sur un coin de table.

— Est-ce que je peux vous demander si c'est vous qui aviez adressé la revue *Eurydice* au Serpent Vert, à la bibliothèque et à la mairie d'Agonie ? l'interrogea-t-elle.

CHAPITRE 15

Il rit. D'un rire bienveillant. Un rire qui lui ressemblait.

— Bien sûr que tu peux. Pourquoi m'en demandes-tu l'autorisation alors que c'est moi qui t'ai prise en otage de mon grand déballage ? Cassiopée, tu as le droit de parler, de penser. Tu as le droit d'exister.

— C'était vous ? préféra-t-elle insister, à la fois gênée et touchée.

Sans plus tourner autour du pot, il confirma.

— Oui, qui d'autre ? J'étais peut-être le seul être humain encore en sa possession : ce magazine a connu tellement de succès qu'il a coulé peu après la parution du numéro contenant *La Sorcière du Rével*, figure-toi ! Après m'être morfondu chez moi, j'ai décidé de provoquer le destin qui s'obstinait à me tourner le dos. Je me suis organisé une sorte de pèlerinage dans cette ville où je n'avais jamais remis les pieds depuis l'accident. Je me suis rendu sur la route des Trois-Sœurs. Je l'ai parcourue en long et en large, j'ai fouillé les collines, arpenté la commune en tous sens. Tu t'en doutes déjà, je n'ai déniché aucune réponse, à tourner en rond dans Agonie tel un poisson rouge dans un bocal. Ma sorcière ne m'est point apparue au coin d'une rue en s'exclamant « Ah, te revoilà, ça faisait un bail ! ».

Fronçant ses sourcils épais, il digressa brusquement.

— Ne trouves-tu pas étrange que tes petits camarades ne se soient pas encore manifestés ? Cela commence à faire un bon moment que je jacasse. Or, la patience n'est pas leur point fort.

Les connaissant, ils devaient soit encore se chamailler, soit avoir opté pour une expédition discrète en quête de leurs précieux portables, sachant leur professeur affairé ailleurs. Elle se souciait beaucoup moins de la situation actuelle du groupe qu'elle ne s'était alarmée tout à l'heure de l'absence de monsieur Martin. Par-dessus tout, il lui fallait le fin mot de cette histoire ! Est-ce que l'enseignant avait fini par la revoir, cette sorcière ? Était-il doté lui aussi de pouvoirs d'ombre ? La prendrait-il pour folle si elle lui posait de but en blanc la question ?

Elle décida de le remettre sur les rails de ses révélations.

— Ne vous inquiétez pas, ils sont en plein débat passionné. Donc vous avez distribué vos exemplaires de la revue, la ville a décidé de monter la pièce parce qu'elle parlait de ses collines, et après ? Vous avez assisté à la première ? Vous étiez là ?

— Tout à fait. Je me trouvais dans la salle, avec le vague projet de me dévoiler en tant qu'auteur à la fin du spectacle ou après les représentations suivantes. Je crois que le théâtre avait essayé d'obtenir mon identité officielle, mais *Eurydice* avait déjà coulé. De toute manière, il n'y avait aucune obligation légale. En effet, au moment de la parution de ma pièce et en échange de quelques exemplaires gratuits du magazine, j'avais renoncé sans broncher au versement de droits d'auteur ainsi qu'à la propriété sur mon texte. Benêt que j'étais ! C'est le propre de tout éditeur qui se respecte de vous manger le bras tout en vous persuadant qu'il vous fait une fleur…

En son for intérieur, Cassiopée s'exaspéra. Elle voulait en apprendre le maximum sur le Rével et la genèse de la pièce, pas subir des considérations relatives à la propriété littéraire et artistique. Heureusement, le metteur en scène se recentra.

CHAPITRE 15

— La suite, je t'en épargne les détails, car je ne doute pas que de nombreuses personnes se sont chargées de te les relater. Un homme est mort, ce soir-là. Je n'ai mis aucun zèle dans sa recherche, bien trop pressé que le spectacle reprenne. Quand j'ai appris le lendemain la mort de ce malheureux, j'ai été rongé par la culpabilité. Le scandale, la suspension des représentations, cela m'a détruit. En même temps, ça me paraissait justifié : je méritais d'être châtié. Mort accidentelle ou pas – j'aurai toujours un léger doute –, j'en porte une part de responsabilité certaine, comme toutes celles et tous ceux qui n'ont pas levé le petit doigt pour quelqu'un de différent, ce soir-là.

— Vous n'avez pas voulu rentrer chez vous, ensuite ? Loin d'Agonie ?

— J'avais fait preuve d'assez de couardise pour ne pas fuir par-dessus le marché ! Je me suis installé ici. En vérité, je me suis puni. J'ai assisté en silence à la tourmente, à la naissance des rumeurs grandissantes, parfois délirantes… à tout ce merdier que j'avais créé. Plus les jours, les mois, les années s'écoulaient, plus ma peur d'être découvert s'accroissait. Je me suis emmuré dans mon secret.

Il émit un long soupir fatigué.

— « Silence », jamais pseudonyme ne se sera révélé plus approprié. Je l'ai choisi parce qu'après l'accident, je m'étais réveillé mutique à l'hôpital. J'ai recouvré l'usage de la parole, tout aussi soudainement, au bout de plusieurs mois. Le cerveau est une chose si complexe, et le coma un état si mystérieux, que les conséquences peuvent être multiformes, surprenantes, variables d'un individu à l'autre.

Des bruits de pas pressés résonnèrent à l'extérieur de la salle. Par chance, personne n'y pénétra. Le professeur se hâta de finir de se délester de son fardeau.

— Sur place, je suis devenu professeur de théâtre, auteur avorté et metteur en scène raté. Rien de grave, j'aime profondément enseigner, transmettre. Donner confiance aussi, lorsque je le peux… Mon échec se situe à un autre niveau, celui de n'avoir jamais trouvé le moyen de retourner dans le Rével. Ah, ça, en plus de trente ans, j'ai bien croisé quelques individus qui prétendaient dur comme fer y avoir mis les pieds ! Cependant, nos échanges ne m'ont rien apporté, ni encore moins prouvé qu'ils ne se limitaient pas à me recracher bêtement ma propre pièce tels des perroquets prédestinés à me berner.

Une déception intense s'empara de Cassiopée. Le passé de son enseignant s'éclairait autant que le présent s'opacifiait pour elle. De toutes ces divulgations, elle ne tirerait rien d'utile. Comme une confirmation, monsieur Martin déroula encore sa propre incertitude.

— Ma vie durant, je me suis gavé de bouquins, de reportages plus ou moins scientifiques pour comprendre mon expérience du Rével. Savais-tu que la question des réalités multiples intrigue les humains depuis si longtemps qu'on en trouve des traces jusque dans la littérature de l'Antiquité ? Aujourd'hui, des physiciens débattent très sérieusement du sujet du multivers, certains sont convaincus de sa matérialité. Alors pourquoi le Rével ne serait-il pas une sorte de monde parallèle au nôtre, et le Mur d'ombre, un portail pour y accéder ? Au regard de certains travaux scientifiques récents, cela ne semble pas si aberrant.

Ses yeux s'abîmèrent dans le vide.

— Néanmoins, si portail il y a, j'en ai perdu la localisation précise et la clé. Face à mon impuissance et au temps qui passe, le doute me visite régulièrement. Il faut reconnaître qu'en vieillissant, ma sorcière ressemble de plus en plus à un rêve d'enfant.

Il était poignant. Cassiopée pouvait ressentir son chagrin, son abattement. Devait-elle effectuer une démonstration de ses ombreuses facultés afin de lui prouver que le surnaturel habitait bien Agonie ? Qu'elle-même s'en trouvait désormais entachée, et que l'enseignant ne s'était pas sacrifié à des chimères ? Elle était tout aussi incapable que lui de démêler la vérité de l'illusion. Toutefois, si ses pouvoirs ne prouvaient pas pleinement la réalité du Rével et de sa magicienne, ils attestaient que quelque chose de paranormal, d'insidieux, était à l'œuvre. Mais dans quel but ?

— Je suppose que, maintenant, tu comprends mieux ma crispation lorsque Mathylde a suggéré que nous montions la pièce. Pourtant, l'idée m'a parfois effleuré. Mais ma lâcheté l'avait toujours emporté jusqu'ici.

Qu'est-ce qui avait changé pour lui provoquer ce « déblocage » tardif ? Difficile de croire que seule la volonté solaire de Mathylde avait vaincu ses résistances, il ne s'appelait pas Clarence !

Il en fournit la véritable raison de lui-même.

— Comme je vous l'ai dit à tous, à tête reposée j'ai réalisé qu'il était grand temps. J'ai parlé de catharsis pour les Agoniens, cependant je songeais en premier lieu à moi. Monter la pièce pour les Agoniales, puis avancer, voilà ce que j'aimerais à présent. C'est aussi une forme d'au revoir final à mes parents, qui n'auraient pas souhaité me voir obsédé par mes souvenirs étranges jusqu'à la tombe.

La jeune fille saisit par cette phrase qu'ils avaient à présent succombé. Elle ne parvint pas à articuler un dérisoire « Condoléances ». Son interlocuteur ne lui en tint pas rigueur. Fébrile, il ajouta :

— C'est un moyen également de symboliser mon pardon.

À sa manière d'insister sur le dernier mot, Cassiopée comprit que son professeur allait lui livrer un ultime secret.

— Tu sais… L'accident n'en était pas un. C'est ce que mon père m'a révélé sur son lit de mort en février, après le décès de ma mère, survenu peu avant les fêtes l'an dernier.

— Vous… Vous voulez dire… ?

— Que mes parents avaient prémédité cette sortie de route pour me tuer et se suicider.

Sa voix d'ordinaire si assurée trembla d'émotion.

— Ce jour-là, nous étions censés mourir tous les trois.

CHAPITRE 16

Cassiopée sentit son sang se glacer. Elle qui avait jugé ses géniteurs indignes pour l'avoir simplement inscrite contre son gré à un stage de théâtre… Comment des parents pouvaient-ils souhaiter la mort de leur enfant ? Le fait d'avoir désiré mourir avec leur fils n'atténuait en rien l'horreur de leur acte.

— Je l'avais mérité, plaida cependant monsieur Martin. J'étais un gosse ignoble.

— Aucun enfant ne mérite d'être tué ! s'indigna-t-elle. Même s'il est intenable…

— Je n'étais pas intenable. Le problème, c'est que j'étais mauvais.

— Mauvais ? répéta l'adolescente, abasourdie.

Comment cet adulte pétri d'humanité et de mansuétude pouvait-il avoir été un enfant « mauvais » ? Quand bien même avait-il été affublé plus jeune des pires défauts, cela ne justifiait pas de l'assassiner !

— Je n'en ai pas directement souvenance – le cerveau nous crée parfois des amnésies pour nous préserver –, mais il paraît que j'étais un monstre de cruauté.

— Pou... Pourquoi ? bégaya Cassiopée, qui commençait vraiment à redouter ce qu'il allait lui dévoiler.

— J'étais infect. Très méchant. Avec les autres gamins de mon âge, avec les animaux. Parfois aussi avec mes parents.

Son regard partit sur le côté, fuyant celui de sa stagiaire.

— Mon père, il m'a raconté... Dès que je trouvais un animal, je m'amusais à le faire souffrir. J'ai tranché leurs ailes à des oiseaux, brisé la nuque du lapin que mes parents m'avaient offert, arraché les pattes d'innombrables insectes, jeté de l'eau bouillante sur des chats errants – et j'en passe, il semblerait. À six ans, mes parents avaient déjà dû me changer par deux fois d'école parce que j'avais agressé plusieurs camarades. J'ai notamment cassé deux doigts, failli crever un œil et menacé une institutrice avec la pointe d'un compas que j'avais dérobé.

Cassiopée n'eut pas le temps de frémir qu'il énonça encore pire.

— La goutte d'eau, ce fut lorsque le chien de la famille qui logeait à côté de la nôtre durant les vacances se volatilisa. En les entendant appeler leur animal à grands cris, mes parents comprirent avec effroi qui était le responsable de cette disparition. Pour retrouver la bête, c'est moi qu'ils cherchèrent. Quand ils me débusquèrent, on aurait pu croire que je câlinais l'animal dans mes bras, que je l'embrassais pour le réconforter. En vérité, j'avais ma bouche rivée à sa gorge ruisselante d'hémoglobine... et je buvais.

Elle ravala un haut-le-cœur. Des larmes silencieuses coulaient sur les joues de son professeur, ornant sa barbe de perles translucides.

— Loin d'éprouver le moindre remords sous leurs remontrances épouvantées, je leur déclarai alors que la prochaine fois, ce serait le bébé de la charmante famille voisine que je goûterais.

L'adolescente en eut le souffle coupé. Proche de régurgiter son petit déjeuner, elle balbutia :

— C'est tellement… Tellement trop, en fait. Pardon, mais êtes-vous certain qu'il s'agisse de la vérité ?

— Quel intérêt mon père aurait-il eu à affabuler des actes si répugnants ? Avant la fin, il a voulu soulager sa conscience, libérer toute la vérité. Terrifiés de constater le point auquel j'en étais arrivé en dépit de leurs efforts constants pour me comprendre et m'aider, mes parents ont pris ma menace à l'encontre du nourrisson très au sérieux. Ils sont donc passés à l'acte, la mort dans l'âme, avant que leur fils ne commette l'irréparable… C'était ça, l'accident. Quand l'enfant de ma pièce dit à la sorcière qu'il pense qu'il faisait nuit dans le Réel parce qu'il dormait, il s'agit d'une métaphore pour adoucir les faits. En vérité, mes parents m'ont donné un somnifère, n'ont pas attaché nos ceintures et, quand j'étais bien assoupi, mon père a accéléré au maximum tandis que lui et ma mère fermaient les yeux. Ils voulaient partir avec moi, tu comprends ?

Cassiopée hocha la tête, envisageant sous un jour nouveau la tentative d'infanticide après les explications de l'enseignant. L'action n'en demeurait pas moins radicale.

— En nous épargnant, la route nous a offert une

seconde chance – la rédemption, en ce qui me concerne, puisque j'ai changé de personnalité au réveil. Cela s'est déjà vu lors de sorties de coma. C'est un état clinique qui peut altérer par la suite les comportements. J'ai laissé à jamais ma part sombre dans le Rével. Mon père m'a déclaré que la perte de l'usage de ses jambes représentait un prix bien peu élevé à payer à ses yeux, en comparaison de ce que nous y avions gagné. Je ne me suis pas non plus transformé en bambin modèle, mais je suis devenu un enfant « normal », délesté de son sadisme et de sa cruauté. Sans l'intervention de mes parents, qui sait ce que je serais devenu ?

Un tueur ? Les *serial killers* procédaient presque tous durant leur enfance à de la maltraitance sur de pauvres bêtes, Cassiopée l'avait entendu rabâcher dans beaucoup de séries à suspense. *Ceux qui voient le monde autrement,* songea-t-elle. Un petit garçon psychopathe (ou pour le moins perturbé) appréhendait forcément les choses d'une manière très singulière. Était-ce pour cette raison que monsieur Martin avait été capable de franchir le mur d'ombre à cette époque ? Et si, comme lui, elle l'avait traversé lors de son escapade involontaire aux Trois-Sœurs, que cela révélait-il sur sa propre personnalité ?

Elle s'apprêtait à dénoncer enfin ses facultés obscures quand une franche cavalcade résonna depuis le couloir.

— AU FEU ! cria la voix affolée d'Axel.

Oubliant tout le reste, elle se précipita sur la porte qu'elle rouvrit à la volée, suivie par monsieur Martin. Une senteur de brûlé les accueillit. Mathylde surgit devant eux, ses cheveux d'or en bataille.

— Viiiiite !

CHAPITRE 16

— Du calme, respire ! Que s'est-il passé, au juste ? tenta de tirer au clair leur professeur.

— Je ne sais pas, mais les rideaux sont en train de cramer là-bas ! s'énerva-t-elle en leur désignant une autre pièce, située un peu plus loin dans le couloir. Il faut absolument les éteindre avant que l'incendie ne s'étende. On a besoin d'un extincteur, je vais…

— DÉGAGEZ, TOUT LE MONDE ! vociféra alors d'un ton tonitruant Andrea en apparaissant à son tour dans le corridor, armé du précieux extincteur.

Il fondit à toute allure vers la salle où avait lieu le départ d'incendie, le restant de la troupe sur les talons. Cassiopée, Mathylde et monsieur Martin coururent à leur suite. La fumée les assaillit sitôt qu'ils furent entrés dans la pièce, piquant leurs yeux, grattant leur nez et leur gorge. Les rideaux de tissu bleu roi encadrant une grande fenêtre, qui donnait sur le jardin arrière du Serpent Vert, flambaient de haut en bas. Efficace, Andrea dégoupilla son extincteur et les aspergea de toute la neige carbonique qu'il contenait. Par bonheur, sa manœuvre scella la mort rapide du brasier. Il ne resta bientôt plus, pendus à leur tringle métallique, que des lambeaux de tissu noircis.

— *Dio mio,* les flammes de l'enfer, maintenant ! pesta l'homme d'entretien en posant son extincteur au sol pour s'éponger le front. C'est un signe de la *strega*, ça. Il est trop tard, à présent : même si vous renoncez à jouer la pièce, elle est là, avec nous, et elle ne nous lâchera pas. Vous avez vu ce qui est arrivé à la chocolaterie ? Ce n'est qu'un début, n'en doutez pas ! Toute la ville va y passer.

Sans grand succès, Samia tenta de calmer le courroux d'Andrea.

— Moi aussi, je trouve ça bizarre, des rideaux qui prennent feu sans raison, mais de là à y voir…

— J'y vois clair, contrairement à vous autres. *Il diavolo* se tiendrait devant vous, affichant ses cornes et crachant du soufre, que vous ne le reconnaîtriez pas ! *La strega* n'épargnera…

— Où est Zoé ? le coupa Clarence d'une voix blanche.

Le jeune homme se tourna vers sa petite amie, ses prunelles teintées d'un gris orageux.

— Vous étiez parties aux toilettes ensemble. Pourquoi elle n'est pas avec toi ?

Mathylde se décomposa.

— Oh, c'est vrai, Zoé ! Je… je…

— Tu avais *oublié* ? Tu l'as laissée toute seule ?

Ses questions, posées sans hurler mais imprégnées d'une colère froide, parurent frapper l'interrogée plus fort qu'une paire de claques. Les larmes aux yeux, elle avait presque tout perdu de sa superbe. Samia vola à son secours avec son franc-parler habituel.

— Pas la peine de la prendre de haut comme ça, je te rappelle que c'est toi qui étais censé surveiller ta frangine ! Tu aurais pu l'escorter à la porte des W.-C., mais tu as préféré nous refiler la corvée, à Mathylde et à moi.

— *Vous* me l'avez proposé parce que vous aviez besoin d'y aller aussi…

— Ouais, bon, peut-être ! En tout cas, ta chérie n'y est pour rien. Elle a fini avant nous ce qu'elle avait à faire ; elle est repartie en nous prévenant. Moi, j'ai poireauté le temps que ta sœur termine. Après ça, je lui ai concédé une mini partie de cache-cache sur le retour, vu qu'elle m'a tannée comme pas permis, tu la connais. Pas de panique, on va s'organiser pour tout fouiller, elle ne doit pas être bien loin… ALEX ?! TU CROIS QUE C'EST LE MOMENT ?

Tout le monde pivota d'un bloc vers le garçon qui filmait en douce les loques de textile carbonisées en bordure de fenêtre.

— C'était juste pour avoir des images pour notre chaîne, pardon, lança-t-il en se contentant d'abaisser l'appareil qu'il conserva en main.

S'évertuant à garder la tête froide, et sans doute à ne pas trop culpabiliser d'avoir abandonné Zoé à la seule surveillance, fût-elle momentanée, de ses jeunes comédiens, monsieur Martin avertit l'adolescent pris en flagrant délit :

— Nous reparlerons plus tard de ton addiction à cette chaîne ainsi que de votre désobéissance – collective, j'imagine – pour récupérer ces maudits téléphones ! En attendant, activons-nous pour retrouver la petite.

— ZOÉ ! La partie est finie. J'ai perdu, montre-toi ! hurla Samia, quittant sur-le-champ le lieu consumé, en quête de la fillette.

— *Tsss,* c'est comme dans la pièce, grommela Andrea d'un air sinistre. Elle est avec *la strega* qui ne veut plus la relâcher.

— Oh, mais vous voulez bien arrêter deux minutes ! On n'a pas besoin de ça, là. Vous…

Cassiopée cessa de prêter attention à la querelle entamée entre l'enseignant et son collègue. À travers le remue-ménage, il lui avait semblé entendre un bruit qui provenait de…

Elle fonça droit sur une armoire en bois au fond de la pièce et en ouvrit grand les portes.

— Zoé ! s'écria-t-elle, soulagée, en y découvrant la jeune disparue.

Blottie, assise, sous des cintres revêtus d'habits, celle-ci se frottait une paupière en bâillant. En pleine tourmente, alors que le danger aurait pu l'envelopper puis l'embraser, la demoiselle s'était apparemment offert le luxe d'une sieste éclair. À force de réclamer à sa colocataire estivale des spectacles d'ombres magiques chaque soir dans leur chambre, elle avait accumulé de la fatigue.

Clarence posa sa main sur l'épaule de sa cousine en signe de gratitude, avant de se courber en deux et d'aider sa cadette à s'extirper de sa cachette. Il la câlina.

— Tu m'as flanqué une de ces frousses ! Tu ne nous as pas entendus ?

Incommodée par l'odeur de brûlé, elle lui répondit en se pinçant le nez, visiblement pas traumatisée.

— Bah, je crois que je m'étais un peu endormie... Si, je vous ai entendus, là : je viens d'essayer de pousser la porte. Je voulais sortir en criant « bouh ! », mais je n'ai pas réussi. C'était coincé ou je n'ai pas eu la force parce que je n'étais pas encore assez réveillée.

Monsieur Martin, bien que très reconnaissant à Andrea d'avoir éteint les quelques flammes qui auraient pu virer au gros drame, jeta à celui-ci un regard noir qui signifiait « Ne vous avisez surtout pas de nous exposer votre théorie sur la cause de cette porte d'armoire bloquée ». Cassiopée, elle, se fit la réflexion que cette journée avait été un poil trop riche en émotions et qu'elle avait eu son compte de rebondissements pour le moment. Les paroles choquées d'Alex, rivé à l'écran de son portable, lui portèrent pourtant sans merci le coup de grâce.

CHAPITRE 16

— Les amis, les amis ! Il y a eu une attaque ! Ici, à Agonie !

L'enseignant lui arracha le téléphone des mains et y aperçut avec effroi une vidéo muette en cours de visionnage. Ne sachant comment l'éteindre, il enfouit l'objet dans sa poche afin de préserver l'innocence de Zoé et d'éviter aux autres (lui y compris) de sombrer dans un voyeurisme inhumain.

Alex en avait vu juste assez pour chuchoter, exsangue, à l'oreille de son jumeau :

— C'est grave, frangin… Une vraie boucherie.

CHAPITRE 17

Deux heures plus tôt, À La Bonne Viande

Tout sourire, Viktor Leprince tendit à sa cliente un sachet tacheté d'écarlate sur lequel s'inscrivait fièrement le nom de sa boucherie. Lise, son épouse, lui reprochait souvent d'avoir manqué de créativité en baptisant son commerce. Lui jugeait la critique très injuste, car il aurait pu se contenter d'un simple *Boucherie Leprince.* L'expérience lui avait néanmoins appris à ne pas trop contredire sa femme s'il aspirait au calme…

— Bonne journée, madame Merceron ! lança-t-il, guilleret au possible, à la gentille grand-mère qui sortait de sa boutique.

La suivant du regard, il scruta le petit immeuble à la façade crème situé en face du magasin, de l'autre côté de la rue. Au deuxième étage, un balcon fleuri. C'était chez lui. Apercevoir sa conjointe accoudée à la rambarde, les rayons du soleil étincelant sur son magnifique visage tourné dans sa direction, lui aurait donné du baume au cœur et du cœur à l'ouvrage. Hélas, même en abandonnant une minute son comptoir pour coller son nez à la porte vitrée et se tordre le cou afin de bien regarder en l'air, il ne put que constater que le balcon demeurait désert. Tout bien considéré, Lise n'avait pas que ça à faire. Elle n'allait pas rester à se languir de lui toute la journée, en contemplant le soleil rougeoyer et le bitume grisailler.

Il s'apprêtait à rejoindre sa caisse enregistreuse lorsqu'un homme jaillit en trombe de l'immeuble. Beuglant plus fort qu'un bœuf, il s'élança sur le trottoir en petite tenue. Viktor tiqua. Certes, la chaleur estivale autorisait le seul port du caleçon chez soi mais, en public, un minimum de décence aurait été le bienvenu.

— Au secours ! À moi ! brailla le dénudé, courant de travers comme s'il cherchait à esquiver des tirs de balles imaginaires.

Des passants dégainèrent leurs portables pour filmer le pauvre type, de toute évidence affolé et désorienté. Il fallait lui venir en aide ! Oubliant sa pudeur offensée, le boucher n'hésita pas à délaisser quelques instants ses étals et sortit avec la ferme intention de rattraper le malheureux. Une fois auprès de lui, il aviserait sur la meilleure manière de l'apaiser.

Galopant toujours en zigzag, l'homme reprit ses meuglements.

— La sorcière ! Elle était là, je l'ai vue ! La sorcièèère !

Stoppé net dans sa détermination à se ruer à sa rescousse, Viktor frémit à l'unisson des badauds qui assistaient à la scène de panique. L'inconnu se retourna soudain vers lui pour hurler de plus belle, en direction du ciel :

CHAPITRE 17

— Lise ! Lise, sors de là sinon elle va s'en prendre à toi ! Liiiiiise !

« Lise » ?! Non, il s'agissait d'un hasard, d'une pure coïncidence. L'autre continuait de brailler comme un putois.

— Liiiiise ! Par pitié, sauve-toi ! Liiiiise !

Malgré lui, Viktor releva la tête vers le balcon de son domicile. La vision qu'il avait tant espérée plusieurs minutes auparavant lui apparut tel un cauchemar. Son épouse se tenait là, l'air perdu, ahurie, sa tresse d'ordinaire impeccable à demi défaite, une main posée sur la rambarde, l'autre agrippant le drap rose clair qui l'enveloppait façon toge romaine. En dépit de son allure débraillée, elle ressemblait à une fleur offerte à l'azur… Une fleur vénéneuse et trompeuse.

— Marc, reviens ! s'égosilla-t-elle à son tour, d'une voix suraiguë qui traduisait autant son inquiétude que son incompréhension de la situation.

Affolée par les propos incohérents de son amant (« Liiise, elle est là, sauve-toi ! »), elle s'était précipitée sur le balcon pour échapper à elle ne savait quoi. Quand son regard tomba dans celui de son mari, elle se ressaisit, comprenant dans quel pétrin elle venait de se mettre. Se détournant promptement des deux hommes (l'officiel et l'officieux), elle disparut à l'intérieur de l'appartement, sans même se prendre les pieds dans la honte qui aurait dû l'enserrer.

Le sang de Viktor ne fit qu'un tour quand il imagina sa chère et tendre partager son lit – *leur* lit ! – avec cet énergumène. La rage et le fiel submergèrent ses veines. Il rentra d'un pas résolu dans son commerce, empoigna son plus gros tranchoir, s'adressa un sourire féroce dans la large lame en acier, puis ressortit. N'écoutant plus que sa rage d'avoir été trompé, humilié juste sous son nez, à la face de son labeur, il avait hâte d'administrer une bonne leçon à ce Marc obscène, avant de s'engager dans une sérieuse explication avec sa perfide moitié. Et si cette dernière s'exposait à un quelconque danger en attendant, tant pis pour elle ! Elle l'aurait bien cherché.

— Liiiiiise ! continuait de s'époumoner son stupide galant effarouché, en trottant d'un bout à l'autre de la rue et d'un trottoir à l'autre.

La route était peu fréquentée en matinée, néanmoins le mari trahi devait s'activer s'il ne voulait pas qu'un véhicule, circulant par malchance, se charge à sa place de régler le sort du félon frénétique. Provoquant les hurlements des piétons, Viktor, tranchoir en main, fonça avec la fureur du taureau prêt à encorner le torero. Sportif depuis son adolescence, il n'éprouva aucune difficulté à parvenir au niveau de Marc, si près qu'il put sentir son haleine mentholée. Ce dernier, sans doute étonné de sa proximité, stoppa sa course folle sans paraître du tout savoir à qui il avait affaire.

Est-ce que Lise camouflait leur belle photo de mariage lors de ses « visites » ? Cette idée acheva de muer le boucher en bête blessée. Sauvage. Incontrôlable. Il leva sa main armée et l'écrasa d'un geste précis sur l'amant.

Quand il entendit la musique caractéristique d'un os qui cédait sous l'acier, il sut qu'il ne s'arrêterait que lorsque toute la viande serait découpée.

CHAPITRE 18

— Cette fois-ci, tu veux rentrer en urgence à la maison parce que la sorcière imaginaire de ta pièce pousse les gens dans le chocolat et les incite à sortir en sous-vêtements dans la rue ?!

Résumée ainsi, la requête sonnait plutôt pittoresque. Aucune chance d'être prise au sérieux. À l'autre bout du fil, monsieur Winter avait poursuivi, entre légère inquiétude et taquinerie ordinaire :

— D'accord, ta mère et moi t'avons demandé d'accomplir un gros changement dans ta personnalité… mais quand même pas jusqu'à l'alcool ou la drogue ! Tu sais que tu ne dois pas faire n'importe quoi pour t'intégrer, n'est-ce pas, ma grande ? Arrêter d'être timide ne veut pas dire commencer à devenir stupide.

Elle avait raccroché, consciente qu'il fallait s'imprégner d'Agonie pour comprendre. À présent, elle courait.

Profitant d'une belle éclaircie après l'orage qui avait déversé ses torrents durant une bonne partie de la matinée, elle brûlait le pavé dans les méandres de la cité.

Elle aurait voulu fuir loin de tout : loin du second refus de ses parents de la voir revenir à la maison, loin du stage, loin de ce groupe auquel elle ne réussirait jamais à ressembler, loin de sa timidité et de cette ville étrange où l'adolescente se sentait à part, comme toujours. Peut-être que l'univers avait oublié de lui réserver une place, tout simplement…

Elle essuya une larme de transpiration à son front. Le soleil avait repris le pouvoir, ses rayons ardents le faisaient savoir. Entre l'effort et les ultra violets, elle s'était sûrement empourprée. Qu'il lui était agréable, cependant, de pouvoir s'en moquer, car elle était rouge de chaleur, rouge de sport, mais pas rouge de honte ! D'ailleurs, elle aurait dû se sentir fière : en dépit des turbulences, elle avait traversé cette nouvelle semaine de stage de théâtre. Elle avait bien cru qu'elle ne verrait jamais arriver le samedi pour souffler. Alice lui avait accordé l'autorisation de partir jogger seule, à condition de ne pas se rendre aux Trois-Sœurs et de la tenir régulièrement informée par message de son itinéraire. Comme si c'était pratique de maintenir son allure tout en tapant des textos !

Cassiopée n'avait tout de même pas à se plaindre. Ce compromis lui permettait de recouvrer un semblant de liberté dans laquelle sa bulle protectrice pouvait se recréer. Bien qu'éphémère, ce phénomène lui était nécessaire. Cela faisait trop longtemps qu'elle n'avait pas rechargé ses batteries. La course, loin de la vider de son énergie, lui procurait la sensation de se remettre peu à peu d'aplomb. Selon toute probabilité, elle devait cette latitude à ses parents. Inquiets pour son bien-être et sa santé mentale, sans doute avaient-ils appelé Alice à son sujet, et décidé tous les trois qu'il fallait lui permettre des moments en solitaire au grand air avant que son cerveau n'implose. Sans escorte imposée, elle savourait pleinement ses foulées.

— Nous allons laisser notre invitée de marque s'entraîner toute seule, elle est beaucoup trop rapide pour nous, avait déclaré Clarence à Zoé en regardant Cassiopée se chausser.

Devant le minois déconfit de sa cadette, il avait insisté :

— Je te connais : tu m'obligerais à te porter sur mon dos pour suivre sa cadence, et je m'écroulerais au bout de cinq minutes en soufflant comme un phoque !

— En plus, ce serait dommage que ton frère froisse sa supeeeeeeerbe redingote de sport en tombant, avait ajouté Cassiopée, achevant de dérider la fillette.

Clarence avait ri de bon cœur. Il possédait la juste dose d'autodérision pour ne pas se vexer, et elle se sentait assez à l'aise en sa compagnie pour ne pas se priver de le taquiner.

— Tu sais, je n'ai pas toujours été comme ça, lui avait-il répliqué après avoir repris son sérieux.

Zoé avait levé les yeux au ciel, sentant probablement poindre un discours qu'elle connaissait par cœur ou devinait rasoir. Elle s'était enfuie de la pièce en attrapant Victoire, sa pieuvre en peluche bleue à dix bras (une hérésie scientifique).

— « Comme ça » ? avait répété Cassiopée à l'adresse de son cousin. Tu veux dire, comme une fashion victim d'un autre siècle ?

— Je veux dire « comme moi ».

— Euh… Tu n'as pas toujours été comme toi ?

Il avait opiné du chignon.

— Avant, j'étais comme toi.

— Ah…

Elle n'avait rien ajouté. Elle avait compris, à son ton solennel teinté d'apitoiement pour elle, qu'il allait lui annoncer être un ancien timide. Un nombre incalculable de gens lui avait fait la même proclamation avec une tête d'enterrement. Le « avant, j'étais comme toi » ou « avant, j'étais timide aussi » sous-entendait un « tu vois, je suis la preuve qu'on peut s'en sortir ; suis mon exemple, ne ménage pas tes efforts et tu vas y arriver également ». Elle ignorait ce qui l'agaçait le plus là-dedans : la commisération qu'elle n'avait pas demandée, l'hypothétique victoire d'autrui dans un combat qu'elle s'évertuait à mener contre elle-même sans succès et qui la plaçait donc en position de médiocrité par rapport à la personne en face, ou encore l'espèce de coquetterie insupportable de la majorité des gens, qui se figuraient avoir vécu la timidité pour une poignée d'instants naturels, fugaces, de trac ou de stress dans leur vie.

Parce qu'il était plus posé que versé dans l'exagération des choses, elle se trouvait plutôt encline à croire Clarence, bien qu'il soit assez incongru de se le représenter en jeune garçon réservé et peu sûr de lui. Ou alors, il évoquait une époque si lointaine qu'elle remontait à son école maternelle ! Dans ces conditions, est-ce que cela comptait vraiment pour de la timidité ? Cassiopée aurait aimé penser que non, afin de ne pas renforcer son sentiment d'échec. Passer de sa condition personnelle au tempérament ouvert, non conformiste et affirmé de son cousin, cela lui paraissait relever de l'exploit alchimique. Clarence ou elle. L'or ou le plomb. Ils n'étaient qu'opposition.

Bien sûr, elle n'avait pas partagé ses réflexions (pour une fois qu'il la gratifiait de quelques minutes de sa présence sans Mathylde pendue à son bras ou à son cou, elle n'avait eu aucune envie de se prendre la tête avec lui). Elle avait coupé court à son annonce en déviant sur une banalité. Sans doute avait-il saisi qu'elle refusait de s'engager dans ce genre de discussion qui l'énervait ou la déprimait, plus qu'elle ne l'aidait. En tous les cas, il avait eu la sagesse de ne pas s'obstiner.

Timide engluée par sa chrysalide,
Locataire involontaire d'un cocon acide,
J'attends dans ma nuit l'astéroïde
Qui détruira ma coquille de bizarroïde.

Les paroles de GIRL résumaient tout. Pas besoin d'en rajouter. L'adolescente augmenta légèrement le volume de la mélodie qui vibrait dans ses oreilles, synchronisant sa vitesse au rythme du titre *Dans ma nuit* tandis qu'elle tournait sur une nouvelle rue inconnue. Ici, le trottoir s'amenuisait pour céder du terrain à une large chaussée. Cassiopée grimaça, espérant ne pas se retrouver au bord d'une voie trop fréquentée. Courir dans les particules de pollution des voitures, non merci ! En même temps, c'était Agonie. La plus dense des circulations ne devait pas y représenter une folie. Tant mieux, elle n'allait pas s'en plaindre. À moins… Une inspiration saugrenue lui traversa l'esprit : puisque ses parents refusaient de l'aider, pourquoi ne pas fuir la ville par ses propres moyens ? En stop ?

Non. Malgré l'envie, le projet s'estompa vite. Qui savait sur quel genre de malade elle pourrait tomber en montant à bord d'un véhicule ? L'image du professeur de théâtre s'imposa sans crier gare dans sa tête. Association d'idées... Au quotidien, elle répétait bien avec un potentiel ex-futur psychopathe. Le cas de ce dernier lui paraissait cependant à part. Il existait un tel décalage entre l'homme qu'il était devenu et l'enfant qu'il lui avait raconté avoir été. Peut-être son père avait-il forcé le trait, noircissant le tableau sur son lit de mort ? Même si ce dernier avait souhaité soulager sa conscience avant de quitter ce monde, cela n'avait pas dû lui être aisé de trouver assez de raisons pour « justifier » auprès de son fils son geste du passé.

Pauvre monsieur Martin... Il avait vécu des années durant sous le poids écrasant de la culpabilité et des secrets pour, juste au moment où il venait en partie de s'en délivrer, retomber dans de nouvelles cachotteries et questions de responsabilités...

Cassiopée songeait en effet à Zoé qui, la veille, après quelques minutes au sortir de sa micro sieste dans l'armoire du théâtre, avait retrouvé son esprit vif.

— Pourquoi ça sent le cramé ? Oh, les rideaux ont brûlé ?! Comment ça se fait ?

À ses questions innocentes avait succédé, dans un instant de flottement, un malaise plus que perceptible. Personne ne voulait l'effrayer ; tout le monde se sentait un peu fautif. Pour finir, c'était Samia qui avait improvisé. Les autres avaient suivi, en dépit du regard outré de Clarence, éternel partisan de l'honnêteté. Sauf que, sur ce coup-là, se montrer sincère aurait pu lui valoir une sévère semonce de sa mère. Sans parler d'éventuels ennuis pour leur enseignant, voire pour l'institution entière du Serpent Vert qui n'était pas censée servir de garderie. Sorcière ou non, accident ou pas, la situation avait frôlé la mise en danger de la vie d'autrui. Divulgué, l'incident aurait peut-être tout stoppé net.

Cependant, cette possible issue s'était envolée avec la réponse de Samia à Zoé :

— Ce n'est rien. C'est le radiateur défectueux qui a trop chauffé. Du coup, ça a fait cuire les rideaux.

La fillette avait fixé d'un œil soupçonneux l'appareil électrique incriminé, presque collé à la fenêtre.

— Ah bon ? Mais pourquoi le radiateur est allumé en plein été ?

— Je viens de t'expliquer qu'il était défectueux, avait rétorqué Samia, imperturbable. Il n'était pas censé se déclencher. Mais ne t'en fais pas, Andrea va réparer ça, n'est-ce pas ?

— Bah voyons, l'homme à tout faire s'en occupe, avait ricané le concerné. *Bugiarda*[1] !

L'histoire bancale avancée avec conviction par l'adolescente avait persuadé Zoé qu'il s'agissait d'un problème technique sans intérêt aucun, même pas – fort heureusement – celui de le rapporter à sa mère le soir venu. L'affaire en était restée là. La journée avait repris son cours normal avec les répétitions qui passionnaient l'enfant, personne ne pouvant s'interroger à voix haute en sa présence sur l'origine mystérieuse du départ d'incendie.

Après le cours, Alex avait évoqué la possibilité de poster ses images des rideaux carbonisés sur La Chaîne

1. Traduction de l'italien : Menteuse.

du Rével. Il y avait très vite renoncé, vertement rappelé à l'ordre par Clarence, Mathylde et Samia, tous trois mortifiés par le drame qui aurait pu se dérouler à cause de leur baisse de vigilance envers Zoé. Cassiopée soupçonnait le reporter en herbe d'avoir mis son film de côté afin de se réserver la possibilité de le publier à une date ultérieure, même s'il avait capitulé presque sans discuter à l'instant T. Par ailleurs, le groupe entier avait vite eu connaissance, *via* les téléphones reconfisqués puis redistribués par monsieur Martin, de la vidéo (avant son retrait des réseaux) du massacre commis par le boucher – Cassiopée avait préféré détourner le visage, consciente qu'il ne s'agissait pas d'un court-métrage d'horreur mais de la réalité. Idem pour Clarence, au nom de ses convictions de non-violence et par décence.

Cassiopée soupira, révulsée rien que d'y repenser. Percevant le bruit d'un moteur en approche à travers ses écouteurs et l'ultime note à l'agonie de *Dans ma nuit*, elle tourna la tête en arrière. Un car d'un blanc immaculé empruntait la route qu'elle longeait. Regardant de nouveau droit devant elle pour poursuivre ses foulées, elle faillit hurler : quelqu'un se tenait à présent au beau milieu de la voie. À quelques mètres du car qui arrivait.

Une silhouette à la chevelure très longue. Une silhouette entièrement constituée d'ombre.

Cassiopée arracha ses écouteurs et s'immobilisa, désemparée, seule sur son trottoir, l'angoisse au ventre. La sorcière ! Celle-ci s'abritait-elle au cœur de la silhouette sombre, comme elle aurait revêtu une armure de ténèbres, ou se tenait-elle dissimulée à proximité, projetant et manipulant son ombre à son gré, à des fins mal intentionnées ?

Un crissement de pneus atroce retentit. L'adolescente aperçut le visage de la femme qui conduisait le bus, pâle à l'extrême, cramponnée à son volant braqué. De plus en plus entraîné sur le côté, le véhicule dépassa Cassiopée. Dans un fracas épouvantable, il se renversa et finit couché sur le flanc, barrant toute la largeur de la chaussée. Ensuite, il se figea, cadavre de tôle sur le bitume.

La jeune fille demeura un instant aussi inerte que le bus chaviré, sonnée par le spectacle effroyable auquel elle venait d'assister. Son cerveau éprouvait beaucoup de difficultés à admettre qu'elle ne se trouvait pas dans un mauvais rêve dont elle allait bientôt se réveiller. Avec une grosse poussée de volonté, elle réussit à recouvrer un peu ses esprits : c'était le monde réel, il y avait un car accidenté devant elle. Elle avait eu le temps, lorsqu'il l'avait dépassée en dérapant, de constater qu'il transportait des passagers. Ce qui signifiait dorénavant des blessés, peut-être même des…

Il fallait avertir la police, les pompiers. Des gens avaient besoin d'être secourus. Autour d'elle, toujours le désert. Aucun passant, zéro voiture. Qu'est-ce que c'était que cette route ? Elle déscratcha son portable du brassard qu'elle portait au bras, et vérifia l'application qu'elle utilisait pour géolocaliser son trajet afin d'indiquer son emplacement à Alice à intervalles réguliers. *Route du Vellac,* la renseigna l'écran. *Drôle de nom,* songea-t-elle malgré elle avant de composer le 112. Elle se détestait de ressentir l'appréhension, voire sa phobie habituelle, de passer un appel à quelqu'un qui ne lui était pas familier. Néanmoins, cette fois, elle n'avait plus le choix. Des vies humaines étaient en jeu. Les passagers ne pouvaient compter sur personne d'autre qu'elle.

Cette pensée lui permit de dominer brièvement sa timidité afin de se concentrer sur les renseignements qu'elle devait donner à l'opérateur à l'autre bout du fil. Elle les lui délivra dans un état second, faisant part de l'urgence de la situation tout en fouillant la route du regard, à la recherche de la silhouette qui semblait s'être volatilisée. Tout s'était déroulé si vite… Et si son esprit lui avait joué des tours, si ce n'était pas la sorcière qu'elle avait entrevue ? S'il s'agissait d'une femme ordinaire, en proie aux jeux de lumière et d'ombre du paysage ? Où se trouvait-elle, maintenant ? La jeune fille frémit en imaginant que l'inconnue pouvait avoir été écrasée sous la carcasse de tôle.

— Madame, vous m'avez entendu ? J'ai besoin de votre identité. Vos nom et prénom, s'il vous plaît ?

Paniquée sans trop savoir pourquoi, elle raccrocha. « Madame », avait dit le type. Le stress et la peur avaient dû déformer sa voix. Pouvait-il la rappeler même si elle avait pris soin de passer en numéro masqué ? Disposait-il d'un moyen technologique pour déterminer qui elle était ? Elle ne voulait pas être mêlée à l'accident officiellement. Elle avait déjà bien assez à gérer. Sans compter qu'Alice ne lui permettrait plus jamais de partir courir seule si elle l'apprenait… Cependant, tant que les secours n'étaient pas arrivés, il lui était inenvisageable de rester là, les bras ballants. Prenant son courage à deux mains, elle descendit du trottoir et s'approcha du car, craignant à chaque seconde soit de découvrir une partie du corps d'une victime broyée sous le véhicule, soit une magicienne en furie qui surgirait de derrière le bus pour l'attaquer de toutes ses ombres.

Une pluie d'éclats de verre jaillit côté pare-brise avant, l'obligeant à reculer d'un bond. Une femme émergea des débris, bras et front ensanglantés. Ses blessures ne paraissaient toutefois pas trop graves : elle parvenait à se tenir fermement campée sur ses deux pieds, bien qu'encore sous le choc de l'accident, à n'en pas douter.

Oubliant toute réserve, Cassiopée se rua vers elle et la reconnut. C'était la conductrice du bus.

— La… la porte, balbutia-t-elle à l'adresse de l'adolescente, en désignant l'ouverture qui se trouvait désormais située en hauteur, au sommet du car gisant sur son flanc tel un animal blessé par un chasseur. Je n'ai pas pu l'actionner, le système est bloqué. J'ai dû utiliser le marteau brise-vitre pour…

Une plainte s'éleva depuis l'intérieur du car, mêlée de sanglots saccadés. Des pleurs de peur ou de douleur…

— Oh mon Dieu ! s'affola la conductrice.

Elle palpa à toute vitesse la veste sans manche qu'elle portait, puis blêmit.

— Mon téléphone… J'ai perdu mon téléphone ! Il a dû tomber. J'y retourne, je dois le récupérer, il faut alerter les pompiers. Je…

Cassiopée la retint doucement par le tissu du vêtement.

— J'ai appelé. Les secours sont prévenus, ils arrivent, énonça-t-elle, espérant de toute son âme que raccrocher au nez de son interlocuteur n'avait pas annulé sa requête en la faisant passer pour une mauvaise blague.

Cette annonce apaisa la femme. D'un ton plus calme, elle essuya du revers de sa main le mince filet d'hémoglobine qui s'égouttait le long de sa joue, et s'enquit :

— Vous l'avez vue, vous aussi ?

— Je…

— Sur la route, plantée en plein milieu ? J'ai fait tout ce que j'ai pu pour l'éviter, mais je l'ai aperçue si tard… Et puis, quand le car l'a frôlée, j'ai cru…

Elle se tut une seconde. Reprit :

— En fait, ce n'était pas un être humain comme vous et moi, n'est-ce pas ? Cette « chose » était surnaturelle. C'était la…

Un nouveau gémissement la priva d'achever son raisonnement et de demander à Cassiopée de le confirmer. À l'écoute de cette lamentation, elles retrouvèrent de concert leur sens des priorités. Ne se préoccupant plus de l'opinion de l'adolescente quant à la nature exacte de la personne qui lui avait barré la route, la conductrice se détourna pour se réengouffrer avec précaution dans le véhicule. Entendant derrière elle les baskets de Cassiopée qui crissaient sur les morceaux de verre au sol, elle la somma de ne pas la suivre.

— Attendez-moi ici ! Il ne manquerait plus que vous vous blessiez aussi. Je veux voir qui je peux aider, et si des personnes sont en état de sortir de là. Je vous dirai après si vous pouvez éventuellement me filer un coup de main.

La jeune fille n'osa rien répliquer face à ces directives. Elle se sentait inutile et frustrée. Elle s'avança tout de même encore un peu afin de risquer un œil à l'intérieur du car, avec l'idée, à défaut d'agir, d'au moins évaluer les dégâts humains. Le cœur comme suspendu, elle distingua des corps affalés appartenant à des gens blêmes ou qui saignaient, des personnes qui sanglotaient, d'autres aux yeux fermés. *Pitié, faites qu'elles soient juste évanouies…*

De puissants bruits de sirène l'arrachèrent à l'horreur de sa vision. Brusquement, son angoisse d'être interrogée des heures durant ou que la troupe du Serpent Vert, l'apprenant témoin de l'accident, ait l'idée inhumaine de lui faire subir une nouvelle interview sur La Chaîne du Révgel, reprit le dessus. Elle réfléchit à peine, laissant son cerveau descendre dans ses jambes, et se mit à courir le plus vite et le plus loin possible. S'enfuir telle une criminelle était idiot, elle le savait. Néanmoins, elle ne parvenait pas à lutter contre cet instinct… Les propos de la conductrice de bus avaient levé ses doutes : l'apparition qui s'était dressée en travers de la route n'était pas tout à fait humaine. L'adolescente jetait des regards à droite, à gauche, tout en sprintant. Où s'était donc camouflée cette maudite magicienne ? *Elle a repris son ombre sous le bras et, comme toi, elle a filé,* lui souffla sa petite voix intérieure. *Mais pourquoi fait-elle tout ça ?* se répliqua mentalement Cassiopée à elle-même en songeant que, décidément, elle devenait dingue.

Elle continua de détaler dans le labyrinthe d'Agonie. Les bruits de sirène s'éteignirent peu à peu. Les pompiers, le SAMU, la police ou les gendarmes… tous avaient autre chose à faire, dans un premier temps, que de se lancer à sa poursuite. Ils n'avaient probablement même pas eu le temps de noter sa présence sur les lieux. Est-ce que la conductrice leur parlerait d'elle ? Donnerait-elle sa description aux forces de l'ordre ? *Lucile te dirait que tu recommences à t'accorder beaucoup trop d'importance,* la réprimanda sa conscience. *Ces gens ont des vies à sauver, tu crois qu'ils en ont quelque chose à foutre de ton existence ?!* Ça avait le mérite d'être clair. Cassiopée s'en sentit presque soulagée, même si elle était en train de glisser de façon préoccupante sur la pente du dédoublement de personnalité ! Elle devait se reprendre.

S'estimant assez loin à présent, elle ralentit, vérifia sa position et l'envoya à Alice par SMS comme si de rien n'était. Elle en profita aussi pour consulter l'itinéraire à suivre afin de regagner le domicile de son hôte estivale. Si elle sortait seule trop longtemps, cette dernière se ferait du souci en dépit de ses comptes rendus. L'idée l'effleura que la mère de famille ne présentait pas tant de signes d'anxiété lorsqu'il s'agissait des escapades de son fils. De jour comme de nuit, Clarence semblait vaquer à sa guise, sans contrainte ni consigne. Est-ce que ce n'était pas un peu sexiste, par hasard ? D'un autre côté, cette différence de traitement venait peut-être juste du statut d'invitée de Cassiopée, de son âge moins élevé et/ou de l'aura particulière que diffusait le jeune homme sur toutes celles et tous ceux qui partageaient sa vie…

Épuisée, l'adolescente cessa enfin de cavaler. Elle transpirait. Elle en avait plein les pattes et plein la tête. Ce n'était pas le moment de faire des procès d'intention à sa gentille tante, il y avait beaucoup plus grave à traiter.

Tout en marchant, Cassiopée sentit monter en elle une onde de culpabilité. Il lui fallait se rendre à l'évidence : depuis la crise de somnambulisme qui avait suivi de peu son arrivée, les problèmes et incidents étranges s'étaient multipliés, au Serpent Vert comme à l'extérieur. Certains pouvaient relever de la coïncidence ou de l'explication rationnelle. Pas tous… Elle était dotée de pouvoirs d'ombre, et l'accident auquel elle venait d'assister avait été causé par la sorcière, elle ne pouvait plus le nier. D'une façon ou d'une autre, le soir de son échappée involontaire aux Trois-Sœurs, dans son état à mi-parcours entre faux éveil et vrai sommeil, elle avait trouvé le chemin du Rével. À l'inverse de monsieur Martin, elle n'avait aucun souvenir d'y avoir rencontré l'ensorceleuse. Elle avait néanmoins dû la croiser ou l'invoquer, au vu de tout ce qui se passait dans Agonie depuis cette nuit-là.

Cassiopée aurait donné n'importe quoi pour retrouver la mémoire : avait-elle exprimé un vœu ? La sorcière avait-elle exigé quelque chose en retour ? Ses facultés nouvelles et les événements surnaturels du moment n'avaient cependant aucun rapport avec la timidité. C'était à n'y rien comprendre ! D'ailleurs, sa timidité ne s'était pas dissipée et n'avait pas non plus diminué. Si l'idée était qu'elle envoie des ombres étouffer à moitié tous ceux qui se moquaient ou ne comprenaient pas sa personnalité introvertie, la « solution » lui paraissait plutôt radicale et inadaptée ! C'était bien pour cette raison, sans nul doute, que tous les contes et autres récits fantastico-horrifiques avertissaient de toujours se méfier de la formulation de ses souhaits. Un seul mot de travers, et l'on déchaînait les enfers…

Si son professeur de théâtre n'était pas convaincu à cent pour cent de cette histoire de vœu exaucé, la jeune fille en était pratiquement persuadée, à présent. L'enseignant avait reconnu avoir exigé de plus en plus fort de rejoindre ses parents dans le monde réel à l'époque, et l'événement s'était produit. Mais *elle*, il y avait quelques soirées de cela, qu'avait-elle dit ou ressenti ? Elle frissonna en repensant aux diverses fois où elle avait ardemment désiré faire trembler les autres, pour changer. Or, somnambule, elle devenait incontrôlable, elle se débridait. Et si, au lieu de demander la simple suppression de sa timidité, elle avait exigé de voir la ville entière mourir de peur ?

Au final, quoi qu'elle ait réclamé, quoi qu'il se soit passé lors de cette nuit, la sorcière du Révei l'avait suivie jusqu'ici. Dans la réalité. À Agonie.

Défiant la chaleur de plus en plus écrasante, la chair de poule prit d'assaut les bras de l'adolescente. Celle-ci ne voulait plus se voiler la face : cette accumulation de plus en plus forte, violente, de vicissitudes et d'attaques en tous genres, elle en était responsable. Indirectement. Pas entièrement, certes. Mais bien plus qu'un jeune Antoine Martin qui, psychopathe ou non, avait juste demandé à retrouver ses géniteurs, et qui, plus vieux, n'avait tout simplement pas pu anticiper les conséquences d'une mise en scène (dont il n'était pas créateur) sur un spectateur plus impressionnable que la moyenne…

Aujourd'hui, la peur jouait à un tout autre niveau. Par malheur, contrairement à ce que croyait la petite Zoé, les pouvoirs de Cassiopée n'étaient pas de taille à rivaliser avec la puissance de la sorcière, encore moins à protéger d'elle les habitants. La magicienne s'avérait trop furtive dans ses offensives pour tenter de la stopper. Tout cela devait pourtant cesser. Mais comment ?

Tu réalises que si tu n'étais pas timide, on n'en serait jamais arrivé là ? la morigéna son insupportable conscience. *Tu ne crées que des problèmes avec ça !* Impossible de protester : oui, son caractère avait mené à l'engrenage fatal qui broyait désormais petit à petit

CHAPITRE 18

Agonie dans ses ténèbres. C'était donc à elle d'introduire un grain de sable ou d'ombre dans les rouages, afin de mettre un terme à ce cauchemar en dangereuse expansion. Elle ne pouvait pas laisser la ville entière sombrer dans une terreur mortelle à cause d'elle…

POURQUOI, SORCIÈRE ?

COMPTINE AGONIENNE NON DATÉE

Sorcière, sorcière,
Pourquoi te caches-tu ?
Sorcière, sorcière,
Pourquoi tout s'est tu ?

À l'envers de l'ombre
Se terre une âme sombre.
Au cœur des Trois-Sœurs,
Elle guette son heure.

Si tu franchis le mur,
Dis dans un murmure
Ton vœu le plus cher
À la vile sorcière.

Pour combler ta prière,
Repars en arrière.
Abandonne le Rével,
Retourne au Réel.

N'écoute pas l'appel
De la magicienne,
Car la croquemitaine
Te veut auprès d'elle.

Ne lui laisse pas ta voix,
Ne lui laisse pas ta vie,
Mais n'oublie pas la loi :
Tout souhait a un prix.

Sorcière, sorcière,
Pourquoi m'exauces-tu ?
Sorcière, sorcière,
Pourquoi tu me tues ?

CHAPITRE 19

« Un car de la compagnie Iterbus s'est renversé sur la route du Vellac ce samedi. La préfecture a indiqué dans un bref communiqué que le véhicule a fini couché sur le côté, en travers de la voie. Nous n'en savons pas plus à l'heure actuelle sur les circonstances de l'accident. Les vingt-neuf personnes à bord ont été blessées, dont quatre grièvement. Deux ont encore leur pronostic vital engagé au moment de ce bulletin. Iterbus a ouvert un numéro d'appel d'urgence pour… »

— Il ne faut jamais écouter ou regarder les informations le soir, ça donne des cauchemars, intervint Zoé, très sérieuse, en éteignant la radio.

Cassiopée ne protesta pas, car la petite fille avait raison : ce qu'elle venait d'apprendre en trente secondes avait suffi à la démoraliser encore un peu plus. La situation était grave… C'était bien beau de sa part de vouloir s'opposer à la sorcière mais, même avec ses pouvoirs d'ombre, elle n'avait aucune idée de la manière dont elle pourrait s'y prendre. Elle n'avait pas du tout l'étoffe d'une justicière, et son acolyte dans la bataille ténébreuse qui se profilait était une gamine de sept ans dont l'unique arme fatale consistait à tout métamorphoser en rose bonbon sur son passage.

Zoé lui offrit son plus charmant sourire édenté en brandissant un DVD.

— Je peux regarder *Pierre Lapin* ?

— Tu es sûre que tu as le droit ?

— Ouiiii ! s'écria-t-elle en effectuant un saut de puce pour se lover dans le sofa du salon. Quand maman sort, j'ai droit à un épisode avant d'aller me brosser les dents.

Cassiopée mit sa suspicion de côté. C'étaient les grandes vacances, après tout. Elle ne s'était pas proposée auprès d'Alice en remplacement de la baby-sitter habituelle pour se transformer en surveillante rabat-joie. Clarence, lui, partageait une soirée cinéma avec Mathylde. Il lui avait proposé de se joindre à eux ; elle avait décliné. Si elle appréciait beaucoup chacun d'entre eux, elle s'imaginait mal tenir la chandelle durant une soirée entière. *Bonjour le malaise…*

Après sa course et sa journée bouleversante dont elle n'avait rien raconté à personne, elle éprouvait un immense besoin de retour au calme, de repos, de sérénité. Rester à la maison pour garder Zoé lui convenait à la perfection. Pas de nouvelles de la police, en outre. Quand elle avait parlé aux forces de l'ordre (puisqu'elle avait forcément été interrogée), la conductrice avait dû la zapper. Ce genre d'oubli de ses interactions avec les gens lui arrivait régulièrement. Comme si elle était insignifiante, au point que le cerveau d'autrui préférait l'effacer… Elle avait passé depuis longtemps le stade de l'étonnement quant à ce phénomène. Au moins, là, cela lui servait. Pas envie de davantage d'ennuis !

— Alors ?! trépigna la fillette. *Pierre Lapin* ?

CHAPITRE 19

— D'accord. Un seul épisode et, après, je veux que tu te brosses les dents si fort qu'elles brilleront dans le noir.

— Tu me fais trop rigoler, s'esclaffa l'enfant, toujours bon public.

Maîtrisant sans conteste le maniement des télécommandes et du lecteur, elle sélectionna l'histoire qui lui plaisait sur le menu et lança le dessin animé. L'adolescente se cala à côté d'elle dans le canapé, un œil sur la télévision, l'autre sur son portable. Le discours ultra-moralisateur de monsieur Martin à propos des réseaux sociaux lui revint en mémoire : « C'est la course au paraître et aux images scandaleuses, le refuge des lâches qui jugent et harcèlent, bien planqués derrière leur écran. Ça vous déshumanise et c'est artificiel. La plupart des gens y sont faux. Ils jouent un rôle, bien plus que sur les planches de notre scène. » Beaucoup trop emphatique à son goût, mais elle ne pouvait pas entièrement lui donner tort. Elle avait maintes fois constaté tout ce qu'il dénonçait. En tant que très grande timide, elle affectionnait néanmoins ces canaux de communication. Pas pour se montrer, critiquer ni répandre des rumeurs cruelles. Mais pour, enfin, créer des liens. Cela lui était beaucoup plus aisé là que dans la vie réelle. Elle aussi était une planquée derrière son écran. Et les touches de son clavier la raccordaient aux autres…

Elle ne comptait plus le nombre d'autrices et d'auteurs de fantastique, bien plus accessibles qu'elle ne l'aurait pensé, avec qui elle était entrée en contact par ces biais, osant envoyer des DM et tenant parfois en messagerie privée des discussions aussi passionnées que passionnantes, alors qu'elle aurait été incapable d'articuler une phrase cohérente *en face* de toutes ces personnes, trop impressionnée. On trouvait également du bon, du positif, dans les réseaux sociaux. Monsieur Martin était peut-être un peu trop vieux, un peu trop dépassé par la technologie, pour se rendre compte qu'à ce sujet, il ne fallait pas mettre dans le même sac tous les…

La photo la frappa de plein fouet, figeant ses pensées. Depuis leur « rupture amicale », elle aurait dû se désabonner du compte Instagram de Lucile. Pourquoi ne l'avait-elle pas fait ? La publication de son ancienne complice lui agressait les rétines, maintenant. Elle lui consumait le cœur, aussi.

Lucile et Romain.

Sur la même photo. Ensemble, dans tous les sens du terme. Le bras du garçon enroulé autour de sa taille à elle, leurs deux jeans soudés par la hanche, leurs regards plus brillants que des étoiles sur Hollywood Boulevard. Ces éléments n'autorisaient guère de doutes sur la nature exacte de leur relation. Toutefois, pour les moins perspicaces, une volée de hashtags apportait à l'image des sous-titres explicites :

#love #lucileetromain #enamoureux #instalove #lovehim #happiness #forever #soulmates.

Si cela ne s'appelait pas enfoncer le clou… « Soulmates » ? Âmes sœurs, carrément ? Alors que Lucile n'avait pas manifesté d'intérêt envers Romain de toute l'année scolaire, soudain ils se découvraient la passion mutuelle de Roméo et Juliette ? Le soleil avait dû leur cuire la tête !

Oui, Cassiopée se sentait mal. Jalouse, blessée. Pourtant, elle ne ressentait plus rien pour Romain. Entre eux, c'était terminé et elle n'avait sans doute, sur le court laps de temps qu'avait duré leur « couple », jamais été amoureuse.

CHAPITRE 19

L'appel à l'aide désespéré lui parvint du rez-de-chaussée. *Non, non, non, pas Zoé !* Elle jaillit hors de la douche… et son pied droit, encore trempé, dérapa sur le carrelage. Aussitôt, sa cheville se tordit, l'articulation plia d'un coup, vers l'intérieur, comme si elle voulait aller embrasser l'autre jambe. L'adolescente beugla, les larmes aux yeux, sous l'effet de la douleur vive, brutale, et se retrouva étalée de tout son long par terre. Quelle imbécile ! Préoccupée qu'elle était par ses histoires futiles avec Romain et Lucile, elle n'avait pas relevé que le tapis de sol se trouvait placé devant le lavabo. Elle aurait dû le déplacer avant de grimper dans la douche. À présent, dans la pièce nimbée de la lueur du soir estival, elle ne voyait plus que lui.

— ZOÉ ! s'époumona-t-elle en grimaçant. Zoé, tu vas bien ?

Il lui sembla percevoir de faibles pleurnichements. Si la sorcière faisait du mal à son adorable cousine, elle ne se le pardonnerait jamais. Elle devait ignorer sa souffrance physique, voler à sa rescousse. Tant pis si elle y perdait un pied…

Hélas, ses résolutions s'écroulèrent dans la seconde suivante, vaincues par le supplice. Sa tentative de prendre appui sur sa jambe droite se solda par un échec cuisant. Désespérée, elle observa son pied. Enflé, celui-ci s'était paré d'une teinte violet foncé qui tirait presque sur le noir. Il n'y avait personne pour l'aider ; elle était dans l'incapacité de se relever avec sa seule jambe gauche sur ce carrelage mouillé et si glissant. Cependant, son sort l'angoissait beaucoup moins que celui de Zoé, seule en bas face à une magicienne capable du pire. Et dire que la gamine avait toujours été persuadée que Cassiopée saurait l'en protéger !

Au lieu de quoi, l'adolescente s'était rétamée de façon honteuse dès l'approche du danger. Elle ne méritait pas la foi aveugle que la petite avait placée en elle.

— SORCIÈRE ! glapit-elle, au comble de la désespérance. Laisse-la tranquille. Remonte plutôt t'en prendre à moi. Sorcière ! Arrête d'être lâche et de te planquer derrière ton ombre, viens te montrer !

Zéro bruit, zéro réaction. Même effet que si elle avait pissé dans un violon. Il n'y avait guère que dans les histoires que les méchants étaient assez stupides pour s'exposer à cause d'un ego froissé. Quelque part, elle en éprouva un soulagement diffus : jusqu'ici, elle n'avait aperçu qu'une silhouette, une ombreuse projection, un contour opaque, sans concrètement se retrouver nez à nez avec cette… entité. Quel aspect véritable possédait-elle ? Le témoignage de monsieur Martin n'avait pas vraiment pu l'éclairer sur ce point. La jeune blessée n'était pas pressée de contempler une éventuelle physionomie répugnante, style momie antique ou cadavre en décomposition. Elle était déjà bien assez terrorisée.

Ce devait être mille fois pire pour Zoé. Cassiopée ne discernait plus de sanglots, ignorant ce qu'il fallait en penser. En tout cas, elle n'allait pas l'abandonner ! Puisqu'elle ne pouvait plus marcher, elle ramperait. Tendant la main, elle réussit à attraper un peignoir de bain pendu au radiateur éteint. Elle se tortilla pour s'en envelopper tant bien que mal. La sorcière devait bien se moquer qu'elle soit toute nue, néanmoins, sans habit, elle se sentait trop vulnérable. En outre, si elle y passait, elle n'avait pas envie d'être retrouvée dévêtue. Elle voulait faire une morte honorable.

CHAPITRE 19

Prenant appui sur ses bras, elle se traîna à plat ventre, le plus vite possible, hors de la salle de bains. Parvenue en haut des escaliers qui menaient au rez-de-chaussée, elle se déhancha pour se retrouver en position assise. Là, elle tenta derechef de se relever en s'agrippant à l'extrémité de la rampe. Une nouvelle douleur fulgurante au niveau de l'aine la découragea vite. Faux mouvement ou conséquence à retardement de sa chute ridicule... Sans s'attarder sur la question, elle entreprit avec effort de descendre les marches sur les fesses, jambe droite tendue devant elle et pied légèrement surélevé.

*

Pendant ce temps, dans le salon, Zoé était déjà passée par tous les échelons de la peur. Tremblante, une coulée de morve séchée sous le nez, elle n'avait plus de larmes pour pleurer. Elle se taisait, espérant que son silence l'aiderait à se protéger de la créature qui tentait de la débusquer. Son inconscient avait intégré que cette partie de cache-cache était potentiellement létale. En dépit de son jeune âge, l'instinct de survie la guidait, désormais.

Poursuivie par l'ombre menaçante, elle s'était camouflée à plusieurs endroits successifs : sous la grande table qui servait aux repas, dans un renfoncement étroit entre deux meubles de rangement, derrière le canapé où elle avait, au passage, récupéré Victoire. Si seulement la fausse pieuvre avait pu prendre vie afin de se changer en poulpe géant capable de la défendre contre tous les vrais monstres ! Hélas, point de magie dans cette peluche. Cela la rassurait pourtant de la tenir serrée fort contre elle. Elle avait l'impression de ne plus lutter seule contre leur grande Ennemie. Le plus effrayant, c'était d'ignorer où cette dernière se tenait réellement. Comme quand on savait qu'une grosse araignée velue rôdait dans une pièce et qu'on ne la voyait plus…

Pour l'heure, la fillette n'avait eu affaire qu'à une affreuse silhouette ténébreuse qui effectuait une sorte de ronde sur les murs du salon pour la déloger de ses différents refuges. Maligne, elle en avait déduit que la sorcière se dissimulait à sa vue, et qu'à l'instar des facultés surnaturelles de Cassiopée, c'était sa propre ombre qu'elle manipulait dans le but de la traquer. L'idée effleura la fillette que la vilaine magicienne en profitait peut-être pour la diriger là où elle le souhaitait, vers l'endroit où elle se tenait en personne… Était-ce si intelligent de fuir l'ombre, finalement ? Est-ce que ce n'était pas un piège ? Mais Zoé ne pouvait se retenir de décamper dès que la silhouette sombre se rapprochait un peu trop de l'une de ses cachettes. C'était plus fort qu'elle.

Une fois de plus, l'ombre manqua de la frôler. Le cœur battant, l'enfant quitta son abri à quatre pattes, sa pieuvre en peluche glissée dans le col de son haut de pyjama. La sorcière ne la lâcherait pas, la petite fille n'allait plus lui résister longtemps.

Que faisait Cassiopée ? Malgré sa frayeur démesurée, Zoé s'inquiétait pour sa baby-sitter improvisée. Elle avait entendu un grand boum derrière elle tout à l'heure, quand elle avait foncé dans les escaliers pour s'échapper. Optimiste, elle avait d'abord cru que la sorcière avait chuté, battue par le pouvoir de l'adolescente. Elle n'avait malheureusement pas tardé à comprendre que la victime n'était pas celle qu'elle supposait.

Néanmoins, peu après, Cassiopée avait crié et essayé de provoquer la créature. Donc elle n'était pas assommée, ni hors d'état de combattre. Même blessée, elle ne la laisserait pas tomber. Zoé en était convaincue. Elles partageaient un secret, elles étaient alliées. En l'attendant, l'enfant devait juste gagner du temps.

Sa fuite à quatre pattes la conduisit à la sortie du salon, devant la porte de la cave. Mal refermée, celle-ci était entrebâillée. Pas besoin de se relever pour atteindre la poignée, ce qui signifiait qu'elle pouvait s'y glisser discrètement. La fillette hésita. Elle détestait ce lieu. Y descendre seule l'épouvantait. D'un autre côté, la vaste salle en forme de L à l'envers comptait tant de bazar, de cartons et de recoins tarabiscotés, qu'elle y multiplierait ses chances de se terrer en sécurité. Mais… Si c'était là que se trouvait la vraie sorcière ?

Le mouvement fugace qu'elle perçut dans son dos interrompit ses tergiversations. Avec la terrible sensation que l'ombre maléfique était en train de foncer droit dans sa direction pour l'attaquer, elle écarta la porte, le moins grand possible, et s'engouffra dans le sous-sol. Dès son entrée, elle se redressa, terrifiée, pour appuyer sur l'interrupteur intérieur qui déclenchait les deux ampoules du L. Des ampoules qui ne s'allumaient que de façon très progressive et qui, une fois leur puissance maximale atteinte, n'éclairaient pas beaucoup. Tout cela pour d'obscures raisons *d'économie d'énergie*, selon sa mère et son frère. Voilà pourquoi, avec sa phobie du noir, l'enfant ne se rendait en ces lieux qu'accompagnée. Du moins, en temps normal… et cette soirée n'avait rien de normal.

En sueur, elle choisit de ne pas refermer complètement la porte. Ainsi, la lumière solaire en provenance des fenêtres du séjour filtrait par le très léger écart que Zoé avait laissé, lui permettant de ne pas trébucher à l'aveugle sur les marches raides pendant que les ampoules s'efforçaient d'atteindre leur efficacité relative. Haletante, les yeux brûlants mais secs, l'enfant atteignit sans encombre le bas de l'escalier. Plissant les paupières pour s'accoutumer à la semi-pénombre qui régnait, elle repéra la grosse malle, là-bas, au fond, dans l'angle droit du L renversé. Elle la savait remplie de jouets et de bibelots anciens ayant appartenu à ses grands-parents maternels. Par conséquent, elle n'envisagea pas de se faufiler à l'intérieur de la valise, surtout qu'elle n'aurait pas supporté de s'y retrouver plongée dans une obscurité totale. Pourtant, la masse familière de l'imposant bagage l'attirait. Elle se précipita vers lui, pilotée par son intuition.

Par chance, ses chaussons lapins n'émettaient pas de claquement sur le sol de la cave, préservant sa discrétion. La valise n'était pas tout à fait appuyée contre le mur. La fillette menue se coula dans l'espace entre la malle et la paroi de béton gris, s'accroupit derrière le bagage et cessa de remuer le moindre orteil. Recroquevillée sur elle-même, elle ne pouvait plus observer ce qui se passait autour d'elle, ni surveiller si l'ombre ou la véritable sorcière se matérialisait dans les parages. Ne rien voir mais ne pas être vue, c'était son unique option, à présent. Elle s'en liquéfiait d'effroi, la transpiration collant son corps frêle à son pyjama.

Soudain, un frottement. Puis un faible choc. Le bruit paraissait provenir de l'emplacement des escaliers. Encore…

Frottement, choc. Frottement, choc.

CHAPITRE 19

Zoé se masqua la bouche avec sa main pour étouffer un gémissement.

Frottement, choc. Frottement, choc.

Pas boiteux à pas boiteux, quelqu'un descendait les escaliers…

*

Frottement, choc.

Cassiopée se maudissait à chaque marche avalée sous ses fesses. Ici, il n'y avait même pas de rampe pour la narguer. Sa jambe droite tendue devant elle la lançait presque autant que son pied de plus en plus noir, de plus en plus gonflé. Encore un peu, et il finirait par exploser. La douleur, les crampes, tout l'alourdissait. Si la moquette qui recouvrait les escaliers menant au premier étage de la demeure lui avait permis d'effectuer une descente insonore jusqu'au rez-de-chaussée, il n'en allait pas de même avec ceux de la cave, en bois et beaucoup plus inconfortables. Elle y faisait preuve de moins de légèreté qu'un éléphant dans un magasin de porcelaine. Il ne lui restait plus qu'à espérer que la sorcière du Rével soit un peu dure de la feuille…

Dans le doute, après sa tentative de provocation ratée, elle préférait se taire. Ce qu'elle désirait par-dessus tout dorénavant, c'était rejoindre Zoé au plus vite. L'enfant se cachait ici, elle en était sûre : la porte entrebâillée lui avait fourni un indice, la lumière allumée lui avait apporté une certitude. Pénétrer sans compagnie protectrice dans cette cave qu'elle craignait tant, la gamine avait de la bravoure et de la ressource ! D'après les souvenirs de Cassiopée de sa première soirée dans l'habitation, lorsqu'elle avait dû descendre y chercher des oranges – les fameuses oranges destinées au petit déjeuner –, ce grand sous-sol encombré offrait de multiples possibilités de cachettes. Le vrai problème consistait à savoir si, ce soir, la sorcière ne l'avait pas également élu pour tanière.

Par réflexe de défiance, la jeune éclopée tourna la tête vers l'arrière, ce qui lui permit d'embrasser en un regard le faible nombre de marches que son humiliante technique de « glissades sur postérieur avec une patte déglinguée en l'air » lui avait permis de descendre, ainsi que la porte qu'elle avait d'abord refermée derrière elle, avec soin et à bout de bras – pour ne pas dire à bout de doigts – depuis sa position assise. En dépit de sa posture périlleuse, ni la poignée ne lui avait échappé dans un claquement sec, ni les gonds n'avaient grincé. Dans cette situation stressante à l'extrême, au moins un cliché de film d'horreur lui avait-il été épargné. Pour quelle utilité ? Elle se posait maintenant la question. La véritable magicienne, celle de chair et d'os (en putréfaction ?), devait parfaitement être capable d'ouvrir une porte selon son gré pour pister ses futures victimes. Et si, pour « chasser », elle usait exclusivement de son ombre, celle-ci devait pouvoir s'immiscer, tel un insecte répugnant et vicieux, par l'interstice existant entre le sol et le bas de la porte ou entre le chambranle et l'un des bords de cette foutue porte. Dans tous les cas de figure, Zoé et elle étaient cuites…

Non, ce n'était pas le moment de se laisser abattre ! Elle avait une enfant à secourir. Même si son plan s'avérait très sommaire, il lui fallait le mettre à exécution : retrouver Zoé, évacuer l'endroit, utiliser ses propres pouvoirs lorsque la sorcière du Rével s'interposerait… et croiser les doigts pour faire à peu près le poids, malgré son inexpérience et sa peur.

Fixant de nouveau le bas des marches, l'adolescente continua sa descente, plus déterminée que jamais.

Frottement, choc. Frottement, choc.

Il lui sembla percevoir un hoquet assourdi. Lorgnant dans la direction du son, elle repéra une énorme malle, debout devant la cloison anthracite. Rien ne dépassait de la valise, pourtant elle sut d'instinct que Zoé avait dû trouver refuge à proximité. Derrière ? Dedans ? Plutôt derrière, compte tenu de sa phobie du noir. Du reste, l'interrupteur du bas s'affichait sur ce mur précis, à trente centimètres environ au-dessus du bagage. Cassiopée supposa que la présence « rassurante » du commutateur avait attiré la fillette vers ce coin. La pauvre était sûrement terrorisée. Tant pis, Cassiopée prit le risque de rompre davantage le silence et chuchota :

— Zoé ? Zoé, tu es là ?

Rien.

Frottement, choc.

Elle franchit une marche supplémentaire sur son séant avant de hasarder dans un nouveau souffle :

— Zoé, ne crains rien. C'est moi : Cassiopée.

— Oh, je savais que tu viendrais ! sanglota la valise.

— Écoute, je suis blessée au pied, murmura l'adolescente. Je suis à peine arrivée au milieu des escaliers. Cours me rejoindre et on s'en ira de là ensemble.

— Je… Je n'ose pas ressortir de ma cachette. Tu crois qu'*elle* est ici ? Avec nous ?

Alors que Cassiopée s'apprêtait, autant pour se rassurer que pour réconforter la petite fille, à rétorquer qu'elle n'avait pas relevé de présence suspecte à la cave, une main d'ombre se découpa sur le mur de béton. Apparue plusieurs dizaines de centimètres au-dessus de l'interrupteur qui surplombait la malle protectrice, elle s'étira lentement sur la cloison, bientôt suivie par le début d'un bras.

— Attention, Zoé, elle arrive ! Cours vers moi, vite !

À la fois horrifiée et fascinée, la blessée observait depuis les marches la scène qui se déroulait plus bas, dans une lenteur alarmante qui évoquait une vieille séquence de cinéma d'épouvante. Petit à petit, le bras nébuleux s'étendait, comme si la silhouette d'ombre se trouvait au verso du mur, dans l'autre partie du L renversé formé par le sous-sol, et qu'elle s'était mise à enlacer la cloison. *Pianissimo* mais inexorablement, dans une étreinte funeste, jusqu'à l'étrangler bientôt. Il ne s'agissait là que d'une impression, la vérité étant plus éprouvante encore : l'entière jumelle d'ombre de la sorcière finirait par apparaître sur la paroi, et ce n'était certainement pas le béton qu'elle allait tenter d'étouffer.

— Zoé ! Qu'est-ce que tu fais ? Pitié, dépêche-toi !

— J'ai… J'ai trop peur, larmoya la voix de l'enfant derrière la malle. Je n'arrive plus à bouger. Viens m'aider, s'il te plaît…

L'unijambiste d'un côté, la statufiée de l'autre. Elles se trouvaient officiellement au bord du désastre absolu.

Frottement, choc. Frottement, choc.

Cassiopée venait de parcourir les deux tiers de l'escalier. Suant à grosses gouttes, le pied en feu et les larmes aux yeux, elle ne quittait pas du regard l'ombre se profilant au ralenti au-dessus du bagage.

— Zoé ! Tu ne dois pas rester à cet endroit, je t'en prie !

Des sanglots lui répondirent.

CHAPITRE 19

— Pardon… Je suis désolée, pardon…

Non, c'est moi qui suis désolée, se dit la jeune fille. *C'est moi qui étais censée te garder, veiller sur toi…*

— Tes pouvoirs… geignit la valise.

Cassiopée ne répliqua rien, elle savait bien. Depuis les deux marches précédentes, elle faisait appel à toute sa concentration pour imaginer des serpents d'ombre qui onduleraient avec la célérité du vent jusqu'à la silhouette sombre et se loveraient insidieusement autour d'elle pour la mettre hors d'état de nuire. Ou, plus vraisemblablement, pour permettre aux deux filles de gagner quelques précieuses minutes et peut-être une chance de s'en sortir. Hélas, ses facultés surnaturelles ne lui obéissaient plus. Elle ne les avait pas perdues, pourtant, elle le sentait. Ses pouvoirs tapis au fond d'elle, elle ne parvenait pas à les faire émerger, à les lancer à l'assaut de l'adversaire. Trop de douleur. Trop de panique. Trop de terreur.

Frottement, choc.

Au prix d'un effort incommensurable, elle descendit une marche supplémentaire. Elle était exténuée, au bord du malaise. À cet instant précis, si seule sa vie avait été en jeu, elle aurait renoncé. Mais il y avait Zoé… Zoé qui, du haut de ses sept ans, s'était montrée réactive et avait tout mis en œuvre, sans personne d'autre qu'elle-même sur qui s'appuyer, pour échapper à l'entité hostile. Elle aussi subissait maintenant le contrecoup d'un trop-plein d'émotions fortes, clouée à sa place, se livrant en pâture contre sa volonté.

Sur la cloison, l'ombre avait encore gagné du terrain : tout le bras était là, tandis que l'épaule apparaissait peu à peu, barrée d'une longue, d'une interminable mèche de cheveux. Désespérée, Cassiopée rassembla les ultimes forces mentales qui lui restaient, s'efforçant d'imaginer une mare sombre qui pourrait s'étendre jusqu'à la valise et l'envelopper en totalité, protégeant Zoé d'un cocon opaque.

Aucun résultat.

Rien ne naquit de son esprit, pas même une flaque ridicule. À la limite de l'évanouissement, elle s'arrêta. Sur le mur se découpait à présent une moitié de sorcière. Ce qui angoissait le plus la jeune fille, c'était ce rythme traînant auquel la silhouette se constituait alors qu'elle était tout à fait apte à se mouvoir en un clin d'œil, elle l'avait déjà prouvé. S'agissait-il d'une vulgaire distraction destinée à les détourner du véritable piège ? Peut-être bien. Néanmoins, elle n'aurait point l'esprit tranquille tant qu'elle ne l'aurait pas neutralisée.

Frottement… Harassée, l'adolescente ne put aller au bout du mouvement visant à laisser tomber ses fesses sur la marche suivante. Sa vue se brouilla. Tout était terminé, gâché. *Pardon, Zoé, je suis une championne de nullité.* Si seulement elle avait disposé d'un artefact magique ou d'un gadget technologique pour annihiler cette ombre ! Une arme. Un pistolet à rayons de lumière. N'importe quoi…

Flash. Andrea, sa perceuse à la main.

La mémoire de Cassiopée, rembobinant encore un peu, se mobilisa tout entière afin de lui faire revivre avec acuité ce bref moment.

Illumination. Elle comprit brusquement.

Jetant un coup d'œil en arrière, puis un nouveau devant elle, elle chercha à évaluer la distance la plus courte. Interrupteur du haut, à l'entrée du sous-sol, ou interrupteur du bas, au-dessus de la grosse malle ? Les deux se trouvaient loin d'elle. Sa souffrance physique ne cessait de monter en puissance. Dans un sens ou dans l'autre, elle mettrait une éternité à atteindre le commutateur. Pas le choix : il fallait remotiver sa si frêle alliée.

— Zoé, héla-t-elle du ton le plus ferme possible, écoute-moi bien ! Tu dois vite te relever et appuyer sans hésiter sur l'interrupteur juste derrière toi.

— Quoi ? Pourquoi tu ne te sers pas de tes pouvoirs ? Elle va me voir… gémit la petite fille.

Mes pouvoirs font chier, comme ma timidité. Quant à la sorcière, je crois qu'elle t'a déjà repérée.

— Ne t'inquiète pas pour ça, tu dois seulement agir très vite ! Tu as bien compris ? Fais-moi confiance.

— Mais je ne peux pas bouger, je t'ai dit.

— Si, tu peux ! Tu DOIS le faire. Allez, Zoé, par pitié !

— Mais, hoqueta la voix, ça va tout éteindre, et alors, on va être dans…

— N'y pense pas. Fais-le. Et dépêche-toi, je t'en supplie.

— Mais…

— *ZOÉ ! MAINTENANT !*

Cassiopée avait toujours détesté les gens qui hurlaient sur les autres au prétexte de les motiver. Elle, cela la bloquait plutôt que de la pousser à l'action. Mais pour la seconde fois de la soirée, l'imminence du danger l'avait conduite à cette extrémité.

— Pard…

Elle interrompit ses excuses en voyant surgir de l'arrière du bagage, tel un petit diable à ressorts sautant de sa boîte, le verso d'une tête à la nuque échevelée. Continuant de lui tourner le dos, la fillette hirsute déplia son bras. Sa paume tremblante se dirigea droit vers l'interrupteur, et…

CASSIOPÉE ! *J'ai peur ! Cassiopée ! Cassiopée !*

CHAPITRE 20

Les hurlements déchirants de l'enfant à travers l'obscurité totale étaient atroces, insupportables. De la pure torture.

Si Cassiopée avait raison de se baser sur ses déductions et sur son expérience passée, quelques secondes à peine suffiraient. N'y tenant plus, elle cria :

— Rallume !

— Qu… quoi ?

— Rallume, je te dis. C'est bon, elle devrait être partie.

Ou pas. Rien, à l'exception d'une hypothèse bancale, ne lui permettait de l'affirmer.

Un « Ouille ! » discret se fit entendre, puis la lumière revint. L'adolescente soupira d'aise en constatant l'absence d'ombre en forme de sorcière sur le mur. Zoé, la chevelure en bataille, les yeux rougis, sa pieuvre en peluche coincée entre le cou et le col du pyjama, se précipita à sa rencontre dans les escaliers.

— Doucement ! Mon pied, attention…

— Waouh, il est moche ! releva la fillette avec une

candeur sans pitié. Tu ne crois quand même pas qu'il va se détacher de ta jambe ?

— Euh… On a eu assez de problèmes comme ça pour ce soir, tu ne penses pas ?

Zoé hocha la tête. Passant du coq à l'âne, elle chuchota à l'oreille de la mutilée :

— Dis, tu crois qu'elle va revenir ?

Interrogation pertinente. Probable question de vie ou de mort… La baby-sitter la plus pitoyable de la terre botta en touche.

— Pour le moment, ma priorité, c'est d'évacuer cette cave. C'est un bon plan, non ?

— Oh oui ! Je n'aurais jamais dû me cacher ici…

Tout en grimaçant et en remontant les marches à reculons sur son malheureux postérieur meurtri, Cassiopée tint à clarifier :

— Elle t'aurait poursuivie n'importe où, tu n'as rien à te reprocher. Au contraire, tu as été très courageuse ! Je t'admire, tu sais.

— Merci beaucoup, se rengorgea la gamine en rosissant de plaisir. Tu veux de l'aide ?

Hors d'haleine et plus transpirante que jamais, la jeune fille rejeta l'offre.

— Ça va aller. On verra pour un coup de main éventuel quand j'aurai atteint le haut de ces fout… maudits escaliers. En attendant, tu vas pouvoir admirer ma super technique et tu es priée de ne pas te moquer. Pas trop, en tout cas. Tu veux bien passer devant moi ? Tu m'attends sur la dernière marche ?

Un sourire d'approbation éclaira le visage de l'enfant. Dire qu'une minute auparavant, elle était encore pétrie de terreur. Même si elle s'évertuait à le lui cacher, Cassiopée, elle, baignait toujours dans l'angoisse. Si elle souhaitait envoyer Zoé au-devant d'elle, c'était parce qu'elle se savait très ralentie par sa blessure, et qu'il fallait une personne proche d'un des deux interrupteurs en cas de réapparition impromptue de l'entité. L'on n'était jamais trop prudent…

Lorsque Zoé s'écarta d'elle pour suivre ses instructions, elle remarqua l'humidité sur la jambe gauche du pyjama de la fillette. Elle s'abstint toutefois d'émettre une remarque, par crainte d'humilier involontairement la petite. La vessie qui cédait sous la pression de la peur était un phénomène connu. À son âge, aux prises avec sa phobie du noir d'un côté et une créature surnaturelle de l'autre, il n'y avait rien d'étonnant à ce qu'elle se soit urinée dessus.

Quelques instants plus tard – qui lui parurent une douloureuse éternité –, l'adolescente put enfin récupérer, essoufflée, calée dans le canapé, son pied noir et gonflé reposant sur la table basse. Passé le seuil de la cave, elle avait péniblement réussi à se remettre debout en prenant appui sur Zoé (sans pour autant peser de tout son poids sur elle, la pauvre). Elle avait gagné le sofa du salon à cloche-pied pour s'y affaler telle une blessée de guerre. *La honte !* Cela valait bien la peine d'être une joggeuse soi-disant endurante !

Elle avisa son portable délaissé sur la table. Aurait-elle dû prévenir la police avant de s'engouffrer au sous-sol sans réfléchir ? Elle qui avait passé une bonne partie de la journée à l'éviter pour ne pas être liée au bus renversé ? Mais si elle avait appelé, qu'aurait-elle dit ? « Au secours, je me suis étalée comme une crêpe mal cuisinée dans la salle de bains parce qu'une ombre maléfique m'espionnait à travers le rideau de douche. Maintenant, l'ombre traque dans toute la maison la petite fille que j'étais censée surveiller. Venez vite, je crois qu'elles sont à la cave ! » Elle n'aurait pas pu leur en vouloir de lui rire au nez. Bien sûr, à Agonie, les forces de l'ordre devaient avoir l'habitude d'en entendre des vertes et des pas mûres, pour reprendre une expression chère à son père. Mais entre la paranoïa des habitants et les frasques des jeunes et moins jeunes au beau milieu des collines des Trois-Sœurs, les officiers devaient ne plus savoir où donner de la tête. Elle n'entrevoyait aucune façon crédible de leur présenter les choses. Qu'auraient-ils pu faire, de toute manière ?

— Attrape ! lui lança Zoé, dont le timbre cristallin avait retrouvé toute sa malice.

Cassiopée eut tout juste le temps de lever les bras, songeant que les enfants possédaient la faculté extraordinaire de passer d'un sentiment négatif à une émotion positive en une fraction de seconde… et qu'elle-même commençait vraiment à se faire des réflexions de vieille ! Les vêtements atterrirent pile dans ses mains. Elle avait perdu sa capacité à se mouvoir avec honneur, pas ses réflexes.

— Merci, championne, tu vises bien, commenta-t-elle dans le but de continuer à détendre au maximum l'atmosphère. Je n'aurais pas aimé recevoir ça sur la tête ou, pire, sur l'énorme patate moisie qui me sert de pied.

Comme prévu, Zoé s'esclaffa.

— Une patate moisie ! Arrête de me faire rigoler, j'ai le cerveau qui va me ressortir par le nez.

CHAPITRE 20

Hmm, très imagé, et pas du tout exagéré. Toujours en plein éclat de rire, la bambine ôta son bas de pyjama et sa culotte, sans préavis. Nullement embarrassée d'exposer ainsi sa semi-nudité, elle s'affaira à fouiller dans la pile de linge, avec application et les fesses à l'air. Par chance, le monticule d'habits repassés et pliés qui attendaient sur un fauteuil les dispensait de devoir regagner les chambres à l'étage pour se changer. Cassiopée n'aurait pas envisagé une seule seconde d'envoyer Zoé y chercher des tenues sans l'escorter, cependant elle ne se sentait pas du tout en état d'enchaîner déjà sur une nouvelle ascension. Sa souffrance et son stress étaient loin d'être complètement retombés.

Histoire d'atténuer ses propres appréhensions, dès qu'elles avaient atteint le rez-de-chaussée, Cassiopée avait prié sa jeune camarade de baisser tous les stores occultants afin de bloquer la lumière solaire extérieure. Car si Zoé aurait dû se trouver au lit depuis un bon moment, le soleil d'été, lui, ne s'était pas encore effacé au profit de la nuit. Les deux filles n'avaient pas poussé le vice jusqu'à demeurer dans le noir total (trop éprouvant, même pour les nerfs de Cassiopée). Cependant, l'adolescente se tenait prête, à la moindre amorce d'apparition d'ombre suspecte, à les plonger de nouveau dans l'obscurité complète. Ses orteils gauches étaient en position, juste à côté de l'interrupteur à pied du lampadaire collé au sofa, qui éclairait toute la pièce.

— Dis, tu ne m'as pas répondu tout à l'heure, lui reprocha Zoé, s'asseyant auprès d'elle avec précaution, vêtue désormais d'un joli bas de pyjama étoilé. La sorcière, tu penses qu'elle va revenir ici ?

— Sincèrement, je ne sais pas. Je ne l'espère pas, mais ça reste une possibilité.

— Tu l'as vaincue, mais pas pour toujours, c'est ça ?

On ne pouvait rien lui cacher, elle était trop maligne. Cassiopée soupira.

— C'est à peu près ça, je crois. Je dois reconnaître que parler de victoire est bien trop généreux de ta part : je n'ai même pas réussi à utiliser mes pouvoirs.

— N'empêche que tu as trouvé l'astuce pour la faire disparaître, s'obstina la gentille gamine, qui tenait absolument à ne pas s'affirmer déçue par sa pseudo-héroïne.

Une pseudo-héroïne qui n'en menait pas large pour se changer à son tour. Si elle n'éprouvait aucun désir de rester en peignoir de bain, elle n'était pas non plus à l'aise à l'idée de se dévêtir devant témoin, fût-ce le public le plus ingénu du monde. Avec son pied hors service gisant sur la table basse, il lui était difficile de se tortiller sur le canapé, dans le but irréaliste de passer sous-vêtements, jean et tee-shirt, sans montrer trop de sa peau nue et en enlevant le peignoir au dernier moment.

— Bon, maintenant, arrête de faire ton bébé ! la réprimanda Zoé.

— C'est justement parce que je ne suis pas un bébé que je vais me débrouiller seule… même si j'ai un peu de mal.

— Tu n'as pas un peu de mal, tu galères !

Gentille mais cruelle, quand même…

— Faire son bébé, c'est parfois : ignorer quand on a besoin d'aide, poursuivit-elle sans pitié.

— C'est Alice qui t'a appris ça ?

— Tu crois que j'ai besoin de ma mère pour penser ou quoi ? s'offusqua la fillette d'un ton hilarant.

CHAPITRE 20

Elle et Cassiopée partirent ensemble d'un beau fou rire. Sans se l'avouer, cela leur procura un bien-être inattendu de relâcher ainsi la pression, après toute cette... Frousse. Avec un F majuscule.

Un brin plus détendue, l'adolescente admit qu'il lui fallait le concours d'une tierce personne pour s'habiller.

— Ne t'en fais pas, crut la rassurer sa nouvelle assistante vestimentaire. À l'école, quand on se change pour le sport, je vois tout le temps mes copines en culotte !

Super, c'est la fête, gémit Cassiopée intérieurement. Elle devait néanmoins surmonter ses stupides complexes si elle ne voulait pas passer le restant de son existence en peignoir. Zoé, qui n'avait que faire de ses turpitudes personnelles, se pencha vers elle pour dénouer l'habit de bain. Concentrée sur sa tâche, elle n'en perdit pas le nord, revenant à la charge :

— J'ai eu trop peur à la cave ! J'étais bien contente que tu nous sortes de là, mais comment tu as fait ? Ou plutôt, comment ça se fait ?

— Comment ça se fait que quoi ?

— Bah, que la sorcière du Rével ait arrêté de m'attaquer quand tu m'as dit d'éteindre la lumière ! s'exclama la petite habilleuse, brandissant en étendard le soutien-gorge de Cassiopée.

— Elle a cessé d'attaquer quand tu as éteint la lumière, pas quand je t'ai dit de le faire...

— Oh, ça va, tu avais compris, grommela Zoé. Tu me fais penser à Clarence qui adore reprendre les gens. « Pour des questions de précision », qu'il dit ! Maman le surnomme le chevalier de l'exactitude quand il devient trop agaçant.

En dépit de son affection amicale pour le jeune homme, la blessée songea que le sobriquet allait à ce dernier comme un gant.

— Alors ? Comment tu as réussi à deviner que la sorcière était comme moi ? piaffa la cadette du chevalier précité.

— Qu'est-ce que tu veux dire ?

L'enfant agita le tee-shirt de Cassiopée en l'air, la mine excédée.

— Oh, mais c'est pas vrai, tu le fais exprès ?! se plaignit-elle. Comment tu as su que la sorcière du Rével avait PEUR DU NOIR ?!

Là, Zoé faisait fausse route. Cassiopée aurait donné cher pour déterminer de quoi la magicienne pouvait bien avoir peur… Mais cette dernière pouvait-elle éprouver de la crainte ? Était-elle seulement capable de ressentir une émotion ? Elle n'était pas humaine. Pas comme elles deux.

— Je crois plutôt, expliqua l'adolescente, que le noir la « neutralise », en quelque sorte. Plongée dans l'obscurité complète, elle se… volatilise, se dématérialise. Je ne sais pas trop quel terme adéquat employer, mais tu comprends ce que ça signifie ? Le noir total la fait disparaître, et j'ai l'impression qu'ensuite, il lui faut un peu de temps pour… se reconstituer.

Indirectement, elle l'avait admis – de manière plus claire, cette fois-ci : tout ce qu'elle avait pu faire, c'était leur offrir un répit. Cependant, l'entité malfaisante existait toujours. Si elles avaient de la chance (ce qui n'était pas gagné, vu que la poisse absolue collait souvent aux basques de Cassiopée), la créature ne reviendrait peut-être pas tout de suite s'en prendre à elles – elle paraissait aimer varier les méfaits et victimes. À moins qu'elle ne supporte point le « travail non terminé »... En tous les cas, elle ne tarderait pas à resurgir dans quelque recoin d'Agonie et à y répandre l'effroi. Depuis le départ, Andrea avait raison.

— C'est grâce au monsieur qui fait des réparations et le ménage au Serpent Vert que j'ai eu cette idée d'éteindre la lumière, exposa la jeune fille.

Zoé méritait des explications, après tout, et Cassiopée songea que c'était une occasion de clarifier ses idées. Elle lui raconta le souvenir qui avait surgi dans sa mémoire, au beau milieu des escaliers de la cave. Elle avait revu le fameux jour où personne, pas même monsieur Martin, n'avait pris la frayeur d'Andrea au sérieux. Ce jour où ils avaient tous couru en direction de ses cris pour le trouver terrorisé dans un local dénué de fenêtre, armé de sa perceuse, clamant que la magicienne se trouvait encore avec lui l'instant d'avant. Dans la précipitation, en cognant maladroitement son coude contre l'interrupteur extérieur, Cassiopée avait plongé la pièce fermée dans le noir le plus profond. C'était sur ce détail pas si anodin que son cerveau avait zoomé dans la cave. Cela lui avait alors semblé évident : ce n'était pas la bande qui avait mis en fuite l'entité, c'était l'obscurité !

— Donc c'est pour ça que tu m'as demandé de baisser les stores, et qu'on se tient prêtes à bondir sur l'interrupteur ? Même si la sorcière n'en a pas peur, tu veux dire qu'en fait... le noir agit comme une sorte de bouclier magique contre elle ? s'ébahit Zoé, qui n'avait pas l'air ravie d'apprendre cette nouvelle. Tu es sûre qu'il n'existe aucun autre moyen ?

— J'ai l'impression que non, étant donné que mes pouvoirs tout pourris sont HS. Tu vois, j'ai d'abord supposé que la sorcière était comme moi (en version mille fois plus douée) : quelqu'un qui sait manier les ombres. J'étais persuadée qu'elle utilisait la sienne pour agir, tout en restant cachée « en vrai » je ne sais où.

— J'ai pensé pareil, acquiesça gravement l'enfant, s'appliquant toujours à sa tâche vestimentaire.

— Maintenant, je crois que nous nous trompions. Il n'y a pas de sorcière, quelque part dans Agonie, en train de diriger sa propre ombre pour attaquer les gens. Non, la sorcière *est* une ombre. Sa nature est différente de la nôtre. Nous, humaines, sommes constituées de peau et d'os. Elle, elle n'est faite que d'ombre. Rien d'autre.

Oui, tout bien réfléchi, cela collait aussi avec les confidences du professeur de théâtre qui ne se remémorait de la créature qu'une silhouette opaque. Cassiopée continua :

— Si la sorcière du Rével est une ombre, cela explique pourquoi elle se volatilise dans le noir absolu. C'est la lumière qui, par sa présence, crée les ombres. *Donc*, sans lumière, la sorcière n'existe plus. Ou disons plutôt qu'elle se trouve alors dans l'impossibilité de se matérialiser et, par conséquent, de nuire à quiconque !

— C'est nul, conclut la fillette.

— Pourquoi ? Moi, je trouve que c'est une assez bonne nouvelle. Enfin, c'est mieux que rien…

— C'est nul parce que ça ne l'empêche pas de pouvoir réapparaître plus tard. Ça veut dire qu'on ne peut pas la tuer !

CHAPITRE 20

Même si elle ne parlait pas d'une personne de chair et de sang, c'était étrange, presque malsain, d'entendre une si jeune enfant regretter la perspective de ne pas pouvoir trucider une ennemie. Sa phrase suivante se recentra sur des préoccupations plus innocentes.

— Pour se protéger, il faudrait vivre tout le temps dans le noir, tu te rends compte ?! Et comment on va faire, ce soir, dans la chambre, pour dormir ? Il va falloir que je retire ma veilleuse ?!

— Une chose après l'autre, temporisa Cassiopée, émue par la détresse subite qui perçait dans la voix flûtée.

Zoé n'avait toutefois pas tort : à moins de se métamorphoser en taupes casanières, il était impossible de mener une existence entière dans l'obscurité parfaite.

— Je dois absolument récupérer mes pouvoirs d'ombre, laissa échapper l'adolescente.

— Je suis sûre qu'ils vont revenir une fois que ton pied sera guéri, lui soutint aussitôt sa petite habilleuse, avec un optimisme démesuré.

Espérons... Espérons que je me sois juste laissé déborder par la douleur, par la panique, et non que cette ombre maléfique ait la capacité d'anéantir mes facultés. Peut-être qu'elles s'annulent en sa présence précisément parce que c'est elle qui me les a données ? Mais si oui, dans quel but ?! Ou alors, je les lui ai volées dans le Rével malgré moi, peut-être...

Comme si sa cheville noircie et enflée ne suffisait pas, Cassiopée sentait désormais poindre la migraine carabinée. Dans une situation courante, elle cogitait déjà beaucoup trop, alors là...

— Ne t'en fais pas, on ne peut jamais battre les

méchants du premier coup ! la réconforta encore Zoé. Moi, je sais qu'un jour, tu vas réussir à vaincre pour de vrai la sorcière. Je m'en doutais depuis que maman m'avait expliqué pour ton sommeil bizarre, mais j'en ai été sûre dès le soir où j'ai pu voir tes pouvoirs.

— C'est très gentil, merci. Malheureusement, j'ai beaucoup moins de certitudes que toi. Pour mes pouvoirs, quand ils sont là, c'est presque comme pour mon « sommeil bizarre » : je ne maîtrise pas grand-chose.

Il y avait bien eu l'épisode moins anodin du nuage-serpent d'ombre et de la gorge d'Alex mais…

— Tu es plus magique que tu ne le crois ! contra la fillette. Je… Je t'ai déjà vue faire un truc super impressionnant.

L'estropiée, aux trois quarts rhabillée, fronça les sourcils. À quel événement sa jeune complice se référait-elle ? Les prunelles de Zoé brillaient d'un éclat vif. Pétrie d'importance, elle marqua une pause dans la périlleuse séance d'habillage, extirpa du col de son pyjama sa pauvre peluche aux tentacules quelque peu froissés, serra l'animal ratatiné dans ses bras et déclara :

— Tu as emprunté mon ombre, une fois.

Qu'est-ce qu'elle racontait ? Elle délirait ?

— Ça, tu ne peux pas le nier, c'était puissant !

— C'est surtout n'importe quoi. Je crois que tu fatigues, là ! C'est normal, tu devrais être au lit depuis longtemps…

— Ne change pas de sujet ! se rebella l'éternelle tête de pioche. Je sais parfaitement ce que je dis. En fait, je connais l'étendue de ton pouvoir depuis la nuit où tu es rentrée super tard.

CHAPITRE 20

— Zoé, depuis que je suis ici, il n'y a aucun soir où je suis sortie.

Sauf… si la petite fille mentionnait l'épisode de son escapade somnambule qui l'avait conduite au cœur des Trois-Sœurs.

— Attends, attends, je ne comprends plus rien ! Tu savais pour mes pouvoirs d'ombre *avant* la fois où tu m'as surprise en train de créer le cœur ailé au plafond ?! Tu as joué l'étonnée, mais tu faisais semblant ?! La nuit dont tu parles, tu m'avais vue quitter notre chambre ? Et qu'est-ce que tu entends par « l'étendue » de mon pouvoir ?

— Cette nuit-là, je ne t'ai pas vue sortir. Je t'ai vue *rentrer*. Je m'étais réveillée. Mais je ne t'ai pas parlé parce que maman m'a expliqué qu'il ne fallait pas t'interrompre quand tu faisais… enfin, tu sais.

— D'accord, d'accord ! Il s'est passé quoi ? s'impatienta Cassiopée, qui retenait son envie de secouer (gentiment) l'enfant afin d'en extirper enfin le renseignement.

— Tu étais debout dans la pièce. Avec l'éclairage de la veilleuse, je voyais ton ombre sur le mur. Comme j'étais allongée, la tête tournée sur le côté pour mieux t'observer, je voyais aussi mon ombre et celle du matelas. Et… d'un coup…

— OUI ?!

— Mon ombre a glissé de sa place pour venir se coller tout près de la tienne. Quand tu as marché vers ton lit, les *deux* ombres se sont mises à te suivre. C'est là que j'ai vraiment compris que la mienne s'était rattachée à toi !

L'adolescente n'en revenait pas.

— Tu es sûre de ça ?

— Sûre et certaine ! Je n'avais pas bougé, j'étais

toujours allongée, et mon ombre se tenait derrière toi, aussi droite que la tienne.

— Cela ne t'a pas effrayée ?

— Je... Pas trop, ça va. Ça n'a pas duré longtemps, tu sais. Tu t'es couchée et tu t'es endormie très très vite, j'ai entendu ta respiration. Là, je me suis assise et j'ai pu voir mon ombre sur le mur près de moi, en train d'imiter mes mouvements comme une ombre normale. Je l'avais récupérée. C'était... magique !

— J'ignorais totalement que j'étais capable de ça. Pourquoi tu ne m'en as jamais parlé ?

La fillette se tut, silencieuse et penaude. Cassiopée culpabilisa aussitôt. Elle n'avait pas à blâmer, pour ses propres lacunes, une gamine innocente qui avait sans doute été un peu plus ébranlée par la scène décrite qu'elle ne voulait bien le lui avouer. Si elle avait prêté davantage attention cette nuit-là, elle aurait remarqué – même si ça n'avait peut-être duré que trente secondes – qu'elle avait deux ombres ! Comment avait-elle réussi ce tour de passe-passe sans même le vouloir, ni le savoir ? À l'instar du restant de ses modestes pouvoirs, ce don biscornu pouvait-il se trouver toujours enfoui en elle, quelque part ?

— Pardon, je ne sais pas pourquoi je ne te l'ai pas raconté avant, s'excusa Zoé. Mais maintenant, tu ne pourras plus me répéter que tu ne sais pas faire des tours de dingue avec les ombres ! Même s'il ne faudra pas te servir de celui-là contre la sorcière.

La petite en eut la chair de poule.

— Tu imagines, la coller à toi et qu'elle te suive partout comme ça ? Brrrrrrr !

CHAPITRE 20

Oui, ce serait… Et si c'était justement ça, la solution ?

Un plan fou commença à germer dans l'esprit de l'adolescente. Puisque la sorcière était une ombre, pourquoi ne pas tenter de la rattacher à elle afin de la ramener ensuite de force dans le Rével ? Si Cassiopée était parvenue à trouver et à franchir le mur une fois, elle pouvait – elle devait – y arriver une seconde fois ! Elle avait bien conscience que ce projet était irréalisable en l'absence de ses pouvoirs, et que dans l'hypothèse incertaine où elle redeviendrait un minimum « ensorcelombre » plus tard, cette stratégie demeurait plus que bancale. C'était pourtant la seule qui lui faisait entrevoir une lueur d'espoir. S'immerger dans l'obscurité comme dans une carapace salvatrice ne constituait qu'un remède à court terme (et pas toujours applicable, selon les circonstances).

Finissant de se vêtir, elle garda pour elle ses réflexions. En son for intérieur, sa décision était prise. Pour mettre un terme à ses attaques dans la ville d'Agonie, elle allait réexpédier la vile ténébreuse dans son monde d'origine, quitte à l'y escorter en personne et à risquer, ce coup-ci, de ne pas en revenir.

CHAPITRE 21

Face à face avec la créature hostile. Tête haute, menton relevé, regard assuré. À présent, Cassiopée se sentait d'attaque. Ou presque.

La veille, fidèle à sa détermination (« Tu m'as protégée de la sorcière. Maintenant, à mon tour de vous sauver, toi et tes pouvoirs ! »), Zoé s'était précipitée au retour de sa mère :

— Maman, maman, Cassiopée est tombée en sortant de la douche ! Ça a fait un gros bruit, ça m'a réveillée et elle a SUPER mal !

Pleine de sollicitude, Alice avait insisté pour conduire la jeune fille aux urgences afin de vérifier qu'elle n'avait rien de cassé. Elles avaient donc patienté longtemps là-bas toutes les trois, avant examen et radio. Verdict définitif : une belle grosse entorse. Zoé s'était assoupie depuis une éternité dans les bras de sa mère lorsqu'elles étaient enfin reparties.

Quant à l'éclopée, elle se sentait à la fois épuisée et honteuse d'avoir gâché la soirée de deux personnes qui ne le méritaient pas. Pour couronner le tout, elle devait désormais claudiquer avec une paire de béquilles, le pied droit enserré dans une attelle. Adieu les courses dans sa bulle pour évacuer le stress. Adieu la possibilité de fuir l'ennemie à pleine vitesse.

Pourtant, à cet instant précis, elle était déterminée. Elle considérait le retour de ses facultés ombreuses comme le signe qu'elle avait pris la bonne décision, qu'elle devait endosser ses responsabilités. Ce matin encore, elle n'était pas en totale possession de ses capacités : à peine avait-elle réussi à créer une ombre éphémère et tremblotante, durant quelques secondes. En outre, bien que bénéficiant de la complicité sans faille de Zoé, il lui avait été difficile de persévérer au milieu des allées et venues d'Alice et de Clarence dans la maison, les deux rivalisant de prévenance à son égard. Mais cet après-midi, ses aptitudes lui étaient revenues. Elle ne se moquerait plus jamais des discours de son père quant aux bienfaits d'une petite sieste dominicale !

En effet, lorsque Alice lui avait proposé de venir déjeuner et passer l'après-midi chez l'une de ses connaissances ou bien de rester sur place pour se remettre de sa blessure, Cassiopée avait choisi sans hésiter la seconde option. Zoé accompagnait sa mère. Clarence, bien sûr, avait décidé de passer son temps avec Mathylde. Avant leur départ à tous et après un clin d'œil destiné à rassurer Zoé, Cassiopée s'était donc empressée de faire semblant d'aller se reposer dans le lit rose Barbie… où elle s'était vite endormie.

À son réveil, seule dans l'habitation, elle avait pu s'entraîner et constater – enfin ! – le vrai retour de ses pouvoirs d'ombre. Les mêmes qu'avant. Ni plus ni moins. Si Zoé avait été présente, l'adolescente lui aurait demandé l'autorisation de vérifier si elle parvenait à lui emprunter son ombre, consciemment cette fois-ci… Elle n'avait pas osé tester la technique avec un objet. Que se serait-il passé si elle s'était liée, par exemple, à l'ombre d'un tabouret ? C'était à la fois trop risible et étrange à son goût pour s'y aventurer.

Après avoir grignoté sur le pouce en guise de déjeuner, elle avait pris le bus pour se rendre au Serpent Vert. Elle avait attendu un long moment à l'arrêt, la fréquence des transports du dimanche étant allégée. Au-dessus de sa tête, nuages et éclaircies s'étaient succédé dans un ballet incessant. Le temps avait décidé de se radoucir, et le soleil, de jouer à cache-cache… Elle avait voulu ménager son énergie en s'évitant de la marche, cependant le trajet lui avait été éprouvant. Au dernier moment, elle avait failli ne pas monter s'asseoir, la mémoire envahie par les images de l'accident de car. La silhouette sur la route, le crissement des pneus, le verre brisé au sol, les cris, les pleurs. L'atmosphère de peur, palpable… Et puis, au final, elle s'était raccrochée à ce souvenir, à ces sensations, pour ne pas renoncer. Pour se dire : *Plus jamais ça. Et ça dépend de moi.*

Voilà dans quel état d'esprit elle se tenait maintenant, nez à gueule béante avec le serpent de métal qui gardait la porte du théâtre. En dépit de son pied meurtri, elle comptait bien fouiller la ville entière s'il le fallait, en quête de la sorcière. Après son jeu sadique dans la cave, celle-ci n'était plus réapparue au domicile d'Alice.

La jeune fille avait l'intention de la débusquer sans attendre une nouvelle tragédie.

Même si le Serpent Vert était fermé le dimanche, elle avait décidé de s'y rendre, car le lieu semblait agir comme un aimant sur l'ombre malfaisante. Tentative d'agression sur Andrea, infestation de vers dans les perruques, départ d'incendie qui aurait pu coûter la vie à une fillette… Les incidents s'y étaient multipliés. Aujourd'hui, après tout ce qu'elle avait traversé, tout ce qu'elle avait vécu et vu de ses propres yeux, l'adolescente ne pouvait plus croire à une succession d'événements fortuits sans rapport avec l'entité. Peut-être cette dernière avait-elle établi ici son quartier général, quelque part parmi les dédales du Serpent Vert.

Se détournant du reptile géant qui gardait la porte, Cassiopée entreprit un tour d'inspection du bâtiment. Elle se déplaçait assez vite avec ses béquilles. À travers l'attelle, son pied l'élançait, mais le niveau de douleur n'avait rien à voir avec la veille. Tout son cerveau n'était plus mobilisé à gérer sa souffrance, ce qui expliquait sans doute qu'elle ait récupéré ses pouvoirs, une fois reposée. Hélas, après avoir accompli sa ronde sans rien découvrir de particulier, elle commença à se demander à quoi ceux-ci allaient lui servir… Que s'était-elle imaginé ? Que la sorcière attendrait sagement son arrivée sur place ? Le soir précédent, c'était la sombre créature qui l'avait trouvée, et non l'inverse.

Malgré tout, la jeune fille n'était pas prête à lâcher ses recherches. Dans ce but, elle aurait bien voulu arpenter l'intérieur du théâtre… Comment s'y prendre alors que tout était verrouillé ? Elle ne disposait pas des coordonnées personnelles de monsieur Martin pour lui réclamer le prêt d'une clé. De toute façon, elle n'était pas assez bonne menteuse pour invoquer un prétexte fallacieux, et si elle lui avait exposé la vérité avec son plan foireux, il ne l'aurait jamais laissée faire non plus. Restait une solution : l'effraction.

N'était pas Arsène Lupin qui voulait, néanmoins. Cassiopée ne connaissait pas de méthode réaliste qui lui aurait permis de forcer l'entrée des artistes, encore moins l'impressionnante porte principale d'où le serpent la narguait en lui tirant sa langue fourchue. En revanche, casser un carreau était à sa portée. Il lui suffisait de ramasser un caillou dans le jardin arrière et de le lancer contre l'une des vitres donnant sur cette cour de verdure, à l'abri des regards. En théorie, cela paraissait tout aussi basique que faisable.

Aussitôt pensé, aussitôt exécuté. Repartie derrière le bâtiment à la façade émeraude, elle collecta une pierre parfaite pour l'usage envisagé. L'arme de son futur forfait sélectionnée, elle tergiversa. Et si son geste déclenchait une alarme ? Elle devrait détaler sur ses trois pattes en espérant qu'on ne la retrouve pas. Dans le cas contraire, de quelle façon justifierait-elle son acte ? Elle songea aux moqueries d'Alex, le fameux jour du portrait filmé. Il l'avait quasiment traitée de trouillarde, présumant qu'elle n'avait jamais rien osé en raison de sa timidité. Si elle se faisait pincer, que penserait-il ? Qu'elle avait vaguement cherché à se procurer enfin quelque frisson grotesque ? Sauf qu'il ne s'agissait pas de bravoure, juste de dégradation. À coup sûr, elle décevrait Clarence et Mathylde. *Tu en es encore là ?* persifla sa petite voix intérieure. *À te soucier de la manière dont les autres vont te juger ? J'ai ta réponse : mal. Mais moins mal que toi. On peut passer à autre chose maintenant ? Tu as une ombre sorcière et meurtrière à gérer, je te rappelle !*

Oui, il était temps d'agir. Elle passa sa béquille droite entre le bout des doigts de sa main gauche, prenant garde à conserver son équilibre, resserra sa prise sur la pierre dans sa paume droite, leva le bras et…

— *Dio mio !* Qu'est-ce que tu fais là ?

L'une des portes arrière venait de s'ouvrir pour livrer passage à Andrea, manquant de causer une crise cardiaque à la jeune fille. Elle baissa la main en toute hâte et s'efforça de lâcher avec discrétion le gros caillou dans son dos, tout en reprenant vite appui sur ses deux béquilles pour ne pas se casser la figure de stupeur et de confusion.

L'homme d'entretien la toisa, soupçonneux.

— Qu'est-ce que tu as jeté derrière toi ? Tu ne serais pas en train de mijoter un mauvais coup ? Toi et tes amis, vous n'avez toujours pas compris ?… Pourtant, je vois que tu t'es blessée. Ne cherche pas : si la malchance t'a frappée, c'est à cause de *la strega*.

Il ne croyait pas si bien dire…

— Alors, réponds-moi, *signorina*. Que fais-tu là ?

— Et… Et vous ? lui renvoya-t-elle, gênée.

À cet instant, elle s'aperçut qu'en plus du petit sac-poubelle qu'il tenait, il avait en main un objet bien familier.

— Vous… Pourquoi avez-vous besoin de ça pour sortir dans le jardin ? bredouilla-t-elle.

Il se renfrogna et grommela :

CHAPITRE 21

— Mesure de précaution. On m'envoie faire des réparations un dimanche, tout seul ici… Je me méfie. Cet outil n'est pas magique, mais il m'a porté chance la dernière fois !

Il fit vrombir une demi-seconde sa précieuse perceuse sans fil.

— Peut-être qu'*elle* n'aime pas ce bruit, qui sait ? En tout cas, je ne compte pas trop m'éterniser. Je ne vais pas risquer ma vie pour quelques heures supplémentaires, payées pas si grassement, je te le dis ! Bon, tu vas finir par m'avouer ce que tu fais plantée là ? Tu es venue répéter, c'est ça ? T'imprégner de l'atmosphère autour du Serpent Vert ou je ne sais quelle sottise de comédiens ? Et après, c'est moi qu'on prétend superstitieux !

L'avantage des gens qui parlaient beaucoup sans vous laisser l'occasion d'en placer une, c'était qu'ils se chargeaient aussi bien des questions que des réponses. En l'occurrence, Andrea venait de lui fournir une excuse.

— L'atmosphère, c'est ça ! Vous avez raison, je voulais répéter toute seule. J'ai besoin de travailler plus que les autres, vous savez.

Il acquiesça vigoureusement. D'un geste, il lui indiqua d'attendre. Il courut vers un cabanon en bois situé sur le côté du jardin, y pénétra, puis en ressortit délesté de son sac-poubelle, qui devait contenir de vieilles affaires à débarrasser. En quelques foulées athlétiques, son objet fétiche toujours au poing, il rejoignit Cassiopée.

— J'en ai encore pour une bonne demi-heure. Une heure maxi, j'espère. Ensuite, je referme tout et je file. Mais en attendant, tu n'as qu'à entrer. Ce sera encore mieux pour ton atmosphère, non ?

Son offre arrangeait l'intéressée, tout en l'embarrassant : Andrea lui ouvrait grand les lieux, cependant elle ne pourrait pas les explorer à sa guise. Elle accepta, ne disposant d'autre choix, et cala ses pas sur ceux de l'agent d'entretien. Avec sa perceuse à la main, il avait l'air d'un garde du corps armé. Savoir qu'en vérité, c'était à elle qu'incombait leur protection conférait un aspect comique à la situation. Au fil de leur progression dans les couloirs, elle jetait des coups d'œil furtifs partout, maudissant le temps changeant qui filtrait à travers les fenêtres de l'édifice et qui n'exposait pas les ombres au mieux. Bien entendu, Andrea était persuadé qu'elle voulait monter sur les planches du Serpent Vert puisqu'elle avait exprimé son prétendu désir de répéter son texte. La plaie… Elle espérait qu'il allait retourner à ses occupations et qu'elle pourrait sonder avec discrétion le labyrinthe de la bâtisse dramatique durant ce temps-là. Hélas, elle déchanta.

Lorsqu'ils furent parvenus dans la salle de spectacle, son accompagnateur s'empara d'une trousse à outils posée dans un coin, fendit l'océan de fauteuils grenat et s'arrêta en plein milieu pour dévisser ou revisser quelque chose. Au bout de cinq secondes, il releva le nez.

— Eh bien alors, qu'est-ce que tu attends ? Tu as mon autorisation. Vas-y ! l'engagea-t-il en lui désignant la scène du menton.

Il se sentit obligé de l'encourager :

— Ne t'occupe pas de moi. Je ne vais pas te regarder, je dois retaper le support de ce siège.

— On vous envoie faire ça sur votre week-end ? compatit-elle sans trouver d'excuse pour s'échapper hors de sa présence.

CHAPITRE 21

— Que veux-tu ? L'art n'attend pas, paraît-il !

Il sembla content de sa mine choquée, ce qui le poussa à lui confier :

— En vérité, je suis passé pour résoudre un problème de fuite qui commençait à devenir embêtant. Le fauteuil, ça fait huit jours que je dois m'en occuper, alors autant régler ça aussi… Je n'aime plus m'attarder dans cet endroit, tu t'en doutes. Cependant, j'ai une conscience professionnelle, et, au moins, tu es là.

Ça alors, venait-il de lui avouer à demi-mot que sa présence le rassurait ? Il ne s'arrêta pas là, battant sa coulpe avec les yeux rivés sur son ouvrage.

— Écoute, je ne voulais pas être méchant la première fois que je t'ai vue. Avec cette maudite vidéo de moi qui a circulé, j'ai compris à quel point les moqueries sur nos peurs ou nos faiblesses pouvaient être blessantes, *perdonami*. Enfin, maintenant que *la strega* se balade partout en ville, les gens font moins les malins…

Elle ne répondit pas. « Nos faiblesses ». Une fois de plus, dans l'esprit de quelqu'un, timidité égalait faille, lacune, déficience. Pouvait-elle s'inscrire en faux ? Oui, au moins en partie, en se concentrant sur sa tâche sans se soucier de son avis.

— Est-ce que vous savez comment on allume les projecteurs qui éclairent la scène ? l'interrogea-t-elle à brûle-pourpoint.

Sa question la surprit tout autant que lui. Mais, pour une fois, elle se sentait sûre d'elle (il fallait en profiter car elle se connaissait : cela n'allait pas durer). Quitte à devoir jouer, autant ne pas le faire à moitié. Après tout, peut-être qu'attirée par les répliques de la pièce qui ne tournait qu'autour d'elle, la sorcière, comme la veille, viendrait à elle. Et pour être certaine de la voir apparaître, Cassiopée avait besoin de sortir de sa zone d'inconfort habituelle pour aller vers pire, avec un éclairage constant et puissant.

Andrea hocha la tête d'un air aussi étonné qu'approbateur. Délaissant quelques minutes le fauteuil déficient, il se dirigea vers une console dans le fond de la salle. En quelques manipulations habiles, la lumière fut. Non seulement il avait eu raison dès le départ concernant la sombre magicienne du Rével, mais en plus, il savait tout faire dans ce théâtre. Il remontait beaucoup dans l'estime de la jeune fille. Encore davantage, quand il bondit d'un saut preste sur la scène et tendit les mains vers elle pour l'inciter à s'approcher et l'aider à grimper. Il la saisit sous les bras, avec prudence et respect, la déposa sur le plancher, puis redescendit en un éclair pour retourner à son bricolage, tout en lui jetant un taquin :

— Les feux de la rampe sont à toi.

Sous le halo violent des spots, elle scruta avec attention chaque recoin de la scène, observa les rangées de spectateurs virtuels parmi lesquelles s'affairait Andrea… Des ombres, oui, sauf celle qui l'intéressait.

Se raclant la gorge, elle se mit à réciter sans conviction :

— Mon enfant… Enfin, tu es de retour. Enfin, je te retrouve… Tu es différent.

Depuis les confidences inattendues de monsieur Martin, elle comprenait la portée véritable de ce « Tu es différent ».

— Hep ! Je reviens, je vais vidanger, l'interrompit l'agent multifonction. Ça va aller ?

— Oui, oui, lui confirma-t-elle avant de comprendre

qu'il n'évoquait pas le souci de fuite, mais un aller-retour aux toilettes.

Cette « pause technique » arrangeait Cassiopée. Elle se sentirait plus à l'aise, moins idiote, en son absence. Dès qu'il eut disparu, elle appela :

— Sorcière ? Sorcière du Rével, tu es là ? J'étais dans la maison que tu as attaquée hier ! Dans la salle de bains, puis à la cave. Tu te souviens de moi ?

Absurde. Parler aux ombres ou parler dans le vide, quelle différence ? Elle s'acharna malgré tout.

— Je crois que nous nous étions déjà rencontrées avant… derrière le mur.

Cette fois-ci, elle crut percevoir un infime mouvement parmi les rangs. Plissant les yeux, elle ne discerna que des sièges vides et des ombres immobiles en face d'elle… Frappée par une intuition subite, elle se dit qu'un morceau choisi des répliques de l'enchanteresse fictive agirait peut-être telle une provocation sur la vraie, si celle-ci se tapissait désormais dans la salle de spectacle. Il fallait l'appâter afin de la pousser à se montrer devant elle. C'était là que l'adolescente se retrouverait le plus en péril, c'était là aussi qu'elle pourrait le plus user de ses propres pouvoirs pour contrer l'entité.

Si elle était incapable de jouer avec aisance, en revanche, à force de lire et relire la pièce jusqu'à l'obsession dans l'espoir vain de s'améliorer, elle connaissait les trois quarts des dialogues par cœur. Elle n'eut donc nul besoin de sortir le texte qu'elle portait sur elle en bandoulière, niché dans la petite sacoche de toile prêtée par Alice. Forçant sa voix à sortir claire, précise, sonore, elle se lança dans l'une des tirades les plus représentatives du personnage de l'envoûteuse.

— « Tu te trouves sur l'autre versant du monde, mon garçon. Et alors ? Pourquoi tiens-tu tant à le quitter ? Qui te dit que tu n'es pas enfin du bon côté ? Pourquoi ne délaisses-tu pas ton endroit pour ton envers afin que l'un devienne l'autre ? Peut-être qu'ainsi, tout se remettrait en place dans ta vie. Étais-tu si heureux là-bas ? Tout avait-il un sens ? *Ton* sens ? Je t'invite plutôt à demeurer ici avec moi. Je t'enseignerai ma science, tu m'offriras la puissance. Ensemble, nous serons invincibles, indivisibles… Reste. Tu seras à moi. Ce sera bien, tu verras. »

Toujours pas d'apparition. Pourtant, la jeune fille éprouvait la même sensation que le jour précédent, dans la cave, juste avant de voir se profiler la main ténébreuse sur le mur derrière l'abri-malle de Zoé. La créature était là, quelque part, non loin d'elle. Elle en aurait mis à couper ce qui lui restait de pied.

— Sorcière ! héla-t-elle une nouvelle fois, résolue à la faire émerger coûte que coûte de sa tanière. Viens face à moi ! Révèle-toi !

Une ombre fila d'une extrémité à l'autre d'une rangée de sièges, si rapide que Cassiopée ne put en déterminer les contours. Avait-elle halluciné ? La chair de poule s'invita sur ses bras. Courage, ce n'était pas le moment de se dérober alors qu'elle avait presque atteint son but…

Après une profonde inspiration, elle hurla :

— SORCIÈRE ! Laisse cette ville tranquille ! Je devrais être ta seule proie. JE SUIS COMME TOI ! Tu le sais, n'est-ce pas ? C'est à cause de toi ? À moins que je ne t'aie volé ? Est-ce que c'est *ça* que tu veux récupérer ?

Se concentrant au maximum, elle matérialisa près

d'elle un dragon d'ombre. C'était la première forme qui avait surgi de son inconscient lorsqu'elle avait désiré incarner, en une seule création, la défense pour elle, et la menace pour son ennemie. Un message subliminal pas très subtil, du style : *Avance-toi mais fais gaffe, pas d'offensive !* Le hic, c'était qu'en imagination, elle s'était figuré un monstre géant. Cependant, le résultat n'était pas celui escompté : la créature sombre à ses côtés la dépassait péniblement d'une demi-tête. Manifestement, même si l'adolescente avait progressé depuis la veille, ses pouvoirs se bridaient encore face à son antagoniste, sous l'effet stressant de la peur.

Elle n'eut pas le temps de tenter une autre création ni d'essayer de rattraper le coup en améliorant celle-ci. Une onde glacée lui parcourut l'échine.

DANGER DANGER DANGER l'alarmait tout son corps, et… dans la lumière, la sorcière émergea.

Au fond d'elle, Cassiopée brûla soudain de renoncer à son projet insensé, de tourner les talons pour fuir à béquilles abattues derrière le rideau, puis le plus loin possible d'Agonie et de son Serpent Vert, sans plus jamais un seul regard en arrière. Pourtant, elle se campa sur sa jambe. Abandonner signifiait accepter de nouvelles morts en connaissance de cause. Cette pensée lui était insoutenable.

La sorcière du Rével se tenait immobile dans l'espace entre la scène et le premier rang couleur de sang. C'était presque pire que de la regarder se profiler centimètre par centimètre. Cassiopée pouvait à présent la contempler à loisir (avant de périr ?). L'envoûteuse était plutôt grande, mais rien de surhumain non plus. Elle ne se tenait pas voûtée, n'était affublée ni d'ongles griffus ni du caricatural couvre-chef pointu. Elle paraissait porter une sorte de longue robe ample. Sa chevelure détachée lui tombait jusqu'aux chevilles, au même niveau que le bas du vêtement. Cette simplicité n'enlevait cependant rien au caractère effrayant de l'apparition : sa nature ombreuse ne lui conférant pas de véritable visage, impossible d'y déchiffrer ses expressions pour deviner ses intentions. En outre, son silence accroissait le malaise dû à sa présence.

A priori, elle n'était pas dotée de la capacité de parler, ni d'émettre le moindre son. Elle entendait les bruits de son environnement, sinon les invectives et la déclamation théâtrale ne l'auraient pas attirée... À moins que, telle une ogresse de conte de fées, elle ne se soit contentée de flairer de la chair jeune et fraîche – Cassiopée préférait ne pas y penser. Un point, en tout cas, ne prêtait à aucune incertitude : elle voyait. Elle pencha un peu la tête de côté, comme si elle était intriguée ou cherchait à évaluer celle qui se trouvait en face d'elle. Puis elle se mit à avancer, posément, vers la scène. Elle ne marchait pas. L'on aurait plutôt dit qu'elle glissait en avant. Droit sur l'humaine.

Ne. Pas. S'affoler. Ne. Pas. Bouger.

S'imaginer en exposé, pétrifiée... mais réfléchir. Trouver une idée ! De préférence, dans les deux ou trois secondes à venir.

Déjà, la sorcière était sur la scène. *Respire.* En écho à cette injonction mentale, le dragon posté auprès de la jeune fille cracha deux ridicules filets d'ombre par sa gueule sombre. Degré d'intimidation : zéro pointé. Cela eut toutefois le mérite d'orienter la fin de trajectoire de l'envoûteuse vers lui. L'une face à l'autre, les deux créatures semblaient se jauger. En dépit de sa taille peu impressionnante, Cassiopée se demanda si elle devait tenter de diriger sa chimère contre la sorcière. L'attaquer ne ferait-il pas que la rendre plus offensive ou l'éloigner ? Alors que s'attacher à elle par tous les moyens constituait le plan… Kamikaze, mais c'était le plan.

Tête baissée par la peur, frémissante, elle observa du coin de l'œil les interminables mèches d'ombre qui s'agitaient telles des anguilles animées d'électricité statique autour de la silhouette de la magicienne. Elle retint un cri lorsque l'une d'elles manqua de lui frôler le poignet. Elle l'imaginait sans mal s'enrouler autour de ses bras à la manière d'un boa constrictor pour la menotter jusqu'à ce que la sorcière du Rével décide de se repaître enfin de son âme et de sa timidité.

Menotter. Se lier. C'est bien le but, non ? lui souffla brusquement sa conscience qui, fait rarissime, s'avérait à son service. *Avant qu'il ne soit trop tard, profite de la distraction créée par ton dragon. Prends les devants : c'est TOI qui dois l'ancrer à ta personne. Utilise sa chevelure pour vous nouer l'une à l'autre. Peut-être qu'elle s'en apercevra. Peut-être qu'elle résistera. Peut-être qu'elle te tuera. Mais au moins, tu auras essayé.*

Toujours avec autant de lenteur, la sorcière se déplaça. Intéressée par l'imparfait dragon, elle agissait comme si elle voulait l'inspecter sous toutes les coutures, et se trouvait à présent entre lui et sa jeune créatrice, tournant le dos à cette dernière. L'adolescente s'efforça de trembler le moins possible. Sans bruit, au ralenti, elle se décala très légèrement afin de s'offrir la meilleure vue sur sa propre ombre au sol. Elle sentit quelque chose s'éteindre dans son cerveau : la logique, la raison, le doute… tout ce qui pouvait encore entraver son action en lui montrant l'irrationalité d'une tactique qui ne tenait littéralement qu'à un cheveu. À cet instant précis, elle ne devint plus qu'instinct de survie et magie.

Concentrée, elle fixa le plancher de la scène et se focalisa sur l'ombre de sa propre chevelure. Une sueur glacée ruisselant le long de sa nuque sous le coup de l'effort psychique fourni, elle s'empara, *mentalement*, d'une longue touffe de ses fins cheveux d'ombre pour la rouler sur elle-même et lui donner ainsi l'apparence d'une cordelette. Elle aurait pu effectuer la manœuvre sur ses vrais cheveux, mais craignait trop d'attirer de nouveau sur elle l'attention de l'envoûteuse si elle esquissait les gestes réels. Une fois l'ombre de ses cheveux encordée, usant toujours de sa seule volonté, elle tendit ce maigre cordeau vers les mèches folles de la sorcière. Celles-ci poursuivaient leur danse hypnotique, tout en balayant presque les planches à cause de leur grandeur démesurée. Il ne fut donc pas bien difficile à la jeune fille d'attraper l'extrémité de l'une d'elles avec le bout de son ombreuse cordelette chevelue. Le plus basique et compliqué à la fois restait alors à venir : faire un nœud.

Retenant son souffle, elle s'efforça de créer psychiquement une première boucle. Des images d'un improbable documentaire sur les nœuds marins, devant lequel elle regrettait à présent d'avoir beaucoup trop somnolé lors d'un après-midi d'intense ennui, prirent d'assaut sa mémoire. Des visions des différentes techniques présentées se superposèrent, troubles et confuses, à l'attache qu'elle s'employait laborieusement à créer. *Nœuds d'ajut.* Le nom, qui ne lui servait à rien, lui revint. Il s'agissait justement de raccorder deux liens, de former un assemblage solide. Elle fit au mieux, avec ses souvenirs décousus, le stress, la peur, et sans les mains.

Au moment où elle mettait toute la puissance de sa pensée afin de serrer au maximum sa boucle finale, la sorcière se retourna brusquement vers elle. Cassiopée acheva de serrer son nœud d'ombre d'un coup mental aussi vif que la volte-face de l'envoûteuse.

— Fini de jouer, maintenant ! déclara la jeune fille d'un ton étranglé.

Un hurlement s'éleva parmi les fauteuils écarlates, accompagné du vrombissement désormais si familier de l'outil favori d'Andrea.

— *LA STREGA !* Attention à toi !

L'agent d'entretien était de retour, la vessie soulagée, le visage aussi pâle qu'un linceul. Fixé par l'apprentie comédienne et la sorcière qui se tenaient côte à côte sur la scène telles deux sœurs, il commença à se rapprocher avec précaution, faisant rugir par intermittence la perceuse qu'il braquait dans leur direction.

— STOP ! N'avancez plus, laissez-nous ! hurla l'adolescente, espérant que ses instructions suffiraient à le sauver.

Déstabilisé, il s'immobilisa. Sur les planches, la sorcière ne bougea pas. Elle aussi semblait attendre les prochaines paroles de la jeune humaine. Cassiopée remarqua alors que son dragon s'était évanoui dans le néant. Elle n'avait su maintenir plus longtemps son éphémère existence. Pourtant, la femme d'ombre ne l'attaquait toujours pas, ne se jetait pas non plus sur Andrea. Pour un peu, l'adolescente aurait juré que la magicienne se comportait comme une alliée. Plus en ennemie, en tout cas. Était-ce dû au lien d'ombre qui les unissait désormais ? Cela ne la rassurait pas. Pas du tout.

— Cassiopée, qu'est-ce que tu fais ? Elle va nous tuer !

C'était la première fois que l'homme à tout faire du Serpent Vert l'appelait par son prénom. Preuve que l'heure était grave. Elle lui fit signe de se maintenir à distance, s'avança jusqu'au bord de la scène, lâcha ses béquilles, s'assit et se laissa glisser en se réceptionnant sur son pied valide. Tandis qu'elle allongeait le bras pour récupérer ses béquilles, Andrea étouffa un hoquet d'effroi en constatant que la sorcière était descendue, elle aussi, et se tenait tout près d'elle.

— Tout va bien, essaya-t-elle de l'apaiser d'une voix trop blanche pour le convaincre à cent pour cent. Je vais m'occuper du problème.

— Comment tu as fait ça ? marmonna-t-il. Tu as apprivoisé *la strega* ?

— Écoutez, c'est très compliqué et je n'ai pas le temps de vous expliquer. S'il vous plaît, ne dites rien à personne et laissez-moi faire !

— C'est risqué, très risqué, pâlit-il encore un peu plus. Tu es courageuse – beaucoup plus que je ne l'aurais pensé – mais tu te mets en danger.

— Je n'ai pas le choix. C'est à moi de régler ça.

— Et comment ?! Tu comptes te balader jusqu'où avec… cette chose collée à tes basques ?

Cassiopée s'avança dans l'allée principale qui coupait la salle en deux, talonnée par la sorcière. Andrea recula prudemment dans une rangée de fauteuils où il se ratatina contre un siège. Lorsqu'elles passèrent au niveau de la ligne rouge parmi laquelle il s'était replié, la jeune fille lui lâcha le nom de sa destination :

— Le Rével.

Il se signa sans lui poser d'autre question. Elle crut déceler une lueur admirative dans son regard, mais peut-être l'éclairage artificiel de la pièce la trompait-elle… S'efforçant de poursuivre sa route d'un pas affirmé, elle sortit de la salle de spectacle, toujours escortée de l'ombreuse entité.

Quand il entendit claquer la lourde porte qui donnait sur la rue extérieure, l'agent d'entretien essuya la transpiration qui inondait son front. Le corps agité de soubresauts de peur, il demeura un long moment à fixer l'issue par laquelle avaient disparu les deux silhouettes, l'une d'ombre et de malfaisance, l'autre de chair et de bravoure. Cassiopée… Cette petite avait en elle des ressources qu'il n'aurait jamais soupçonnées. C'était en l'autre, *la strega* de malheur assoiffée de sang feignant de suivre l'humaine comme un chiot docile en laisse, qu'il n'avait aucune confiance. Si seulement la jeune fille pouvait réussir sa délicate entreprise ! La pauvre ne méritait pas de mourir.

Songeant très fort à elle, il chuchota :

— *Ti auguro buona fortuna*[1]…

1. Traduction de l'italien : Je te souhaite bonne chance.

CHAPITRE 22

Ce n'était pas naturel. Pas « normal » ou, du moins, pas logique… Soit elle était soudain devenue chanceuse à l'extrême, soit il s'agissait d'un piège. Une bombe à retardement qui lui exploserait très bientôt à la figure.

Alors qu'elle atteignait enfin les Trois-Sœurs, Cassiopée se laissait gagner de plus en plus par ses angoisses. Maintenant que la sorcière du Révèl était rattachée à elle, elle ne pouvait se permettre de se promener éternellement ainsi, avec deux ombres, parmi les habitants d'Agonie. La météo mitigée de la journée l'avait cependant beaucoup aidée à continuer à passer inaperçue en dépit de son nouvel « état ». Si le soleil avait joué en permanence avec ses nerfs, et à cache-cache derrière les nuages, la grisaille discontinue avait très souvent dissimulé au regard d'autrui la paire de silhouettes sombres et dépareillées qui l'accompagnait sur son trajet.

Au début, elle avait eu très peur que la sorcière ne s'évapore à la première nuée maussade. Ne plus la discerner l'avait paniquée… Dès qu'un rayon de l'astre céleste avait de nouveau percé les cumulus, elle l'avait pourtant revue, toujours à ses côtés. Puis, au fil de son avancée, elle avait pris conscience qu'en toutes circonstances météorologiques, elle était capable de *ressentir* la présence de la sorcière. Une tiédeur diffuse qui se répandait dans ses cheveux, une impression bizarre de fourmillement à leurs pointes lui indiquaient que l'entité, qu'elle la voie ou non, était encore nouée à elle. Elles étaient devenues siamoises d'ombre.

— Courageuse, Miss béquilles ! commenta une voix masculine sur sa gauche. Pas facile de randonner sur un pied !

Un homme d'une trentaine d'années la dépassa d'un pas alerte. Au dos de son tee-shirt s'affichait en lettres de feu la devise *Burn the witch*[1]. Très classe… Restait à espérer que la sorcière du Rével ne savait pas lire ou ne connaissait pas l'anglais. Cassiopée avait éprouvé assez de stress pour parvenir jusqu'ici, à craindre une attaque impromptue de l'envoûteuse tout en se réfugiant en hâte, à la moindre lueur solaire susceptible de révéler l'inquiétante silhouette, sous l'abri ombreux des murs ou des arbres pour n'affoler personne… La jeune fille touchait presque au but, maintenant. Le moment était malvenu pour offenser la créature.

— Attention à toi en traversant, ma sœur ! lui recommanda une jeune femme qui portait de nombreuses pierres aux doigts et une couronne de fleurs sur la tête.

Cassiopée lui sourit poliment. Par chance, les nuages anthracite s'étaient amoncelés en nombre au-dessus des collines. Compte tenu de la fréquentation des lieux, cela valait mieux. Si le soleil et la magicienne réapparaissaient

1. Traduction de l'anglais : Brûle la sorcière.

sous toutes ces paires d'yeux, ils risquaient de déclencher une hystérie collective.

L'inconnue demeura auprès d'elle pendant que toutes deux franchissaient la route pour se retrouver à gauche de la voie de circulation, au pied de Brume.

— Tu veux de l'aide pour l'ascension ? s'enquit l'étrangère.

— Non merci, ça va aller, c'est gentil…

Aussitôt, la jeune femme s'éloigna afin d'entamer la montée. L'adolescente s'en sentit soulagée, et vaguement triste aussi. C'était la première fois, sur son périple clopinant jusqu'aux Trois-Sœurs, qu'une personne se souciait d'elle. En même temps, les indifférents n'avaient pas tort : son pied ne présentait rien de grave, il pendait toujours au bout de sa jambe, et elle avançait vite à béquilles. Peut-être sa subite mélancolie provenait-elle du doute qui l'envahissait à présent : aurait-elle encore l'occasion d'adresser la parole à d'autres êtres humains ? Dans l'hypothèse où elle parviendrait à retrouver le chemin du Révelle, en reviendrait-elle ? Si la sorcière ne luttait pas contre elle alors que ses pouvoirs étaient de loin supérieurs aux siens, cela tendait à démontrer que le retour dans son propre monde, en compagnie de l'humaine, servait ses intentions. C'était terrifiant…

Cassiopée n'eut pas le loisir de se torturer psychologiquement plus longtemps, en raison de la foule qui ne cessait d'arriver au bas de la colline. Il devait y avoir du monde au sommet. N'aurait-elle pas plutôt dû se rendre sur Émeraude ou Terreuse au lieu d'opter pour la plus populaire des Trois-Sœurs ? Son instinct l'avait guidée ici parce que l'ancien spectateur y avait été retrouvé mort, mais monsieur Martin lui-même doutait que ce décès soit lié au Rével. Au fond d'elle, elle savait très bien ce qui l'avait retenue d'aller d'abord jusqu'à Terreuse : la peur. Elle éprouvait une espèce de stress post-traumatique à repenser à son réveil brutal là-bas. Sans Mathylde, elle…

— La sorcière ! brailla une voix suraiguë.

Cassiopée sursauta tandis que des exclamations s'élevaient. Heureusement, ce n'était pas elle que l'on regardait. Le firmament voilé, en bon allié, n'avait pas trahi son secret. Quelqu'un d'autre provoquait ces réactions.

— La sorcière est en moi !

Méfiante, Cassiopée s'avança vers le brouhaha. Au bout de quelques minutes de montée, elle tomba sur des gens agglutinés. Grâce à un léger interstice entre des épaules appartenant à deux quidams différents, qui lui laissait une fenêtre aussi fine qu'une meurtrière, elle découvrit une femme âgée, à genoux au milieu des curieux. Dans une série de gestes saccadés, répétitifs, la vieille tendait les paumes vers l'azur noirci, puis s'en frappait la poitrine en criant d'un timbre perçant :

— Je la sens, elle est là ! En moi ! Je suis elle, elle est moi !

Elle ressemblait à un automate déréglé. Cassiopée ressentit un frémissement plus intense dans sa chevelure tiède. Que pouvait bien penser la véritable envoûteuse de tout ce cinéma ? Dans le doute, il valait mieux ne pas la provoquer. Par mesure de précaution, l'adolescente s'éloigna du rassemblement pendant que fusaient plusieurs moqueries.

— Alors, mémé, on n'a pas pris ses petites pilules aujourd'hui ?

— Y a plus qu'à t'ouvrir en deux si elle est en toi !

CHAPITRE 22

— Dis-nous, mamichou, tu t'es échappée d'où ? De l'EHPAD ou de l'asile ?!

Les railleries étaient un peu trop appuyées pour ne pas masquer une certaine forme de frayeur chez ces personnes. Les pauvres, si elles avaient su où se trouvait vraiment le danger…

Toutefois, tout le monde ne s'arrêtait pas pour observer la vieillarde survoltée. Beaucoup d'autres continuaient la grimpe. Cramponnée à ses béquilles, Cassiopée poussa un soupir découragé. Comment rechercher le mur d'ombre en toute tranquillité ? Avec ce flot d'arrivées et la foule sans doute présente au sommet, la discrétion n'était malheureusement pas de mise.

— Vous ne voudriez pas m'aider, par hasard ? souffla-t-elle tout bas, à l'adresse de sa ténébreuse compagne dont elle percevait toujours la présence. J'aurais bien besoin d'un coup de main. Je n'étais pas tout à fait consciente, la dernière fois, quand j'ai réussi à… à venir… *chez vous.*

Elle en bégayait de nervosité. Sans réfléchir, elle avait adopté le vouvoiement, afin de marquer une sorte de déférence hypocrite envers la créature. Il avait été plus facile de l'invectiver auparavant avec une bravoure familière, lorsqu'elle ne l'avait point encore scotchée à chacun de ses pas ! Mis à part le picotement redevenu plus faible à l'extrémité de sa tignasse fine, aucune manifestation de l'entité. *Génial, merci pour la coopération…*

— Quelle emmerdeuse !

Surprise, la jeune fille frôla la chute, bousculée sans ménagement par la quadragénaire indélicate qui venait de l'insulter.

— Blessée ou pas, si tu stoppes, tu ne te figes pas en plein milieu du sentier ! râla encore cette dernière, de son ton peu amène. Tu as plein de place tout autour. Ou sinon, tu n'as qu'à redescendre !

Trop aimable. Cassiopée la laissa filer sans argumenter. Elle aurait perdu ses moyens si elle avait tenté de protester. La « suggestion » discourtoise n'était néanmoins pas si idiote : à quoi bon vouloir suivre l'essentiel du troupeau jusqu'en haut ? Pourquoi l'accès au Révել se trouverait-il forcément au point culminant de la colline ? Elle était en quête d'un mur, pas d'un phare.

À défaut de redescendre la distance déjà parcourue, elle s'écarta donc du chemin principal pour s'asseoir dans un espace dénué d'attroupement ou de crise de folie. Ses béquilles déposées au sol, elle attrapa la bouteille de vingt-cinq centilitres glissée au préalable dans sa petite sacoche en bandoulière, auprès de son portable, du texte de la pièce et du double de clés confié par Alice. Elle s'en voulut de n'avoir pas eu la présence d'esprit de laisser un mot avec une excuse bidon avant de partir de la maison. L'après-midi était plus qu'entamé, et elle n'avait encore accompli aucun progrès dans sa quête du Rével. Que penseraient sa tante et son cousin s'ils ne la trouvaient pas à leur retour ? Que leur dirait Zoé ?

L'adolescente n'avait jamais menti à ses parents pour sortir en douce, elle était nulle à ce genre de double jeu. Si elles avaient été encore amies, Lucile aurait su la conseiller… *Encore Lucile ?!* la houspilla sa conscience. *Tu es amoureuse ou quoi ? Quand est-ce que tu vas cesser de nous bassiner avec celle-là ? Elle t'a chassée de sa vie, puis t'a piqué ton ex dès que tu as eu le dos tourné, tu as déjà oublié ? Tu peux parfaitement te débrouiller sans elle.* L'affirmation était peut-être un brin exagérée…

Une fois désaltérée, Cassiopée rangea la bouteille à demi vide dans sa sacoche. Évitant soigneusement d'écouter ses doutes, elle saisit son téléphone. Ouvrant Instagram, elle ne mit que quelques secondes à dénicher le compte de Samia qui s'y était inscrite, avec une photo personnelle, sous ses véritables nom et prénom.

> Stp, si Clarence ou sa mère me cherche ce soir, dis que je dors chez toi. Je t'expliquerai. Merci beaucoup ! Cassiopée

Elle envoya vite le DM avant d'enfouir de nouveau son portable dans la sacoche. Elle espérait gagner du temps si Samia acceptait de suivre ses directives. L'apprentie comédienne au caractère bien trempé s'amuserait peut-être de couvrir la timide de la troupe. Inutile d'inquiéter trop tôt les gens… De toute manière, elle ne pourrait compter que sur elle-même pour ressortir du Rével. Mais avant cette étape cruciale, il lui fallait d'abord parvenir à y pénétrer. Elle n'allait pas camper ici jusqu'à son prochain épisode de somnambulisme !

Du regard, elle détailla avec lenteur et application tout ce qui l'encerclait : la faune, la flore, le sentier, la route en bas, les promeneurs tranquilles, les badauds excités ou, à vue de nez, sous l'emprise de substances dont elle préférait ignorer la nature exacte… Rien. Aucun éclair de génie, aucune vision miraculeuse. Juste sa frustration et le fourmillement dans sa chevelure, de plus en plus frénétique, comme impatient. Elle n'était pas en position de s'énerver, cependant elle ne comprenait pas l'absence de coopération de l'envoûteuse. Depuis le départ, les motivations de cette dernière lui étaient insaisissables.

— Tout ça pour que je sois toujours aussi timide, au final, lui chuchota-t-elle.

Cela signifiait-il que même la sorcellerie ne pouvait rien changer à sa désespérante personnalité ?... *Bon, pas le moment de geindre ! Concentration...* « Ceux qui ont assez d'imagination », « ceux qui voient le monde autrement ». Aimer beaucoup la fiction et vivre en permanence au bord du monde, en marge des personnes dites normales, n'avaient pourtant pas l'air de suffire. L'imagination, elle estimait en avoir à revendre. Que pouvait-elle faire, alors, pour voir le monde encore plus autrement qu'autrement ? Il lui était inenvisageable de consommer des drogues afin de modifier son état de conscience. Elle n'en éprouvait pas l'once d'un début d'envie. Du reste, si la « méthode » avait fait ses preuves, il était à parier qu'une partie des gens présents aujourd'hui sur Brume aurait basculé depuis longtemps de l'autre côté de cette réalité.

Sans conviction, et puisque son acolyte de ténèbres semblait résolue à la laisser se débrouiller, elle décida de tenter une technique bien plus saine : la méditation. L'une des innombrables options qu'elle avait déjà expérimentée pour essayer de vaincre sa timidité et le stress que celle-ci lui générait au quotidien. Elle avait vite abandonné, agacée par l'absence de résultat. Autant dire que ce n'était pas gagné ! Elle extirpa de nouveau son téléphone de sa sacoche, luttant quelques instants avec la fermeture éclair qui accrochait le textile, puis riva sa paire d'écouteurs à ses oreilles et lança l'application qu'elle avait installée l'été dernier. Aussitôt, une musique douce, apaisante, coula en elle telle une rivière de calme tandis que de superbes paysages s'affichaient sur l'écran. Cassiopée tenta de se laisser emporter par les sons, les images. De lâcher prise, afin que son esprit se fonde peu à peu dans chaque élément qui l'entourait…

Plus facile à dire qu'à faire. Durant une éternité, elle alterna les stations assise, debout ou allongée, le regard fixé sur le défilé des photos ou balayant la moindre parcelle de colline autour d'elle. Le sentiment ténu de plénitude céda vite sous la frustration tenace de n'aboutir à rien de concret. Elle perdit même toute quiétude lors du bref instant où le soleil perça une brèche dans les nuées, révélant son terrible duo d'ombres. Par chance, le fait de se tenir tranquille dans son coin alors que d'autres se donnaient en spectacle, riant à gorge déployée, bramant, gesticulant, ne l'offrait en point de mire à personne. La brise acheva de la sauver, poussant derechef un gros amas cotonneux et sombre devant l'astre du jour tout entier. Soulagée, l'adolescente retourna à sa tâche mentale… sans succès.

Combien de temps encore s'acharna-t-elle ? Des dizaines et des dizaines de minutes ? Deux heures, peut-être ? Trop longtemps, c'était certain. Abattue, elle se décida enfin à stopper l'application de méditation. Son pouce s'attarda quelques secondes au-dessus de l'écran, tant la série de photographies qui s'y exposait était sublime : des clichés qui montraient à la fois ce qui se trouvait sur et sous la surface de l'eau, telle cette jolie tortue verte nageant parmi une eau turquoise, surplombée par l'azur splendide et une ligne de palmiers plantés dans la plage de sable en arrière-plan. Ou encore ces enfants prenant la pose sous l'eau, la courbe de la surface des vagues juste au-dessus de leurs têtes, le ciel auréolant le tout. Chaque image capturait ce qui était au-dessus et en dessous de l'océan en même temps[1]. Des visions sublimes qu'un œil ordinaire ne pouvait saisir. Deux mondes parallèles, en superposition.

Après quelques secondes supplémentaires d'admiration, le pouce de Cassiopée mit fin au diaporama à couper le souffle. Si seulement elle disposait d'un appareil photo aussi magique, dont l'objectif aurait pu lui dévoiler autant de mondes cachés et ce foutu mur d'ombre ! Si seulement celui-ci se trouvait simplement à ses pieds…

Elle eut une fulgurance. Une sorte d'espoir fou… Pourquoi pas, après tout ? Jusqu'ici, elle s'était toujours représenté l'accès au Rével comme une paroi qui se dresserait devant elle. La majorité des gens devait penser ainsi : un mur, en toute logique, c'était debout. Mais puisqu'il fallait voir les choses « autrement »…

Frénétique, elle fouilla le sol du regard, ses prunelles enfiévrées ne rencontrant que terre, petits cailloux, végétation et fourmis en expédition. Ses yeux noisette se posèrent sur la route en contrebas. D'abord, elle lui parut fidèle à son aspect habituel. À force de la fixer, cependant, il lui sembla que sa consistance se modifiait peu à peu. Prenait-elle ses désirs pour des réalités ? Était-elle victime d'une illusion ? Pareille à un fleuve orageux, la voie de circulation ne lui avait plus vraiment l'air constituée de matière solide. Vue de sa place, dorénavant, elle ne lui

---

1. Photographies de David Doubilet, *National Geographic.*

apparaissait pas faite d'un simple goudron, mais d'une matière plus fluctuante, impossible à définir.

Cassiopée inspecta autour d'elle : était-elle la seule à remarquer ce phénomène ? Apparemment, oui. Personne ne s'en préoccupait. Une voiture fit irruption sur la route et y roula de manière tout à fait habituelle. En l'observant disparaître rapidement de son champ de vision, la timide adolescente se demanda si elle n'était pas devenue totalement folle. Car elle voyait toujours cette apparence étrange, non stable, de la chaussée. Agonie avait-elle eu raison des derniers grammes d'entendement qui lui restaient ?

Pointant un doigt discret vers le bas de la colline, elle murmura :

— Est-ce que c'est le mur d'ombre ? J'ai l'impression qu'il est là, non ?

Malgré la grisaille qui lui dissimulait sa ténébreuse compagne, le fourmillement dans sa chevelure devint très vif et la tiédeur s'y accentua fortement. Cassiopée interpréta cette manifestation comme un assentiment, s'empressant d'attraper ses béquilles pour se relever et redescendre avant que l'envoûteuse ne lui fasse bouillir le crâne.

Elle atteignit son but plus vite que si elle avait dévalé le versant de Brume sous forme d'une grosse pierre ronde. Parvenue à la lisière de la route, elle marqua un temps d'arrêt. Que faire ? Elle n'hésita pas longtemps. Il n'existait pas trente-six solutions pour vérifier sa théorie. Contrôlant qu'aucun véhicule n'était en approche, elle posa un pied prudent sur le macadam. Puis récidiva. Rien ne se passa alors que la chaussée lui donnait l'impression de se mouvoir encore sous ses béquilles…

Chaleur de plus en plus forte dans sa chevelure. *Tu brûles, tu y es presque,* semblait lui indiquer celle-ci comme dans un jeu d'enfants.

La jeune fille repensa au tee-shirt de l'homme qui l'avait dépassée à son arrivée. *Burn the witch.* C'était elle qui allait finir par prendre feu si elle ne saisissait pas très vite comment se servir de sa découverte pour accéder au Révél. Un univers qui ne se trouvait peut-être plus qu'à quelques centimètres, sous sa semelle. L'idée était vertigineuse. La réalité elle-même lui paraissait sens dessus dessous.

Fallait-il créer des ombres pour passer le mur ? Monsieur Martin, en dépit d'une personnalité spéciale lors de son enfance, n'avait jamais évoqué d'aptitude magique le concernant. La clé ne devait donc pas se trouver là… Le sommet de sa tête devenait de plus en plus ardent, et elle commençait à éprouver de la difficulté à réfléchir. Agir était urgent ! Comment diable traverser un « mur » qui ne se tenait pas debout, mais couché ?

En s'allongeant. La réponse la frappa plus fort qu'une balle de golf en plein front : la solution consistait à changer de perspective. C'était à elle de s'adapter à cette orientation inhabituelle, elle en éprouva subitement la quasi-certitude.

Sensation d'un brasier dans son cerveau. Plus le moment de tergiverser ou ce serait le bûcher pour ses neurones !

Nerveuse, elle vérifia qu'aucune voiture n'arrivait, ni de son côté, ni sur la voie opposée. Puis elle s'étendit tant bien que mal sur la route, béquilles serrées dans chaque main, le ventre collé au bitume afin de faire face au passage ondoyant. Dans le genre « attitude loufoque et suicidaire », ça se posait là… Si jamais un véhicule déboulait à toute allure et qu'elle n'était pas assez véloce pour se relever et s'écarter à temps, le ridicule la tuerait, faisant mentir le célèbre adage qui se rappelait à elle si souvent.

— Hé ! Qu'est-ce que…

Argh ! Quelqu'un l'avait repérée et la croyait sans doute en pleine tentative de mettre fin à ses jours ou en proie à un irrépressible accès de folie… Mais la voix expira aussi vite qu'elle s'était élevée. Cassiopée, toujours allongée au sol, réalisa qu'elle était en train de s'y enfoncer. Victoire et terreur l'embrassèrent de concert. Allait-elle enfin basculer pour atterrir dans un autre monde, telle une Alice au pays du Rével ?

Non.

Elle s'abîmait chaque seconde un peu plus, sans rien distinguer. Plus elle sombrait, plus elle étouffait. Elle tenta de remuer, de lutter contre cette matière étrange qui l'oppressait. Qui *l'absorbait*. Peine perdue. Elle n'était plus qu'un oisillon sans défense, englué dans une immense flaque de pétrole. Elle comprit : depuis le départ, tout cela n'avait été qu'un piège. Un traquenard mortel qui se refermait à présent sur elle.

Désespérée, elle rassembla ses dernières forces psychiques. En pure perte. Elle était trop faible pour produire la moindre once ténébreuse de magie. Elle continuait juste de s'engloutir et de s'asphyxier. Dans sa mémoire, aucune rétrospective accélérée de sa courte vie. Pourtant, elle savait.

Je vais mourir noy…

Clarté

aveuglante.

CHAPITRE 23

Vertige et libération.

Tandis qu'elle se retrouvait soudain debout sans savoir comment, Cassiopée crut qu'elle allait tomber à la renverse. Elle rétablit de justesse son équilibre grâce à ses béquilles. Ne pas les avoir lâchées tenait du miracle. Tout comme le fait de respirer de nouveau normalement, à son grand soulagement.

Aveuglée, elle cligna des paupières pour essayer de s'habituer à la luminosité intense qui régnait autour d'elle. Son cœur battait la chamade. Peu à peu, son regard s'accoutuma à l'éclat de ce nouveau milieu. Toutefois, elle ne put scruter le firmament plus de quelques secondes tant il était d'un blanc-ocre étincelant. Cela lui rappela le récit de monsieur Martin évoquant son propre éblouissement. En elle, pas de doute : elle avait atteint le Rével. Elle en était absolument certaine, même si elle ne ressentait aucune impression de déjà-vu. Sa crise de somnambulisme avait enseveli dans son inconscient le souvenir de sa première incursion, mais à présent qu'elle avait atterri ici, elle savait qu'elle y était déjà venue. Elle le ressentait dans ses tripes. Pour la seconde fois donc, elle avait survécu à la traversée. Dans un sens, en tout cas…

A priori, il n'y avait plus trace du mur d'ombre, de la route fluctuante, au-dessus d'elle ou ailleurs. En épargnant sa vie, le Révell s'était comme verrouillé. Avec elle à l'intérieur.

Maîtrisant sa peur tant bien que mal, elle détailla son environnement. Ici, tout était très ensoleillé, radieux, d'aspect accidenté et sec, presque désertique, ponctué çà et là de gros rochers, planté d'arbres à la nudité hivernale. Quant à la température, elle n'aurait trop su la définir. Il ne régnait ni fournaise ni fraîcheur ; les degrés ne l'indisposaient pas. En revanche, elle se sentait vraiment mal à l'aise de n'entendre aucun chant d'oiseau, aucun bourdonnement d'insecte, pas un bruissement. Cette chape de silence l'écrasait de tout son poids mortifère.

Anxieuse, elle scruta le sol aride qui l'encerclait. Tourna la tête sur le côté, jeta une œillade fiévreuse en arrière. Partant de ses talons, un peu en biais, une ombre immense, digne d'un colosse… Le sursaut d'effroi de Cassiopée, copié en simultané par l'ombre démesurée, lui permit de comprendre qu'il s'agissait de la sienne. Le flamboiement surnaturel des lieux expliquait peut-être cet effet d'optique saisissant. Mais alors, pourquoi ne voyait-elle point la sorcière du Rével ? Pas plus qu'elle ne ressentait, dorénavant, sa présence inquiétante *via* le bout de ses cheveux ou le sommet de son crâne ?

La jeune fille tenta d'interpréter cette disparition. L'envoûteuse, de retour dans son univers d'origine, l'avait-elle quittée en une fraction de seconde, pulvérisant le lien créé par l'humaine, pour regagner ses sinistres pénates ? Ou bien, au contraire, avait-elle laissé le mur détruire leur lien en enfouissant l'adolescente jusque dans un Rével dont celle-ci ne reviendrait jamais plus, pendant que la magicienne continuerait de semer terreur et mort dans la réalité ?

Ne sachant que faire d'autre, Cassiopée décida de s'aventurer plus avant. Non sans avoir jeté d'abord un œil au téléphone niché dans sa sacoche (écran noir impossible à rallumer, bien sûr), elle commença à marcher avec circonspection. Ses pas et ses béquilles soulevaient une poussière sableuse qui formait de petits nuages au niveau de sa cheville valide. Après une durée incertaine de progression, elle repéra deux dunes aux teintes safran qui se dressaient face à face dans l'horizon lointain. Y en avait-il une troisième dissimulée derrière, dans une configuration identique à celle des Trois-Sœurs ? Il était possible, après tout, qu'une partie du Rével soit une transposition décalée, déformée, du Réel d'Agonie. Néanmoins, cette énième supposition hasardeuse ne lui servait guère. Elle avait tant échafaudé d'hypothèses, depuis le début de toute cette histoire, qu'elle risquait de se faire également une belle entorse au cerveau.

Mais !… Elle porta la main en visière à son front. Non, elle ne rêvait pas : quelqu'un approchait à sa rencontre. Pas une ombre, une vraie personne ! Si, d'ordinaire, elle appréhendait les inconnus car elle ne savait comment leur parler ni se comporter sans paraître tarte, là, le soulagement l'emporta. Elle se moquait bien de bégayer ou de rougir, parce qu'elle allait enfin pouvoir échanger avec quelqu'un. Peut-être même lui demander de l'aide… Seule, elle se trouvait à court d'idées.

Avec quelque baume au cœur, elle poursuivit sa propre avancée à trois pattes vers l'inconnu qui cheminait toujours droit sur elle. L'inconnuE, en fait. L'inconnue ou… Finalement, elle n'était peut-être pas si humaine. Bien que vêtue d'habits de textile – veste cintrée, pantalon bouffant –, elle était dotée d'un physique assez particulier. En effet, maintenant que la distance entre elles deux se réduisait comme peau de chagrin, Cassiopée pouvait constater que l'étrangère possédait un singulier visage au teint gris-bleu, un peu comme de la pierre. Elle ressemblait à une statue en marche. Clairement, c'était flippant… D'autant plus impressionnant que chaque arbre dénué de feuilles paraissait se courber dans une révérence surnaturelle sur le passage de la nouvelle venue. Qui était-elle ? La reine grise du Rével ? Le silence profond s'alourdissait au fil de sa progression. Il allait bientôt devenir suffocant.

L'adolescente avala sa salive à grand-peine. Elle eut l'impression que sa déglutition produisait un vacarme de tous les diables. De plus en plus, elle ressentait le besoin de prononcer des paroles pour briser ce silence irrespirable. Cependant, elle n'était plus si certaine d'avoir trouvé l'interlocutrice idéale. Hélas, de toute évidence, celle-ci l'avait bien repérée. Il était trop tard pour songer à se cacher… Une dizaine de mètres tout juste les séparait dorénavant, et Son Altesse anthracite avançait d'une démarche affirmée.

Soudain, un éclair frappa les pupilles de Cassiopée. D'instinct, elle rabattit sa paume sur ses yeux tout en poussant un gémissement de douleur. Durant une seconde épouvantable, elle se crut devenue aveugle, les globes oculaires carbonisés. Par chance, le noir sous ses paupières se piqueta vite de points de couleur lumineux, puis elle rouvrit les yeux. Elle en eut les larmes au bord des cils, mais elle voyait. Elle avait juste été très fortement éblouie. Par quoi ?

La réponse lui vint en récupérant sa vision complète : brillant de mille feux, c'étaient les doigts de la femme couleur de roche qui lui avaient renvoyé en plein visage les rayons du violent soleil d'ici. Pourtant, l'impératrice grise ne portait à ses mains aucun bijou précieux, ne serrait dans ses poings aucun objet métallique rutilant. Maintenant qu'elle l'avait presque en face d'elle, la jeune fille pouvait se rendre compte que la vérité était un peu plus originale que cela. En fait, ce qui luisait autant, en reflétant le chatoiement du ciel doré, se trouvait à l'extrémité des doigts de l'étrangère : ses longs ongles taillés en pointe triangulaire brasillaient tels des diamants sculptés par un bijoutier. Dix poignards ciselés prêts à servir.

La conversation à venir s'annonçait de moins en moins sympathique.

— Qui es-tu ? lui lança sans ambages la femme aux doigts de gemmes.

— Je suis…

Avec une certaine appréhension, Cassiopée allait lui donner son prénom, mais elle s'arrêta net, horrifiée par ce qui ornait la ceinture à la taille de la dame grise. Elle avait d'abord pris ces « ornements » pour des gros médaillons. Elle était loin du compte… Il s'agissait en réalité de plusieurs visages à la peau cendreuse. Cassiopée aurait aimé se persuader qu'elle avait affaire à des masques. Par malheur, elle se doutait que ces figures avaient été récemment arborées par des êtres de ce monde, avant d'être « décollées » ou découpées avec soin. Voilà qui n'avait rien d'engageant.

— Je… je suis… perdue…

… et morte de trouille, ajouta-t-elle en son for intérieur.

— Hmm… C'est intéressant. Ton apparence n'est pas courante.

Tout était question de point de vue, bien entendu. L'étrangère à la peau de pierre se rapprocha encore. Elle se tenait désormais si près de Cassiopée qu'en un centième de seconde, elle aurait pu l'embrasser ou l'égorger. Dans un geste qui contenait plus de curiosité que d'intention belliqueuse, elle attrapa plusieurs mèches de l'humaine pétrifiée entre deux de ses doigts tranchants.

— Quelle drôle de couleur… Et c'est fin, si fin…

Sans crier gare, elle lâcha les mèches pour caresser les cheveux de Cassiopée sur toute leur longueur. Ils différaient tant des siens, poivrés et beaucoup plus épais. Dans le but de ne pas l'offusquer, la jeune fille se contint. Elle avait tellement envie de dégager sa tête ! Quelles étaient ces manières ? On la prenait pour un animal domestique ou quoi ?!

— Et vous… Qui êtes-vous ? risqua-t-elle.

Comme espéré, l'inconnue cessa ses cajoleries gênantes. Avec un large sourire, elle se présenta.

— Je suis Iloïs Amarthée de Fontayge. Mais on m'appelle La Griffe.

Un pseudonyme approprié. La bien nommée développa :

— Je parcours les territoires et je collecte…

Elle n'acheva pas sa phrase, se bornant à tapoter sa ceinture morbide d'un air très satisfait. Cassiopée sentit la bile lui remonter dans le fond de la gorge.

— Pour... pourquoi vous faites ça ?

— Parce que c'est mon travail. On me paye pour le faire et je le fais extrêmement bien. Jamais une égratignure sur ce que je prélève ! Admire comme tout est intact !

Cette fois, un haut-le-cœur secoua l'adolescente. À l'inverse de ce que l'on exigeait d'elle, elle s'efforçait de ne plus poser les yeux sur les funestes trophées accrochés à la taille de La Griffe. Celle-ci ricana.

— Je vois tes deux petites billes qui s'enfuient. Si elles le pouvaient, elles sauteraient de leurs orbites. Faible nature, va ! Il est vrai que ma tâche requiert un estomac solide, des nerfs d'acier... et des mains adaptées. Tu ne dis plus rien. Ne voudrais-tu pas savoir qui m'emploie ?

— ... Si, si.

— Je suis au service de l'Innombrable Multiple.

Qu'était-ce ? Une nouvelle créature au sobriquet improbable ? Une organisation secrète ?

— Notre Commandante ! se récria la femme à face de statue, frustrée par son absence de réaction. Celle qui régit tout.

La souveraine de ce pays de détraqués, en somme. La Griffe, en dépit de son port de tête altier et de ses ongles somptueux, n'était donc qu'une basse exécutante. Ce qui ne la rendait pas moins redoutable.

— Tu n'en as jamais entendu parler ? Apprends qu'elle est tout le monde et personne à la fois. Elle peut être qui elle le souhaite, quand elle le désire.

Une expression de plaisir sadique déforma les traits gris.

— Bientôt, elle pourra être toi. J'espère que tu mesures l'ampleur de cet honneur, jeune Perdue.

L'horreur, plutôt que l'ampleur. Si elle-même ne jugeait pas son visage très joli, elle ne voulait pas pour autant en être privée !

— Rassure-toi : tu seras toujours vivante quand j'en aurai fini, l'informa avec aménité l'arracheuse de figures.

Du revers de son index dangereusement onguiculé, elle lui effleura la joue. Révulsée, Cassiopée sautilla en arrière pour se dégager. Alors qu'elle s'apprêtait à tenter sa chance de fuir à béquilles afin d'échapper à celle qui avait l'intention manifeste d'ajouter une face d'humaine à son butin, elle eut la surprise de constater que La Griffe s'était figée. Son faciès rocheux avait changé de couleur. Il était devenu d'un gris-bleu beaucoup moins gris et encore moins bleu. Sa façon de blêmir ?

— Aie pit… Aie… aie pitié, Perdue ! balbutia-t-elle devant une Cassiopée hallucinée. Ne me prends pas mon ombre !

Puis elle tourna les talons et, dans un long hurlement, fila plus vite que le vent. Médusée, Cassiopée se retrouva seule sur place. Comment La Griffe avait-elle su, tout à coup, pour ses facultés ombreuses ?

En un coup d'œil par-dessus son épaule, l'adolescente contrôla les contours de son ombre. Celle-ci était toujours là, toujours aussi géante. Il y avait néanmoins une nouveauté non négligeable : à ses côtés, un peu plus penchée mais partant également de l'arrière de ses pieds, se tenait une seconde ombre. La sorcière du Rével ! Même si l'adolescente ne la ressentait plus de manière « physique » depuis sa traumatisante traversée du mur, l'enchanteresse lui était toujours rattachée ! Cassiopée avait fait fausse route tout à l'heure : si elle ne voyait plus la magicienne dans son sillage, c'était sans doute que la silhouette de celle-ci s'était retrouvée alignée avec l'ombre de l'adolescente, « mangée » par sa taille démesurée. En esquivant la main cruelle de La Griffe, la jeune fille avait dû se décaler par rapport à l'orientation de l'astre surpuissant qui éclairait ce lieu parallèle. Par conséquent, cela avait dévié un peu son duo d'ombres, positionnées dorénavant telles deux aiguilles de montre. Un binôme bancal aux promesses d'avenir inquiétantes…

— Bon, qu'est-ce que vous attendez de moi, à la fin ?! s'agaça-t-elle, sa réserve de patience à bout, en se dévissant à moitié le cou.

Surprise : l'envoûteuse réagit enfin. L'ombre esquissa quelques gestes du bras, qu'elle réitéra plusieurs fois. Problème : interpréter ces mouvements n'avait rien d'évident. La sorcière paraissait se désigner puis faire signe… de s'en aller ? de continuer à avancer ? Que voulait-elle au juste ? Qu'elles poursuivent leur route chacune de leur côté, ou toujours unies mais dans la direction inconnue de son antre personnel ? Oh, pourquoi n'était-elle pas douée de parole comme La Griffe ?! Tout cela n'était que spéculations approximatives.

Détachons-nous l'une de l'autre, se dit la jeune fille. *Ce sera une première étape vers… vers quelque chose.*

Hélas, elle eut tôt fait de se rendre compte qu'elle ne parvenait pas à déficeler mentalement leur lien d'ombre capillaire. Ce n'était plus un nœud marin, c'était un nœud diabolique ! Ou alors… Après un rapide autotest psychique, elle prit conscience qu'elle ne possédait plus de facultés paranormales. À moins qu'elle ne soit, comme dans la cave, devenue inapte à les utiliser. Ne lui restait que cette attache indéfectible avec une entité dont elle n'avait toujours pas percé le mystère des motivations. Pourquoi celle-ci demeurait-elle fixée à sa personne ? Pourquoi ne s'était-elle point servie de sa propre puissance pour la réduire en esclavage ou en bouillie ?

Cassiopée décida de se secouer. Puisqu'elle ne pouvait ni communiquer clairement avec la magicienne, ni découdre leurs ombres par ses propres moyens, il lui fallait poursuivre son exploration du Révél. Il était préférable de partir en quête d'une solution improbable, plutôt que d'attendre qu'elle ne lui tombe du ciel doré.

Résolue, elle béquilla dans le décor surréaliste. Béquilla, béquilla. Béquilla encore. Sur son itinéraire clopinant, elle croisa un certain nombre de « personnes ». À l'instar de La Griffe, toutes arboraient des cheveux gris et un teint de roche. Néanmoins, elles ne se ressemblaient pas au point de les confondre entre elles. Par bonheur, aucune ne se baladait avec des visages arrachés pendus à la taille. Systématiquement, l'adolescente s'armait de courage afin d'essayer d'entrer en contact avec elles. Elle n'obtint pourtant pas de réponse, soit parce qu'une minorité semblait ne pas comprendre son langage (peut-être parlait-on divers dialectes dans le Rével), soit parce que la majorité était trop effrayée. La plupart des créatures prenaient la poudre d'escampette dès qu'elles apercevaient ses deux ombres.

Tous ces êtres n'ont qu'une ombre, songea-t-elle, *et ils ne sont pas non plus de pures ombres comme j'ai supposé que l'était la sorcière. Donc… Est-ce que la sorcière constitue une exception ? Ou bien cette ombre reliée à moi appartient-elle à quelqu'un ? À savoir, à la vraie ensorceleuse, faite d'un peu de bleu et de beaucoup de gris comme tous les gens d'ici, et à laquelle il me revient alors de rapporter sa propriété ?* Ce n'était pas moins capillotracté que le restant de ses théories. Un temps, du reste, elle avait envisagé l'existence d'une envoûteuse qui manipulerait les attaques de son ombre dans Agonie tout en demeurant tapie quelque part. La jeune fille n'avait simplement pas imaginé que ce quelque part puisse être le Rével… Si cela n'expliquait pas tout, au moins cela lui donnait un but : trouver la magicienne et lui redonner sa maudite ombre.

Cette idée l'eut à peine rassérénée qu'un grand bonhomme à face de pierre déboula de nulle part.

— RHAAAAA !

Dague au poing, ses lèvres anthracite maculées de taches rouges, il se ruait droit sur elle. Un ogre monolithe qui voulait la métamorphoser en steak tartare, voilà ce qui lui vint à l'esprit.

— RECULE ! Je suis la Voleuse d'Ombres ! hurla-t-elle en désespoir de cause.

Ne sachant s'il était capable de la comprendre, elle prit soin de placer son tandem ténébreux dans l'axe de vision de l'agresseur (elle commençait à mieux maîtriser l'exercice, qui n'impliquait pas de magie). Il stoppa net.

— Je suis la Voleuse d'Ombres, répéta-t-elle avec le plus de conviction possible. Regarde : j'ai déjà capturé celle d'une sorcière. Je n'hésiterai pas à te prendre la tienne !

Mensonge grotesque. Elle s'attendait à un fou rire méprisant qui lui enverrait des jets de cailloux à la figure. Au lieu de quoi, son assaillant tomba à la renverse et ne bougea plus. Il lui fallut deux ou trois secondes pour se rendre à l'évidence : il s'était évanoui de peur. *Faible nature !* lui décocha-t-elle en silence. À cloche-pied vigilant, elle s'approcha du corps inerte. La dague gisait au creux de la paume ouverte de l'inanimé. Mue par une inspiration téméraire, elle réussit, après quelques contorsions, à la lui prendre sans le réveiller. Lorsque le bout de ses doigts effleura l'intérieur de la main grise, le toucher la surprit : c'était doux comme une peau de bébé, et non rugueux comme un rocher. Une fois l'arme blanche subtilisée, Cassiopée la glissa dans sa sacoche qu'elle referma avec soin, avant de reprendre sa prospection en s'éloignant au maximum.

Au bout d'un moment, elle commença à fatiguer. Le terrain n'était pas plat, et toutes ces montées et descentes successives, même si elles n'étaient pas vertigineuses, puisaient dans ses ressources d'énergie. Sa conviction, toute relative, s'étiolait au fur et à mesure de son périple balisé de rocs tristes et d'arbres dévêtus. Elle doutait de plus en plus qu'il y ait le moindre sens, le moindre dessein, la moindre finalité à ce capharnaüm sans nom. Au fond, son vœu avait été exaucé, car elle errait maintenant dans un univers si absurde que sa timidité n'y avait aucun poids. Cela ne la soulageait en rien, car elle s'y sentait si seule, désespérément seule.

— Salut, qu'est-ce que tu fais par ici ? On t'a chassée ?

La voix qui avait jailli dans son dos la fit tressaillir. Elle pivota sur ses béquilles. Un nouvel être au derme pierreux la fixait. D'apparence, il avait à peu près son âge. Un adolescent. Un escogriffe, avec des moignons à la place des mains. Souffrait-il d'une pathologie ? Avait-il approché quelqu'un d'aussi sympathique que La Griffe ?

— On t'a chassée ? insista-t-il.

— Non, personne ne m'a chassée. C'est un peu plus compliqué.

Il lui parut déçu.

CHAPITRE 23

— Je viens de loin, simplifia-t-elle. Je suis à la recherche d'une sorcière.

— Une « sorcière » ?

Étant donné son regard de poisson mort, elle jugea nécessaire de lui inculquer une leçon de vocabulaire.

— C'est une femme puissante qui pratique la magie. Tu connais la magie ? Une sorcière a des dons surnaturels. Elle peut jeter des sorts, contrôler les éléments, des choses comme ça. *A priori,* celle qui m'intéresse possède une très longue chevelure qui lui tombe jusqu'aux chevilles.

Il haussa les épaules, l'air désolé.

— Je ne vois personne qui correspondrait à cette description, mais je ne suis pas très sociable. En revanche, ce que tu me racontes sur la… la « sorcière »…

— Oui ?

— Je crois bien… Non, je suis presque certain…

— Quoi ?

— En fait, tu veux trouver une Docte.

Docte. Synonyme de savante, érudite. Ça se tenait : les sorcières détenaient une science supérieure, en quelque sorte.

— Du coup, tu n'as pas une idée de la manière dont je pourrais entrer en contact avec une Docte ? Même si ce n'est pas la « mienne », elle pourrait peut-être m'aider à dénicher celle que je cherche.

Il grimaça.

— Ça ne va pas être possible.

— Pourquoi ça ?

— D'après ce que je sais, toutes les Doctes ont été exterminées.

Quoi ? Une chasse aux envoûteuses, comme dans la réalité plusieurs siècles auparavant ? Non, la sorcière du

Révél avait obligatoirement réchappé de ce massacre ! Ou son ombre était-elle tout ce qui demeurait d'elle ? Dans ce cas, qu'était-il arrivé exactement aux autres Doctes ?

— L'Innombrable Multiple a confisqué leurs visages, les a laissées périr de faim, puis a cloué leurs corps dans sa cave.

Charmant. Les mœurs du Rével n'avaient rien à envier à la barbarie humaine. Le garçon gris-bleu adopta un ton grave.

— Un conseil : ne lui demande surtout pas audience, elle ne réglerait pas ton souci. Il y a longtemps qu'elle ne gouverne plus vraiment. Elle prétend qu'elle ne se sent pas exister, qu'elle n'arrive pas à déterminer qui elle est. Alors, elle a décidé d'être tout le monde, « d'essayer » chacun et chacune. Bien sûr, cela ne fonctionne pas, mais rien ne l'arrête. La Griffe, sa fidèle pourvoyeuse, est inarrêtable, elle aussi. Seules les figures les intéressent… Méfie-toi, la tienne est vraiment spéciale.

Elle ne ressentit ni jugement, ni frayeur dans sa voix. Il énonçait un fait : elle n'avait pas le même aspect que les gens d'ici, point. Par ailleurs, en arrivant derrière elle, il ne pouvait qu'avoir vu le duo d'ombres disparates qui la suivait, et il ne semblait pas en avoir conçu d'épouvante. Intriguée, elle se jeta à l'eau :

— Tu as constaté que j'étais différente. À cause de cela, j'ai croisé pas mal de monde qui a eu peur de moi. Peux-tu m'expliquer pourquoi ce n'est pas ton cas ?

Le gris de ses yeux vira à l'orageux. Y perdant toute lueur de sympathie, il lui répliqua d'un timbre sinistre :

— Ne comprends-tu pas que c'est toi qui devrais me craindre ? Si je ne me sauve pas, c'est parce que, de nous deux, JE suis le monstre.

CHAPITRE 24

Guidée par la prudence, Cassiopée recula d'un pas.

— J'ai une arme sur moi, déclara-t-elle en s'efforçant d'amorcer un rictus menaçant.

Inutile de refaire le coup de la Voleuse d'Ombres, le nouveau venu n'ayant pas l'air impressionné par ce genre d'exploits.

Tandis qu'en équilibre sur ses béquilles, elle s'apprêtait à rouvrir sa sacoche avec l'intention d'y attraper la dague subtilisée à son précédent agresseur, un éclat de rire chagriné coupa court à ses mouvements.

— Cela ne te servira à rien. Personne ne peut la vaincre.

— « La » ? Qui ça, « la » ?

Il ne répondit pas tout de suite. Évoquait-il La Griffe ou l'Innombrable Multiple ? Il paraissait pourtant assez intelligent pour avoir saisi que c'était contre lui, à la seconde présente, que la jeune fille voulait avoir les moyens de se défendre. Déstabilisée, elle tenta d'obtenir un éclaircissement.

— De qui parles-tu ? J'ai du mal à te suivre. Qui est « la » ?

— La chose qui est en moi, révéla-t-il dans un souffle étranglé. C'est elle, en vérité, qui me confère ma monstruosité.

Il faisait peine à voir. Elle comprit à ce moment-là qu'il n'avait point nourri le projet de s'en prendre à elle, mais avait souhaité l'avertir de ce qui pourrait se produire contre son gré. Sans le connaître, elle pressentait un destin à la *Dr Jekyll et Mr Hyde*. Un double maléfique terré en lui. Ses mots le laissaient deviner.

— Je ne suis pas quelqu'un de méchant. Je ne souhaite de mal à personne, je te le certifie. Mais cette chose… On appelle ça un Indicible. C'est une créature atroce, féroce, que je porte en moi depuis tout petit. La majorité du temps, l'Indicible choisit de rester dissimulé à l'intérieur de moi, et on ne le voit pas.

Il s'interrompit, hésitant. Cassiopée lui adressa un petit signe de tête qui se voulait encourageant.

— Tu dois savoir que même s'il ne se montre pas, l'Indicible peut prendre le contrôle de ma personne à tout moment. Depuis le tréfonds de mes entrailles, il me fait faire ce qu'il veut, quand il en a envie. J'ai beau lutter de toutes les forces de mon esprit, je ne parviens jamais à reprendre le dessus sur lui.

— C'est affreux. Je suis tellement désolée d'entendre ça…

— Attends, il y a pire. C'est lorsque l'Indicible s'amuse à sortir de mon corps. Tous ceux qui se trouvent dans les parages prennent alors leurs jambes à leur cou. Ils m'abandonnent seul face à lui.

CHAPITRE 24

— Qu'est-ce qu'il te fait ? frissonna la jeune fille, suspendue à ses confidences et sensible à la détresse qui y affleurait.

— Il me regarde. Je le « regarde », si on peut appeler cela comme ça. Crois-moi, c'est difficile de ne pas détourner les yeux… Ensuite, nous nous battons. Hélas, il est beaucoup plus fort que moi. En outre, j'ai l'impression que plus je lutte contre lui, plus il gagne en force. Je le sens plus puissant à chaque occasion. Quoi que je fasse, quoi que je tente, il triomphe. Je te l'ai déjà dit : il est invincible. Cependant, il ne me tue pas, parce qu'il a besoin de moi. Je suis son hôte forcé ; il est mon parasite. Alors, quand je gis au sol, exténué, exsangue, à la limite de l'agonie, au lieu de m'achever, il regagne mon corps et retourne se tapir au fond de mon être.

Cassiopée n'aurait jamais osé, mais elle avait presque envie de le prendre dans ses bras. Vivre ainsi devait être un calvaire pour lui.

— J'ai déjà pensé à me tuer pour en terminer avec ce cauchemar. Par malheur, l'Indicible m'en empêche lorsqu'il est en moi. Quand il s'affranchit de mon enveloppe charnelle, je me refuse à me supprimer, car je n'ai pas la garantie que notre lien est maintenu et que cela l'éradiquerait également. Qui sait de quoi il serait capable en totale liberté ?

Elle se garda bien de lui faire remarquer que l'Indicible aurait tout aussi bien pu lui survivre même s'il se suicidait pendant qu'il l'avait en lui… Peut-être que ce dernier se contentait de changer tranquillement d'hôte quand le corps qui l'abritait périssait.

— Je ne veux pas que ce fardeau soit infligé à quelqu'un

d'autre, murmura l'adolescent, comme s'il avait suivi le fil de ses pensées. À cause de ma situation, personne ne veut de moi très longtemps. Ma famille m'a rejeté. J'erre de localité en localité. L'on finit toujours par m'en congédier.

D'où sa première question insistante. Le malheureux espérait avoir trouvé une compagne d'infortune.

— Tu dois songer que j'enjolive les faits. Que si tout cela était vrai, il serait miraculeux que je n'aie pas encore été assassiné… Certains ont essayé. La plupart, durant mon sommeil. L'Indicible m'a protégé, dirons-nous. Quand j'étais encore enfant, des scélérats m'ont capturé et attaché à un poteau, les mains dans le dos. Ils n'ont jamais eu le temps de ligoter mes pieds : l'Indicible est sorti de moi et m'a dévoré les mains sous leurs hurlements de terreur. Craignant pour leur propre intégrité physique, ils n'ont pas demandé leur reste. Ce jour-là, sans doute parce qu'il me considère comme sa propriété, l'Indicible m'a secouru à sa manière. Son acte m'a libéré, et j'en suis demeuré mutilé.

Il leva ses moignons en l'air.

— Depuis ce temps, mon simple aspect suffit à effrayer beaucoup de monde.

— Sans vouloir te vexer, La Griffe fiche beaucoup plus la frousse que toi !

Mission délicate accomplie : il esquissa un sourire reconnaissant envers la boutade un poil douteuse.

— Je t'aime bien, toi ! Si tu l'acceptes, et puisque tu sembles persuadée que l'une d'entre elles aurait été épargnée, je peux essayer de t'aider à rencontrer une Docte. Profitons-en tant que je suis dans mon état normal. Par contre, je vais être honnête : je n'ai aucune idée de la façon de nous y prendre.

Ce fut à son tour à elle de sourire. Après tout, dans cet univers hostile, deux bizarreries unies valaient mieux qu'une solitude hasardeuse. Se plaçait-elle en réel danger à lui faire confiance ? Quelque part, ils se trouvaient à égalité : il avait son Indicible, elle avait son ombre de Docte, et l'un comme l'autre paraissaient actuellement plutôt en sommeil.

— Merci pour ton offre. Je m'appelle Cassiopée. Et toi ?

— Astagorpe. Mais on m'attribue des tas de surnoms : le Mutilé, le Sans-mains, le Tordu, le Tronqué, le Piqué, le Frappé, le Diminué, le…

— Astagorpe, ça ira très bien.

Le pauvre ! Les Révelliens (elle avait décidé de les nommer ainsi) n'avaient-ils donc du respect pour aucun de leurs prochains ? De son côté, elle avait eu souvent droit à des « la muette », « la coincée » ou « la tomate » qui lui parurent soudain bien doux en comparaison des termes qu'endurait ce garçon.

— On y va ? proposa-t-elle pour reprendre en cette nouvelle compagnie sa quête incertaine, sans trop s'attarder sur des sujets fâcheux.

Au lieu de lui répondre ou de lui emboîter le pas, il se plia en deux comme si un immense poids invisible venait de s'abattre sur ses épaules. Cassiopée comprit tout de suite ce qui se passait : il n'allait pas pouvoir lui prêter main-forte, son répit était terminé. Quant à elle…

— SAUVE-TOI ! brama l'adolescent, toujours courbé sur lui-même, les deux mains posées sur le ventre. Désolé, j'aurais voulu… Il arrive ! PARS !

Malgré ses injonctions désespérées, elle ne put se résoudre à l'abandonner. Elle s'écarta de plusieurs pas, mobilisant son énergie mentale à tenter de créer une forme ombreuse qui le protégerait peut-être de son terrible ennemi intérieur. Hélas, toujours rien… Tandis qu'Astagorpe ouvrait et tordait la bouche dans la mimique caractéristique d'une personne sur le point de vomir, elle implora l'ombre de la sorcière-Docte.

— Aidez-le, pitié ! On ne peut pas le laisser comme ça. Pouvez-vous vous détacher de moi ? Pouvez-vous lui porter secours ?!

Elle n'obtint pas de réaction. Les quelques gestes extorqués tout à l'heure feraient donc figure d'anomalie… Il lui appartenait, à elle seule, d'agir en faveur du jeune homme dont le corps était à présent agité de spasmes violents. Entre deux secousses, il releva la tête dans sa direction, posa sur elle un regard gris pâle, puis gémit :

— Pourquoi restes-tu ici ? Je ne veux pas qu'il t'arrive quelque chose. Je ne veux pas te faire de mal !

Elle se sentit profondément touchée. Il y avait quelque chose de déchirant dans sa voix, ses yeux, ses propos et sa posture de pantin désarticulé qui souffrait le martyre. *La dague, il me faut la dague…*

— HAAAAAAAAAAAAAAAAAAAAAAAAAA !

Un rugissement atroce interrompit ses pensées et son geste. Jamais, de toute sa vie, elle n'avait entendu un tel cri. Il était indéfinissable, indescriptible. Un mélange de souffrance et de rage qui frappait les tympans, la colonne vertébrale et le cœur en même temps. Astagorpe s'effondra. Étendu de tout son long par terre, le regard révulsé, il convulsait.

CHAPITRE 24

Alors que Cassiopée, au mépris des risques, allait se précipiter à ses côtés pour l'aider de son mieux, il bascula en position latérale sur le sol. Ses yeux étaient toujours absents et sa bouche s'ouvrit grand. Si grand qu'à la place de son visage ne figura bientôt plus qu'une béance tapissée d'une langue blanchâtre.

— HAAAAAAAAAAAAAAAAAAAAAAAAAA !

Par la bouche écartelée, la créature s'extirpa de son cocon de chair. Pétrifiée, Cassiopée n'osait plus remuer le petit doigt. Un effroi brut, paralysant, se répandait dans ses veines. La vision de l'Indicible, révélé au grand jour, provoquait un sentiment de peur absolue. Pourtant, elle « voyait » le monstre sans le voir : il n'était pas invisible, mais pas non plus réellement discernable à l'œil nu. Transparent tel du verre, l'on devinait toutefois les contours de sa silhouette quand il bougeait. Difficile de se faire une idée précise de sa physionomie, mais il paraissait du gabarit d'un grizzly.

Impossible de l'expliquer de manière rationnelle, cependant cette presque non-vision de l'Indicible engendrait une terreur extrême. « Je le "regarde", si on peut appeler cela comme ça. Crois-moi, c'est difficile de ne pas détourner les yeux. » Elle saisissait ces paroles, à présent. D'autant plus que l'impressionnante forme translucide, libérée en totalité de sa coquille corporelle, se dirigeait vers elle.

— Cassiopéééééééééée ! hurla Astagorpe alors qu'elle tombait à la renverse.

La peur l'avait littéralement fauchée. À terre, elle voulut se hâter d'ouvrir sa sacoche pour y prendre la dague. Sans pouvoirs et avec une ombre de Docte si passive, l'arme blanche constituait tout ce qu'elle possédait pour sa défense. Par malchance, la fermeture éclair était coincée. Ou bien ses doigts tremblaient trop. Ou les deux.

— Ne t'en prends pas à elle, sale bête ! brailla le jeune Révellien. Allez, viens te battre avec moi !

La diversion échoua. Tandis que le garçon se relevait avec la ferme intention de s'interposer entre elle et le monstre, ce dernier vint encore plus près et se pencha sur l'adolescente. Malgré son effroi absolu, elle brandit au-dessus de sa tête la seule béquille qui lui restait en main, l'autre lui ayant échappé dans sa chute. Par un instinct de survie qui conférait à l'inconscience, voire à l'imbécillité crasse, elle contracta les muscles de son bras afin de pouvoir frapper de toutes ses forces la bête immonde. Nul besoin de la voir avec précision puisqu'elle la ressentait dans ses tripes et devinait à peu près son volume. Unique objectif : défendre sa peau.

Pile au moment où Astagorpe arrivait auprès d'elle et où elle allait abattre la béquille comme un couperet de guillotine, quelque chose la retint. Une émotion. Une lueur d'émotion, semblable à une petite flamme qui brûlait derrière ce brasier ardent de terreur provoquée. L'Indicible se tenait toujours là, à quelques centimètres, mais il ne l'attaquait pas. Étrange…

— ATTENDS !

À l'aide de sa béquille, elle bloqua Astagorpe prêt à se ruer sur son ennemi intime.

— Qu'est-ce qui te prend ?!

— Attends ! répéta-t-elle avec le plus d'autorité possible.

Concentrée, elle rassembla tout son sens de l'empathie. Se mettre à la place d'autrui, vivre ses émotions… avec sa sensibilité, elle en avait toujours été capable. Trop, parfois. Éprouver, « de l'intérieur », le mépris qu'une personne pouvait avoir à son égard n'était pas une expérience des plus agréables. Il ne s'agissait néanmoins pas de cela ici.

Ici, ce qu'elle percevait, si ténue mais bel et bien présente, c'était de la… peine ? Oui, de la peine. Et ce sentiment provenait de quelque part en l'Indicible. Selon elle, toutes les créatures, y compris les pires, étaient capables de ressentir des émotions. En revanche, elle ne s'attendait pas à découvrir du chagrin émanant de celle-ci.

— Tu es triste ? chuchota-t-elle sur un ton interrogatif, plus pour elle-même que dans le but de s'adresser au monstre.

— *Qui es-tu, toi qui sais lire en l'Indicible ?*

Elle poussa un petit cri de surprise : la voix lui avait répondu directement dans sa tête.

— Ça va ? Qu'est-ce que tu fabriques ? la pressa Astagorpe, à la fois alarmé par sa réaction et déstabilisé par l'absence de rixe.

Posant sa béquille en douceur à terre sans tenter de se remettre debout pour autant, elle lui fit signe de se tranquilliser avant de reporter son attention sur l'Indicible.

— Je suis Cassiopée, proféra-t-elle à voix haute. Pourquoi es-tu triste ?

— Tu lui parles ?! s'exclama l'adolescent qui avait recouvré entre-temps son gris-bleu d'origine.

Mimant le silence, elle posa un index sur ses lèvres.

— *Cassiopée,* l'interpella l'Indicible par télépathie. *Dis-lui, toi, puisqu'il ne comprend pas.*

— Lui dire quoi ?

Astagorpe ouvrit des yeux ronds en entendant l'interrogation.

— *Que je ne lui veux pas de mal, ni à celles et ceux qui l'entourent. Les gens s'enfuient quand je m'exhibe, mais je n'ai pas d'intention mauvaise.*

La jeune fille perçut une forme de sincérité à travers cette réponse qui résonnait dans son esprit. Elle n'hésita qu'un centième de seconde à placer l'entité devant ses contradictions.

— Si tu n'es pas méchant, comme tu le prétends, pourquoi as-tu dévoré les mains de celui qui t'abrite malgré lui ? Pourquoi l'empêches-tu d'agir comme il l'entend lorsque tu es en lui ? Et d'où vient cette aura de peur qui t'entoure ?

— Il est en train d'essayer de te manipuler, murmura le Révellien, à l'écoute de ses questions.

Agacée, elle fit des gros yeux de maîtresse d'école. Pas le moment de couper la discussion, elle voulait se forger sa propre opinion. Ce n'était pas parce qu'elle était timide qu'on pouvait la prendre pour une dinde ! Mais pour déceler une telle intention, il lui fallait écouter ce que l'Indicible avait à dire.

— *Au fond de lui, il le sait très bien. Il te l'a d'ailleurs expliqué tout à l'heure : j'ai rongé ses mains uniquement pour le sauver, non par châtiment ou cruauté. À cet instant, je n'avais aucun autre moyen de l'aider et je devais agir très vite, avant qu'il ne soit tué. Pour le reste, sache que lorsque je suis dans son corps, je ne le contrains pas délibérément. Ce sont nos deux consciences, nos deux egos, à l'étroit dans une seule enveloppe charnelle, qui souvent s'entrechoquent. Le résultat donne des actes qui ne dépendent ni de lui, ni de moi. Malheureusement, je n'ai pas le choix. En dehors d'un corps, je ne pourrais subsister bien longtemps. Je ne suis pas assez... « tangible ».*

— Comment fais-tu, alors, quand tu sors d'Astagorpe ?

— *Cela ne se produit pas si fréquemment, et toujours pour une durée limitée. Autrement, je finirais par m'affaiblir puis disparaître dans le néant... Je sais ce que tu penses. Mais Astagorpe et moi sommes intimement liés. Si je me volatilisais, lui aussi mourrait.*

— Et s'il meurt...

— *Oui, ce serait pareil. Cela fonctionne dans les deux sens.*

Donc le sauvetage par ingurgitation des mains n'était pas si altruiste.

— *Je ne suis pas qu'intéressé,* parut se justifier l'Indicible, toujours par voie télépathique. *Je me suis attaché à lui. Nous avons mûri ensemble, après tout.*

— Je peux savoir pourquoi vous avez évoqué mon hypothétique décès ? intervint d'une voix blanche Astagorpe, pour qui l'attente dans l'ignorance de la moitié des débats devenait insoutenable.

— Laisse-nous finir et ne t'inquiète pas pour ça, s'il te plaît ! le pria l'adolescente en se rendant bien compte qu'elle ne le rassurait pas beaucoup.

Son visage pierreux se renfrogna. Elle s'en voulut et se promit de se rattraper plus tard. Pour l'heure, elle se focalisait sur l'Indicible.

— Pourquoi la peur ? Pourquoi les combats ?

— *La peur vient à l'origine d'Astagorpe. Face à lui, je ne suis qu'un reflet amplifié, décuplé, de ses propres sentiments. Plus le temps passe, plus il me craint, et plus j'engendre alors d'ondes de frayeur. À chaque sortie, je provoque la terreur… malgré moi.*

— Si tu es pacifiste, cela n'a aucun sens de te battre avec lui.

— Crois-tu que je prenne le risque de m'évacuer de son corps pour le plaisir d'épater la galerie ? Quand je suis en lui, il ne m'écoute pas. Il est incapable de m'entendre comme tu m'entends, tant son esprit tout entier est hostile à moi. J'entretiens le fol espoir que cela se passe mieux un jour en dehors de lui. Hélas, dès que je me trouve à l'extérieur, il demeure sourd à mes propos. Persuadé de devoir se défendre, il se jette sur moi dans le but de me réduire en miettes. Ce qui le tuerait, je te le rappelle. Dans ces conditions, que faire d'autre que lui rendre ses coups ? Le taper assez fort afin de le neutraliser, mais point trop non plus pour ne pas l'achever et m'exterminer par la même occasion. Une fois cela accompli, je regagne son enveloppe affaiblie en constatant avec amertume que j'ai encore échoué. Lui se dit la même chose, pour une raison différente.

L'histoire d'un éternel quiproquo… Il fallait leur venir en aide, leur servir d'interprète en quelque sorte. Cassiopée se tourna vers Astagorpe et lui exposa la situation. Il émit des grimaces sceptiques qui s'estompèrent petit à petit. Elle se permit de rajouter que d'après sa propre intuition, l'adolescent devait avoir l'Indicible en lui depuis sa naissance. Certains étaient porteurs d'une maladie ; il l'était de cette créature. Au lieu de s'épuiser à la combattre, il devait apprendre à coexister avec elle.

— Bon, maugréa-t-il, je suis soulagé d'apprendre que

mon Indicible ne s'en prendra pas à moi sans hostilités de ma part – du moins, jusqu'à sa prochaine envie de me « sauver ». Mais quand même, ta Docte là, si on la trouve, elle ne pourrait pas nous séparer sans risque ? Je ne sais pas, peut-être que par un charme ou une potion, elle pourrait lui refiler une carcasse ou un animal en guise de maison de substitution, et que nous pourrions enfin vivre chacun de notre côté.

L'idée n'était pas si mauvaise. Elle inspira à Cassiopée une nouvelle question. Puisque l'esprit d'Astagorpe lui avait été totalement hermétique jusqu'ici, l'Indicible pouvait savoir des choses que le jeune homme ignorait. Or, par son essence surnaturelle, l'être avait peut-être une connaissance profonde du Rével.

— Je suis à la recherche d'une sorcière – enfin, d'une Docte. Sais-tu où je pourrais la trouver ?

— Elles sont censées avoir toutes disparu… C'est au sujet de cette seconde ombre accrochée à toi, n'est-ce pas ?

Elle opina avec empressement.

— Peux-tu me confirmer qu'il ne s'agit pas d'une entité à part entière ? Que cette ombre est liée à une habitante du Rével ?

— Pour sûr ! Une ombre appartient forcément à quelqu'un. Moi, je n'en ai pas, car la lumière n'a pas assez de prise sur moi. Mais les Doctes étaient des personnes d'apparence ordinaire, de chair grise, de sang bleu, donc dotées d'une ombre… Excepté si on la leur volait ou si elles la perdaient d'une quelconque manière, je présume.

— Je voudrais justement rapporter celle-ci. Es-tu sûr qu'il n'y ait aucune survivante ? Cette ombre ne sort pas de nulle part, tu viens de me l'affirmer !

— Une Docte... Une Docte... Non, vraiment... Sauf si... Il pourrait bien s'agir...

Un ricanement interrompit ses marmottements. Il reprit d'un ton proche du sarcasme.

— Tu verras par toi-même ! Je sens mon énergie qui s'amenuise. Je ne puis prolonger cette conversation sans péril. Si mon hypothèse est la bonne, je peux néanmoins t'orienter. À présent qu'Astagorpe a enfin compris que je n'agissais pas contre lui, je pense qu'il me permettra de guider ses pas jusqu'à ta destination. Je te fais mes au revoir, chère Cassiopée !

Elle n'eut pas le temps de répondre que, déjà, Astagorpe se cambrait bouche ouverte. Cependant, ses lèvres ne se disloquèrent pas autant que le coup précédent : passé le premier sursaut, il n'opposa plus de résistance à l'opération de réintégration, qui se déroula de façon rapide et sereine.

En quelques mots, elle lui résuma ses derniers échanges avec la créature qui s'était réinvitée en lui et qu'elle n'était plus capable d'entendre, désormais. Malgré ses craintes d'un piège (il n'avait pas perdu toute sa défiance envers l'entité), son nouvel allié accepta de laisser, sans lui résister, la volonté de l'Indicible conduire leur trajet, dans l'espérance de mettre enfin la main sur cette mystérieuse Docte. Après qu'Astagorpe eut ramassé la béquille manquante et aidé Cassiopée à se relever, ils partirent ensemble. Le cœur battant, la tête pleine de questions, l'adolescente croisait les doigts mentalement pour ne pas envoyer le garçon avec elle se jeter dans la gueule du loup. Ils ignoraient comment réagirait la sorcière, ou même si elle était vraiment celle de la pièce de monsieur Martin et des légendes d'Agonie.

CHAPITRE 24

*

Ils cheminèrent longtemps côte à côte, dans un silence dénué d'embarras, absorbés par leur effort, tendus vers leur but. Au bout de nombreuses foulées et de multiples béquillages, leur route téléguidée les mena pile entre les deux dunes que Cassiopée avait précédemment aperçues. À cet endroit se dressait une tour délabrée. Les gémissements qui filtraient des hauteurs de l'édifice érigé de guingois n'étaient pas très engageants. Peu rassurés, les deux jeunes gens se rapprochèrent un peu plus l'un de l'autre.

— C'est là, confirma tout bas Astagorpe. L'Indicible a arrêté de m'imposer un cap. Nous sommes arrivés...

Anxieux, ils pénétrèrent dans le bâtiment où régnait une légère pénombre qui contrastait avec la luminosité intense du dehors. Une odeur rance imprégnait les lieux. En dépit de la pestilence, le rez-de-chaussée semblait déserté, vide. Au fond de la pièce, il y avait un escalier. Ils s'avancèrent jusqu'à lui. Une volée de marches raides montait en spirale vers le sommet. Ils s'y aventurèrent l'un derrière l'autre, stressés, le Révellien ouvrant la voie. Dans son dos, Cassiopée progressait au ralenti avec ses béquilles. Elle avait connu des ascensions plus faciles... Ils finirent par déboucher sur un premier palier. Deux demi-salles s'y faisaient face. Sans se consulter, et même si les lamentations paraissaient provenir d'un niveau plus haut, ils choisirent d'explorer ces pièces. Peut-être pour retarder le moment où ils devraient se confronter à la source de l'inquiétante complainte.

Ils pénétrèrent dans un premier espace. Celui-ci était vide, à l'exception d'une grande cuve transparente emplie d'une eau saumâtre. En s'avançant, ils découvrirent qu'une personne s'y trouvait immergée. Elle était vivante, mais en piteux état. Dotée du teint typique des Révelliens (autant que l'on pouvait en juger à travers la couleur sale de l'eau), elle possédait à la place des jambes une queue de poisson. Cette dernière ne se prolongeait par aucune nageoire, et le bas en était déchiqueté. Cela expliquait sans doute pourquoi l'inconnue barbotait en rond avec difficulté, d'une manière que l'on aurait pu qualifier de « bancale ».

— Elle est comme moi. Incomplète, souffla Astagorpe avec chagrin, posant en douceur ses moignons sur la paroi de la cuve.

La femme-poisson s'immobilisa, le fixant d'un air craintif. Elle était vraiment maigre, le visage émacié. Les coquillages qui recouvraient sa poitrine portaient des traces noirâtres et purulentes, semblables à des moisissures. Sa queue avait perdu des écailles qui gisaient au fond du réservoir. Ils essayèrent d'établir une communication avec elle par la parole et les gestes. Elle se contenta de reprendre sa nage étrange, traçant des cercles imparfaits dans la cuve. Cassiopée sentit les larmes lui monter aux yeux. *Une sirène zombie dans son triste bocal…*

Astagorpe s'en détacha avec une expression peinée. D'un signe de tête, il indiqua à sa comparse humaine la seconde pièce. Tous deux savaient que, pour le moment, ils ne pouvaient rien pour la malheureuse. Si son sort et leur impuissance les désolaient, ils ne devaient pas perdre de vue leur objectif principal : investiguer les lieux, remonter la piste de la sorcière du Rével.

— Par les sévices de La Griffe ! jura Astagorpe dès qu'il eut effectué un premier pas dans la nouvelle salle.

Il stoppa son avancée, le souffle coupé. Cassiopée jeta un œil par-dessus son épaule et retint un hurlement d'épouvante. Au centre de la pièce trônait une cage. Bien qu'agrémentée d'un gros cadenas métallique, celle-ci était vide. En revanche, le sol tout autour, lui, était peuplé.

De squelettes.

À en juger par la taille des ossements, des squelettes d'enfants.

— C'est la tour des horreurs ou quoi ? Qu'est-ce qui a bien pu se passer ? marmonna le Révellien. On devrait peut-être…

— QUI est entré ici ? interrogea soudain une voix gutturale.

Surgie d'un niveau supérieur, elle était à glacer tous les sangs, bleu et rouge.

— Qui êtes-vous et que voulez-vous ? MONTEZ !

Les deux amis échangèrent un regard terrifié. Repérés, ils ne pouvaient hélas plus qu'obtempérer. Avant de s'engager derechef dans l'escalier en colimaçon, Cassiopée s'adossa au mur de la tour et s'employa en hâte à décoincer, une bonne fois pour toutes, la fermeture éclair de sa sacoche. Elle devait à tout prix récupérer la dague ! L'arme ne pourrait peut-être pas grand-chose contre des sortilèges, cependant l'adolescente se sentirait un peu moins sans défense.

La voyant s'acharner, Astagorpe saisit la sacoche – toujours accrochée à l'épaule de son amie – entre ses moignons, la porta à ses lèvres sans hésitation et, coinçant la tirette entre ses dents, réussit en quelques à-coups habiles à débloquer le curseur et à ouvrir enfin la besace. Reconnaissante, Cassiopée y prit la dague, s'écarta légèrement de la cloison et glissa le poignard dans le passant de son jean situé au-dessus du creux de ses reins, avant de rajuster le bas de son tee-shirt par-dessus le tout.

— J'attends, intrus ! leur signifia la voix rauque.

Attrapant ses béquilles appuyées contre le mur afin d'emboîter le pas à son complice dans les escaliers, l'adolescente s'interrogea : n'y avait-il pas une pointe de maladie derrière cet étrange timbre rocailleux ? La conjecture d'une envoûteuse affaiblie la rasséréna quelque peu. Mais elle n'excluait pas non plus l'autre hypothèse : peut-être la voix égrotante appartenait-elle en vérité à une victime de la magicienne, une sorte de Raiponce séquestrée dans sa tour par une Mère Gothel macabre… Cassiopée évacua vite cette image incongrue. Décidément, elle avait regardé trop de films de Walt Disney avec Zoé ! Son cerveau cherchait juste à la distraire de sa peur.

Elle atteignit le nouvel étage – le dernier – deux bonnes poignées de secondes après son compère révellien. Sous une charpente apparente, une unique salle circulaire. Des moutons de poussière grisâtres jonchaient le plancher. Les exhalaisons fétides qui avaient déjà pris le binôme à la gorge culminaient à leur paroxysme sous ce toit.

— Qui… articula la voix, derrière eux.

Ils firent volte-face d'un même élan. Sous une fenêtre ronde à la vitre crasseuse, un lit. Une femme y reposait, leur tournant le dos, allongée de côté contre un oreiller souillé. Cassiopée nota sa respiration sifflante. Sa longue chevelure se répandait en une cascade argentée, mais sans éclat, jusque sur le sol de la pièce. Des moutons de poussière parsemaient aussi sa couverture.

— Vous allez bien ? hasarda Astagorpe.

D'une inclinaison de la tête, il pointa à son amie les pelotes disséminées sur le lit. Elle réalisa tout à coup que ce qu'elle avait sous les yeux n'était pas de la poussière, mais des amas de cheveux secs ! Son regard remonta la cascade capillaire. Le crâne de l'étrangère était clairsemé. Des trous y laissant apparaître un derme gris-bleuté perçaient la toison d'argent. *A-t-elle besoin d'aide ? Est-elle contagieuse ?* Les deux questions vinrent à Cassiopée de manière simultanée.

DOULEUR

La souffrance intense balaya ses interrogations. De la racine à la pointe de chacun de ses propres cheveux, sous sa boîte crânienne aussi, elle naquit si violemment qu'elle ne lui arracha ni larme, ni cri, la clouant sur place dans un silence tyrannique. Soudain, elle éprouva l'atroce sensation qu'un fantôme sadique agrippait à deux mains la peau du haut de son front et la tirait d'un coup sec vers l'arrière. Un scalp ! Une force occulte la scalpait !

Alors qu'un voile noir opaque s'étendait devant ses yeux, elle entendit Astagorpe s'alarmer à ses côtés.

— Cassiopée ? Qu'est-ce que tu as ? Cassiopée ?!

Incapable de lui répondre, elle avait perdu la vue et se cramponnait à ses béquilles pour ne pas sombrer.

— S'il vous plaît ! Savez-vous ce qui lui arrive ? Pit… Mais… mais… vous…

Le cœur de l'adolescente s'affola. Son camarade était-il à son tour la cible du même calvaire qu'elle ? Ou venait-il de voir une chose si atroce qu'elle lui aurait fait préférer la cécité ?

— DEMI-TOUR ! glapit-il.

C'était donc la seconde option. Elle ne réagit pas. Elle ne le pouvait pas, transpercée tout entière par la névralgie.

Au son des mots devenus plaintifs de son ami du Révell, une ultime parcelle s'arracha d'elle.

— L'Indicible nous a menti…

DOU

LEUR

CHAPITRE 25

Elle n'existait plus. Partie, disparue.

En un éclair, la vague de souffrance s'était retirée. Peu à peu, la vision de la jeune fille s'éclaircit. Elle relâcha la pression autour des poignées de ses béquilles.

— C'est un homme… gémit Astagorpe.

En effet, à présent que l'individu, toujours installé dans son lit, leur faisait face, Cassiopée put constater que « la » Docte était en réalité *un* Docte. À en juger par la tête de son complice révellien, elle devinait qu'un être de sexe masculin doté de ce type de pouvoirs était ici fort peu courant. « Contre-nature » peut-être, même. Elle était maintenant certaine qu'il s'agissait d'un envoûteur, non d'un captif innocent : les amas de cheveux gris terne s'étaient volatilisés de la pièce comme par enchantement, et le crâne du concerné arborait désormais une longue crinière étincelante, splendide, dénuée de trouée, d'apparence très soyeuse. C'était hélas la seule touche de douceur qui émanait de sa personne, car il dardait sur le binôme des yeux d'un gris furieux.

D'un timbre qui sonnait encore dans les graves, moins âpre toutefois qu'auparavant, il finit par s'adresser à eux.

— Cessez donc vos jérémiades ! Effacez vos mines consternées ! Oui, je suis homme ET Docte. Contrairement aux idées reçues, c'est tout à fait possible. Exceptionnel, rarissime, mais possible.

Il rejeta sa couverture en un geste preste, puis se mit debout.

— Comme d'habitude ! pesta-t-il. Dès que l'on parle d'érudition, de pouvoirs, de puissance ancestrale, il n'y en a que pour la gent féminine. Parce qu'il ne met pas d'enfant au monde par ses entrailles, le genre masculin serait trop frêle, trop couard, n'aurait pas l'esprit assez aguerri ni affûté pour accéder à ces facultés ? Balivernes ! Sottises ! Inepties ! Je suis la preuve du contraire.

Il lissa les plis de l'ample robe noire, quelque peu froissée, dont il se trouvait revêtu, avant de poursuivre :

— Ma mère était une Docte éminente. Tous ses enfants – tous, sans exception – ont hérité de son Savoir. Mes sept sœurs aînées, et moi. Mais bien sûr, qui a-t-on capturé, traîné jusqu'au Palais d'Abondance et torturé à mort dans ses geôles quand j'étais petit ? Elles ! Mes sœurs. Ma mère. Elles n'ont même pas eu à mentir pour me protéger. On m'a tout de suite considéré comme quantité négligeable, indigne d'intérêt ou de bourreau !

Cassiopée et Astagorpe n'osaient ni bouger ni répliquer face à ce discours improbable. Entendre l'ensorceleur se plaindre de n'avoir pas été assez estimé pour pouvoir se faire massacrer en compagnie des membres féminins de sa famille frôlait le comique absurde. Pourtant, il évoquait une véritable tragédie. Il devait s'agir du martyre infligé aux Doctes par l'Innombrable Multiple. Bien qu'une demande de confirmation et de précisions sur les circonstances de l'arrestation lui brûle les lèvres, Cassiopée la garda pour elle. Elle n'était pas ici pour une leçon d'histoire ni un récit de vie. En outre, elle conservait en tête les visions glaçantes rencontrées à l'étage inférieur. Il lui fallait demeurer sur ses gardes, ne pas se laisser berner par le numéro de simple sorcier grincheux qui se jouait devant eux.

— Comment as-tu pu me laisser comme ça ? houspilla-t-il soudain. C'est inadmissible !

Décontenancée, l'adolescente se rendit vite compte qu'il était en train de disputer son ombre. Elle s'aperçut enfin qu'elle-même n'en avait plus qu'une, rattachée à ses pieds : la sienne propre, à la démesure de laquelle elle s'était accoutumée depuis sa rencontre avec Astagorpe qui ne s'en était jamais angoissé… *Le scalp !* Cette sensation intense d'arrachement violent, tout à l'heure, provenait de l'ombre de « sorcière » qui rejoignait son vrai propriétaire ! Celle-ci avait dû être comme aimantée par la proximité du Docte. À moins qu'en dépit de sa faiblesse apparente, il ait été capable d'user de sa magie pour la récupérer… Toujours était-il qu'il semblait fort mécontent de sa ténébreuse copie, la réprimandant sans ménagement.

— Je veux bien supposer que tu ne l'aies pas fait exprès. Dans le cas inverse, l'initiative aurait été plus que STUPIDE. En tous les cas, je t'interdis – tu m'entends ? –, je t'interdis dorénavant de t'éloigner de moi du moindre millimètre !

Il marqua une pause. Écouta, avec une impatience patente, une réponse qui n'atteignait que son ouïe surnaturelle. Cassiopée commença à comprendre ce qu'avait ressenti son camarade lors de son dialogue avec l'Indicible…

Le sorcier reprit :

— Pour ça, nous trouverons un autre moyen de procéder. Je ne veux pas courir le risque que ce genre de choses se reproduise. Dans le Réel, tu étais bien trop loin : aucun de mes sorts ne pouvait plus te ramener ici. Je te rappelle, au cas où tu l'aurais oublié dans ta sombre tête pleine de vide, que personne ne peut vivre éternellement sans son ombre !

Une lumière s'alluma dans l'esprit de Cassiopée. L'envoûteur venait indirectement d'exposer la raison pour laquelle l'Indicible, dépourvu d'ombre à lui, avait besoin d'habiter le corps d'un autre. Un corps assez solide, perceptible, pour produire une ombre et assurer ainsi en parallèle sa survie. La suite des remontrances du sorcier valida sa théorie.

— À cause de ton « escapade », j'ai commencé à perdre chaque jour un peu plus mes pouvoirs et ma santé. Tu le sais bien, nos séparations ne peuvent s'éterniser autant. En ton absence, j'aurais pu mourir. ALORS QUE TU M'APPARTIENS ! C'est intolérable ! In-to-lé-ra-ble !

Brusquement, nouveau silence. Qui s'étira, ponctué de sourcils froncés, de mimiques réprobatrices, de « Pas bien malin ! », « Parfaitement idiot ! », « Inconscient ! » et autres commentaires désobligeants. De toute évidence, il avait peu d'estime pour son ombre. S'être étiolé, parce qu'il avait été privé d'elle, le rendait rancunier. S'il en voulait tant à son double immatériel, quel jugement porterait-il sur Cassiopée ?

CHAPITRE 25

— À nous, maintenant ! s'exclama-t-il sans crier gare, toute son attention revenue sur les intrus qui avaient pénétré chez lui.

Ils n'allaient pas tarder à être fixés sur le fond de sa pensée.

— Tu as quelque chose à déclarer, peut-être, jeune Réelle ?

Ainsi interpellée, l'adolescente ne s'en trouva que plus déstabilisée encore. Elle bredouilla :

— Je… Je vous ai rapporté votre ombre.

Comme s'il ne s'en était pas aperçu alors qu'il venait de tancer sa réplique ténébreuse pendant d'interminables minutes…

— Je devrais t'en remercier, tu crois ?

Il était manifeste qu'il n'attendait pas un oui de sa part. Elle songea à la femme-poisson dans sa geôle d'eau trouble et aux ossements enfantins. Ne valait-il pas mieux se répandre en excuses et tourner ensuite les talons au plus vite ?

— Je… Non, bien sûr mais… Je…

La sensation d'une énergie invisible soulevant l'arrière de son tee-shirt et saisissant la dague dissimulée contre ses reins coupa court à ses errances verbales. En un éclair, l'arme se retrouva flottant dans les airs devant elle, au niveau de son visage, lame pointée vers la commissure de ses lèvres.

— Tu n'as pas l'air bien dégourdie pour parler, la brocarda le Docte. Pour t'aider à mieux t'exprimer, peut-être faudrait-il agrandir ta bouche ?

— On se calme ! intervint Astagorpe avec une voix chevrotante. Ce serait préférable de ne pas en arriver à de telles extrémités.

— Comme tu es mignon, le double manchot !

Le poignard, entraîné par la force indiscernable, s'écarta de la figure de Cassiopée et fonça, lame toujours braquée sur elle, droit dans la main du sorcier qui le fit négligemment disparaître entre les pans de sa robe teintée de nuit. *Télékinésie,* nota la jeune fille par-devers elle. Elle ignorait comment se nommait le fait de pouvoir communiquer avec son ombre, mais l'homme détenait là au moins deux pouvoirs non anodins.

— Toujours rien à dire ? Ce n'est pourtant pas tous les jours que tu auras l'honneur de rencontrer quelqu'un tel que moi. Allez, parle ! la rappela-t-il à l'ordre. Ou je commanderai à ton ridicule petit couteau de revenir graver un sourire indélébile sur ta face de craie.

Il aurait dû dispenser des coachings de motivation, il était bon.

— Je suis vraiment désolée. Je… Je ne sais pas trop ce qui s'est passé. C'est à cause de… de mon somnambulisme.

Sa proclamation éveilla l'intérêt du Docte.

— Es-tu en train d'essayer de m'expliquer que ta mémoire s'est vidée après ta première irruption de ce côté du Mur ? Voilà qui éluciderait pourquoi toi et cette empotée d'ombre avez mis autant de temps à rentrer.

— Écoutez, je vous présente encore toutes mes excuses. Je suppose que quelque chose a mal tourné lorsque j'ai formulé mon vœu ; je ne maîtrise pas mon comportement quand je suis somnambule, ça ne m'arrive pas souv… Enfin, de toute manière, ça n'a pas du tout fonctionné ! Je veux dire, j'ai eu des pouvoirs d'ombre, mais je suis restée timide. À moins que j'aie seulement souhaité que les autres aient peur, afin de changer pour une fois de ma propre peur d'eux, et...

— RA. LEN. TIS. Quel est donc ce charabia que tu me baragouines ?! Qu'imagines-tu qu'il se soit passé ? Je t'écoute.

Oral surprise, formidable... C'était mille fois plus stressant que de se retrouver seule au tableau, jaugée par ses pairs. Ici, un mot de travers, une phrase qui ne passait pas, et ce serait direction l'aquarium, la cage ou pire encore. Par quel bout commencer ? De son mieux, elle s'appliqua à résumer ses seuls souvenirs de la fameuse nuit aux Trois-Sœurs et la rumeur concernant la réalisation d'un souhait en accédant au Rével. Elle allait évoquer son professeur de théâtre quand le sorcier fut pris d'un immense fou rire. La tour entière en tremblait.

— Hahaha ! Il y avait bien longtemps que je n'avais pas entendu un récit aussi drôle ! Il n'y a aucune histoire plus comique que celle narrée par quelqu'un qui n'a rien compris. Rien de rien.

C'était très vexant. Elle s'abstint toutefois de le montrer, surtout qu'il n'avait pas tort, dans le fond. Il parut avoir pitié.

— Je ne vais pas te laisser dans une ignorance pareille, ce serait consternant. Pour simplifier, disons que, lors de ta précédente « visite », mon ombre déambulait seule dans le Rével pour... accomplir une tâche que je lui avais confiée. En effet, au cas où vous autres ne l'auriez toujours pas compris, j'ai le pouvoir de la libérer de moi. Son indépendance ne doit cependant pas durer trop longtemps, sous peine de dommages graves pour ma personne, comme vous avez pu le constater. Si tu ne me l'avais point ramenée ce jour, la situation aurait été irréversible. Létale, à terme.

Penaude, Cassiopée détourna le regard pour se soustraire à la dureté du sien.

— Dans ma grandeur d'âme, je n'y reviendrai plus. Passons ! Mon ombre, donc, vaquait à ses occupations quand elle a aperçu une ombre démesurée. En dépit de ta sottise, je doute que ce détail t'ait échappé : ici, ton ombre est beaucoup plus grande que toi. Elle est immense, monstrueuse. La mienne a pris peur. Ayant appris de moi que la meilleure défense était toujours l'attaque, elle a sauté sur ton ombre. Coup du sort, c'est précisément à cet instant que vous avez toutes deux été aspirées de l'autre côté. Je suppose que c'est le moment où ta crise de somnambulisme a pris fin et où tu es par conséquent totalement revenue à toi. D'après l'enseignement de ma vénérable mère, un brusque changement d'état de conscience peut provoquer ce genre d'expulsion. C'est alors une force irrésistible qui a emporté mon ombre avec toi dans son champ d'attraction.

— Vous voyez, je ne l'ai pas fait exprès.

— Je ne suis pas certain que ton larcin en soit plus excusable. Encore moins la niaiserie de tes motivations originelles. Un vœu ? Haha, c'est grotesque ! Qui serait assez dégénéré pour accorder des souhaits comme l'on distribuerait des friandises, je te le demande ? Je ne t'ai octroyé ni vœu ni don, jeune naïve ! Lorsque mon ombre et toi êtes passées ensemble à travers le Mur, il s'est produit une sorte de transfert ou, du moins, de partage entre vous. Une partie de son essence ombreuse concentrée a dû passer en toi, t'attribuant de fait des facultés d'action et de création sur les ombres. Il semble qu'il y ait eu fusion, en quelque sorte. Pas assez, néanmoins, pour vous rattacher physiquement l'une à l'autre à cet instant.

Il s'interrompit plusieurs secondes, parut consulter son ombre, puis continua :

— À cause de la violence de l'expulsion, elle n'a pas atterri au même endroit que toi. Elle s'est retrouvée seule dans le Réel. Par malheur, une fois de ton côté, elle était incapable de franchir le Mur en sens inverse. Elle s'est donc mise en quête de la personne qui l'avait aspirée avec elle, volontairement croyait-elle. Le problème étant que tout ce qu'elle avait vu de toi dans le Rével était un bout d'ombre gigantesque. Elle n'avait pas même idée de ta silhouette entière ! Consciente que plus elle demeurerait dans ta réalité, plus je dépérirais dans la nôtre, elle n'a plus poursuivi qu'un objectif : traquer la personne responsable de sa traversée dans le but de pouvoir regagner le Rével grâce à elle.

Voilà la raison pour laquelle l'ombre n'avait pas résisté quand Cassiopée l'avait liée à elle par sa chevelure pour l'emmener ensuite aux Trois-Sœurs. Elle avait dû comprendre que l'adolescente était celle qu'elle recherchait depuis le départ… Cependant, la fin ne justifiait pas les moyens. Pourquoi avoir semé la panique et la mort ?

L'ombre en question esquissa une série de gestes indépendants de ceux de son maître. Celui-ci fit la grimace.

— Elle insiste pour te transmettre ses excuses concernant ses agissements dans ton monde. Sache, par ailleurs, que votre nouveau passage conjoint du Mur a dû rééquilibrer vos essences respectives et te dépouiller de toute faculté supranaturelle… Bref, cela ne tiendrait qu'à moi, ma nigaude d'ombre ne ferait pas amende honorable pour quelques dégâts causés par sa présence involontaire !

— Quelques dégâts ?! explosa Cassiopée devant tant d'inconscience et de mépris. Votre ombre a traumatisé toute une ville. Elle s'est amusée à effrayer les comédiens et le personnel d'un théâtre ; elle a terrorisé ma petite cousine, une ENFANT, qu'elle a failli brûler vive ; elle est aussi responsable de plusieurs morts et de nombreux blessés !

Le Docte, guère ému, haussa les épaules en réponse.

— Tu te montres beaucoup trop sensible pour des broutilles. Quand elle est détachée de mon être et de mon esprit, mon ombre n'est pas un génie. Tout cela, excepté l'incident avec une humaine qu'elle soupçonnait et qu'elle a projetée dans une cuve de matière brûlante sous le coup de la colère, elle ne l'a pas fait exprès.

— Pas fait exprès ?

— Bien entendu ! Une fois qu'elle a saisi que personne de ton Côté ne pouvait entendre ses propos, elle a tenté d'établir des liens avec plus de délicatesse. À sa place, je n'aurais pas pris tant de précautions et j'aurais continué de vous secouer ! Ce n'est pas sa faute si les humains ont peur de tout, s'ils réagissaient en imbéciles complets dès qu'elle apparaissait ou amorçait une approche.

— Mais…

Cassiopée se tut, dubitative. Mis à part à la chocolaterie, les manifestations de l'ombre auraient été dénuées d'intentions hostiles ? La terreur, les dommages et les décès auraient été des conséquences *indirectes* ? Des erreurs d'interprétation dues à une impossibilité de communiquer ? L'ombre, qui avait cherché à la reconnaître en chaque habitant, serait responsable mais pas coupable ?

Elle repensa à Andrea et sa perceuse, à la tragédie devant la boucherie, au bus sur la route… L'ombre s'était montrée. Avait-elle vraiment attaqué ? Non, c'était la peur, en vérité, qui avait causé les drames. Même au domicile d'Alice, quand Zoé et elle s'étaient retrouvées poursuivies de la salle de bains à la cave, la version du Docte restait possible : là encore, l'ombre pouvait avoir voulu déterminer si l'une d'elles était la personne l'ayant attirée dans cet autre monde, ou juste avoir voulu essayer de se faire comprendre. Si l'on y réfléchissait, l'unique blessure effective de cette soirée n'était imputable qu'à un sol trop glissant et à la maladresse de Cassiopée…

D'accord, mais ça ne collait pas avec tout.

— Et les asticots dans les cheveux de Mathylde ? Et le feu aux rideaux alors que Zoé dormait à côté ? Et…

— Hahaha ! Tu es vraiment hilarante, j'espère que tu le sais. Tu devrais rejoindre une troupe de saltimbanques, tu aurais un succès fou. Entre tes répliques cocasses, ta peau insipide et ta chevelure si plate, tout le monde se tordrait les côtes… RÉFLÉCHIS UN PEU !

— Euh…

— Ah, elle a bon dos, mon ombre ! C'est trop facile de lui faire porter tous les maux du Réel. Figure-toi que je n'ai aucune idée de qui sont ces Mathylde et Zoé que tu me cites, pas plus que de ce qui leur est arrivé. Séparée de moi et de mes extraordinaires capacités, mon ombre ne peut en aucun cas créer un élément ou faire apparaître un être vivant. Tes flammes et tes vers ne lui sont pas dus, c'est évident. En outre, elle n'a aucun secret pour moi. Si elle n'était pas étrangère à ces phénomènes, elle m'en aurait parlé.

En ce cas… Cassiopée raffermit sa prise sur ses béquilles pour étouffer la bouffée de rage qui montait en elle. Le Docte n'avait aucune raison de lui mentir sur ce point. Si l'ombre n'était pas incriminée dans ces incidents-là, cela signifiait que quelqu'un du Serpent Vert l'était ! Qui ? Dans quel intérêt ? La petite Zoé aurait pu périr calcinée ou asphyxiée par la fumée, c'était révoltant !

— Je vois, candide Réelle, que tu commences à comprendre que quelqu'un s'est joué de toi, là-bas. Mon ombre, elle, est respectable.

Prenant le pas sur sa prudence, la colère de la jeune fille éclata de nouveau.

— Votre ombre, mais *vous* ? Qu'en est-il de vous, hein ?! Nous avons inspecté l'étage précédent, vous savez. Qu'avez-vous fait à cette pauvre sirène ? Pourquoi cette cage cadenassée ? Et comment expliquez-vous les squelettes d'enfants qui jonchent le sol par dizaines ?!

Il lui répondit par un ricanement de mépris.

— Es-tu simplette, à tirer toujours ainsi des conclusions hâtives ? Cette « sirène », comme tu l'appelles, est une Océane qui m'a été confiée par une foire itinérante parce que sa queue abîmée repoussait les spectateurs au lieu de les attirer. Contre monnaie sonnante et trébuchante, j'aurais pu régler le souci avec un art sans égal, mais la créature m'a supplié de ne pas la guérir.

— Elle ne veut pas retourner avec la foire…

— Tu vois, quand tu veux : tu n'es pas si sotte. Bonne déduction. Elle préfère tourner en rond dans mon baquet plutôt que d'être contrainte à exécuter des numéros aquatiques sur commande. Or, tant qu'elle se trouve en mauvais état, ses propriétaires ne la récupèrent pas. Ces imbéciles m'ont laissé un petit pécule pour financer la recherche d'un remède que j'ai déjà ! Il faut croire qu'elle leur rapportait un joli pactole, du temps regretté de sa splendeur… Grand seigneur que je suis, je lui rends service.

— Quitte à l'aider, riposta l'adolescente moyennement convaincue, vous devriez renvoyer cette pauvre Océane dans la mer, avec les siennes et les siens. Dans son milieu naturel, elle se rétablirait sans traitement.

— Je vais y penser, concéda-t-il de mauvaise grâce. Les Ondes Flamboyantes sont situées à l'autre extrémité du Rével. Il faut que je détermine la bonne formule pour l'y expédier.

Quelle mauvaise foi éhontée… Il était plutôt du genre à se vanter de pouvoir réaliser cet exploit d'un claquement de doigts. En revanche, exécuter un acte désintéressé, altruiste, ne le motivait pas. Il n'avait rien d'un philanthrope.

— Et à propos de la cage et des ossements, là aussi, vous allez prétendre avoir rendu service à ces gosses qui sont morts, entassés là comme des monceaux de détritus ?

— ÇA SUFFIT, MAINTENANT ! s'emporta le sorcier, ses yeux lançant des éclairs gris acier et sa bouche éjectant des postillons bleu marine. Cesse de parler sans savoir et de juger sans comprendre ! Tu te permets de me dispenser des leçons de morale alors que c'est toi qui n'as aucun respect. Tu…

Il ravala sa dernière phrase avec ses gouttelettes de salive colorées. À côté de Cassiopée, Astagorpe se tenait tordu, le haut du corps dans une position étrange, regard fiévreux, lèvres écartelées. On sentait pourtant qu'il ne résistait pas…

Un invité-surprise s'apprêtait à rejoindre la fête !

En effet, le buste du jeune Révellien ne tarda pas à se remettre en place, sa bouche, à se clore, et son Indicible, à « apparaître ». Le déplacement de la créature permit à Cassiopée de distinguer que celle-ci s'était positionnée entre son comparse et elle, face à l'ensorceleur. Elle ne ressentait qu'une peur sourde auprès d'elle, et non une terreur absolue. La relation entre son ami et l'entité s'était donc nettement apaisée.

— Par tout l'éclat du Rével ! s'exclama le sorcier en fixant le garçon avec des yeux ronds. Que nous as-tu vomi là ? Un Indicible, rien que ça !

Il brandit une main accusatrice en direction de Cassiopée tandis qu'il s'adressait toujours au jeune homme.

— Depuis tout à l'heure, cette insupportable péronnelle me casse les oreilles alors que toi, tu te fais petit, discret, encore plus diminué que tu ne l'es… mais tu portais cette chose en toi ?

Il partit encore dans l'un de ses rires sardoniques qui ressemblait à un cliché de film d'horreur.

— Tu es un infecté, un parasité !

Cassiopée eut mal au cœur pour son camarade. Prête à prendre sa défense, elle s'attendait à une énième tirade dédaigneuse quand le Docte sembla perdre tout amusement ou dégoût. Au contraire, il détailla Astagorpe de la tête aux pieds avec l'expression gourmande d'un gamin contemplant la plus appétissante des confiseries. Puis il lui dit :

— Veux-tu être mon fils ?

CHAPITRE 26

Les deux jeunes gens restèrent abasourdis par la demande. Guettant une réponse, le Docte affichait un air des plus sérieux. Le connaissant, il allait bientôt s'exaspérer du silence qui régnait.

— Je… Je ne… bafouilla Astagorpe.

— ALORS ? Ce n'est pas compliqué : c'est oui ou c'est non.

— Je… Non merci, souffla le garçon dans un murmure craintif.

Le sorcier s'avança d'un pas menaçant.

— Et pourquoi cela ? Dans ton état, cela m'étonnerait fort que tes parents naturels t'aient gardé en leur foyer.

Il était d'une indélicatesse flagrante. S'il n'avait pas eu tous ses pouvoirs, Cassiopée l'aurait embroché sur l'une de ses béquilles ! Elle perçut un mouvement de l'Indicible. Protecteur, lui aussi s'était avancé, ce qui eut pour conséquence de faire reculer le sorcier, non de diminuer son énervement.

— Tu n'as pas de famille, et lorsque l'on t'en offre

une – pas n'importe laquelle –, tu la refuses ? Je ne comprendrai jamais. Pour une fois que je faisais l'effort de poser la question dans les formes...

— Comment ça ? se récria l'adolescente, qui devinait un rapport terrifiant avec les ossements enfantins abandonnés à l'étage inférieur.

Un surprenant voile de tristesse recouvrit le visage gris.

— Toi qui me parlais de vœu, sais-tu quel est mon rêve ultime ? Avoir un enfant.

Cassiopée n'en revint pas quand elle vit le sorcier essuyer une larme au coin de son œil.

— Je voudrais tant avoir un fils pour lui transmettre mon Savoir et perpétuer à travers lui ma lignée docte ! Mais je suis seul pour satisfaire ce souhait. Les femmes ne souffrent point ma compagnie et je le leur rends bien. Pourtant, mon désir de paternité est si grand que j'en ressens parfois une douleur physique à la poitrine, un grand vide au cœur.

Son désarroi perçait dans sa voix. Cet aveu si intime le rendait étonnamment touchant, presque attendrissant.

Cela ne dura pas.

— J'ai bien créé quelques golems, mais l'expérience n'a pas été concluante. J'ai dû les détruire. Après cela, j'ai pris la décision de me servir.

— Vous voulez dire... que vous avez pris les enfants des autres ? interrogea Astagorpe en virant au gris-bleu pâle.

— Tout à fait. Certains parents ont une portée de marmaille si vaste qu'ils peuvent bien partager ! Toute la difficulté consiste à repérer quel garçon présente un véritable potentiel pour devenir Docte. Une fois mon dévolu jeté, par souci de discrétion, j'envoie mon ombre enlever l'enfant et me le rapporter. Hélas, comme vous l'avez découvert, le résultat n'a jamais été à la hauteur de mes espérances.

— Vous avez tué ces garçons ?! questionna Cassiopée, choquée à l'extrême.

Il leva les yeux au plafond en signe d'exaspération.

— N'es-tu donc remplie à ras bord que de préjugés et de lieux communs ? Je n'ai assassiné personne, petite gourde ! Néanmoins, les choses ont systématiquement mal tourné. Chacun de ces gamins, incapable de saisir l'incroyable opportunité offerte, a essayé de s'enfuir pour rejoindre son ancienne famille. J'ai donc dû me résoudre à utiliser la cage afin de prévenir toute tentative d'évasion. Hélas, l'enfermement ne s'est pas révélé la solution à tout.

Sans blague…

— Au final, le garçon finit toujours par mourir, soit par accident lors de mon enseignement trop puissant, soit parce qu'il se laisse volontairement dépérir. Et je dois tout recommencer à zéro avec un autre enfant.

— Vous pourriez au moins leur offrir une sépulture digne de ce nom puisqu'ils ont été vos presque fils, s'émut Astagorpe.

— Perte de temps ! Ils n'ont été que des fils ratés, et les défunts se soucient comme d'une guigne des contingences matérielles. Par ailleurs, il faut bien admettre que ce décor mortuaire produit son petit effet : dès qu'il pose le regard sur ce qui entoure sa cage, mon prélevé du moment, si hostile me soit-il, devient des plus dociles. Malheureusement, cela ne se termine jamais bien.

Il couva Astagorpe d'un regard embué.

— Voilà pourquoi tout à coup, j'ai songé… Un jeune homme comme toi, déjà dans la fleur de l'âge, déjà habité par un être surnaturel, se montrerait sans doute plus endurant. Même si tu n'es pas entier, tu ferais un fils acceptable.

Tenant sa langue du mieux qu'il le pouvait, l'adolescent éprouva toutes les peines du monde à ne pas répliquer qu'il préférait couler le restant de ses jours en orphelin solitaire plutôt que d'être adopté par un Docte aux méthodes si cruelles. Afin de lui éviter l'embarras de trouver une réponse acceptable, sa complice vola à sa rescousse :

— Vous n'avez jamais pensé que vous vous y preniez mal ? Arracher un enfant à ses parents ne fera jamais de lui votre fils. En revanche, vous pourriez… faire circuler sous le manteau une annonce qui demanderait un jeune volontaire pour apprendre votre savoir, un garçon à qui vous offririez également le gîte et le couvert. Un *vrai* gîte, un *vrai* couvert… Dans tout le Rével, il y a bien quelqu'un que cette proposition intéresserait sans que vous ayez à le forcer en envoyant votre ombre le kidnapper en douce !

Elle se tut, surprise de sa propre audace. Sans rompre le silence, le sorcier la dévisagea. Longuement. Il finit par reprendre la parole d'une voix cassée par la tristesse.

— Je reconnais que ta suggestion n'est pas dénuée d'une vague étincelle de bon sens, mais tu ne comprends pas. Je ne recherche pas un apprenti, je veux un fils ! Tout ça, c'est la faute du Réel. Avant, je vivais bien. Ma mère et mes sœurs me manquaient de temps à autre mais, au moins, je n'avais plus à subir leurs discours incessants sur la féminité ô combien plus précise et puissante pour être Docte. La solitude me convenait. J'étais un – et non plus zéro, moins que rien. Et puis, un jour que je flânais loin de ma tour, j'ai rencontré un garçonnet. Un humain.

Monsieur Martin ! Il ne pouvait s'agir que de lui. Enfin une confirmation : le Docte était bel et bien la fameuse sorcière du Révei de la pièce. Durant sa confession inattendue au Serpent Vert, l'enseignant avait expliqué à Cassiopée ne plus se souvenir du physique de l'envoûteuse, seulement de sa silhouette. Il avait dû voir le Docte en plein contre-jour. Une ombre avec une robe, une longue chevelure… Son esprit juvénile s'était représenté une femme. Quant à la voix rocailleuse, elle collait à l'imagerie enfantine de la sorcière. Oui, les pièces du puzzle s'encastraient.

— J'ai bien senti que je l'effrayais, mais qu'en même temps, je le fascinais. C'était agréable d'impressionner quelqu'un. Malgré sa peur, il se montrait curieux de ce monde nouveau pour lui. Alors, j'ai su. J'ai su que je devais l'emmener, que je pourrais lui transmettre mon Savoir. Au fil de notre conversation, c'est devenu un besoin impérieux. Il n'arrêtait pas de réclamer ses parents, mais il aurait été beaucoup mieux avec moi, j'en avais la certitude. Par malheur, brusquement, il a disparu.

— Il a été aspiré, n'est-ce pas ? ne put s'empêcher d'intervenir la jeune fille. Vous vous teniez à proximité du Mur ?

— Tu as encore trop de géographie réelle en tête, pauvre d'esprit ! De ce côté, le Mur, la frontière entre nos deux univers, est partout.

Donc la porte de sortie est partout…

— Pourquoi a-t-il été éjecté ainsi, à votre avis ?

— D'après les leçons de ma mère, les causes d'expulsion naturelles ne peuvent être que de deux ordres : soit une modification de l'état de conscience de la personne non originaire, soit un rejet par le Rével lui-même, de la même manière qu'un organisme rejetterait un corps étranger.

À l'instar d'une greffe qui ne prendrait pas, le nouvel organe n'étant pas reconnu.

Le Docte, qui ne pleurait que de l'œil gauche, épongea une nouvelle larme.

— Peu m'importe la raison, en fait. Tout ce que je sais, c'est que le bonheur que j'avais entrevu m'a été aussitôt repris. Pendant des années, j'ai espéré le retour de cet enfant. J'avais juste eu le temps de lui donner quelques indications sur la façon de retrouver le Mur depuis sa réalité.

— « Ceux qui voient le monde autrement, et ceux qui ont assez d'imagination » ?

— C'est cela, exactement cela ! Tu ne serais donc pas si ignorante ? Toujours est-il que le garçon n'est jamais revenu. Je ne pouvais point me lancer moi-même sur sa piste : envoyer mon ombre fouiller tout le Réel aurait mis ma vie en péril. Quant à moi, bien que je sois doté de larges facultés, je suis incapable de franchir le Mur en personne.

Plein d'amertume, il précisa :

— Une histoire de faiblesse constitutionnelle due à ma nature de Docte masculin, paraît-il… Quand j'ai compris que l'enfant avait préféré m'oublier, c'est là que j'ai décidé de me servir moi-même, dans mon propre monde, afin de m'en octroyer un nouveau.

CHAPITRE 26

Cassiopée le détrompa, lui narrant par le menu détail les confidences de monsieur Martin. Son exposé ne fut interrompu qu'une seule fois, lorsque Astagorpe se contorsionna pour ré-accueillir en lui l'Indicible. Cela rassura l'adolescente, car si l'entité avait choisi de regagner sa demeure vivante, cela signifiait qu'elle estimait qu'il n'existait plus de risque de danger immédiat. En tout cas, pas pour son compère révellien.

Il fallait avouer que le Docte avait radicalement changé de comportement par rapport aux premiers instants de leur rencontre. Il paraissait désarçonné, chamboulé par les révélations de la jeune fille. Quand elle arriva au bout de son récit, il eut beaucoup de mal à retrouver ses mots.

— Lui non plus, alors… Je n'aurais jamais pensé… C'est si… Si j'avais su, peut-être que…

Il s'éclaircit la voix, qui perdit un demi-ton grave.

— Écoutez, vous deux ! Vous êtes persuadés que je suis mauvais, mais je vous assure que si je pouvais me passer de la cage, je le ferais. Seulement, si je les laissais libres de leurs mouvements, les gamins se volatiliseraient presque aussi vite que ce petit… Antoine. Je vous le répète, je veux juste être un père. Avoir un enfant, lui divulguer toutes mes connaissances, l'aimer.

Le verbe sonnait étrange dans sa bouche. Avec le maximum de diplomatie, l'adolescente tenta de lui démontrer qu'il faisait fausse route.

— Ce n'est pas ça, aimer. Avoir un enfant ne veut pas dire le posséder comme un objet, ni le gaver de force de savoirs. Vous devez avant tout en prendre soin, lui donner de l'affection.

— Il ne faudrait pas trop en demander non plus. Je ne

suis pas un expert en tendresse et je n'ai nulle ambition de le devenir un jour. Mais j'ai compris : d'après toi, aimer, c'est nourrir, border, ne pas entraver.

— Euh, c'est un peu réducteur.

— Cela consiste en quoi, à ton avis, alors ?! s'impatienta-t-il, entre nervosité et désespoir.

Comment allait-elle s'en sortir ? Elle n'était pas sûre du tout de détenir la réponse et n'était pas préparée à se lancer dans une conférence philosophique ! Pourtant, quelque part, il existait un lien, une connexion qui avait perduré à travers le temps et les dimensions, entre le sorcier et la version infantile de monsieur Martin…

Elle eut une inspiration.

— Une seconde ! Il faut que vous m'autorisiez à prendre un objet dans ma sacoche, s'il vous plaît.

— Tu as intérêt à ne pas me préparer d'entourloupe, la prévint-il d'un air suspicieux.

Elle hocha la tête en guise d'assentiment. Il avait perdu en hostilité, mais elle savait qu'un rien suffirait à la raviver. Secondée par Astagorpe, elle s'empara du texte de la pièce de théâtre et le tendit en douceur à l'envoûteur.

— « La Sorcière du Rével », déchiffra-t-il en plissant ses yeux gris chagrin.

— Tenez, je crois que c'est ça, aimer. En tout cas, il est possible que vous trouviez là un début de réponse.

Elle trichait. Ou pas tout à fait. Pouvait-on dire qu'Antoine Martin aimait, ou même appréciait, cet être paranormal rencontré le jour de son accident ? Pas vraiment. L'on ne pouvait nier, cependant, une forme d'attache forte : il l'avait recherché, l'avait toujours conservé dans ses pensées, l'avait érigé à la fois en une sorte de muse et en un personnage dramatique important à travers son art. De là à prétendre qu'il s'agissait d'amour au sens large… Mais l'amour lui-même était-il toujours si honnête ?

Le Docte saisit le fascicule avec moult précautions, comme s'il tenait entre les mains une bombe ou un trésor. Afin de le déterminer, il feuilleta l'ouvrage, s'arrêtant sur certaines pages, revenant en arrière, murmurant des répliques entre ses lèvres au fil de sa lecture. Ni Astagorpe ni elle n'osèrent émettre le moindre bruit. Enfin, il releva le nez du document, dardant sur eux un regard gris mêlé d'argenté.

— C'est le garçon qui a écrit ça ? Ça parle de notre rencontre ! Il y a des paroles… ce sont mes mots exacts. Pas tout, loin s'en faut, mais… « Sorcière », c'est votre terme pour Docte. « La sorcière » ? Il m'a métamorphosé en femme à l'intérieur de son texte ? Il a voulu montrer par là ma puissance, c'est… Personne n'avait jamais rien fait d'aussi touchant pour moi.

Cassiopée s'abstint de le détromper. Il avait commis des actes atroces, inexcusables, néanmoins elle ressentait de la peine pour lui. On l'avait comparé aux autres et dévalorisé toute son enfance. Elle comprenait ce qu'il avait pu éprouver. S'il prenait une erreur de vision pour un hommage, un acte gratifiant, elle ne lui volerait pas ce contentement.

— Ce qu'il a accompli là…

La voix rauque s'étranglait d'émotion.

— C'était sa manière à lui de me rejoindre. L'écriture aussi est un pouvoir, n'est-ce pas ?

La jeune fille acquiesça avec vigueur.

— Alors, peut-être pourrait-on dire que j'ai un fils, finalement… Merci.

Il observa un long silence durant lequel, tout en serrant le fascicule contre son buste, il tenta de reprendre contenance. Puis :

— En ce qui concerne cette histoire saugrenue de vœu…

Le cœur de Cassiopée bondit si fort dans sa poitrine qu'elle crut qu'il allait en jaillir pour sauter à la face du sorcier. En dépit de l'adjectif péjoratif employé, le ton moins mordant lui communiquait un avant-goût d'optimisme. Elle ne voulait pas s'emballer, mais l'espoir fou d'être débarrassée de sa timidité la reprenait. Elle pressentait l'imminence d'un moment crucial de sa vie… Enfin !

Le Docte poursuivit son raisonnement :

— Puisque j'ai obtenu ce jour un présent inestimable, il me paraît juste d'accorder, à mon tour, quelque chose en retour.

Astagorpe tressaillit. Lui aussi était parcouru du frisson de l'excitation, l'adolescente le devinait aisément. Comme elle, il avait toujours vécu avec un poids intérieur, un fardeau intime qui le lestait depuis son plus jeune âge.

— Toi, la désigna l'ensorceleur, tu as droit à l'exécution d'un de tes désirs. N'importe lequel. Attention, il n'y aura pas de retour en arrière possible. Réfléchis bien, tu n'as qu'une minute pour me donner ta réponse.

— Je n'ai pas besoin de réfléchir.

— Moi non plus, renchérit son camarade. Chacun de nous a déjà sa réponse depuis très longtemps.

— Oh, mais je n'ai cure de la tienne ! le doucha

l'envoûteur.

Astagorpe vacilla sur ses jambes comme s'il venait de recevoir un coup de poing. Un déluge d'uppercuts verbaux s'abattit sur lui.

— Tu t'imagines mériter une récompense ? Qu'as-tu fait, à part marcher dans les pas d'une inconnue pour noyer ta propre solitude et refuser, quand tu m'intéressais encore, d'établir un lien filial avec moi ? Ta chance est passée, c'est terminé.

— Vous ne vous rendez pas compte ! s'indigna Cassiopée, mal à l'aise de voir anéantie l'ultime espérance de son ami alors que la sienne se trouvait sur le point de se réaliser. Il m'a tellement aidée ! Sans lui, je ne vous aurais pas trouvé. Vous n'auriez jamais su pour monsieur Martin, la pièce et tout le reste.

Ébranlés, les deux complices se lancèrent à langues perdues dans le récit conjoint de tout ce qu'ils avaient vécu, de tous leurs échanges, depuis leur rencontre jusqu'à leur arrivée à la tour biscornue. Le Docte les écouta avec une patience surprenante. Ensuite, il trancha :

— Cela ne change rien. Celle qui a été capable de discerner le Mur, de s'arracher à son propre monde pour me remettre mon ombre ainsi qu'un texte d'une valeur incalculable à mes yeux, c'est toi, jeune Réelle. Ton compère n'est qu'une pièce rapportée dans cette aventure. Toi seule mérite rétribution. Prends garde, c'est la dernière fois que je te le propose : je peux t'accorder un *unique* vœu qui doit te concerner *personnellement.* Puisque tu as déjà ta réponse, prononce-la ou perds cette opportunité à jamais.

Astagorpe baissa la tête tandis qu'elle ouvrait la

bouche, éperdue… Mais elle la referma. La détresse du Révellien, palpable dans l'air vicié ambiant, lui avait scellé les lèvres. Elle se sentait déchirée entre ce dont elle avait toujours rêvé et son amitié. Elle ne parvenait pas à énoncer cette simple phrase : « Je veux que vous éradiquiez la timidité de ma personnalité. » Pourtant, elle ne voulait PLUS être timide ! Plus jamais ! Elle avait ce désir gravé en lettres de flammes dans toute son âme. Elle avait bien le droit, à titre exceptionnel, de ne pas se montrer empathique. Non et non, elle n'écouterait point la peine immense de son acolyte…

Si. Impossible de faire autrement.

— Je fais cadeau de mon souhait à Astagorpe.

À nouveau, il sursauta. Il tourna vers elle un regard scintillant de reconnaissance qui s'éteignit dès la réplique inflexible du sorcier.

— Non, cela n'est pas admis. Outre le fait que ce soit généreusement ridicule, tu n'es pas en position de négocier. Je le répète une énième fois à ta cervelle étriquée : UN vœu, pour TOI.

— Je…

— Bien, étonnamment, il semblerait que tu n'aies rien à requérir. Je ne vais pas m'en plaindre, voilà une faveur qui ne m'aura pas coûté cher. Le temps est écoul…

— Attendez ! paniqua-t-elle. Je sais que vous refusez que je marchande. Mais si je vous proposais de revoir votre offre à la baisse ?

— À la baisse ? Ton absence de logique m'intrigue ! Développe.

— Au lieu de la réalisation d'un souhait personnel, j'aimerais que vous me concédiez deux réponses, l'une à une question de ma part, l'autre à une question d'Astagorpe.

— C'est la pire tractation que j'aie jamais entendue. Te rends-tu compte que tu te retrouveras bec de bécasse dans l'eau si mes réponses impliquent d'engager des facultés surnaturelles pour parvenir à tes fins ?

Elle en avait conscience. Connaître le sortilège ou toute autre manœuvre magique visant à supprimer la timidité lui ferait une belle jambe, maintenant… Hélas, elle avait dû réfléchir vite, sans doute mal, et c'était tout ce qu'elle avait trouvé.

— Soit ! Étant donné que tu me soumets une transaction à mon avantage, je serais bête de te la refuser. Pas de vœu, tu n'auras que mes mots. J'accorde les deux questions, mais ce sera à toi seule de les poser.

Aucun problème. Sur ce point, elle pouvait parler pour Astagorpe.

— Vas-y. Je suis tout ouïe.

Elle prit une grande inspiration. Elle avait la sensation de s'élancer depuis le sommet d'une falaise pour effectuer un saut dans le vide. De jouer sa vie…

— Comment Astagorpe peut-il se dissocier de façon définitive de son Indicible ? Et que dois-je faire pour ne plus être timide du tout ?

La réaction du Docte la déstabilisa : après avoir glissé le texte de la pièce dans sa robe afin de libérer ses mains, il les frappa l'une contre l'autre, de plus en plus vite, de plus en plus fort.

— Décidément, si l'on t'installait un étal sur le Marché Doré, tu ferais faillite en distribuant tes denrées à l'œil ! Je te félicite, tu viens de réussir l'exploit d'échanger un souhait assuré contre deux questions gâchées.

Que croyait-il, avec son dédain permanent ? Elle n'avait pas dit son dernier mot ! Leurs deux cas appelaient certainement des solutions paranormales, solutions qu'il ne concrétiserait pas. Néanmoins, avoir une idée des processus magiques à utiliser constituerait un progrès. Si ce Docte avait survécu à l'hécatombe organisée, pourquoi pas une ou un autre ? Quelqu'un d'un peu plus aimable, sociable, qui serait davantage enclin à les aider ? Il n'y aurait plus alors qu'à lui demander d'exécuter pour eux la marche à suivre.

Par ailleurs, même si le sorcier était vraiment l'unique survivant des gens de son rang, le Rével semblait compter d'autres individus aux capacités spéciales. Pas tous sympathiques, d'accord. Il suffisait cependant d'une personne apte et disposée à les secourir pour mener à bien leurs « métamorphoses ». Elle comptait se consacrer à la quête d'un tel être avant de chercher le moyen de quitter cette dimension. Ses parents, Zoé, Alice, Clarence, Mathylde, et même tout le reste de la petite troupe du théâtre, commençaient à sérieusement lui manquer. Mais les retrouvailles n'en seraient que meilleures si elle pouvait les épater en ayant changé.

La salve d'applaudissements prit fin.

— Tes demandes sont stupides, car impossibles à réaliser, commenta le sorcier. Des moyens occultes y parviendraient, je l'admets, mais cela vous rendrait tous deux fous… ou pire. Ton ami vivrait dans une incommensurable et perpétuelle douleur physique. S'il a souffert lorsque ses mains ont été tranchées, ce n'est rien par rapport à ce qu'il endurerait en ce cas. Lui retirer son Indicible, à jamais, reviendrait à lui sectionner à vif un morceau de son âme et de son esprit, car la créature s'y est mêlée en profondeur. Cela imprimerait en lui une plaie purulente, incurable. Il finirait par se tuer pour ne plus supporter pareil calvaire.

C'était atroce. Au fur et à mesure de ses explications, le Docte abandonna son ton condescendant.

— Te concernant, la Réelle, nous avons une problématique identique. La timidité fait tant partie intégrante de ta personne, elle s'est tellement développée en toi que si l'on te l'ôtait désormais, tu ne saurais tout simplement plus qui tu es. Tu penses que cela t'améliorerait. En vérité, tu deviendrais telle que l'Innombrable Multiple : incapable de déterminer quel visage est le tien, de te reconnaître et de te connaître.

Cassiopée eut envie de lâcher ses béquilles et de s'affaler sur le sol. Auprès d'elle, Astagorpe, menton baissé, regard anthracite fixé par terre, était aussi abattu qu'elle.

— N'en faites pas toute une tragédie ! Vous êtes convaincus que je vous annonce un malheur parce que vous n'avez pas compris. Au lieu de dépenser votre énergie à vouloir éradiquer ce qui fait partie de vous, ce qui *est* en partie vous, vous devez apprendre à l'accepter. Plutôt que de vous acharner à lutter, de vous battre sans cesse et de vous épuiser, vous devez simplement vous éduquer à mieux cohabiter avec cette part de vous-mêmes. À être en paix avec elle.

Il pointa la jeune fille d'un doigt ferme.

— Ne vois-tu pas que tu avais déjà saisi tout cela ? D'après vos jacasseries mutuelles de tout à l'heure, tu l'as accompli pour ton camarade : tu n'as PAS engagé de combat avec l'Indicible. Au contraire, tu as dialogué avec lui. Ainsi, tu ne l'as pas supprimé, mais tu l'as amadoué, radouci. Les tensions internes sont devenues moins vives, vous avez pu poursuivre un objectif commun. À ton compagnon de route de suivre cette voie, dorénavant ! À toi d'agir pareillement. La timidité est ton Indicible.

Une ondée chaude se mit à couler sur les joues de Cassiopée. Des larmes aussi brûlantes que sa rage. Elle avait tout risqué, traversé tout ce merdier, pour récolter à la fin un conseil minable en développement personnel ?!

— Je décèle à tes pleurs silencieux que ma réponse ne te convient pas. Je ne peux pourtant la troquer contre une autre. Tu n'aurais pas dû réclamer de m'interroger si tu es incapable de te satisfaire de mon honnêteté. J'aurais pu te vendre du rêve, des chimères…

— Je comprends votre réponse pour Astagorpe. Mais la timidité n'est pas une créature, une bête avec laquelle je pourrais interagir ! Ce que vous me recommandez est bien joli en théorie, sauf que c'est inapplicable à ma situation.

— De l'une de tes phrases à la suivante, je n'arrive pas à décider si tu es bornée ou idiote. Parce que je suis de bonne humeur, je réitère ma réponse : avec ta timidité, tu dois agir comme tu l'as fait d'instinct avec l'Indicible. Point. Je ne peux faire plus clair ! Il serait grand temps que tu commences à te traiter avec autant de bien-fondé que tu as traité le double découpé.

Le sorcier adopta une mine exaspérée.

— Je vais user d'une autre image, en espérant que celle-ci atteindra ton pauvre cerveau. La timidité est comme ton ombre : tu ne peux pas t'en séparer, elle restera toujours liée à toi. D'ailleurs, ce n'est sûrement pas le fruit du hasard si, dans le Rével, ton ombre est gigantesque. Cela traduit le fait que tu t'autorises si peu à exister dans ton monde que tu en es presque *devenue* toi-même une ombre.

Pensif, il caressa une mèche de sa longue chevelure d'argent.

— Il se pourrait que ce soit ce qui t'aide à demeurer de ce côté : non seulement ton état de conscience n'a pas changé mais, en plus, une part très importante de toi est constituée d'une matière proche de celle du Mur. Tu es identifiée comme « familière », en quelque sorte… Ton cas aurait passionné ma mère. D'après sa documentation, au cours de notre histoire, il n'y a eu qu'une poignée d'infiltrations de tes semblables. J'ignore ce qu'il en est pour cet homme décédé il y a environ trois décennies que tu évoquais tout à l'heure au sujet des illusions aberrantes de tes compatriotes. Soit c'était un bête accident dans ton monde, soit il a traversé et s'est fait violemment expulser. La vie garde toujours une part de mystère… Quant aux cas inverses, ils n'existent pas. Chez nous, vous n'intéressez pas tant que cela ceux qui connaissent votre existence. De plus, d'anciens ouvrages prétendent que vous enfermez les gens différents et que vous essayez de les « guérir ». Est-ce vrai ? Tu pourrais…

— Excusez-moi ! le stoppa Astagorpe. Sans vouloir vous manquer de respect, pourrait-on rester concentrés sur Cassiopée et son problème de timidité ?

Elle lui jeta un regard reconnaissant qu'il accueillit par un sourire de connivence.

— Si vous y tenez, convint le sorcier. Petite obtuse, je reprends ! Dans ton monde, tu es persuadée d'être éclipsée par les autres, qui seraient tous mieux que toi, n'est-ce pas ? Tu crois vivre en permanence dans leur ombre alors qu'en réalité, c'est dans la tienne que tu es emprisonnée.

Peut-être… Il perçut l'hésitation de l'adolescente.

— Par la lumière de nos soleils respectifs, ouvre les yeux ! C'est une bonne nouvelle, pas une fatalité. Cela signifie que tu n'as pas besoin de quelqu'un d'autre – ni Docte ni humain – pour te changer, te « sauver ». Toi seule détiens le pouvoir de te libérer.

Sérieusement ?! Cela ressemblait à une morale caricaturale de conte de fées ou de série B. Elle flancha.

— Une fois de plus, c'est de la pure théorie. C'est comme les gens qui viennent me dire « tu es plus forte que tu ne le crois » ou « tu accordes trop d'importance au regard des autres ». En avoir conscience n'y fait rien, en pratique ! Je ne parle même pas des personnes très sûres d'elles qui me soutiennent avoir été comme moi autrefois… Tout compte fait, peut-être que le vrai souci, ce n'est pas ma timidité. Peut-être que c'est moi. Moi tout entière ! Je dois être plus nulle que la moyenne, ne pas avoir autant de volonté que les autres pour travailler sur moi…

Le Docte éclata d'un ixième rire tonitruant.

— Pas de volonté ? « Plus nulle que la moyenne » ? Tu penses réellement ces inepties ?

— Il n'y a pas de quoi se moquer d'elle, plaida Astagorpe.

— Je ne me moque pas. Simplement, ses propos sont

si inappropriés ! Pourquoi te fustiges-tu, jeune Réelle ? Assurément, tu n'es pas toujours très futée. Cependant, tu as davantage de courage et de volonté que le plus grand nombre des êtres. Tu as trouvé le Mur, ce qui est loin d'être donné à tout le monde. Sais-tu pourquoi ?

Ceux qui... Plutôt que de ressortir la phrase-bateau qu'elle connaissait par cœur, elle secoua la tête.

— Quand bien même des milliards d'individus seraient au courant de l'existence d'un autre monde parallèle au leur et le rechercheraient, très peu seraient capables de le percevoir. Parce qu'au fond d'eux, la plupart ne souhaiteraient pas véritablement le découvrir. Il faut une somme astronomique de bravoure, de ressources intérieures, pour accepter de remettre en cause tous ses fondements, pour tolérer que toutes ses croyances et certitudes s'écroulent d'un coup. La majorité va clamer haut et fort y être préparée. En réalité, elle aura beau agir, bramer et gesticuler, elle va préférer se voiler la face, demeurer aveugle, plutôt que d'être entraînée dans un tel éboulement... Toi, tu n'as pas hésité à modifier ton regard sur ce qui t'entourait, sinon tu ne te tiendrais pas face à moi en cet instant. Tu peux changer ton regard sur ta timidité !

Même si cela représentait beaucoup d'éléments à assimiler, les arguments du sorcier commençaient à atteindre Cassiopée. Il enfonça le clou au travers d'une interrogation.

— Raconte-moi : quand tu les possédais, qu'as-tu fait de tes facultés ombreuses, mis à part me ramener mon dû ? À quoi les as-tu employées ? À terroriser et soumettre tes concitoyens ? À les impressionner pour t'attirer l'admiration sans borne de tous ? À démontrer ta puissance nouvelle afin de conquérir ta cité ou mettre le monde à tes pieds ?

Il allait encore se gausser d'elle, de son manque d'ambition.

— Rien de tout cela. Juste…

— Ah, tu vois !

— Non, pas vraiment. Quoi ?

— Tu n'as pas permis à ces capacités de te monter à la tête. Cela exige une énorme force mentale.

— Sincèrement, je ne suis pas certaine de l'avoir fait exprès.

— Oh, ce que tu peux être épuisante ! Si tu n'as pas eu besoin de te raisonner consciemment pour te contrôler, c'est encore plus impressionnant. Tu peux me croire, donner du pouvoir à quelqu'un permet de tester sa valeur.

— Sur ce coup-là, il n'a pas tort, lui glissa son complice révellien. Tu pourrais te reconnaître des qualités ! Nous ne nous connaissons pas depuis longtemps et j'en ai déjà relevé plein.

Ses paroles la touchèrent en plein cœur. Elle n'eut pas le temps de déclarer à son ami tout le bien qu'elle pensait de lui aussi, suspendue dans son élan d'affection par la voix râpeuse.

— Il te suffit de cesser d'avoir honte. Tu dois accepter ta timidité comme tu acceptes ton ombre ici. Ensuite, et seulement ensuite, tu pourras apprendre, non point à la combattre, non point à l'exterminer, mais à l'apprivoiser et à ne plus lui permettre de devenir plus grande que toi.

C'était toujours de la théorie. Pourtant, petit à petit, elle prenait sens, se frayant un chemin en l'adolescente.

CHAPITRE 26

— Je vous ferai remarquer qu'aucun de vous ne m'a remercié, maugréa le Docte. Ce n'est pas la politesse qui vous étouffe. Vous avez bien assez éprouvé mes nerfs et abusé de ma clémence !

D'un mouvement sec, il lança ses deux bras vers l'avant, paumes grises grandes ouvertes.

— Peu m'importe votre futur sort, que chacun retourne d'où il vient !

Il entama une litanie formulée dans une langue chuintante, inintelligible, et Cassiopée se sentit soulevée dans les airs. Affolée, elle tourna la tête vers son camarade, constatant qu'il lévitait également. Avant de réaliser vraiment ce qui se passait, elle fut propulsée vers le haut. Le plafond disparut au profit d'une grande flaque noire, d'aspect à la fois instable et visqueux.

Non ! Elle ne voulait pas que tout se termine aussi abruptement. Elle refusait d'être avalée, elle n'avait même pas dit au revoir.

— ASTAG…

CHAPITRE 27

— … ORPE !

— Que dis-tu ? Cassiopée, tu vas bien ? Tu m'entends ? Je vais t'aider à te relever, d'accord ?

Sonnée, elle ne parvint pas à répondre. Son cri envers son ami avait épuisé son énergie. Propulsée par la magie du Docte, sa traversée du Mur avait été différente de la précédente. Cette fois-ci, elle avait eu l'impression d'être catapultée tel un boulet de canon à travers un interminable tunnel d'obscurité. Elle avait éprouvé une sensation de vitesse vertigineuse dont elle gardait encore le tournis, ainsi qu'une vague nausée. De plus, l'extrémité de son pied blessé la brûlait.

— Tu es prête ? Je te relève.

Une paire de bras se glissa sous ses aisselles et la redressa avec précaution avant de la faire reculer.

— On doit t'évacuer de la route, c'est dangereux ! Cassiopée ? Que t'est-il arrivé, exactement ? Tu as besoin d'un médecin ?

Elle réussit à remuer la tête pour signifier que non.

La voix qui s'adressait à elle avec sollicitude, les bras prévenants… Tout appartenait à Clarence. Redevenant enfin capable d'observer ce qui l'entourait, elle avisa la voie de circulation et les collines. *Retour à l'envoyeur…* Le sorcier n'avait pas raté son lancer.

— Astagorpe ? parvint-elle à énoncer, ayant enfin récupéré assez de forces pour parler.

Elle savait que son appel ne servait à rien. « Que chacun retourne d'où il vient ». Comme elle, son fidèle allié au teint pierreux avait été expulsé de la tour. Mais il était natif du Rével. C'était quelque part là-bas qu'il avait été éjecté. Elle ne put cependant s'empêcher d'envoyer son nom aux quatre vents.

— Astagorpe ! Astagorpe !

— Je ne comprends pas ce que tu essaies de dire. J'appelle une ambulance, tu n'es pas cohérente.

— Je suis parfaitement cohérente.

Son cousin accueillit sa phrase avec un sourire comme un soleil.

— Oh, tu m'as fait une de ces peurs, si tu savais ! Je t'ai cherchée partout… Tu sembles avoir besoin d'un peu de repos. Assieds-toi.

Elle s'exécuta tandis qu'il courait récupérer ses béquilles délaissées sur le bitume avant qu'une voiture ne leur roule dessus. Il revint vite près d'elle. Ils se trouvaient au pied de Brume ou d'Émeraude. Cassiopée, encore désorientée, avait du mal à le savoir. Tout ce qu'elle voyait, c'était l'apparence ordinaire de la route. Nulle trace du Mur d'ombre, même à ses yeux. Les badauds passaient devant elle, indifférents. Ils se dirigeaient droit vers le sentier qui menait au sommet. Les visiteurs, la légende, les rumeurs… Rien n'avait changé au cœur des Trois-Sœurs.

— Qu'est-ce que tu fais ici ? demanda-t-elle à Clarence qui venait de s'asseoir par terre, à ses côtés.

Il avait la mine chiffonnée, le chignon quasi déficelé, des cernes sous les yeux.

— Tu ne penses pas que ce serait plutôt à moi de te poser cette question ? Mathylde a eu une petite obligation familiale imprévue – rien de grave –, nous avons dû écourter notre après-midi à deux. Quand je suis rentré et que je ne t'ai pas vue à la maison, je me suis inquiété.

— Je suis désolée. Je n'avais pas vraiment le choix. Écoute, c'est une longue histoire…

— Je m'en doute.

Elle se sentit gênée. Avec sa personnalité si cartésienne, n'allait-il pas remettre en cause tout ce qu'elle pourrait lui raconter ? Elle ignorait par quel élément débuter.

Il se lança le premier dans des explications.

— Cela fait des heures que je cours partout à ta recherche. J'ai appelé toute la troupe. Pas ma mère, je te rassure, sinon Interpol serait déjà sur tes traces ! Je ne voulais pas non plus angoisser Zoé.

Une pointe de culpabilité piqua le cœur de Cassiopée à l'évocation du nom de la petite. Clarence extirpa son téléphone de sa poche de veston.

— D'ailleurs, par précaution, j'envoie tout de suite un SMS pour dire qu'on est ensemble. Mais bon, cela m'étonnerait fort qu'elles rentrent avant nous : j'ai reçu un message de maman il y a un quart d'heure. Elle regrettait d'avoir accepté de rester dîner et se plaignait que la soirée allait s'éterniser.

Après avoir pianoté rapidement sur le portable, il le replaça dans son vêtement.

— Clar, comment tu as su que tu devais venir dans les collines ?

— Ici, à Agonie, tous les chemins mènent à la sorcière... Samia a essayé de te couvrir, n'en doute pas. Elle m'a affirmé qu'elle t'avait invitée à dormir chez elle. Bien entendu, j'ai eu droit à des noms d'oiseaux inimaginables parce que j'osais lui réclamer quelques éclaircissements.

L'adolescente pouffa malgré elle. Sacrée Samia !

— Il n'empêche que j'ai fini par lui tirer les vers du nez. Ne lui en veux pas. Nous nous connaissons depuis la maternelle, elle et moi. Je devine quand elle n'est pas sincère. En plus, cela l'amusait que tu joues les rebelles, mais elle se faisait du souci malgré tout.

— Je ne lui ai pas écrit que je viendrais ici...

— Non, mais j'ai aperçu le véhicule d'Andrea rôder à plusieurs reprises dans notre rue. C'était insolite. Je pense qu'il essayait de savoir si tu étais à la maison.

— C'est lui qui m'a « balancée », alors ?

— Détrompe-toi. Je n'ai même pas tenté d'aller l'interroger, il n'aurait rien lâché. Surtout que je ne suis pas son préféré... Toujours est-il que s'il se rongeait les sangs à ton propos, j'en ai déduit que cela devait avoir un rapport avec son obsession de la « *strega* ». Je n'ai pas fait un gros pari en filant aux Trois-Sœurs.

Elle acquiesça. La logique du jeune homme avait fonctionné à plein régime.

— C'est une fois sur place que j'ai rencontré le plus de difficultés : quelle colline fouiller en priorité ? Comme je n'avais pas de photo de toi, j'ai dû te décrire à une multitude de gens pour trouver une piste.

Elle comprenait mieux pourquoi il avait l'air épuisé. Il s'était démené.

— J'ai fini par croiser un olibrius qui repartait des Trois-Sœurs et qui m'a assuré t'avoir vue. Tu n'as pas idée de ma frayeur quand il m'a dit que tu t'étais allongée sur la route et que tu avais subitement disparu. Je me suis figuré le pire. Que tu avais été écrasée, que tu avais voulu… en terminer parce qu'on ne t'avait pas assez intégrée.

Il s'arrêta, visiblement bouleversé. Cassiopée se trouva si mal qu'elle ne parvint pas à lui réitérer ses excuses. Elle avait voulu jouer les héroïnes en carton, plonger tête baissée dans l'inconnu, sans mesurer l'impact sur ses proches.

— Cela m'a un peu rassuré de ne pas découvrir de traces de sang sur le goudron. Et puis, les propos de cet individu aux pupilles dilatées ne me paraissaient qu'à moitié fiables. Pourtant, je dois avouer que je ne faisais pas le fier.

— Je te demande pardon… articula-t-elle enfin à grand-peine.

— Je suis bien trop soulagé pour t'en vouloir ! Je m'étais installé près du bord de la route, j'avais commencé à contacter les hôpitaux de la région… Et soudain, en un clignement d'œil, tu étais là, étendue sur le macadam. Je me suis précipité.

— Merci, Clarence.

— Je t'en prie. Je reconnais que tu as bien malmené mon côté rationnel, aujourd'hui. Pour un peu, je croirais aux apparitions et aux miracles !

L'ironie de sa conclusion dérangea la jeune fille. Après

tout, il se complaisait dans son rôle de bon Samaritain, de cousin dévoué, d'individu parfait. Mais pouvait-elle s'y fier à cent pour cent ? Une partie de ses discussions animées avec le Docte lui revint en mémoire de plein fouet.

— Cassiopée, tu vas me dire ce qui s'est passé, maintenant ?

— Non, c'est toi qui vas me cracher la vérité, monsieur l'irréprochable avec tout son groupe à sa solde ! lui opposa-t-elle dans un accès de colère. Ça va, vous avez bien rigolé à filmer les prétendus méfaits de la sorcière au Serpent Vert ? C'était quoi, votre but principal ? Faire le buzz sur la Toile ou vous amuser aux dépens de la timide ?

— De quoi tu parles ?! Pourquoi tu t'énerves ? Éclaire-moi, je suis perdu !

— Arrête ton cinéma ! Avec vos conneries, tu te rends compte que vous avez mis Zoé en danger ? Moi qui pensais bêtement que tu adorais ta petite sœur…

— Évidemment que je l'adore. Je me sacrifierais pour elle ! Qu'est-ce qui te prend, à la fin ?

Il feignait à merveille l'incrédulité et la surprise. Elle ne tomberait plus dans le panneau pour autant. Si l'ombre n'avait pas trempé dans les incidents des perruques et des rideaux, ceux-ci avaient été créés artificiellement par un ou plusieurs membres de la troupe. Troupe dont le leader charismatique et incontesté se trouvait à présent auprès d'elle. Pas difficile de deviner qui avait tiré les ficelles… Elle ne concevait pas une seconde l'implication de monsieur Martin, avec son traumatisme du passé, ou d'Andrea, avec sa phobie de la sorcière, dans cette triste farce.

— Ah çà, c'est sûr, vous êtes d'excellents comédiens !

Par contre, vous ne valez pas grand-chose en tant qu'êtres humains !

Ébranlé, Clarence se remit brièvement debout et vint se placer face à elle… pour s'agenouiller. Il n'allait tout de même pas l'implorer ?!

— Cassiopée, déclara-t-il d'une voix très douce, je te jure que je ne t'ai jamais manipulée. Je t'apprécie beaucoup. Il semble que tu aies d'excellentes raisons d'être furieuse. S'il te plaît, ne dirige pas ta colère contre la mauvaise personne.

Il inspira puis expira avec lenteur, paraissant s'efforcer d'évacuer son propre courroux.

— D'après ce que je saisis, continua-t-il toujours aussi doucement, quelqu'un a fait n'importe quoi pour s'attirer plus de popularité et de vues sur le Net ? Je l'ignorais, je te le promets. Nous allons tirer ça au clair au plus vite ! Ensemble. Cela te convient ?

Elle opina en silence. Le regard limpide et franc avait éteint toute sa rage, tous ses doutes. Son cousin était une bonne personne. Il ne méritait pas les horreurs qu'elle venait de lui jeter à la figure, elle en était déjà mortifiée. Elle s'apprêtait à s'excuser encore quand il ouvrit des yeux ronds, fixant un point au niveau du sol.

— Il y a d'autres questions étranges à éclaircir, apparemment ! Chère cousine, n'aurais-tu pas perdu un bien précieux aujourd'hui ?

La dague, ses pouvoirs d'ombre, Astagorpe… La journée l'avait dépossédée de beaucoup, cependant rien de tout cela n'était inscrit par terre. Clarence releva la tête vers elle.

— Cassiopée, il te manque un doigt de pied…

*

— Vous êtes sérieux ?! C'est quoi, cette infâme odeur de pied en décomposition ? C'est une vraie infection ! Un peu de décence, les gars, remettez vos godasses ou je prépare un bain de Javel pour vos panards puants !

Sachant Samia capable de mettre ses menaces à exécution, les jumeaux se dépêchèrent de lui obéir pendant que Cassiopée poussait un discret soupir rassuré. Elle avait craint que la remarque ne lui soit adressée. Ses pieds à elle étaient dissimulés sous une paire de socquettes de sport. L'opération n'avait pas été simple pour sa cheville enflée, mais son cousin lui avait donné un coup de main. Elle refusait d'exposer à l'air libre, à la vue de tous, son pied droit à quatre doigts. Car, non, Clarence n'avait pas eu d'hallucination : il lui manquait bien le petit orteil. Il n'en restait plus que la base, sans la moindre ecchymose ni égratignure, comme si on le lui avait prélevé par opération chirurgicale depuis longtemps ou bien qu'elle était née sans.

Aucun doute, elle l'avait perdu lors de son passage du Mur. Il était très bizarre de songer qu'une infime partie de son corps était restée fichée à jamais à la lisière entre deux mondes, n'existant plus réellement ni dans l'un ni dans l'autre. Un orteil fantôme… À l'inverse du jeune Antoine Martin qui était sorti de son mutisme et avait récupéré sa voix, ses chances de voir ce morceau d'elle se ressouder un jour au bout de son pied étaient nulles. Résultat : elle écopait d'un complexe physique supplémentaire… qui n'était néanmoins pas si terrible, se consolait-elle. Dans la plupart des situations de la vie quotidienne, ce nouveau petit « défaut » se révélerait bien plus aisé à camoufler que des rougeurs incessantes ou des tremblements intempestifs.

— Alors ? On la démarre, cette réunion de crise ?

Samia exprimait la hâte fiévreuse de toute la bande. L'adolescente au fort caractère avait accepté de convier le groupe entier à passer la nuit chez elle, à la demande de Clarence qui ne voulait pas attendre pour débusquer le ou les traîtres. Elle avait négocié dur avec ses parents pour cette invitation nocturne de dernière minute. Ils avaient cédé parce que c'étaient les vacances, parce qu'elle n'organisait pas non plus une grosse fête incontrôlable avec des inconnus… et parce qu'ils ne savaient pas lui résister quand elle insistait.

À présent, ils étaient tous rassemblés dans une vaste pièce située sous les combles de sa grande demeure. Table, sofas, coussins, matelas, billard, baby-foot, home cinéma… Le confort n'y manquait pas. Ils avaient promis de ne pas faire trop de bruit. Cassiopée appréhendait néanmoins que la situation ne bascule en pugilat. Elle seule était au courant – avec Clarence, bien sûr – des véritables plans de la soirée. Le motif officiel de leur regroupement était qu'ils avaient des révélations à livrer aux autres concernant l'existence de la sorcière du Rével. Avec un objet de séance aussi alléchant, tout le monde s'était débrouillé pour rappliquer malgré l'heure tardive. L'adolescente, exténuée par ce qu'elle avait vécu, aurait préféré ne pas être là. Elle ne rêvait que de retrouver son oreiller et de noyer sa fatigue dans un sommeil de plomb.

Hélas, même s'il prenait soin de n'en rien montrer, son cousin était remonté comme une horloge mécanique. Il tenait à son ambiance de vieux roman policier écrit par Agatha Christie : convoquer l'ensemble des suspects, parler et les faire parler. Ils avaient convenu entre eux que c'était lui qui exposerait les mésaventures surnaturelles de la jeune fille. Elle s'était confiée à lui en détail en attendant (longtemps) le taxi qu'il avait commandé pour les ramener des Trois-Sœurs. Son récit était parti un peu dans toutes les directions, secoué par l'émotion. Elle n'avait plus l'énergie, ni l'envie, de renouveler l'exercice. Par bonheur, Clarence avait compris et retenu l'essentiel des informations. Il avait fait preuve de beaucoup de patience… et d'une ouverture d'esprit qui avait dû coûter à sa rationalité.

— Je suis abasourdi mais j'ai confiance en toi, lui avait-il déclaré quand elle avait enfin eu terminé. Tu n'inventerais pas quelque chose comme ça. J'ai vu ta culpabilité de méconnaître le sort final de l'Océane, ton angoisse de ne pas avoir l'assurance absolue que le Docte ne ferait plus jamais de mal aux enfants, tes regrets de n'avoir pu agir contre les crimes de La Griffe couplés à la folie de l'Innombrable Multiple, ta tristesse d'avoir perdu le lien avec ton ami révellien… Je sais que tu dis vrai.

Elle en avait été si soulagée, si apaisée ! Surtout quand il avait ajouté pour la détendre :

— Au passage, n'oublie pas que tu ne peux pas porter tout le poids du monde sur tes épaules… ou sur ton pied ! Je te signale que ça ne lui réussit pas.

Maintenant, après une seconde sollicitation « aimable » de Samia, c'était lui qui transmettait aux autres son histoire, celle de monsieur Martin, du sorcier et des êtres extraordinaires rencontrés de l'autre côté. Avec son magnétisme coutumier, il n'avait pas eu de peine à obtenir le silence complet. Tel un hypnotiseur déroulant ses paroles, il voulait mobiliser toute l'écoute sans être interrompu. Brillant orateur, il métamorphosait par ses mots l'expérience de sa cousine en une fable noire et fascinante. Elle se sentait très mal à l'aise d'être indirectement au centre de l'attention, en dépit de son propre silence. Lire le scepticisme sur les figures renforçait son embarras extrême. Maigre réconfort : elle était trop fourbue pour rougir, le sang ne lui montait même plus aux pommettes.

— … Camarades, je pense vous avoir tout relaté. Je vous libère donc de votre serment. Vous pouvez ouvrir la bouche !

Les remarques fusèrent aussitôt, plus ou moins magnanimes selon de qui elles émanaient.

— Vous avez fumé quoi avant de venir, les cousins ? Il faut faire tourner !

— C'est complètement dingue.

— Il nous a bien caché son jeu, le prof !

— Lui, s'en prendre aux animaux ?! Il ne tue même pas les moustiques et il contourne les fourmis dans le jardin du Serpent Vert par peur d'en écraser sous ses semelles !

— C'est un pari entre vous, c'est ça ?

— Vous croyez vraiment que monsieur Martin aurait pu devenir un *serial killer* ? Ou c'est son paternel qui a forcé le trait ? C'est quand même dégueulasse d'avoir voulu le tuer alors que ce n'était qu'un môme…

— Je n'en reviens pas.

— C'est délirant, oui ! Cassiopée, accomplir tout ça ? Elle qui tremble pour tout, qui a zéro assurance ?

— Comme par hasard, le mur lui aurait repris ses « pouvoirs » ? Laissez-moi rire, elle a peur de son ombre, alors agir dessus…

Jusqu'à la veille, ces réactions auraient profondément humilié la jeune fille. Dorénavant, bien qu'elle n'ait rien perdu de sa sensibilité, elle ne se laissait plus atteindre. Parmi cette troupe dont elle avait tant envié l'assurance, dont elle ne s'était jamais sentie à la hauteur des autres membres auparavant, se cachait une ou plusieurs personnalités égoïstes et sans scrupule. Elle était différente, et c'était tant mieux.

Très calme, elle leva la main à la manière d'une bonne élève, provoquant quelques ricanements. Clarence mit fin au brouhaha et lui donna la parole. Elle parcourut l'assemblée du regard puis, sereinement, lâcha sa torpille :

— Je me moque que vous croyiez au Rével ou non. L'un ou l'une d'entre vous est la sorcière. Qui ?

La question provoqua de nombreux remous. Son cousin neutralisa les turbulences avec autorité.

— Inutile de faire semblant de ne pas comprendre. Stop, on arrête la comédie. Que le, la ou les concernés se dénoncent !

Le mutisme s'installa. Plus personne n'osait se regarder en face. Finalement, la voix d'Axel s'éleva.

— C'est moi…

Un masque de déception foudroyante recouvrit le visage de Clarence.

— Mais enfin, tu as quoi dans la tête ? Tu…

— C'est moi aussi, le coupa Alex.

— Les gars, ce n'est pas possible…

— Je suis la sorcière aussi, avoua Samia, sans la fierté qui la caractérisait.

Le ciel tombait sur la tête du jeune homme. Cassiopée repensa au moment où il lui avait expliqué pouvoir toujours percer à jour son amie d'enfance. Il s'était fait avoir en beauté et n'avait pas l'air de s'en remettre.

— Mais non, pas toi ! Pourquoi ?

— Désolée, mon pote, ne le prends pas personnellement.

— Je… J'ai participé également, confessa Mathylde, les larmes aux yeux.

Estocade finale. Clarence la contempla, sidéré.

— Non, tu n'as pas « participé », corrigea Samia. C'était carrément ton idée.

Cassiopée crut que son cousin, blême de colère, allait s'évanouir. Tous ses fidèles camarades étaient la sorcière du Serpent Vert. Le groupe l'avait trahi. Il était le dindon de la farce.

— Je t'en prie, ne m'en veux pas, le supplia son amoureuse du bout des lèvres. Le jour où Andrea a eu la frousse et où on l'a retrouvé avec sa perceuse, ça m'a… inspirée. Jouer sur la légende, semer le doute sur la présence de la sorcière, j'ai compris que cela permettrait de nous faire connaître davantage sur les réseaux, d'attirer plus de monde et…

— J'ai très bien saisi tes intentions, merci ! commenta-t-il sèchement. Et donc, tu as décidé de parler de ta brillante idée à tout le monde, sauf à Cassiopée et à moi ? Moi qui suis ton imbécile de petit ami ?! Et tout le monde t'a suivie ?

Elle paraissait vraiment sur le point d'éclater en sanglots.

— Ne te fâche pas, mon cœur. C'est juste que tu es tellement… honnête.

— On savait que tu ne serais jamais d'accord sur le principe et que tu allais nous prendre la tête, *man,* traduisit Alex sans aucun tact. Quant à Cassiopée, c'est une nouvelle, trop gentille, pas très délurée. C'est ta cousine logée chez toi… On s'est dit que ce serait mieux de vous traiter pareil.

Cassiopée se décida à placer son grain de sel.

— Et pour les asticots dans la perruque, Mathylde ?!

Celle-ci retrouva son sourire solaire.

— C'était à mon initiative ! J'ai demandé aux jumeaux de rapporter des vers que leur père utilise pour la pêche. On les a placés à l'avance dans une perruque bien précise, et hop ! Actors Studio.

Axel et Mathylde avaient poussé le vice jusqu'à feindre une querelle devant elle, ce jour-là. Cassiopée n'en revenait pas.

— Mais tes cheveux ? J'avais l'impression que tu y tenais énormément. Ça ne t'a pas fait peur de te renverser des larves grouillantes sur le crâne ?

Re-sourire radieux.

— Oh que si ! Tu imagines à quel point j'ai dû prendre sur moi pour le faire ? Si je montre ça quand j'irai passer des castings et que j'explique les choses, ils verront que je suis capable de me surpasser, de tout donner pour un rôle ! Je ne suis pas qu'un physique… Bon, c'est vrai qu'ensuite, ma panique n'était pas feinte. Je te dois une fière chandelle, d'ailleurs. Tu m'as bien aidée à me débarrasser de ces affreuses bestioles !

— Tout donner ? interrogea Clarence avec une rage froide. Même la vie de Zoé ?!

— Calme-toi, intervint Samia. Ça, c'était une malheureuse coïncidence. J'adore cette petite tête de mule, tu le sais.

— Je ne sais plus rien, ce soir…

— Je t'assure qu'on n'a pas fait exprès de la perdre dans les couloirs. OK, on n'a pas assuré avec elle mais ce n'était pas intentionnel. Quant au départ d'incendie, on ne saura peut-être jamais ce qui l'a déclenché. Pas nous, en tout cas. On avait encore d'autres tours inoffensifs en réserve, mais on n'a jamais rien organisé ni planifié de dangereux. N'est-ce pas, Mathylde ? Redis-lui, toi ! Mathylde ?

La blonde jeune fille arborait une expression contrite. Son sourire s'était éteint. Samia elle-même parut troublée.

— Copine, tu n'as pas fait ça ?!

— Je… Cette fois-là, je n'ai pas réfléchi, j'ai improvisé. Je n'ai jamais voulu faire courir de risque à Zoé, évidemment ! J'ai juste profité de ce que l'attention de tous soit détournée ailleurs pour mettre le feu en douce à un rideau. Si j'avais su que la petite n'était pas revenue directement des toilettes avec toi et qu'elle s'était cachée à cet endroit, je n'aurais pas agi ! J'ai seulement estimé que nos vidéos auraient l'air encore plus vraies si vous pensiez réellement qu'il se passait des trucs pas nets.

Samia perdit tout sang-froid.

— T'es conne ou quoi ?! Tu sais à quelle vitesse ça peut s'étendre, un incendie ? On aurait pu tous cramer par ta faute !

— Je ne suis pas si inconsciente. Il y avait un extincteur pas très loin. Andrea a été plus rapide que moi, c'est tout.

— Pauvre bichette, il t'a volé la vedette, ironisa Axel qui ne semblait cependant pas la blâmer plus que cela.

Clarence, en revanche, avait atteint le zénith de la lividité, l'apogée de la rancœur dépitée. Il se leva.

— Cassiopée, si tu le veux bien, on s'en va ? Je crois que nous n'avons plus rien à dire, ni à faire, avec ces gens.

Concert de protestations :

— Reste ! Tu as le droit d'être énervé mais ne nous snobe pas.

— N'abuse pas, détends-toi.

— Tu vois comme tu réagis ? C'est pour ça qu'on ne t'avait rien dit !

— « Ces gens » sont toujours tes amis.

Il ne se laissa pas fléchir.

— Sincèrement, je préfère prendre mes distances avec vous et ne pas prononcer des mots trop forts qui dépasseraient mes pensées. De votre côté, vous devriez prendre du temps pour vous remettre en question et réfléchir aux conséquences de vos actes.

Cassiopée se leva à son tour. Nouvelle salve :

— Vous allez vraiment vous barrer ?

— Redescends de tes grands chevaux, Clar !

— Je ne veux pas que ça se finisse comme ça entre nous…

— Tu nous soûles, là ! Tu n'es plus aussi cool qu'avant.

— C'est parce qu'il a trop traîné avec sa cousine la coincée. Il a voulu la prendre sous son aile et elle l'a contaminé.

La moutarde monta au nez de l'adolescente. Certes, elle n'avait que faire de leur opinion, mais elle ne supportait plus leur condescendance cyclique à son égard. Fière, elle soutint le regard de chacune et chacun. Avant de leur tourner le dos et le talon valide en compagnie de son gentil cousin qui méritait mieux que cette troupe, elle décocha :

— Rassurez-vous, Clarence n'est pas infecté. Contrairement à ce que vous croyez, la timidité n'est pas une maladie. C'est une caractéristique. Elle ne s'attrape pas ; elle ne se guérit pas… Comme votre débilité et votre narcissisme, quoi !

ÉPILOGUE

Août 2019

Mes certitudes sur un fil
Débiles, débiles, débiles
Mes complexes qui défilent
Débiles, débiles, débiles
Les larmes à mes cils
Débiles, débiles, débiles…

Cassiopée stoppa la musique et éclata de rire devant l'air consterné de Clarence. Assis côte à côte sur un banc du parc des Titans, ils partageaient ses écouteurs. Jusqu'ici, son cousin lui avait paru enthousiasmé par la découverte des chansons de GIRL. Mais là…

— À mon humble avis, ce n'est pas leur meilleur morceau. Les paroles sont un peu… Tu parviens à te sentir bien en les écoutant ? Je les trouve plutôt démotivantes.

— En fait, la chanson *Débile Sibylle* reflète le genre de réflexions que je peux me faire à moi-même et ressasser en boucle dans ma tête. Du coup, je me sens moins seule… et moins folle.

— Je vois.

Ils attrapèrent un nouveau fou rire commun. L'adolescente appréciait vraiment la complicité sans fard qui s'intensifiait chaque jour entre eux. Elle se fit la remarque silencieuse qu'il était en train de devenir pour elle un confident, son meilleur ami. Et *vice versa,* semblait-il.

Depuis le temps qu'ils s'étaient installés au milieu des promeneurs et d'une chaleur estivale raisonnable, ils avaient parlé de tout et de rien. De l'émotion de monsieur Martin quand elle lui avait confirmé l'existence du Docte. De la mairie d'Agonie qui avait décidé d'annuler la suite du stage et la représentation pour cesser d'alimenter la psychose locale. De la rupture entre Mathylde et Clarence. Du cœur brisé de ce dernier, de ses rapports très distendus avec ses anciens compagnons de théâtre et du délai qu'il lui faudrait avant de leur pardonner. De Lucile qui avait envoyé un mail d'excuses pour dire qu'elle avait été trop loin, qu'elle souhaitait renouer contact et qu'elle avait plaqué Romain qui était le dernier des crétins. De l'hésitation de Cassiopée à la revoir sans la laisser d'abord mariner. De sa timidité qui ne s'était pas effacée, mais qu'elle commençait tout doucement à considérer d'un autre œil. De son absence de nouvelle crise somnambule, du rendez-vous médical à ce sujet prévu pour la rentrée. De sa proposition de séjour chez elle à Clarence, acceptée avec plaisir, et de Zoé qui était partie en colonie de vacances. De ses parents contre qui elle n'était plus fâchée (sauf s'ils lui refaisaient un coup pareil dans un avenir proche ou lointain). De la monomanie de ses goûts musicaux personnels… Que pouvait-il bien leur rester encore à ajouter ?

— Astagorpe me manque. Je me demande s'il s'en sort parmi les Révelliens, et avec son Indicible. Imagine qu'ils tombent sur La Griffe ! Même à deux, je ne suis pas sûre qu'ils fassent le poids contre elle.

— Je comprends tes angoisses, cependant il ne faut pas toujours envisager le pire, la réconforta Clarence. Je suis certain qu'Astagorpe est malin et débrouillard. En outre, grâce à toi, il n'est plus en conflit avec son Indicible, ce qui lui confère un atout supplémentaire. Ne t'inquiète pas, ça va aller pour lui !

Un bouquet d'étincelles malicieuses pétilla dans ses yeux d'un gris aussi surnaturel que le Rével. Il la raisonna, débonnaire.

— Tu ferais peut-être mieux de te préoccuper du garçon bien réel qui se trouve sous ton nez, à quelques mètres de nous. Ce serait dommage que lui aussi se volatilise avant que tu ne te sois décidée à décoller de ce banc pour aller lui parler !

Eh oui, dans l'élan de la confiance et des confidences, elle avait eu le malheur de mentionner aussi Thibaud… Thibaud, arrivé sur les lieux depuis un bon moment, qui lisait son roman près de la fontaine.

— Allez, quoi ! l'encouragea son espiègle cousin. Nous avons épuisé tous nos sujets de conversation, tu m'as torturé avec ta *Débile Sibylle*… Change d'interlocuteur et de victime, maintenant.

— Je n'ose pas. C'est lui qui était venu me parler, la dernière fois.

Amusé, Clarence la taquina :

— Tu n'oses pas ? Tu t'es attachée à l'ombre d'une « sorcière » que tu pensais potentiellement meurtrière pour te jeter avec elle dans une dimension inconnue dont tu ignorais si tu serais capable de revenir..., mais tu es terrorisée à l'idée de prononcer trois mots face à un jeune de ton âge qui passe la moitié de sa vie plongé dans des bouquins ? Cassiopée, sans vouloir te vexer, il y a vraiment un problème avec l'échelle de tes peurs !

— Je sais mais je n'ose pas, s'obstina-t-elle, contrariée par son propre blocage.

— Très bien. J'en déduis que tu préfères suffoquer dans les affres pendant que j'irai lier connaissance à ta place, l'abreuvant à ton sujet d'un flot de propos que tu ne pourras ni entendre, ni contrôler ?

— Tais-toi, j'y vais !

Au final, Clarence était quand même parvenu à provoquer chez elle un éphémère pic de honte. Le comble, c'était qu'il l'avait fait exprès, avec les meilleures intentions du monde par-dessus le marché !

Pourtant, malgré les craintes de la jeune fille, la discussion avec Thibaud avait été très naturelle. Il s'était réjoui de la revoir, et les papillons avaient aussitôt bruissé dans le ventre de Cassiopée. Il lui avait demandé ce qui était arrivé à son pied. Elle avait bien sûr éludé, concentrant ses réponses sur le fait qu'elle avait hâte de reprendre ses footings quotidiens dans le parc dès qu'elle serait débarrassée de son attelle. Cerise sur le gâteau, elle n'avait (presque) pas rougi. C'était lui qui avait bégayé en lui tendant le flyer qu'il utilisait comme marque-page.

— Tu… Regarde, il y a une nouvelle attraction cette année à la foire d'été. Je ne l'ai pas encore testée. Il y a une séance dans trente minutes. Ça… Ça te dit de l'essayer ?

Pour une fois, elle avait béni sa timidité. Cette dernière lui avait permis de conserver un semblant de dignité en lui interdisant d'entamer une danse de la joie (sur béquilles) aussi ridicule que l'emballement de son cœur. *Faites que je garde aussi mon cerveau !* avait-elle songé en déchiffrant – non sans peine, à cause de son excitation interne – le titre du prospectus déplié par le jeune homme : *Le Masque de la Sorcière*. Le destin ne cessant de lui adresser des ensorceleuses sur son chemin, elle avait choisi d'y voir un signe (positif, si possible).

Clarence s'était trouvé à deux doigts de l'applaudir quand elle était revenue escortée vers lui. Après avoir présenté les adolescents l'un à l'autre, elle lui avait proposé de se joindre à leur programme. Finaud, il s'était contenté d'accepter de les accompagner jusqu'à la foire. Il avait prétexté devoir s'éclipser ensuite pour aller récupérer, chez le meilleur disquaire du coin, le 45 tours collector de *Débile Sibylle,* son morceau préféré, une chanson qui avait marqué un tournant révolutionnaire dans le monde de la musique maso-psychologique. Alors que Cassiopée luttait pour ravaler ses rires, il avait poussé son numéro en menaçant Thibaud de le ligoter dans sa machine secrète à remonter le temps et de l'expédier subir la lame de la guillotine si celui-ci ne se comportait pas en gentleman avec sa cousine. Puis, fier comme un paon dans sa redingote flambant neuf, il avait fait demi-tour, les plantant là, l'une gênée, l'autre désarçonné.

Heureusement, le léger malaise s'était vite dissipé. Il leur avait suffi de converser littérature fantastique tandis qu'ils progressaient dans la file d'attente sur l'esplanade des Effraies. Passé un échange captivant durant lequel elle avait oublié de craindre un jugement sur elle ou sur ses opinions livresques, ils avaient pu entrer sous l'immense chapiteau qui abritait l'attraction. Interdit aux moins de douze ans ainsi qu'aux personnes sujettes à l'asthme ou à la claustrophobie, le divertissement avançait une promesse quelque peu corsée…

— Chères toutes, chers tous, soyez les malvenus ! Veuillez vous équiper… et bonne chance ! clama un haut-parleur au-dessus d'eux.

La foule, enthousiaste et fébrile, enfila les masques remis à la caisse. Ceux-ci couvraient la bouche ainsi que le nez, modifiant les physionomies.

— Ça me fait bizarre. Pas toi ? l'interrogea Thibaud.

Elle approuva en silence, ne sachant trop quoi penser de l'accessoire. Pratique pour camoufler ses rougissements ? Dommageable parce qu'il l'obligerait à forcer sur sa voix ou à n'avoir plus que ses yeux pour communiquer, elle qui avait déjà souvent tant de mal à s'exprimer comme elle l'aurait voulu ?

Soudain, le chapiteau plongea dans le noir.

— Je ne vais pas te mentir, tout ça me rend nerveux…

Au moins, son binôme n'essayait pas de jouer les gros bras à tout prix. Un bon point pour lui.

Une voix gutturale s'échappa du haut-parleur, pourfendant les ténèbres avec des paroles sinistres :

— À une époque indéterminée, un mal mystérieux est né. Semant la désolation et la mort dans son sillage, il s'est répandu parmi les humains. Désormais, l'air du dehors, comme le souffle de chacun, est corrompu ; les cadavres jonchent les rues ; le désespoir étreint les populations. Un seul être – une femme, une sorcière – serait capable d'inverser les forces obscures afin d'arrêter la course assassine de ce fléau. Mais elle se cache sous un masque semblable à celui que les gens ordinaires sont contraints de porter, car elle refuse de se dévoiler… Pourquoi ? Appellerait-elle de ses vœux l'anéantissement total ?… Elle représente pourtant votre seule chance. À vous de la retrouver avant qu'il ne soit trop tard. À vous de la convaincre que vous méritez d'être sauvés ! À vous de voir ce que vous êtes prêts à perdre ou à lui vendre… Mais n'oubliez pas : sous aucun prétexte, jamais, vous ne devrez retirer votre masque ni toucher quelqu'un d'autre, durant votre quête.

Pause oppressante.

— Jouez… ou périssez !

Bien rodé, le discours faisait froid dans le dos, sans toutefois lever beaucoup le mystère sur les réelles modalités pratiques du jeu. Thibaud murmura quelque chose que Cassiopée ne saisit pas. Par contre, elle ressentait sa nervosité et celle des autres participants. Le silence était revenu, traversé par des gloussements inquiets. La lumière, elle, se laissait désirer. Quelqu'un lâcha un cri. Un autre hurla :

— Démarre, y en a marre !

Indifférente, l'obscurité persistait. Le but évident de la manœuvre était de porter la peur à son acmé avant même de lancer la partie. La frayeur était devenue si tangible qu'il semblait presque qu'elle allait se personnifier sous le chapiteau. L'opération ténèbres fonctionnait… excepté sur Cassiopée. Pour ne pas changer, la jeune fille se sentait à rebours de la majorité. Elle patientait en confiance, extraordinairement zen dans ce noir complet, paisible dans sa fausse bulle de nuit.

En attendant le début de l'attraction, alors qu'elle songeait au Docte, à Astagorpe, une petite voix résonna en elle, claire et sereine.

Cassiopée Winter, tu vas t'en sortir dans la vie !
Tu as encore du mal à t'en convaincre, mais c'est la vérité :
tu vas y arriver. Pas mieux que les autres, peut-être.
Pas moins bien, c'est certain.

Il y aura des hauts, il y aura des bas.
Tu seras plus confiante un jour, moins le lendemain.
Tu recommenceras. Il y aura aussi les événements
inattendus, les tempêtes de l'existence. Qui sait ?
Des accidents de parcours, des catastrophes naturelles,
des épidémies de zombies… Tu les surmonteras.
À ta manière, sans doute rarement dans la lumière.
De même que tu as franchi le Mur d'ombre,
tu les traverseras. Tu les transcenderas.

C'est vrai, tu n'as pas reçu la dose maximale de
charisme ou de bagout. Toi, tu possèdes l'empathie,
l'écoute, la bienveillance. Ce ne sont pas des faiblesses,
mais des forces, discrètes et puissantes.
Des réserves, cachées sous ta réserve…

ÉPILOGUE

Tu vaux autant que les autres.
Je sais, il faut te le répéter : tu es aussi capable, tu vaux autant que les autres. Comme eux, tu vas tomber, tu vas te relever. Encore. Et encore. Et encore. Jusqu'à la mort.

Cassiopée, tu vas tout affronter. Avec ta timidité.

REMERCIEMENTS

Même pour une autrice timide, l'écriture est loin de se résumer à un travail solitaire.

Ainsi, ma reconnaissance éternelle va à toutes les personnes qui ont scruté ce texte dans l'obscurité pour me livrer leurs retours éclairants : Annie Pédrola, Sarah Vandevelde, Christelle Dabos, Maxime Fontaine, Mina M. et Fabien Clavel. Un milliard de mercis ! Et encore un merci supplémentaire à Élie Darco, prête à tout pour motiver les troupes à écrire, y compris à fusiller à la peinture des otages de papier (pas la peine de nier, j'ai des preuves).

Je remercie également toute l'équipe des éditions Gulf stream, avec une mention particulière aux trois Doctes : Caroline Merceron, Maud Placines Charier et Tiphaine Rautureau. De plus, je ne m'extasierai jamais assez devant la couverture ensorcelante illustrée par Jessica Heran !

En rédigeant ces lignes, j'ai une pensée pour l'autrice américaine Anne Rice, grande dame de la littérature fantastique, décédée peu après l'acceptation de ce manuscrit. Si Cassiopée aime ses romans, c'est aussi parce qu'*Entretien avec un vampire* fait partie des ouvrages qui ont marqué mon adolescence (je l'avais choisi comme sujet d'un devoir de français) ; il a sans nul doute contribué à mon amour des littératures de l'imaginaire. *Thank you so much, Mrs Rice…*

Enfin, bien sûr, un immense merci à vous, timide ou non, qui tenez ce livre entre vos mains !

Que l'on soit ombre ou lumière, qu'importe, nous
pourrons toujours nous retrouver dans le clair-obscur
pour y partager des histoires.

Pascaline
NOLOT

Orléanaise de naissance et lilloise d'adoption, Pascaline Nolot est une lectrice invétérée depuis l'enfance, avec une prédilection pour les littératures de l'imaginaire. Ce sont les livres qui l'ont amenée à découvrir la puissance magique de l'écriture.

Elle a publié une dizaine de nouvelles chez différents éditeurs et est l'autrice de plusieurs romans, destinés aux jeunes adultes ou aux enfants, dont *Éliott et la bibliothèque fabuleuse* (Rageot éditeur), *Les Orphelins du Sommeil* (éditions du Chat Noir), nominé pour le prix Imaginales du roman jeunesse en 2019, et *Rouge* (éditions Gulf stream éditeur), prix Imaginales des lycéens 2021.

De nature timide, elle s'exprime à travers ses histoires en y abordant des thèmes qui lui tiennent à cœur, espérant toucher aussi celui des lectrices et lecteurs…

À DÉCOUVRIR DANS LA COLLECTION

ÉCHOS

Frissonnant dans sa cachette, la fillette regarda nerveusement en arrière une seconde ou deux à peine. Quand elle se retourna vers la salle ronde, une ombre immense se superposait parfaitement au sujet du tableau. L'ombre d'une silhouette humaine. La fillette serra les poings. Le Nécromant.

L'angoisse et l'horreur planent sur la cité des anges ! Au cœur des studios d'Hollywood, le tournage du *Nécromant* est frappé par une cruelle malédiction qui transforme tous ceux qui y travaillent en zombies. Doris Chamberlain, la jeune star du film, et Malachi, un modeste accessoiriste, vont former un improbable duo pour percer ce mystère. Tous deux soupçonnent en effet la plus grande vedette du cinéma d'épouvante d'être derrière cette sombre calamité : l'énigmatique Feodor Varazslo. Se pourrait-il que les abominations qu'il joue sur grand écran aient pris vie dans la réalité ?

À HOLLYWOOD, DANS LES ANNÉES 1930, L'HORREUR BRISE LE QUATRIÈME MUR !

Reproduit et achevé d'imprimer en septembre 2022,
par Abedik, en Pologne,
pour le compte de Gulf stream éditeur,
31, rue Alfred-Riom, 44100 Nantes,
www.gulfstream.fr

Dépôt légal 1re édition : février 2023